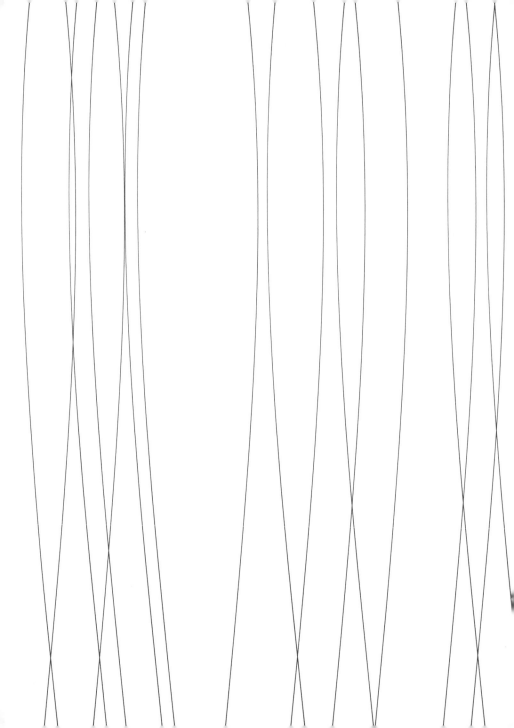

黃金之葉

行進於知識的密林裡，
途徑如此幽微。
我們尋覓一些參天古木，作為指標，
我們也收集一些或隱或現的黃金之葉，引為快樂。

黃金之葉
13

Net and Books 網路與書
人類的群星閃耀時 Sternstunden der Menschheit

作者：斯蒂芬·褚威格（Stefan Zweig）
譯者：舒昌善
責任編輯：李亭慧
校對：詹宜蓁
美術設計：張士勇工作室
法律顧問：全理法律事務所董安丹律師
出版：英屬蓋曼群島商網路與書股份有限公司台灣分公司
台北市10550南京東路四段25號11樓
TEL：886-2-25467799　FAX：886-2-25452951
email：help@netandbooks.com
http://www.netandbooks.com

發行：大塊文化出版股份有限公司
台北市10550南京東路四段25號11樓
TEL：886-2-87123898　FAX：886-2-87123897
讀者服務專線：0800-006689
email：locus@locuspublishing.com
http://www.locuspublishing.com
郵撥帳號：18955675
戶名：大塊文化出版股份有限公司

總經銷：大和書報圖書股份有限公司
地址：台北縣新莊市五工五路2號
TEL：886-2-89902588
FAX：886-2-22901658

排版：帛格有限公司
製版：瑞豐實業股份有限公司
初版一刷：2009年7月
定價：新台幣380元

ISBN-13：978-986-6841-40-8

國家圖書館出版品預行編目資料

人類的群星閃耀時 ／ 斯蒂芬.褚威格(Stefan
Zweig)著；舒昌善譯. -- 初版. -- 臺北市：
網路與書出版：大塊文化發行, 2009. 07
　　面；　　公分. -- （黃金之葉；13）
譯自：Sternstunden der Menschheit
　　ISBN 978-986-6841-40-8 （平裝）

882.26
98011191

人類的群星
閃耀時

褚威格

舒昌善 譯

Stefan Zweig
Sternstunden der Menschheit

目錄

序言

※ 編註：本版目錄以事件發生的時間順序重新編排，未按照原文版的排序。

序　言

　　沒有一個藝術家會在他一天的二十四小時之內始終處於不停的藝術創作之中；所有那些最具特色、最有生命力的成功之筆往往只產生在難得而又短暫的靈感勃發的時刻。歷史——我們把它讚頌為一切時代最偉大的詩人和演員——亦是如此，它不可能持續不斷地進行新的創造。儘管歌德曾懷著敬意把歷史稱為「上帝的神祕作坊」，但在這作坊裡發生的，卻是許多數不勝數無關緊要和習以為常的事。在這裡也像在藝術和在生活中到處遇到的情況一樣，那些難忘的非常時刻並不多見。這個作坊通常只是作為編年史家，冷漠而又持之以恆地把一件一件的事實當作一個又一個的環節連成一條長達數千年的鏈條，因為所有那些最重要的歷史性時刻都需要有醞釀的時間，每一樁真正的事件都需要有一個發展過程。在一個民族內，為了產生一位天才，總是需要有幾百萬人。一個真正具有世界歷史意義的時刻——一個人類的群星閃耀時刻出現以前，必然會有漫長的歲月無謂地流逝。

　　不過，誠如在藝術上一旦有一位天才產生就會流芳百世一樣，這種具有世界歷史意義的時刻一旦發生，就會決定幾十年甚至幾百年的歷史進程。就像避雷針的尖端集中了整個大氣層

的電流一樣，那些數不勝數的事件也都往往擠在這最短的時間內發生。那些平時慢慢悠悠順序發生和並列發生的事，都壓縮在這樣一個決定一切的短暫時刻表現出來。這一時刻對世世代代做出不可改變的決定，它決定著一個人的生死、一個民族的存亡，甚至整個人類的命運。

　　這種充滿戲劇性和命運攸關的時刻在個人的一生中和歷史的進程中都是難得的；這種時刻往往只發生在某一天、某一小時，甚至常常只發生在某一分鐘，但它們的決定性影響卻超越時間。我想在這裡從極其不同的時代和地區回顧這樣一些群星閃耀的時刻——我之所以如此稱呼它們，是因為它們宛若星辰一般永遠散射著光輝，普照著終將消逝的黑夜。但我絲毫不想通過自己的虛構來增加或者沖淡所發生的一切的內外真實性，因為歷史本身在那些非常時刻已表現得十分完全，無須任何後來的幫手。歷史是真正的詩人和戲劇家，任何一個作家都別想超過它。

褚威格

第一章

西塞羅

西塞羅
古羅馬
生命的最後四年

Marcus Tullius Cicero

許多人都知道古羅馬的凱撒，他征戰疆場，名揚天下；也有不少人知道西塞羅，他是古羅馬首屈一指的人文主義者，他的雄辯的演說詞被人譽爲「西塞羅文體」，千古流芳。但不是人人都知道，西塞羅比凱撒年長六歲，且成名更早，曾提攜過凱撒並一度成爲朋友，可是由於政見不同：凱撒志在獨裁，西塞羅捍衛共和，最後分道揚鑣，然而兩人的命運結局卻又十分相似：均死於非命。公元前四十四年三月十五日，五十五歲的凱撒在元老院會堂被共和派的元老們當場刺死，圍攻者六十餘衆，凱撒身中二十三刀。公元前四十三年十二月七日，六十四歲的西塞羅被政敵安東尼的部下殘酷殺害，西塞羅的頭顱被釘掛在古羅馬廣場的講壇上示衆，慘不忍睹。人們不禁感慨，在強盛的古羅馬背後，原來是刀光劍影、血雨腥風。西塞羅去世後，已經成爲羅馬帝國第一任皇帝的屋大維‧奧古斯都這樣讚歎西塞羅，他是「一個富有學識的人、語言大師和愛國者」[1]。在此後的兩千多年間，西塞羅在歐洲文明發展的各個不同時期都受到稱讚。中世紀時，基督教的著作家們盡量使西塞羅的一些神學思想和倫理觀念適應基督教信仰的需要，從而使西塞羅成爲世俗的古代和宗教信仰時代的中世紀之間的聯繫紐帶。文藝復興時期的人文主義者們把西塞羅尊爲學習的榜樣和不可超越的典範。在法國大革命時期，作爲演說家和共和主義者的西

塞羅更是受到特別推崇。時至今日，西塞羅在其《論友誼》、《論老年》、《論義務》、《論神性》、《論演說家》、《論共和國》、《論法律》等著述中所闡發的思想，仍然被認爲是人文主義思想的最初源頭之一。褚威格在希特勒法西斯橫行霸道的一九四〇年寫下這篇歷史特寫〈西塞羅〉，字裡行間流露出他對西塞羅的深深惋惜，同時哀嘆一位才華橫溢的人文主義思想家在專制獨裁面前竟顯得如此軟弱無能。這無疑也是褚威格對自己的哀嘆。

—— 譯者題記

　　一個才華橫溢而又不十分勇敢的人如果遇到一個比自己更強的人，最聰明的辦法就是躲避此人，同時從容不迫靜候時來運轉，直至前途再次爲他自動鋪平。馬爾庫斯·圖利烏斯·西塞羅[2]——這位在世界之國古羅馬首屈一指的人文主義者、演說大師和法律的捍衛者，爲了替傳統的法律效勞和維護古羅馬的共和政體已孜孜不倦工作了三十年。他的演說詞已載入史冊，他的拉丁語著作已成爲拉丁語的基石。他控告過維爾列斯[3]的貪贓枉法，怒斥過卡提利納[4]的暴動陰謀，抵制過獲勝的軍事統帥們日益逼近的獨裁[5]。而他的著作《論共和國》[6]在他那個時代則是作爲理想的國家形式的道義規範。可是，現

在來了一個比他更強的人——尤利烏斯・凱撒 [7]。西塞羅起初曾作為比他年長、比他更有名望的人，毫無猜忌地提攜過他。但是凱撒憑藉自己的高盧軍團一夜之間便成了義大利的主人。作為一個軍權無限的統帥，他只需一伸手，便可得到安東尼 [8] 在集會的民眾前獻給他的王冠。當凱撒率軍越過盧比孔河時，他同時也就越過了法律。此時，西塞羅曾與凱撒的獨裁統治作過鬥爭 [9]，但純屬徒勞。西塞羅曾試圖號召那些最後捍衛自由的人 [10] 抵抗企圖用強權奪取獨裁的凱撒，也無濟於事。軍隊 [11] 總是比言辭更強大。凱撒——一個才智超群和行動果斷的人——大獲全勝。倘若他像絕大多數的獨裁者那樣報復心強烈，那麼他在高唱凱歌之後完全有可能輕而易舉地將這位固執己見的法律捍衛者——西塞羅幹掉，或者至少把他宣布為不受法律保護的人。然而，凱撒看重自己的寬宏大量 [12] 甚於自己所取得的一切軍事勝利。凱撒饒了西塞羅——這個業已失勢的對手——一命，況且沒有任何侮辱的意圖。不過，他對西塞羅的唯一要求是：退出政治舞台。這個舞台現在只屬於凱撒一人，其他任何人都只能在這個政治舞台上扮演沉默和服從的角色。

此時此刻，對一個充滿智慧的人來說，沒有什麼能比遠離公眾生活——即遠離政治更幸運的了 [13]。這種遠離把這位思

想家和藝術家從一個只能憑藉殘忍或詭計進行掌控的不光彩的世界驅回到他自己的不受干擾、無法破壞的內心世界。對一個睿智的人而言，任何一種形式的流放都是一種使內心寧靜而致遠的推動力。天賜的厄運恰恰是西塞羅所遇到的最美好和最幸運的時刻。這位偉大的雄辯術家正漸漸地接近人生的晚年。他的一生始終處在政治風暴和緊張局勢之中，生命給他留下太少的時間去總結自己的創作。這位六旬老人在自己的時代的有限範圍內卻已親身經歷了多少出爾反爾的事情呵！他，一位發跡的「新人」[14]，曾以自己的出眾才能、堅韌和機智而步步高陞，他逐級獲得過所有的官職和所有的榮譽，而這一切通常和一個來自外省小鎮的人是無緣的；這一切只是令人羨慕地為貴族世家的權貴們敞開，而他卻能深得公眾中最高層和最底層的青睞。自從戰勝卡提利納之後，他在元老院[15]裡的地位青雲直上，他被民眾戴上花冠，被元老院授予「國父」的榮譽稱號[16]。但從另一方面講，他又不得不在一夜之間流亡[17]，被同一個元老院譴責，被同樣的民眾背棄。他失去了自己曾經履行過職責的官位、失去了曾靠自己孜孜不倦的努力所獲得的榮譽。他曾在元老院議事廳的圓形講壇上進行過控告，他曾作為軍人在戰場上指揮過羅馬軍團[18]，他曾作為執政官主持過古羅馬共和國的政務，他曾作為卸任的執政官管理過行省[19]。

數百萬的塞斯特斯 [20] 經過他的手進帳，同樣有數百萬的塞斯特斯在他手下流水般地被花掉 [21]。他曾擁有帕拉丁山 [22] 上最漂亮的府邸，但也看到過自己漂亮的住宅變成一片廢墟，被他的敵人焚燒成為瓦礫場 [23]。他曾寫過重要的論著並做過堪稱經典的演說。他生育過子女和失去過子女 [24]。他曾有過勇氣十足的時候，也曾有過軟弱的時候；他曾是一個固執己見的人，爾後又是一個善於恭維的人 [25]；有許多人讚賞他；也有許多人憎恨他。他是一個性格複雜的人，他的性格有時光彩照人，有時黯然失色。總而言之，他是他那個時代最具魅力的人，同時也是最令人惱怒的人，因為在從馬略 [26] 至凱撒的四十年間風雲變幻中發生的各種事件都和他有牽連。沒有另一個人能像西塞羅那樣親身經歷並感受到自己那個時代的歷史 —— 世界的歷史；只是時代從未為他留下時光去做一件事情 —— 一件最最重要的事情：回顧自己的一生。這位為了追求功名而忙忙碌碌的人從未找到過時間：靜心地好好進行反思，並把自己的知識和思想進行一番總結。

　　而現在由於凱撒篡奪了政權 [27]，把他排斥在國家事務之外，他終於有了機會：卓有成效地去處理自己的私人事務 —— 世界上最最重要的事務。西塞羅無可奈何地把向民眾發表演說的論壇、元老院和最高權力都讓給了凱撒的獨裁統治。對一切

公眾事務都感到趣味索然的情緒占據了這位受排擠者的心。他對政治已心灰意冷：但願他人去捍衛民眾的權利吧。對民眾來說，古羅馬鬥士的比武和競技比他們自己的自由還重要呢。而西塞羅覺得，現在更重要的是，去尋找、找到、營造自己內心的自由。於是，西塞羅在他六十歲的時候第一次默默地沉思著把目光專注於自己，以便向世界表明，他曾經爲這個世界而活著，他曾經爲這個世界發揮過自己的作用〔28〕。

西塞羅只不過是由於不經意而曾經從一個書籍世界陷入到一個險惡的政治世界，但作爲一個天生的藝術家，他現在試圖按照自己當時的年齡和自己最內在的愛好明智地安排自己的生活。他離開了喧囂的大都會羅馬，隱居在圖斯庫盧姆〔29〕——今日義大利的弗拉斯卡蒂，他在這裡擁有一座莊園，周圍是義大利最美的風景區之一。鬱鬱葱葱的丘陵連綿起伏，平緩地伸向坎帕尼亞平原〔30〕，淙淙泉水使山野更顯幽靜。這位富有靈感和善於思索的人的以往歲月，都是在古羅馬的廣場上、在元老院的圓形論壇上、在戰地的帳篷裡和在旅行的馬車上度過的。如今，在這一片幽靜之中，他的心智終於完全開啓。那座既具誘惑力而又令人疲憊不堪的城市——羅馬，宛若一縷雲煙，遠在天邊，但也可以說離得並不太遠，以致還常常有朋友到這裡來進行談話，以啓迪思想，其中有親密的知己阿提庫斯〔31〕、年

輕的布魯圖斯〔32〕、年輕的卡西烏斯〔33〕，有一次竟然來了一位危險的客人〔34〕——不可一世的獨裁者凱撒本人！儘管羅馬的朋友們不在身邊，但身邊卻始終有另一些高尚的、從不會令人失望的陪伴者：書籍，不管它們是沉默不語還是參與談話，均悉聽尊便。西塞羅在自己的鄉間別墅布置了一間非常雅致的藏書室。如果說智慧是蜂蜜，那麼藏書室就是真正取之不盡的蜂房了。這裡整齊地排列著希臘賢哲們的著作、羅馬人的編年史和各種法律手冊。和這樣一些來自各個時代和各種語言的朋友們生活在一起，不可能還會有哪一個晚上感到寂寞無聊。早晨的時間是工作。那個有學問的奴隸總是必恭必敬地伺候著，為西塞羅的口授作筆錄。心愛的女兒圖利婭替他為膳食節省了許多時間〔35〕。每天對兒子的教育〔36〕是他對自己生活的一種很好的調劑，並不時帶來新的慰藉。此外還有一件事，那就是他的最後的生活經驗：這位六旬老人幹了一件老年人最甜蜜的傻事——他娶了一位年輕的妻子〔37〕，年齡比自己的女兒還小，以便作為一名生活的藝術家用最性感和最銷魂的方式享受美，而不是在自己的大理石雕像中或者在詩句中享受美。

看來，西塞羅在他六十歲那一年終於回歸到他原來的本色——他只不過是一位哲學家，而不再是民眾的領袖；他更是一位作家，而不再是演說家；他僅僅是自己閒情逸致的主人，

而不再是為民眾利益忙忙碌碌的公僕。他不再在古羅馬的廣場上面對可以賄賂的法官們振振有詞，而是更願意在自己的著作《演說家》〔38〕中為他後來的所有模仿者樹立榜樣，闡明演說家藝術的本質，同時在他的著作《論老年》〔39〕中勉勵自己：一個確實有智慧的人應該學會老年人的真正尊嚴——老年生活中的戒慾斷念。他的那些最優美、最體惜他人的書信〔40〕也全部出自那段心境寧靜的時間。縱使是自己心愛的女兒圖利婭的去世給他帶來莫大的悲痛，他仍然是以一種富於哲理的生活藝術治癒自己心靈的創傷：他寫下了《論安慰》〔41〕，這篇散文在經過了數百年後的今天還曾安慰過成千上萬有相同遭遇的人呢。這位昔日忙忙碌碌的演說家此時成了一個偉大的作家，後世把這種變化歸功於他遠離了紛擾的故鄉。他在這安安靜靜的三年〔42〕中所撰寫的著作和為後世留下的英名，比他此前為國家事務碌碌無為而獻身的三十年還要多呢。

他的生活似乎已成為一個哲學家的生活。他幾乎不重視每天來自羅馬的消息和信函，他已經是那個永恆的精神王國的公民，而不再是被凱撒的獨裁統治篡權的羅馬共和國的公民。這位人世間法律的導師終於明白了每一個獻身於社會的人最後必定會知曉的苦楚奧祕：一個人從不可能長期捍衛民眾的自由，而始終只能捍衛自己的、內心的自由。

西塞羅——這位世界的公民、人文主義者和哲學家就這樣在遠離——如他自己所說，是徹底遠離——世俗的和政治的喧囂之中度過了一個天賜福分的夏天、一個創作豐碩的秋天和一個震撼義大利的冬天〔43〕。他幾乎不注意來自羅馬的消息和信函，他對一場不再需要他作為參與者的博弈〔44〕漠不關心。他似乎已完全沉浸在一個文人追慕名聲的慾望之中，他只願意自己是一個靈感世界的公民，而不再是腐敗、險惡、卑躬屈膝於暴政的羅馬共和國的公民。直到三月某一天的中午，一名滿身灰塵、氣喘吁吁的使者急急匆匆走進他的寓所，使者剛剛報告完消息就屈膝倒在地上了。他報告的消息是：獨裁者凱撒已在元老院的會堂被刺死。

　　西塞羅頓時臉色煞白。幾星期前，他還曾和這位慷慨大度的勝利者坐在同一桌宴席旁呢。西塞羅固然曾十分憎恨地反對過這位才能出眾的危險人物，也曾深懷疑慮地觀望著他所取得的各種軍事上的勝利，但在自己的內心深處卻始終不得不欽佩這位唯一值得敬仰的政敵所具有的卓越的組織才能、內在的自信和人性。不過，儘管凱撒本人極其厭惡所有的謀殺者們都要為自己編造一個虛假的理由，難道他不正是由於自己的種種優秀之處和曠世的業績才遭遇到這種最該詛咒的謀殺——「弒殺國父」的謀殺嗎？同樣，難道他不正是由於自己的天才而成了

羅馬人的自由所面臨的最危險的危險嗎？要是說，這樣一個人物的死很可能會令人惋惜，那麼，這次密謀行動的成功卻很可能會促使最神聖的事業取得勝利哩，因為現在凱撒死了，羅馬共和國可能會再度新生：自由的理念——最最崇高的理念可能會由於他的死而獲得勝利。

這樣一想，西塞羅也就克服了自己最初的驚愕。他原本是不願意看到這種密謀行動的；或許在他內心深處就根本不敢有這樣的夢想。雖然布魯圖斯在把鮮血淋淋的匕首從凱撒胸膛中抽出來時曾呼喊過西塞羅的名字〔45〕，並以此要求西塞羅——共和思想的導師能作為這次密謀行動成功的見證人，但布魯圖斯和卡西烏斯並沒有把西塞羅吸收到這次密謀活動中來。現在，刺殺凱撒的行動無可挽回地發生了，而這次行動至少應該被評價為有利於羅馬的共和政體。西塞羅認識到：越過這具「暴君」的屍體，將是一條通往古老的羅馬人的自由之路，他同時也認識到：向他人指出這一條路是責無旁貸的義務。這樣一種千載難逢的時刻絕不可以白白放過呵。於是，西塞羅放下他的書籍、放下他的文稿，也顧不上身為藝術家的從容不迫，為了既要從密謀者們手中又要從凱撒派復仇者們手中拯救凱撒留下的真正遺產——共和國，西塞羅在事發的當天就急急忙忙趕回羅馬去了。

到了羅馬，西塞羅遇到的是一座惘然若失、驚慌失措的城市[46]。早在事發的那一刻，就已證明：刺殺凱撒的行動本身要比那些參與刺殺行動的人更了不起，那是一群偶然糾集在一起的密謀分子，他們只知道要除掉這一個比他們所有的人都強的人，只知道要刺殺凱撒，但是到了要充分利用這一次成功行動的現在，他們卻束手無策，不知應對了。元老院的元老們猶豫不決，不知道是贊成這次刺殺行動呢，還是應該譴責這次行動。早已習慣於被一個嚴厲粗暴的人管束的民眾們，更是不敢表示任何看法。安東尼和凱撒的朋友們懼怕那群密謀分子，正在為自己的性命而哆嗦。反之，密謀分子也害怕凱撒的朋友們，害怕他們要復仇[47]。

在這樣一片驚慌失措之中，西塞羅證明自己是唯一表現出果敢的人。足智多謀和鎮定自若的西塞羅，在平時總是謹小慎微，但此時此刻卻毫不遲疑地站出來支持這次他本人並未參與的刺殺行動。他邁入元老院的會堂時，器宇軒昂，而龐培議事廳裡的大理石地面上還留著凱撒的未乾血跡。他在開會的元老們面前把這次除掉獨裁者的行動讚譽為共和思想的一次勝利。「我的民眾們，你們再次回到了自由之中！」——他慷慨陳詞。「你們，布魯圖斯和卡西烏斯，你們完成了不僅是羅馬國家最偉大的行動，而且也是全世界最偉大的行動。」不過他同

時要求：現在要給這次行動本身賦予更崇高的意義。密謀者們應該果斷地去掌握凱撒死後暫時擱置的政權，而且為了拯救共和國，為了重建羅馬人的古老的法制，要迅即充分利用這一次成功的行動。西塞羅說，安東尼的執政官職務應該被免除。行政權應該被移交給布魯圖斯和卡西烏斯。為了迫使獨裁統治永遠讓位給自由，這位始終遵循法律的西塞羅卻在這短暫的具有世界歷史意義的時刻第一次打破了墨守成規的法律。

然而，密謀者們的軟弱現在暴露出來了〔48〕。他們只會策劃一次密謀，只會完成一次謀殺。他們僅有的力量是，把五寸長的匕首捅入一個手無寸鐵者的肉體，隨後他們的決心也就完了。他們不去掌握政權並為重建共和國充分利用政權，而是花費時間和精力去為自己尋求廉價的赦免，去和安東尼進行談判。他們給凱撒的朋友們留下了積聚力量的時間，同時也耽誤了自己最寶貴的時間。西塞羅敏銳地認識到這種危險。他覺察到，安東尼正在準備反擊〔49〕，不僅要幹掉這些密謀者，而且也要消滅共和思想。為了迫使密謀者們和民眾採取堅決行動，西塞羅發出警告，竭力說服，宣傳鼓動，發表演說，但卻犯了一個具有世界歷史意義的錯誤——他自己沒有採取行動！很顯然，各種可能性現在是掌握在他自己手中。元老院已準備支持他。民眾們原本就是只盼望有一位堅決而又勇敢的人出來控制

局面——接住從凱撒強大的手中掉下來的韁繩。如果西塞羅現在執掌政權，並在一片混亂中重建秩序，是沒有人會反對他的。所有的人只會鬆一口氣。

自從西塞羅以控告卡提利納的演說詞名揚羅馬政壇以來，他熱切盼望的具有世界歷史意義的時刻現在終於隨著三月十五日的日子來到了。要是他當時就知道如何利用這一時刻，那該多好呀！那樣的話，我們所有的人就會在學校裡學到另一種完全不同的歷史。西塞羅的名字將不僅作為一個有名望的作家的名字，而是作為共和國拯救者的名字，作為羅馬人的自由的真正守護神的名字，在李維〔50〕和普盧塔克〔51〕的編年史中永世流傳。他的名字將會萬古流芳，因為是他占據了一個獨裁者空下的政權並自願把這一政權重新交還給民眾。

可是，在歷史上始終重演著這樣的悲劇：恰恰是一個智慧出眾的人，因為內心感到責任的重大，往往在關鍵時刻很難成為一個行動果斷的人。這種矛盾也一再表現在才華橫溢和善於寫作的西塞羅身上：正由於他對時代的愚蠢行為看得比誰都清楚，這就迫使他躋足其間，甚至也會在滿腔熱忱的時刻不由自主地投身到政治鬥爭中去。但同時他又會在面對用暴力報復暴力時躊躇不前。他內心的責任感使他畏懼恐怖手段和流血事件。而現在，恰恰是在不僅允許毫無顧忌甚至要求毫無顧忌的

特殊時刻，他的猶豫不決和顧慮重重終於使他喪失了力量。在最初的一陣振奮過去之後，西塞羅以自己的洞察力憂心忡忡地觀望著局勢，觀望著昨天還被他譽為英雄的密謀分子。他看到他們只不過是一群毫無膽識的人——他們起了惻隱之心，他們退卻了。西塞羅觀望著民眾，他看到今日的民眾早已不再是他曾夢想的英勇的、古老的羅馬民族的庶民，而是一群蛻化變質、只關心實惠和享樂——只關心吃喝玩樂的芸芸眾生。這些民眾向布魯圖斯和卡西烏斯這樣的密謀分子僅僅歡呼了一天；第二天，他們就向安東尼歡呼了——安東尼號召他們向密謀分子報仇；第三天，他們又向多拉貝拉〔52〕歡呼了——此人指揮別人把凱撒的雕像打倒在地。西塞羅心裡明白，在這座已經蛻化變質的城市裡，沒有人還會真誠地獻身於自由的理念。他們都只想得到權力或者自己的安逸。凱撒已被除掉，但無濟於事，因為所有的人都僅僅是為了企圖得到他的遺產、他的錢財、他的軍團、他的權力而在討價還價和爭吵。他們都只是為了自己，而並非為了羅馬人唯一神聖的事業——自由謀利。

在倉促一時的歡欣鼓舞過去之後的那兩個星期裡〔53〕，西塞羅的厭煩心情和疑慮與日俱增。除了他自己，沒有人操心共和國的重建；對國家的感情已經消失，嚮往自由的意識已無影無蹤。動蕩不安的局勢終於使他感到厭惡。他不能再有任何錯

覺：以爲自己的話有多大分量。面對自己的失敗，他不得不承認，他所扮演的調解折衷的角色已不起作用；他不得不承認，不是自己太軟弱無能就是自己太缺乏勇氣，以致他不能在內戰即將發生時去拯救自己的祖國。於是他就讓國家去聽天由命吧。四月初，他離開羅馬，回到鄰近那不勒斯海灣的普托里〔54〕，那裡有他自己的可供隱居的莊園——他又回到了自己的書齋，但卻懷著又一次失望和又一次失敗的情緒。

西塞羅就這樣第二次從那個變幻莫測的世界躲避到自己的隱居生活之中。現在他終於明白，身爲學者、人文主義和法律維護者的他，從一開始就不應該涉足那個有權就有理的世界，不應該涉足那個由權勢造成更多的爲所欲爲而不去促進明智與和解的世界。他不得不深有感慨地認識到，他爲自己的祖國所憧憬的理想的共和政體與恢復羅馬人的古老民風，在那樣一個人性脆弱的時代不可能再實現。由於他在難以駕馭的現實的物質世界中無法完成自己的拯救行動，那麼，他至少要爲更有智慧的後世拯救自己的夢想。六十年的人生辛勞和知識不應該完全不起作用地失去吧。於是，這位心情抑鬱的人想起了自己原本有的才能。他在那些寂寞孤獨的日子裡撰寫了自己最後的、同時也是最偉大的著作《論義務》〔55〕。這是他爲其他幾代人

留下的遺言，是關於一個獨立的、有道德的人對自己和對國家應盡義務的教導。這是他的一部關於政治和倫理學的遺著，記載了公元前四十四年的秋天——同時也是他自己生命中的秋天——在普托里的西塞羅。

　　書中猶如談心的語言就已顯示出，這部關於個人對國家關係的理論著作，是一個已經退職的、對社會的一切熱情都已消失的人留下的最後遺作。《論義務》是寫給他的兒子的；西塞羅坦率地告訴自己的孩子，他不是出於漠不關心而從公眾生活中隱退，而是因為他作為一名自由的有識之士和羅馬的共和派分子[56]，認為替獨裁統治效勞有失自己的身分和尊嚴。西塞羅說，「當這個國家還被那些由他自己所選擇的人掌管的時候，我一直在那麼長的時間裡把我的才能和計謀奉獻給國家。可是自從一切都處於一手遮天的獨裁統治之下以來，為公眾服務的空間已不復存在，或者說為權威機構——元老院、法庭等服務的空間已不復存在。」自從元老院被架空和法庭被終止以來，尚有幾分自尊的他在元老院裡——或者說在元老院會堂的圓形論壇上還能謀求些什麼呢？此前，他為公眾服務——即政治活動已經竊取了他自己的太多太多的時間。「未曾給這位從事寫作的人予以閒暇」（拉丁語：Scribendi otium non erat）。他也從未能以自成一體的完整形式寫下自己的世界觀。而現

在，由於他被迫不再從事國務活動，他至少打算要好好利用這種閒暇，去應驗西庇阿[57]說過的那句十分精采的話——西庇阿曾在談到自己時說過：「當他在不得不無所事事時，他所做的事從不會更少；當他孤獨一人時，他從未感到更寂寞。」

西塞羅這時候向兒子闡述關於個人對國家關係的各種思想常常不是新的和原創的[58]。這些思想結合了從書本上學到的知識和平時接受的知識，因為一位雄辯術家縱使在六十歲的時候也不會突然成為一名詩人，這好比一位辭書編纂家不會突然成為一名原創作家一樣。可是在這部著作中，西塞羅的思緒由於通篇憂傷和怨恨的語氣而獲得一種新的哀婉動人的感染力。這是一位真正富於人性的英才在流血的內戰之中和在古羅馬的權貴集團與各派的亡命之徒為權力而鬥爭的時代之中所做的一個永恆的夢：通過道德上的認知和安撫的途徑爭取讓世界贏得和平——就像在那樣的時代裡總會有不少人做這樣的夢一樣。西塞羅說，正義和法律——唯有這兩者應該是國家的堅強支柱。不是讓蠱惑人心的政客去掌握政權，而是內心正直的人一定得去掌握政權，從而保持國家中的公正。沒有人可以想方設法將自己的個人意志——從而將自己的為所欲為強加給人民；拒絕服從任何一個從人民手中奪走領導權的野心家，是一個人應盡的義務。作為一個不屈不撓有獨立思想的人，他堅定地拒

絕和任何一個獨裁者結盟〔59〕，並拒絕在他手下服務。

西塞羅論證說，暴政侵犯每一種權利。只有當每一個人不是企圖從自己的公職中獲得個人的好處，不是企圖在社會利益的背後隱藏自己的私利，真正的和諧才能在國家中實現。只有當財富不被大肆揮霍而成為奢侈與浪費，而是得到妥善管理，並被轉化為精神文明──文化藝術等；只有當貴族階層放棄自己的傲慢；只有當平民階層不讓自己被善於煽動的政客們收買，並且不將國家出賣給某一個派別，而是要求得到自己的天賦權利時，國家才能健康發展。就像所有的人文主義者都讚美調和折衷一樣，西塞羅要求對立的社會階層和睦相處〔60〕。羅馬國家不需要蘇拉〔61〕這樣的人和凱撒這樣的人，而另一方面也不需要格拉古兄弟〔62〕這樣的人。獨裁是危險的，革命也同樣如此。

西塞羅在《論義務》一書中所說的許多話，人們早已能夠在先前的柏拉圖的《理想國》中找到，也能夠在此後的讓－雅克‧盧梭〔63〕和所有理想主義的烏托邦〔64〕空想者們的著作中讀到。然而，他的這部遺著之所以能如此令人驚訝地超越了他自己的那個時代，是因為他在公元前半個世紀就在此書中第一次用文字表達了那種新的情感：仁愛的情感。在那樣一個極其野蠻和殘暴的歷史時代，西塞羅是第一個也是唯一的一個反對

任何濫用暴力的人。在那樣的歷史時代，縱使是凱撒也還要在攻佔一座城池之後讓人把兩千名俘虜的雙手手指砍掉呢[65]；刑訊拷打、鬥劍角力、大肆殺戮、在十字架上處以死刑，在那樣一個歷史時代乃是司空見慣、不言而喻的事情。而西塞羅卻譴責戰爭是一種獸行。他譴責自己的民族窮兵黷武和瘋狂擴張。他譴責自己的民族對行省的剝削。西塞羅期盼：將別的國家併入羅馬共和國，唯有通過文化和習俗的融合，而絕不應該使用長矛和利劍。西塞羅竭力反對把城市洗劫一空，並且要求即使對沒有權利者中的最沒有權利的人──奴隸也要寬厚善待；這在當時的羅馬是一種荒謬的要求[66]。他以先知的眼光預見到了羅馬將會衰落，這是由於羅馬取得的勝利太迅速所致，同時也是由於羅馬征服世界是一種不健全的征服──因爲它只使用武力。西塞羅說，自從羅馬這個國家由蘇拉開始向外征戰以來，唯一的目的就是掠取大量的戰利品，而在這時候，正義卻已在自己的國家內消逝。要知道，每當一個民族用武力剝奪了其他民族的自由時，這個民族本身也就會在神祕的復仇之中被孤立，從而失去自己的、創造奇蹟的力量。

　　正當羅馬軍團在野心勃勃的軍事統帥們率領下，爲了替擴張領土的一時瘋狂效勞，向帕提亞[67]和波斯、向日耳曼地區和大不列顛島、向西班牙和馬其頓進軍時，西塞羅卻在自己

的《論義務》一書中表達了另一種不同凡響的意見：反對這種危險的勝利，因爲他已看出，播種流血的征服戰爭，孕育出的收穫乃是流血更多的內戰，所以這位已失去權勢的人性守護者諄諄教誨自己的兒子要把人與人之間的和睦相處奉爲至高無上的理想。這位已經當了太長時間的演說家、辯護大師和政治家——他曾經爲了金錢和榮譽，以同樣出色的雄辯演說替任何一件好事和壞事作過辯護；他曾經親自爲自己爭奪過每一個官職；他曾經追求過財富、追求過在公眾中的名望、追求過民眾的喝采——終於在自己生命的秋天達到了這樣一種清楚的認識。就在自己的生命即將結束的時候，迄今僅僅是人文主義者的西塞羅成了維護仁愛的第一人。

正當西塞羅以這樣的方式在自己的隱居中安靜而悠閒地仔細思考著國家生活的道德規範時，羅馬政局的動蕩與日俱增。元老院還始終沒有決定，民眾也始終沒有決定，是應該讚揚殺死凱撒的密謀分子呢，還是應該譴責他們。安東尼正在爲反對布魯圖斯和卡西烏斯而擴軍備戰；而另一個新出現的要求繼承凱撒的人——屋大維也出人意外地回到了羅馬。凱撒在遺囑中將屋大維 [68] 指定爲自己的繼承人，而現在，屋大維果眞要來繼承這一筆權力和財富的遺產了。他剛一在義大利登陸，就致

信西塞羅，以謀求西塞羅的支持；但與此同時，安東尼也請求西塞羅能回到羅馬，還有布魯圖斯和卡西烏斯也同樣從各自的戰場上召喚西塞羅。他們都想討好這位傑出的辯護大師，爭取他能爲他們各自的事業辯護；他們都想徵求這位著名法律導師的意見，希望他能將他們各自不合法的事情變爲合法。他們就像所有想要掌權的政治家們一樣，當他們尚未掌權時，他們總會出自一種眞正的本能去尋找一位智慧超群的人作爲自己的依靠。——而一旦他們掌了權，然後就會輕蔑地把這位智囊踢到一邊，倘若西塞羅還像先前一樣是一個自負而又有雄心的政治家，那麼他很可能就會上當。

然而，西塞羅並未上當，一半是出於厭倦，一半是出於明智——這兩種心態常常難以互相區別。他知道，他現在眞正急需要做的只有一件事：完成自己的著作《論義務》——即把自己的一生和自己的思想作一番整理。就像奧德修斯〔69〕不聽海妖〔70〕的歌唱一樣，他對這些權勢者們的誘人的召喚充耳不聞，他不聽從安東尼的召喚，不聽從屋大維的召喚，不聽從布魯圖斯和卡西烏斯的召喚，即便是元老院和自己的朋友們的召喚，他也不聽從，而是繼續不斷地寫他的書，因爲他覺得，言辭中的他比行動中的他更強大；獨自一人的他比朋黨中的他更具智慧，同時他也預感到，這是他告別人世的最後遺言了。

當他完成這部遺著後，他才舉目四望。看到的卻是一片令人擔憂的局面。這個國家——他的祖國已面臨內戰。把凱撒的銀庫和執政官的銀庫洗劫一空的安東尼正在用這筆盜竊來的錢招兵買馬。但有三支全副武裝的軍隊反對他：屋大維的軍隊、雷必達 [71] 的軍隊、布魯圖斯和卡西烏斯的軍隊。任何和解與斡旋都已為時太晚。現在必須決定的是，應該讓在安東尼領導下的新的凱撒式的獨裁去統治羅馬呢，還是讓共和政體繼續存在。每一個人都不得不在這樣的時刻作出抉擇。即便是這位最最小心謹慎、最最瞻前顧後的西塞羅——他以往總是為了尋求調解而超越派別，或者遲疑地在派別之間來回搖擺——也不得不作出最終的抉擇了。

　　於是，現在發生了令人奇怪的事。自從西塞羅將自己的遺著《論義務》留給兒子以後，他已把自己的生命置之度外，彷彿渾身有了新的勇氣。他知道，自己的政治生涯和文學生涯已告結束。他該說的話都已說了。留給自己還要去經歷的事已經不多。他年事已高，該做的事他都已做了，微不足道的餘生還有什麼可值得珍愛的呢？就像一頭被追趕得筋疲力竭的動物，當牠知道身後有狂吠不停的獵犬在緊追不捨，牠就會突然轉過身來，向追趕過來的獵犬猛衝過去，以便迅速結束這場最後的角逐一樣，西塞羅以真正不怕死的勇氣 [72] 再次投身到鬥爭之

中，並使自己處於危險的境地。幾個月來，乃至幾年來，他做得更多的，只不過拿著一支無聲的石筆從事寫作，而現在又要再度拿起演說的石箭，向共和國的敵人投去〔73〕。

令人震撼的場面：公元前四十四年十二月，這位頭髮灰白的老人又站在羅馬元老院的論壇上，他還要再一次呼籲羅馬的民眾；他要莊嚴地表示自己對羅馬祖先們的崇敬。他發表了反對——拒不服從元老院和人民的——篡權者安東尼的十四篇振聾發瞶的演說「反腓力辭」。他完全意識到，自己手無寸鐵地去反對一個獨裁者將意味著什麼。——這位獨裁者已在自己身邊集結了準備進軍和準備屠殺的羅馬軍團。但是，誰要號召別人鼓起勇氣，那麼只有當他率先證明自己有了這種勇氣時，他才會有說服力。西塞羅知道，他這一回已不能像先前似的在這同一個論壇上灑脫地唇槍舌劍，而是必須為自己的信念拿生命來冒險。他從演講台上發出這樣鏗鏘激越的聲音：「早在我年輕時，我就捍衛過這個共和國，現在我已年老，但我不會把共和國棄置不顧。如果羅馬城的自由由於我的死而能重建，我已準備好，甘願為此獻出我的生命。我唯一的願望是，在我死去的時候，羅馬人民仍能自由地活在世界上。但願永生的諸神能成全我的願望，沒有比這更大的恩賜了。」他堅決要求元老院：現在已經不再是和安東尼談判的時候了。他說，元老院必

須支持屋大維──他代表共和國的事業，雖然他是凱撒的繼承人和有血緣關係的親戚。但是現在不再是關係到人，而是關係到事，關係到一件最為神聖的事：自由。這件事已經到了決定性的最後關頭。而自由──這筆神聖不可侵犯的財產在受到威脅時，任何遲疑躊躇都是毀滅性的。所以，這位和平主義者西塞羅要求共和國的軍隊去反對獨裁統治的軍人，因為他本人，正如他後來的學生伊拉斯謨〔74〕一樣，憎恨內戰，超過一切。他提議，宣布國家處於緊急狀態，宣布篡權者安東尼不受法律保護〔75〕。

自從西塞羅不再為可疑的官司當辯護人，而成為崇高事業的維護者以來，他在這十四篇反對安東尼的演說「反腓力辭」〔76〕中真正找到了富於感染力和激勵人心的言辭。他向自己的同胞發出呼聲：「假如別的民族願意在奴役中生活，我們羅馬人卻不願意。如果我們不能贏得自由，那麼就讓我們死去。」他說，如果羅馬這個國家真的氣數已盡，那麼，主宰著全世界的羅馬人就應該採取這樣的行動：寧可正面對著敵人死去，而不願任人宰割──就像已成為奴隸的羅馬鬥士在競技場上表現的那樣。「寧可在尊嚴中死去，而不在恥辱中苟生。」

元老院的元老們和集會的民眾悉心傾聽這些痛斥安東尼的演說，莫明驚詫。也許有些人已感到，可以在羅馬廣場上公開

說出這些話，對今後數百年而言，將是最後一次了。人們不久將不得不在羅馬廣場上只向羅馬皇帝們的雕像誠惶誠恐地鞠躬。在凱撒們的國度裡，只允許阿諛奉承者和告密出賣者們詭計多端地竊竊私語，而不會再允許先前那種自由的言論。聽眾們面面相覷：一半是出於驚恐，一半是出於欽佩這位老人──他竟會以「一個亡命之徒」的勇力，即以一個內心已完全絕望者的勇氣，單槍匹馬地捍衛人的精神獨立和共和國的法律。他們贊同他的話，但猶猶豫豫，因為即便是烈火燃燒般的語言也已不再能夠點燃起這根已腐朽的樹幹──羅馬人的自豪了。正當這位孤軍奮戰的理想主義者在羅馬廣場上勸告大家要為國家獻身的時候，統率羅馬軍團的幾個肆無忌憚的將領們已在他的背後締結了羅馬歷史上最可恥的政治同盟。

就是這同一個屋大維──西塞羅曾把他譽為共和國的捍衛者，就是這同一個雷必達──西塞羅曾鑑於他為羅馬人民立下了功勞而要求為他建造一尊大理石雕像；這兩個人曾為了要消滅篡權者安東尼而離開羅馬在外征戰，現在卻寧肯做一筆私人交易。由於這三個軍事首領中沒有一個強大到能夠獨自一人奪取羅馬這個國家作為個人的戰利品──屋大維不能，安東尼不能，雷必達也不能，於是這三個當年的死敵現在寧可達成一項協議，私下瓜分凱撒的遺產。於是，一夜之間，羅馬在大凱撒

的位置上竟有了三個小凱撒。

這是具有世界歷史意義的時刻：這三個軍事統帥不服從元老院的命令，不遵守羅馬民族的法律，聯合起來組成了三巨頭同盟，把橫跨歐亞非三大洲的幅員遼闊的羅馬國家當做低廉的戰利品進行瓜分。在雷諾河和拉維諾河交會處的博洛尼亞城附近的一個河心小島上，一座營帳被搭建起來了。三巨頭就在這裡會晤。不言而喻，在這三個不可一世的戰爭英雄中，沒有一個會信任另一個。在他們以往的各自宣言中，充斥著互相攻訐的言辭，諸如，將對方稱之爲造謠惑眾者、流氓無賴、篡權者、強盜、竊賊等，以致無法詳細知道這一個冷嘲熱諷另一個究竟是爲什麼。不過，對於權力慾極強的人來說，唯有權力最重要，而不是思想品質；重要的是戰利品，而不是聲譽。這三個對手現在用各種防備措施，一個跟著一個接近事先約定的位置；當這三個未來的世界統治者彼此確信——他們中間誰也沒有爲了謀害另一個最新的同盟者而隨身攜帶武器之後，他們才友好地互相微笑致意，並一起走進營帳——未來的三巨頭同盟將要在這裡締結和建立。

屋大維、安東尼和雷必達在這座營帳裡停留了三天，但無人見證。他們有三件事要做。他們迅速聯合起來要做的第一件

事：他們將怎樣瓜分世界。最後，屋大維得到了阿非利加和努米底亞[77]，安東尼得到了高盧，雷必達得到了西班牙。縱使是第二個問題也沒有使他們太發愁：如何籌措到錢，把欠了黨徒和軍團士兵幾個月的軍餉發下去。按照歷來常常仿效的辦法，這個問題巧妙地得到解決，那就是直截了當地搶掠國內最有錢的人的財產，同時把他們消滅掉，免得他們大聲抱怨和控告。三巨頭在桌面上慢慢悠悠起草了一份有兩千名義大利最有錢的人的黑名單，其中有一百名是元老；後來還公布了一份不受法律保護者的名單。每個人都提出自己所知道的人，其中包括他本人的私敵。這三個新結盟的巨頭在解決了領土問題之後又用匆匆的幾筆就完全辦妥了經濟問題。

現在要商討第三個問題。誰要建立獨裁統治，誰就必須首先讓那些永遠反對任何暴政的人 —— 人格獨立的人，即那些捍衛根深柢固的空想：自由的人永遠閉上嘴，以便自己穩當地留在統治的位置上。安東尼要求把西塞羅作爲這最後一份黑名單的第一人[78]。安東尼認識到西塞羅的眞正本質，並直言不諱地說出西塞羅的名字。西塞羅確實比所有的人都危險，因爲他具有精神力量和要求獨立的意志。他必須被幹掉。

屋大維感到很吃驚，並予以拒絕。作爲一個年輕人的他，畢竟還沒有被政治的奸詐完全毒害，還沒有完全冷酷無情，他

對用殺害這位義大利最著名的作家來開始自己的統治，還有疑慮。西塞羅曾經是維護屋大維的事業的最忠誠的人。西塞羅曾經在民眾和元老院面前多次讚譽過他。就在幾個月前〔79〕，屋大維還曾恭恭敬敬地徵詢過他的建議，尋求他的幫助呢。屋大維早先曾尊敬地稱這位老人是自己「真正的父親」。屋大維覺得不能昧著良心做事，他堅持自己的反對態度。出於對西塞羅真正崇敬的本能，他不願把這位最顯赫的拉丁語大師交給收買的兇手們去殺戮。但是安東尼非常堅持，他知道，在思想精英和暴力之間存在著永恆的敵對；對獨裁統治而言，沒有人會比這位語言大師更危險的了。為了西塞羅的這顆人頭的鬥爭持續了三天。最後，屋大維讓步。於是，用西塞羅的名字結束了這份黑名單——它也許是羅馬歷史上最可恥的一份文件。隨著這份不受法律保護者的名單的確定，對共和國的死刑判決才真正生效。

就在西塞羅獲悉先前的三個不共戴天的仇敵已聯合起來的那一刻，他已知道自己輸了〔80〕。西塞羅心裡十分明白，自己已落在海盜安東尼的手掌之中。他曾公開揭露過這個不顧一切圖謀私利之徒——安東尼身上的那種貪婪、虛偽、殘忍、不知廉恥的卑鄙本能，實在是太不留情面和太傷人啦，以致

他不可能希望從這個凶殘的暴君身上得到像凱撒那樣的寬宏大量。——而莎士比亞卻毫無道理地把安東尼美化爲具有高貴精神[81]。西塞羅知道，如果他要拯救自己的生命，唯一合乎邏輯的做法，就是迅速逃跑。西塞羅必須橫渡大海，逃到希臘去，投奔布魯圖斯[82]和卡西烏斯[83]，或者投奔小加圖[84]，逃入追求自由的共和派分子的最後軍營，他在那裡至少可以得到安全，免遭已被派出來的刺客們的殺害。而且事實上，這位不受法律保護者似乎已經下過兩三次決心，準備出逃。他已準備好一切。他通知了自己的朋友們。他已經登上了船。他已經啓程。可是，總是在最後一刻，西塞羅一再中斷他的行程。誰曾經感受過流亡的淒涼，那麼即便在危險之中，他也會覺得故土的溫馨，並覺得在永遠的逃亡中生命多麼黯淡。這是在理智另一面的一種神祕莫測的意志——甚至可以說是對理智的一種逆反，它迫使西塞羅直面等待著他的命運。這位已經變得十分疲倦的人只是渴望從已經了結的一生中再歇幾天，只是還想靜靜地稍微思考一下，只是還要寫幾封信，還要讀幾本書[85]，然後就讓已經爲他注定的事來吧！在這最後的幾個月裡，西塞羅一會兒躲藏在這個莊園，一會兒躲藏在另一個莊園，每當危險臨近時，他就立刻啓程，可是從未完全逃離。就像發燒的病人把頭埋在軟枕頭裡不時地變換姿勢一樣，西塞羅也不時地變

換自己的半藏匿之處，他既沒有完全下定決心去接受自己的命運，也沒有完全下定決心去躲避自己的命運，他彷彿要以自己靜候死的來臨來實踐自己在《論老年》中寫下的座右銘：一個老人既不可能尋求死亡，也不可能延遲死亡，而只有當死亡降臨時，去從容接受：對視死如歸的人而言，沒有可恥的死亡。

已經在前往西西里島途中的西塞羅正是以這樣的心態突然命令他手下的人再次掉轉船頭，折回到四處是敵人的義大利。他在卡伊埃塔 —— 今天的加埃塔 [86] 登陸。他在那裡有一座小莊園。他已感到十分疲倦 —— 不僅僅是四肢的疲倦、神經的疲倦，而且也是對活下去感到疲倦；除了這樣一種疲倦，還有一種對末日來臨的神祕嚮往和對人間生活的眷戀：他只是還想再歇一歇，再呼吸一下故鄉清新的空氣，並向故鄉告別，向世界告別；他還想再休息一下，再歇一歇腳，哪怕只有一天或者一小時也好！

他剛一回到自己的小莊園 [87]，就必恭必敬地向守護家的諸聖神 [88] 祝禱。他 —— 一個六十四歲的老人確實累了。海上航行的顛簸之苦已使他筋疲力竭，於是他在一間墓穴般的臥室裡躺在床上，伸開四肢，閉上眼睛，要在永眠之前先享受一下溫馨睡眠的甜美。

可是，西塞羅剛一伸開四肢，一個忠誠的奴隸就已急急忙

忙走進房間，告訴他：附近已出現形跡可疑的武裝人員。一個畢生得到西塞羅許多恩惠的管家為了得到報酬已將西塞羅的逗留處洩露給了來行刺的兇手。西塞羅還有可能出逃，但必須趕緊逃走。一頂轎子已準備好。他們自己——在家中伺候的幾個奴隸打算武裝起來，將在他去上船的短距離中保衛他。他上了船就安全啦。可是，這位疲憊不堪的老人拒絕了。他說，「何必呢，我已經累得不想逃走了，我也已經累得不想再活了。就讓我死在這個我曾拯救過的國家吧！」不過，這位忠誠的老僕人最終還是把他說服了，佩帶武器的奴隸們抬著西塞羅的轎子，繞道穿過小樹林，向救命的小船走去。

不過，自己家中的那個告密者為了他的一筆不義之財不致落空，便急急忙忙召來一個百人隊隊長和幾個武裝人員。他們像狩獵似地在林間追蹤搜尋，並及時地找到了他們的獵物——西塞羅。

手持武器的僕人們立刻聚集在轎子周圍，準備抵抗。然而西塞羅卻命令他們離去。他自己的一生已經活到了盡頭。何必還要讓更年輕的不認識的人去做無謂的犧牲呢？就在這最後一刻，一切懼怕都從這個總是動搖不定、缺乏堅定和僅僅難得有勇氣的男子身上煙消雲散了。他覺得，他作為一個羅馬人，只能在最後的考驗中——當他神態凜然地面對死亡時——證明

自己的勇氣。僕人們聽從他的命令散開了。而他則將自己白髮蒼蒼的人頭交給了殺害他的兇手們。他手無寸鐵，沒有任何抵抗。他只說了一句滿不在乎的話：「我從來就知道，我不是一個永生不死的人。」不過，殺害他的人要的並不是他的哲學思想，而是要自己的軍餉。那個百人隊隊長用一把巨大的軍刀把這個不做任何反抗的人擊倒在地。

馬爾庫斯·圖利烏斯·西塞羅——最後一位維護羅馬人自由的人——就這樣死去了[89]。他在自己的這最後一個小時中的表現比他在自己一生中所度過的數以萬計的小時中的表現更英勇、更有男子氣概和更堅決。

緊接著這幕悲劇後面的是血腥的群魔亂舞的醜劇。西塞羅如此緊迫地被殺死，正是安東尼所指使。兇手們從這種緊迫性中揣測到，這顆人頭必定有特殊的價值——當然，他們不會預先想到這個頭腦在世界和後世的精神領域中的價值，而只是預料它對這次血腥行動的指使者必定具有特殊的價值。爲了使自己沒有爭執地得到獎賞，他們決定把這顆人頭作爲完成使命的確鑿證據交給安東尼本人。於是，這個匪徒們的頭目從西塞羅的屍體上砍下頭顱和雙手，把它們塞進一個大口袋——從口袋裡還滴著被害人的鮮血——他們以最快的速度匆忙趕回羅馬，以便用這樣的消息使獨裁者安東尼高興：這位羅馬共和國最優

秀的捍衛者已經用通常的方法被幹掉了。

這個小匪徒——這群匪徒們的頭目估計得完全正確。而那個大匪徒——指使這次謀殺行動的安東尼現在卻要把他對這次行動成功所感到的高興轉換成豐厚的報酬。由於他已讓人去搶掠並殺害義大利兩千名最有錢的人，現在的安東尼終於闊綽到能夠爲了這一隻裝著被砍下來的西塞羅的人頭和雙手的鮮血淋淋的口袋支付給這個百人隊隊長一百萬光燦燦的塞斯特斯。但是，他復仇的慾火還一直沒有因此而冷卻。刻骨的仇恨終於使這個嗜血成性的兇手想出了要讓這個死去的人蒙受一種特別的羞辱；安東尼萬萬沒有料到這樣的羞辱卻使他自己遺臭萬年。安東尼命令，把西塞羅的頭和雙手釘掛在羅馬廣場的演講台上——西塞羅當年爲了捍衛羅馬人的自由，就是從這同一個講台上呼籲民眾反對安東尼。

第二天，羅馬的民眾看到了這幅可恥的場面。從這最後一位捍衛自由的人身上砍下來的慘白的頭顱正掛在西塞羅曾作過不朽演說的講台上。一根粗大的生鏽的鐵釘穿過他的額頭——這額頭曾思考過無數的想法；蒼白的雙唇緊閉著——從這雙唇中用拉丁語說出來的鏗鏘有力的言辭，比所有的言辭都美；發青的眼瞼緊閉著，蓋住了眼睛——這雙眼睛在六十多年的時間裡守望著共和國；無力的雙手張開著——這雙手曾撰寫過那個

時代最華麗的書信。

然而，他的默默無聲、被殘殺的頭顱此時此刻卻是一種對「暴力永遠無理」所作的控訴，它是如此意味深長，是此前這位偉大的演說家從這同一個講台上爲反對殘忍、反對權力的淫威、反對無視法律所作的控訴無法比擬的。民眾膽戰心驚地擁擠在講壇周圍，他們心情壓抑，深感羞愧，然後又退縮到了一邊。沒有一個人敢說一句反對的話──這就是獨裁統治呀！不過，他們的心都在震顫，看到自己的共和國已被釘在十字架上這幅悲慘的象徵畫面，他們都戰戰兢兢地垂下了眼瞼。

註釋：

〔1〕王煥生著：《〈論共和國〉導讀》，四川教育出版社，二○○二年，第五十九頁。引文源自普盧塔克：《西塞羅傳》，第四十九頁。

〔2〕西塞羅（Marcus Tullius Cicero），公元前一○六年一月三日，出生在羅馬東南方——古代拉丁姆地區的一座小鎮阿爾庇努姆（Arpinum，今阿爾庇諾 Arpino）。這座小鎮在公元前三○三年獲得羅馬公民權，公元前一八八年獲得選舉權，在西塞羅的青年時代，它是享有自治特權的城邦。西塞羅的祖父務農，且嚴守傳統。祖父生前在家鄉一直反對平民主張的祕密表決法，因而受到貴族派的讚許。在西塞羅的父親獲得騎士稱號後，這個家族才進入騎士等級，但父親健康不佳，因而一生未曾追求在政壇發跡，卻更喜愛鄉間生活和做學問。顯然，這樣的家庭環境對西塞羅以後的政治理想和人生追求有潛移默化的影響。西塞羅的母親出身於阿爾庇努姆小鎮的一個古老家族，在西塞羅童年時去世。父親很關心兒子的成長，在西塞羅七歲時就帶著西塞羅和他的弟弟昆圖斯（Quintus）前往羅馬，投拜希臘教師門下求學。據說父親死於公元前六四年，即西塞羅出任執政官的前一年。西塞羅的從政

始於公元前七六年，是年他被選舉為羅馬財政官，履職的地方是西西里，主要職責是為羅馬徵集糧食。他辦事勤謹公正，為人溫和，得到西西里人的好評。

〔3〕維爾列斯（Gaius Verres，公元前一一五～前四三年），出身元老院元老家庭，公元前七三～前七一年，任西西里行省總督，任內大肆敲詐勒索，中飽私囊，掠奪該島大量藝術珍寶，隨便處決試圖反抗他的當地民眾和羅馬公民。公元前七〇年回到羅馬。同年一月，西塞羅當年在西西里的友人請他擔任辯護律師，控告維爾列斯。西塞羅走遍西西里，得到充分的證據和必要的證人。此案於公元前七〇年八月五日開庭，西塞羅揭發的罪行，令人信服，開庭的第三日，即八月七日，維爾列斯便稱病不再出庭，並很快離開羅馬，自行放逐。公元前四三年因拒絕向「後三巨頭」之一的安東尼交出所掠奪的藝術珍寶，被安東尼下令處死。他被處死是在西塞羅被殺害後的幾天。

〔4〕卡提利納（Lucius Sergius Catilina，公元前一〇八～前六二年，一譯：喀提林，在中國史學界長期沿用），出身破落貴族世家，現傳史料將其描繪為貪婪狡詐、心術不正，公元前六八年任羅馬司法官，公元前六七～前六六年任阿非利加行省總督，並於公元前六六年返回羅馬，多次競選羅馬執政官，但由於其人揮霍無度而負債累累，大肆搜刮而犯有大量不法行為，屢屢落選。為擺脫自己的經濟困境，卡提利納決定在公元前六三年的選舉之年競選公元前六二年的羅馬執政官，並糾集一群破產的貴族子弟，陰謀策劃一旦競選失利便舉行武裝暴動，奪取政權。但時任公元前六三年執政官的西塞羅，事先買通了陰謀者庫里烏斯的情婦富爾維婭作為臥底，對陰謀者的行動計畫瞭如指掌，挫敗了這次陰謀。在事變過程中，西塞羅先後在元老院或在羅馬廣場上四次發表《控告卡提利納的演說》，成為西塞羅演說詞中的名篇。結果是卡提利納逃出羅馬，留在羅馬的五名主要陰謀分子被處以絞刑。這次事件（史稱「喀提林陰謀」）使西塞羅聲名大振。

〔5〕公元前六〇年秋，凱撒、龐培和克拉蘇三人祕密會晤，瓜分權力，結成史稱「前三巨頭」的政治同盟，這是對抗元老院權力的力量大結集，是三人聯合的獨裁，危及羅馬的共和政體。凱撒曾派人與西塞羅聯絡，希望西塞羅參加他們的同盟，但遭西塞羅婉拒。

〔6〕《論共和國》（De re publica）寫於公元前五四年，模仿柏拉圖的《理想國》的形式，採用對話體，全書共六卷：第一卷〈國家概念與國家體制〉，第二卷〈羅馬國家體制的優越性〉，第三卷〈國家管理的正

義理念〉，第四卷〈國家公民的道德理念〉，第五卷〈理想的國家管理者〉，第六卷〈西庇阿之夢〉。第三卷最後一節的小標題是「結論：國家靠正義維持」。

〔7〕凱撒（Gaius Julius Caesar，約公元前一〇一～前四四年），古羅馬共和國末期著名軍事統帥和政治家，出身貴族世家，但他本人支持民眾派。公元前六八年任財政官。公元前六五年任市政官，在公元前六三年西塞羅任執政官時，凱撒被元老院選為大祭司，公元前六二年任司法官，公元前六一年任西班牙總督，公元前六〇年與龐培、克拉蘇結成「前三巨頭」同盟，公元前五九年任羅馬執政官之一，公元前五八年出任山南高盧總督，大舉向山北高盧（法國、比利時一帶）擴張，時至公元前五〇年春返回山南高盧。凱撒在征戰高盧不到十年的時間內佔領八百多座城池，征服三百個部落，與三百萬人作戰，其中約一百萬人被殲滅，約一百萬人被俘，掠奪大量黃金、財富及奴隸送往羅馬，權勢日重。公元前五三年克拉蘇陣亡後，龐培與元老院合謀，企圖解除凱撒的兵權。凱撒聞訊後於公元前四九年一月率十三個軍團渡過山北高盧行省和義大利交界的盧比孔（Ribikon）河向羅馬進發。龐培偕大批元老院元老逃往希臘。公元前四九年二月凱撒佔據羅馬，被宣布為非常時期的獨裁官，但十一天後他交卸了這一官職而競選公元前四八年的執政官。競選成功。此後破例五次任執政官，公元前四五年被元老院宣布為終身獨裁官和終身保民官，兼領「國父」尊號，成為名副其實的獨裁者。

〔8〕安東尼（Marcus Antonius，公元前八二～前三〇年），公元前四三年和屋大維、雷必達結成「後三巨頭」同盟，曾作為部將隨凱撒征戰高盧，公元前四九年任保民官，公元前四八年助凱撒打敗龐培，公元前四四年與凱撒共任執政官，凱撒被刺殺後，安東尼在羅馬政壇扮演重要角色。

〔9〕凱撒率軍於公元前四九年一月渡過盧比孔河後，羅馬告急，龐培偕同元老院的元老們撤離羅馬，西塞羅也和他們一起離開羅馬。但他對龐培的前途持懷疑態度。在凱撒與龐培之間發生內戰時，西塞羅站在龐培這一邊，以遏制凱撒成為獨裁者，同時仍存在和解的幻想。期間，凱撒曾親自致信西塞羅，希望他能從中斡旋，西塞羅經過猶豫後於公元前四九年三月十九日覆信凱撒，但為時已晚，因為此前兩天，龐培已率領軍隊離開義大利。而凱撒也於同年二月下旬占據羅馬。

〔10〕在凱撒出征西班牙討伐駐紮在那裡的龐培軍團期間，西塞羅於公元前

四九年六月七日離開義大利，前往龐培在希臘的軍營。但到達軍營後，他目睹指揮的軟弱和軍紀的渙散，非常失望。

〔11〕原文 Kohorten，詞義爲古羅馬的步兵隊，一隊約五百至六百人。

〔12〕凱撒於公元前四九年二月下旬率領軍隊占據羅馬後，並沒有像人們預料的那樣大肆殺戮敵對立派和沒收他們的財產，而是顯得寬厚大度，對待留下來的元老們也相當溫和。

〔13〕公元前四六年末，西塞羅完全脫離政治事務。當時羅馬政局動蕩，凱撒已成爲實際上的獨裁者，共和派人士則在醞釀推翻凱撒的獨裁統治。西塞羅沒有參與推翻凱撒的實際活動，而是埋頭著作。是年西塞羅六十週歲，故而褚威格在文中多次稱西塞羅爲六旬老人。

〔14〕西塞羅並非出自名門貴族世家，他是自己家族中第一個擔任高級官職的人，因而他一再聲稱自己屬於「新人」（homo novus）。

〔15〕原文 Kapitol，古羅馬城堡，元老院會堂所在地。

〔16〕公元前六三年十一月八日夜裡，卡提利納悄悄離開羅馬，第二天，即十一月九日，西塞羅在羅馬廣場西北側的集會場南面的講壇上向民眾發表了〈第二篇控告卡提利納辭〉，宣布卡提利納「逃跑了」，受到民眾歡呼。但是留在羅馬支持卡提利納的陰謀分子加緊行動，據說包括焚燒城市、殺死西塞羅等。十二月二日晚至十二月三日凌晨，陰謀分子的人證、物證被截獲，並搜出大批武器。十二月三日，元老院開了一整天的會，決定監管主要陰謀分子，決定授予西塞羅「國父」稱號。會後，西塞羅在天色漸黑的廣場上向民眾發表了〈第三篇控告卡提利納辭〉，不時響起歡呼聲。

〔17〕公元前六二年的善良女神節慶祝活動在時任司法官的凱撒府邸舉行，突然，貴族青年克洛狄烏斯（Publius Clodius Pulcher，約公元前九三～前五二年）不請自來，據說是爲了會見他的情婦——凱撒的妻子。公元前六一年五月克洛狄烏斯因褻瀆善良女神節而受審，西塞羅提供了對克洛狄烏斯非常不利的證據。克洛狄烏斯最終被判無罪，但卻和西塞羅結下怨仇。公元前五八年，克洛狄烏斯擔任保民官，他提出了一項特別法案：凡是未經審判而處死羅馬公民的官員應當被放逐。這項法案是針對西塞羅的，意在報復，因爲當年處決卡提利納暴動案中的五名主犯是由執政官西塞羅和元老院在一天之內決定的，並未經過法庭審判。西塞羅四處奔走，尋求幫助，未果，眼看無力挽回

的局勢，西塞羅不得不主動離開羅馬。在公元前五八年三月二十日該法案最後通過的那一天，西塞羅在羅馬的住處被焚燒，莊園被劫掠。此後還通過一項明確針對西塞羅的法案，規定在距羅馬五百羅馬里（一羅馬里約合一‧五千米）內任何人不得給予西塞羅以庇護。西塞羅於五月經希臘流亡到馬其頓。公元前五七年七月，元老院在龐培支持下通過提案，肯定西塞羅揭露「卡提利納陰謀」是拯救了國家。在四百一十七名出席會議的元老中，只有一票反對決議草案，那就是克洛狄烏斯。八月四日召開公民大會，決議順利通過，龐培來到廣場，把克洛狄烏斯趕走。西塞羅聞訊後，於第二天回到義大利。九月四日，大批人群在羅馬城門口歡迎他進城。九月五日，他在元老院發表演說，向元老院和人們致謝。國家出資為他修復了被毀壞的羅馬住宅和鄉間莊園。

[18] 約在公元前九○年，青年西塞羅曾在軍中服役，起初在龐培‧斯特拉博（Pompeius Strabo，古羅馬「前三巨頭」之一龐培的父親）麾下，後受蘇拉統率，但西塞羅對軍旅生涯不感興趣，不久又回到羅馬，繼續學業。在凱撒和龐培發生內戰期間，西塞羅站在龐培和元老院一邊，於公元前四九年六月前往龐培在希臘的軍營，統率龐培的騎兵。

[19] 公元前五二年，龐培作為無同僚的執政官，在羅馬獨攬大權。是年通過一項法案，五年內停止給新卸任官員分配行省，由以前卸任而從未領受過這項任命的高級官員去管理。西塞羅在這類官員之列，於是在公元前五一年四月末離開羅馬，去管理小亞細亞的基里基亞行省。任職期滿後，西塞羅於公元前五○年十一月末回到羅馬。

[20] 塞斯特斯（Sesterze），古羅馬的一種貨幣，初為銀鑄，後為銅鑄。

[21] 公元前六九年西塞羅任市政官（一譯：營造官），市政官的職責是監督羅馬本城和城牆之外一里範圍內的社會秩序和福利設施，關心城市的市場供應狀況，舉辦公共的娛樂（競賽）。為履行後一項職責，市政官從國庫領取一定的款項，但國庫的錢遠遠不足以舉辦能滿足城市群眾趣味的娛樂（競賽），因而市政官必須把自己的財產補貼進去，但這是一條取得民心、走上仕途的必由之路。凱撒曾因擔任這一官職而把整個家當花光，還負了很多債。西塞羅則自稱在這一任上沒有花很多錢，但普盧塔克認為這是因為西塞羅得到感恩的西西里人的幫助。

[22] 帕拉丁山（拉丁語：Palatium，又譯帕拉提烏姆），羅馬城內一座略

呈方形的小丘，離台伯河不遠，是富人住宅區。西塞羅和卡提利納的住宅都在這裡。

〔23〕公元前五八年三月二十日，克洛狄烏斯提出的針對西塞羅的法案被通過，當天，西塞羅在羅馬的住處被焚燒，莊園被劫掠。

〔24〕公元前七七年（也可能是公元前七九年去希臘之前），西塞羅和一位年輕的貴婦人特倫提婭（Terentia）結婚，生有一女一兒。女兒圖利婭（Tullia），出生於結婚之初，兒子馬爾庫斯（名字和西塞羅的名字完全一樣）出生於公元前六五年。公元前五一年至公元前五〇年，西塞羅出任基里基亞行省總督時，把十五歲的兒子帶在身邊。公元前四九年六月，西塞羅前往龐培在希臘的軍營時，小西塞羅一同前往。公元前四八年，龐培在法爾薩洛斯（曾譯名：法爾薩利亞或法薩羅）戰役中失敗後，西塞羅父子於公元前四七年回到羅馬。公元前四六年，年輕的小西塞羅任故鄉阿爾庇努姆的市政官。西塞羅期望兒子能學好哲學，以利於在政壇的升遷，於公元前四五年三月，把兒子送往雅典求學。西塞羅非常愛他的兒子，西塞羅寫於公元前四四年秋的最後一部著作《論義務》，就是獻給兒子的，是西塞羅根據自己一生的經歷對兒子提出政治方面和倫理方面的勸告。書的形式也是以父親教誨兒子的口吻寫的。在《論義務》第三卷的結尾中寫道：「吾兒馬爾庫斯，這就是父親給你的禮物，並且在我看來是一件有價值的禮物。……但是現在你在遠方，我也只能這樣從遠方和你說話。親愛的西塞羅，再見吧，你要相信，你是我最親愛的人，不過如果你能喜歡這些指導和教誨，你會更令我喜愛。」（王煥生譯：《論義務》，中國政法大學出版社，一九九九年，第三百六十五頁）西塞羅曾於公元前四四年七月二十一日離開義大利前往希臘，但是逆風和羅馬的政治形勢又使他返回，於八月三十一日回到羅馬。後來西塞羅於公元前四三年十二月七日被殺害，從而一直未能和在希臘的兒子晤會。小西塞羅在凱撒被刺後，中斷了學業，參加了以布魯圖斯為首的共和派軍隊。公元前四二年共和派失敗後，他投奔龐培之子塞克斯圖斯‧龐培。公元前三九年小西塞羅獲大赦後站在屋大維一邊。公元前三〇年任執政官，公元前二九～前二八年任亞細亞行省總督。

〔25〕公元前四六年至公元前四五年凱撒實施個人統治期間，西塞羅曾應凱撒的要求，發表過一些辯護演說，在那些演說中，西塞羅稱讚凱撒在對待政敵方面所表現的仁慈和溫和。其實，在朋友之間互相稱讚對方，是古羅馬的一種習俗，凱撒也曾以「高」與「可貴」盛贊西塞

羅：「你的功績高於偉大的軍事將領，擴大人類知識的領域比擴大羅馬國家的版圖，在意義上更為可貴。」

〔26〕馬略（Gaius Marius，公元前一五七～前八六年），古羅馬著名軍事統帥和政治家，公元前一五七年出生於西塞羅出生的阿爾庇努姆小鎮附近的切雷亞塔埃。出身平民家庭。曾七次出任羅馬執政官。公元前一〇七年首次任執政官，次年偕部將蘇拉進兵（北非）努米底亞，打敗該國國王朱古達。公元前八八年，蘇拉當選執政官，在蘇拉率軍東征亞洲本都王國（今土耳其一部分）的國王米特拉達梯（Mithridates）時，馬略欲解除蘇拉兵權，蘇拉聞訊反戈，佔據羅馬，並宣布馬略為「公敵」，馬略歷盡艱險逃到非洲。公元前八七年，蘇拉出征希臘時，馬略趁機攻佔羅馬。公元前八六年馬略第七次任執政官，上任後處死不少他認為背叛過他的人。公元前八六年一月十三日在任內病逝。是年西塞羅二十歲。馬略的業績對其外甥凱撒有深遠影響。

〔27〕公元前四六年七月，凱撒在北非徹底擊潰龐培的殘餘部隊後凱旋羅馬，從這時起，凱撒的個人統治已實際形成。同年歲末，西塞羅完全脫離政治事務。

〔28〕在公元前四六年和公元前四五年期間，西塞羅以難得的開暇和避開政界紛擾的寧靜心境從事寫作。寫於公元前四六年的《布魯圖斯》和《演說家》是演說理論方面的著作（《論演說家》和《演說家》是兩部著作，前者寫於公元前五五年），《布魯圖斯》介紹羅馬演說術的發展歷史。《演說家》採用第一人稱筆法，談及對理想的演說家的要求，詳細談到各種專門的修辭學問題，包括演說詞結構、語言表達、詞語結合、音韻節律等。寫於公元前四五年的哲學著作有《學園派哲學》、《論善與惡的界限》、《圖斯庫盧姆談話錄》、《論老年》、《論友誼》、《論神性》等。

〔29〕圖斯庫盧姆（Tusculum），古羅馬城市名，故址在今日義大利的弗拉斯卡蒂（Frascati），在羅馬東南二十四公里處。在公元前一世紀至公元四世紀古羅馬共和國晚期和羅馬帝國時代，那裡是古羅馬富人們的療養勝地。在公元一一九一年的一次戰爭中，該城被羅馬人完全毀滅。公元前四五年，西塞羅在此完成其哲學著作《圖斯庫盧姆談話錄》。

〔30〕坎帕尼亞（Campagna），義大利西南部平原地區，羅馬周圍的平原。

〔31〕阿提庫斯（Titus Pomponius Atticus，公元前一〇九～前三二年），富

有的羅馬騎士，比西塞羅年長三歲。公元前九〇年，十六歲的西塞羅到達羅馬，在著名法學家斯凱沃拉門下學習法學，和阿提庫斯是同窗，從此兩人結爲終生摯友。阿提庫斯信奉伊比鳩魯學派，長期客居雅典，故有「阿提庫斯」別號，意爲「阿提卡人」。他一生迴避政治，最重要的著作是整理出版西塞羅寫給他的書信。西塞羅在自己的對話體著作《論法律》中，把阿提庫斯作爲對談的人物之一。

〔32〕布魯圖斯（Marcus Junius Brutus，約公元前八五～前四二年），出身名門貴族，相傳是推翻古羅馬王政、創建古羅馬共和國的著名領袖琉烏斯·尤尼烏斯·布魯圖斯的後裔。公元前四六年任山南高盧總督，公元前四四年任羅馬司法官（Praetor urbanus），反對凱撒獨裁，志在恢復共和政體。公元前四四年三月十五日，與卡西烏斯一群共和派分子一起，在元老院會堂裡刺死凱撒，旋和卡西烏斯等人逃往希臘，準備抵抗凱撒的繼承人。

〔33〕卡西烏斯（Gaius Cassius Longinus，？～前四二年），古羅馬將領，主張共和制，刺殺凱撒的主謀之一。事後赴敘利亞組建軍隊，旋至希臘，同布魯圖斯會合。

〔34〕公元前四五年十月凱撒由西班牙回到羅馬，是年歲末凱撒曾去圖斯庫盧姆莊園看過西塞羅，此後西塞羅也不得不改變自己的生活方式，大部分時間住在羅馬，重新去參加元老院會議。

〔35〕公元前四六年末至公元前四五年，西塞羅靜居在圖斯庫盧姆的莊園從事寫作。女兒圖利婭經常往返於羅馬和這處莊園之間，不時照顧父親。期間，圖利婭正面臨分娩。這孩子就是後來的小倫圖盧斯，即已與她分居的多拉貝拉的兒子。那孩子不久夭折，圖利婭在公元前四五年二月中旬去世，西塞羅悲痛萬分。

〔36〕小西塞羅自公元前四五年一月至三月，和父親一起住在圖斯庫盧姆莊園；三月前往雅典繼續求學。

〔37〕公元前四五年，西塞羅的妻子特倫提婭和他離婚，此時西塞羅年已六十有餘，是年歲末，西塞羅和他所監護的少女普布利里婭結婚，不久離婚。

〔38〕《演說家》（Orator），寫於公元前四六年下半年，採用給布魯圖斯寫信的方式，回答西塞羅在以往著作中已經提出的問題：什麼是完美的演說家？書中論及訓練演說家的五個組成部分，但重點是演講風

格，佔全書四分之三篇幅。本書有一定的論戰性質，作者在書中捍衛自己的演說家地位，並為自己的演講風格辯護。全書共分七十一章。有學者認為，在西塞羅全部修辭學著作中，《論演說家》（*De Oratore*，完成於公元前五五年初冬）、《布魯圖斯》（*Brutus*，約寫於公元前四六年初，用作書名的布魯圖斯，是書中參與對話的人，即刺殺凱撒的布魯圖斯，另一位對話者是西塞羅的摯友阿提庫斯）、《演說家》三部著作構築了西塞羅修辭學基本理論的框架。

〔39〕《論老年》（*De senectute*），全名《老加圖論老年》（*Cato maior de senectute*，撰於公元前四五年，時年西塞羅六十一歲，發表於公元前四四年五月，正文前有一段簡短的夾有詩句的前言，稱此文是獻給六十四歲的摯友阿提庫斯。正文是對話體，假借年事已高的老加圖之口來論述老年。對話的時間被移到公元前一五〇年，地點在老加圖家裡。參加對話的除老加圖之外，還有小西庇阿和蓋烏斯‧萊利烏斯。主題是批評「老年不幸論」，倡導老年人要淡泊名利、戒欲斷念，享受田園生活。老加圖（Marcus Porcius Cato，公元前二三四～前一四九年），古羅馬政治家和作家，歷任財政官、司法官、監察官、執政官等職。他是拉丁語散文文學的開創者，反對希臘文化傳入，維護羅馬傳統，著有《羅馬歷史源流考》七卷、《農業志》等。

〔40〕西塞羅遺留下九百多封真實的書信，包括致弟弟昆圖斯、致好友阿提庫斯和致其他親友的書信。作為拉丁語大師的西塞羅，他的書信是優美的散文，既有歷史價值，又有文學價值。

〔41〕公元前四五年二月中旬女兒圖利婭去世，公元前四五年三月初，西塞羅寫下《論安慰》（*Consolationes*），此文今已失散。

〔42〕指從公元前四六年末至公元前四四年三月凱撒被刺後西塞羅重返羅馬之前的三年。

〔43〕指公元前四四年一月至三月共和派分子密謀要刺殺凱撒的活動。

〔44〕西塞羅本人並不知道要刺殺凱撒的密謀。主謀布魯圖斯和卡西烏斯也不想吸收西塞羅參與他們的計畫，因為他們覺得他優柔寡斷且年事已高。

〔45〕據說，當凱撒看見自己的朋友布魯圖斯也在刺客當中時，驚呼道：「你也要謀殺我嗎，布魯圖斯？」又據說，布魯圖斯在刺死凱撒後曾舉起匕首呼喊西塞羅的名字，為羅馬共和國可能會從凱撒的獨裁統治

下重新獲得自由而向西塞羅表示祝賀。因爲當公元前四五年六～七月間西塞羅在圖斯庫盧姆莊園完成其五卷本哲學著作《圖斯庫盧姆談話錄》時，正値凱撒的獨裁統治日趨嚴重之際。西塞羅從這部著作第五卷開始，通過對錫拉庫薩的狄奧尼修一世（Dionysius I，約公元前四三〇～前三六七年，曾征服西西里和義大利南部，公元前四〇五年起自稱僭主，以極殘酷的手段鞏固和擴充自己的權力）的描繪，把矛頭直指凱撒的「獨裁統治」，並作出結論說，獨裁者是一種病態的人，唯一的治療手段就是將其殺死。這樣一頁文字對刺殺凱撒的密謀分子來說，無疑是給他們完成這種使命的責任感注入了興奮劑。西塞羅固然沒有參與密謀活動，但密謀者們清楚地知道西塞羅對凱撒的獨裁極爲不滿和對共和制日趨消亡的憂傷，因而自然而然地把西塞羅視爲自己的志同道合者，視爲是自己的精神支柱。

〔46〕殺死凱撒的密謀者們原以爲，因「暴君」之死，民衆會欣喜地擁護他們。但根本沒有發生這樣的事。事發後，元老們都嚇得逃散了。城內一片驚慌。密謀者們退到羅馬的卡皮托林山上過夜。西塞羅於事發的當天晚上，即三月十五日晚上到達卡皮托林山，在那裡會見密謀者們的首領及其支持者。西塞羅建議由司法官召集元老們在卡皮托林山開會，以表明國家現在由元老院領導，但大部分人不同意西塞羅的建議，其中包括當時在場的元老們。他們認爲有必要和當年任執政官的安東尼談判。第二天，即三月十六日，布魯圖斯向集會的民衆發表演說，但對演說的反應是死一般的沉默。

〔47〕凱撒被刺殺後，凱撒的支持者們曾一度陷入恐慌，以爲矛頭也會針對他們，但他們很快發現，密謀者們並沒有獲得廣泛的社會支持，因而又從驚慌中振奮起來。安東尼從凱撒的遺孀那裡得到凱撒的所有文件，成爲他同共和派鬥爭的有利武器。

〔48〕元老院終於在公元前四四年三月十七日開會，會上發生了激烈的爭論。密謀者們要求宣布凱撒爲暴君，肯定謀殺行動，但安東尼反對，絕大多數元老也不同意，因爲一旦凱撒被宣布爲暴君，凱撒的一切政令和法規便應被視爲無效。這必然會涉及許多人，其中包括許多與會者的既得利益。針對這種情況，西塞羅提出了一個折衷議案：既不追究謀殺行動，宣布大赦殺死凱撒的兇手，同時也肯定凱撒的政令。大家同意西塞羅的妥協辦法。西塞羅事後覺得這項決議是非常不公正的，大家之所以這樣做，僅僅是因爲害怕凱撒派的報復，殊不知這樣的妥協給了安東尼捲土重來的機會。

〔49〕公元前四四年三月十七日召開的元老院會議決定：審查凱撒遺留下的文件的事宜委託給執政官安東尼。三月十九日宣讀了凱撒的遺囑。凱撒在遺囑中把自己的大部分財產給予自己的甥孫屋大維，並宣布接受他爲義子，給最貧窮的居民每人三百塞斯特斯。凱撒在台伯河對岸的幾座奢華的花園以後被民眾公用。凱撒的遺囑在民眾中引起強烈反響。雖然民眾不滿意凱撒的各項反民主的措施，但當被元老院的權貴們所控制的共和國將要成爲現實時，民眾又急遽地轉到凱撒派一邊去了。三月二十日在羅馬廣場上爲凱撒舉行了盛大的火葬儀式，爾後儀式變成了一次大規模的民眾示威。大批人群前去搗毀了密謀者們的住宅。布魯圖斯和卡西烏斯不得不躲藏起來，然後離開了羅馬。四月末，安東尼避開元老院，讓公民大會通過決議，承認凱撒的政令具有法律效力，必須執行。安東尼憑藉凱撒文件的威力，很快鞏固了自己的地位。

〔50〕李維（Titus Livius，公元前五九～公元一七年），古羅馬歷史學家，著有《羅馬自建城以來的歷史》，共一百四十二卷。

〔51〕普盧塔克（Ploutarchos，約四六～約一二○年），古希臘傳記作家，著有《希臘羅馬名人比較列傳》。

〔52〕多拉貝拉（Publius Cornelius Dolabella），元老院元老，凱撒被刺殺後，他被遞補爲凱撒空缺的執政官位置。

〔53〕指從公元前四四年三月十六日至三月末的兩週。

〔54〕普托里（Puteoli），古地名，今義大利的波佐利（Pozzuoli），地處義大利西南部的坎帕尼亞平原，鄰近那不勒斯海灣。

〔55〕《論義務》（De Officiis，一譯《論責任》），撰於公元前四四年秋，是一部倫理學著作，但西塞羅假借給當時在雅典學哲學的兒子寫信的形式，或者說用談心的口吻，闡釋「義務源於美德」的主題。全書共分三卷，拉丁語原書中每卷均無小標題，有的中譯本每卷有一小標題，是英譯者後來所加。在第一卷中，西塞羅首先對道德上的善的要素和特徵作了詳細的闡述。在第二卷中，主要討論義與利的關係。西塞羅認爲，只有用正義的手段，才能得到眞正的利。在第三卷中，主要討論義與利的衝突。西塞羅認爲，義與利從根本上說，不是對立的，而是統一的，因爲凡是眞正有利的無不同時也是正義的，凡是正義的無不同時也是有利的。「道德上的正直與利攜手同行。」而我們平常所見到的那種與義發生衝突的利僅僅是徒有其表的利──「貌似

之利」，所以義與利的衝突只是一種表面的衝突，而不是真正的衝突。爲了使人們充分認識到，凡是不義之事都不可能是有利之事，西塞羅列舉了歷史上和神話傳說中的許多故事，並對它們作了透闢的分析，以此教導人們履行自己應盡的義務，過一種合乎「自然」的有道德的生活。

〔56〕西塞羅在政治上宣揚君主、貴族和騎士相結合的國家制度，反對擾亂現存的奴隸主國家的秩序。

〔57〕小西庇阿（Publius Cornelius Scipio Aemilianus Africanus Minor，約公元前一八五～前一二九年），古羅馬統帥，著名演說家，大西庇阿長子的養子。公元前一四七年任執政官，率軍進攻北非，次年攻佔迦太基，第三次布匿戰爭結束，羅馬人授予他「阿非利加征服者」稱號，公元前一四二年任監察官，公元前一三四年再任執政官。愛好希臘文藝，庇護希臘學者文人。

〔58〕在西塞羅的哲學思想中，倫理學佔有重要的地位，他的絕大多數哲學著作都是討論善的本質，以及社會生活中爲人的道德準則和人與人之間應盡義務的問題。西塞羅非常熟悉當時希臘哲學的四個主要學派（即伊比鳩魯學派、斯多葛學派、亞里士多德學派和學園派）的學說，西塞羅的倫理思想雖然吸收了許多學派的觀點，但總的說來比較傾向於斯多葛學派的倫理思想，尤其是羅馬的斯多葛派創始人帕奈提奧斯（Panaetius，約公元前一八五～前一〇九年）的倫理思想。《論義務》一書充分反映了經西塞羅綜合但又自成一體的倫理思想。他固然信奉斯多葛學派的基本學說，卻又試圖改變斯多葛學派刻板嚴肅的特點，使之具有新的人道主義的色彩，同時注重倫理學在實踐中的應用。他在倫理學上的基本主張是：抑制慾望，認爲幸福在於追求美德，而不在於任何物質保證。

〔59〕凱撒和屋大維曾多次向西塞羅表示，願意與西塞羅結盟，但均遭西塞羅婉拒。

〔60〕主張社會各階層和睦相處，是西塞羅的重要政治思想之一。

〔61〕蘇拉（Lucius Cornelius Sulla，公元前一三八～前七八年），古羅馬著名軍事統帥，獨裁者。貴族出身。早年爲馬略部將。參加對努米底亞（北非）國王朱古達的戰爭（公元前一〇六～前一〇五），戰功顯赫，逐與馬略激烈爭權。公元前八八年，當選執政官，率軍東征（米特拉達梯戰爭）時，羅馬城內的馬略派策劃要解除蘇拉的兵權，蘇拉

聞訊率軍佔領羅馬，捕殺馬略的追隨者，然後繼續東征。公元前八二年，蘇拉率軍四萬，凱旋羅馬，任終身獨裁官，宣布馬略派分子爲「公敵」，大肆報復殺戮。公元前七九年，蘇拉放棄終身獨裁官職位，次年病逝，享受君王般的葬禮。蘇拉的軍事獨裁統治是對羅馬共和國的嚴重打擊。

〔62〕指古羅馬格拉古兄弟兩人。哥哥提比略‧格拉古（Tiberius Sempronius Gracchus，公元前一六二～前一三三年），古羅馬政治家，貴族出身。公元前一三三年任保民官，提出土地法案，規定每一家長占有公地不得超過五百猶格（每猶格約四分之一公頃），超過部分則由國家收回，分給破產農民使用。此法案遭到大地主們的反對，經過激烈鬥爭，土地法案終獲通過，特設「三人委員會」執行。同年夏，競選下一年（公元前一三二年）保民官，元老院貴族蓄意挑起械鬥，使提比略連同他的支持者約三百人被殺。但失地農民要求分配土地的鬥爭並未停息。弟弟蓋烏斯‧格拉古（Gaius Sempronius Gracchus，公元前一五三～前一二一年），古羅馬政治家，公元前一三三年執行土地法「三人委員會」成員，志在完成兄長提比略的未竟事業。公元前一二三年任保民官，公元前一二二年遴選連任，繼續推行提比略的土地法，並實行糧食法（賑濟城市貧民）、審判法（授予騎士司法權）等一系列民主改革，以爭取廣泛支持。第三次競選保民官落選。元老院貴族又策劃報復行動，公元前一二一年雙方發生衝突，蓋烏斯組織武裝抵抗，失敗犧牲。其支持者約三千餘人死難。格拉古兄弟爲限制土地過分集中所進行的改革，打擊了豪門權貴，在一定程度上反映了破產農民的要求，在羅馬共和國的歷史上具有重要意義。

〔63〕讓─雅克盧梭（Jean-Jacques Rousseau，一七一二～一七七八），法國著名啓蒙思想家，他在其代表作《論人類不平等的起源和基礎》與《社會契約論》中所闡發的政治思想對法國大革命產生過重大影響。

〔64〕烏托邦，拉丁文 Utopia 的音譯，源出希臘文 ou（無）和 topos（處所），意爲「子虛烏有之國」，原是英國人文主義者湯馬斯‧莫爾（Thomas More，一四七七～一五三五）於一五一六年所著《關於最完善的國家制度和烏托邦新島的既有益又有趣的全書》的書名簡稱。莫爾在書中把「烏托邦」描寫爲一個廢除了私有財產、實行公有制、生產和消費按計畫進行、人人從事勞動的社會。此書是歐洲第一部影響較大的空想社會主義著作。「烏托邦」一詞後來成爲「理想的完美境界」、「空想的社會改良」等的同義詞。

〔65〕相傳，凱撒在釋放俘虜時，讓人把俘虜的雙手手指砍去，從而使俘虜不能再緊握武器作戰。

〔66〕西塞羅在《論義務》一書中詳細闡述了一切善事均源自四種基本美德；從四種基本美德中又衍生出各種義務，比如，求知和追求眞理的義務；爲國家效勞和獻身的義務；尊敬老人和撫養家人的義務；幫助他人的義務。這些義務無不都是仁愛的情感——公正、博愛、正直、仁慈、寬厚、同情、憐憫、自制、勇敢、剛毅、尊重和體諒他人——的體現。西塞羅特別強調人的「適宜」的品質，因爲只有「適宜」的品質才能使人與「自然」規律保持和諧；人們要在社會中「和諧地」生活，必須善待他人，甚至包括奴隸。然而，凱撒時代的古羅馬，是一個窮兵黷武的奴隸社會，所以，在褚威格看來，西塞羅的思想超越了時代。

〔67〕帕提亞（Parthien），亞洲西部的古國，位於裏海東南，相當於今伊朗的東北部。公元前二四七年建立阿薩息斯王朝（Arsaces），中國史籍以王朝名將該國譯稱「安息」。公元前一世紀羅馬人入侵帕提亞。公元前五三年，羅馬統帥克拉蘇率七個軍團出征帕提亞，被誘入兩河流域北部，在卡爾萊（Carrhae）附近慘敗，被殺。

〔68〕屋大維（Gaius Octavius，公元前六三～公元一四年），是凱撒的姊姊尤里莉婭的女兒的兒子，凱撒在遺囑中越過輩分把他收爲養子，並將自己的四分之三財產由屋大維繼承。凱撒被刺死時，屋大維剛十九歲，當時正在外準備出征帕提亞事宜。約公元前四四年四月末五月初，屋大維回到羅馬，提出自己有繼承凱撒的權利，並把自己的名字改爲蓋烏斯‧尤利烏斯‧凱撒‧屋大維安努（Gaius Julius Caesar Octavianus）。不久，屋大維會見了西塞羅，對西塞羅顯得敬重和友善，西塞羅則把屋大維看作是「共和制的捍衛者」。但安東尼對屋大維態度冷淡，並想阻撓屋大維實現繼承權。屋大維看出了安東尼對自己的威脅，便決定利用元老院和民眾的力量來鞏固自己的地位，可是，元老院在西塞羅的影響下並沒有完全支持屋大維；他從元老院把軍隊統率權交給布魯圖斯以及拒絕他享受凱撒的榮譽中看出了元老院對他的藐視，而且如果元老院排除了安東尼的威脅，就更會削弱他的地位，這使屋大維的立場發生了重大變化，他決定尋求與安東尼和解。公元前四三年九月，屋大維、安東尼、雷必達結成史稱「後三巨頭同盟」。爾後，屋大維先奪去雷必達的兵權，後擊敗安東尼，於公元前三○年凱旋羅馬，成爲結束內戰的最後勝利者。公元前二七

年元老院奉以「奧古斯都」（Augustus，拉丁文意爲「神聖者」、「至尊者」）尊號，後世即以此稱之。其統治體制亦稱「元首政治」（princepatus），是爲羅馬帝制之始。公元一四年八月十九日死於南義大利的諾拉。

〔69〕奧德修斯（Odysseus），荷馬史詩《奧德賽》（Odyssey，一譯《奧德修斯紀》）中的主人公，他是希臘城邦伊塞卡的國王，特洛伊戰爭中希臘聯軍的領袖之一，曾獻木馬計，使希臘聯軍獲勝，但遭到保佑特洛伊一方的天神們的懲罰，使他在回家途中漂流大海十年，歷盡艱險。

〔70〕海妖（Sirenen），半人半鳥的女海妖，以迷人的歌聲誘惑過往的水手，使駛近的船隻觸礁沉沒。

〔71〕雷必達（Marcus Aemilius Lepidus，？～公元前一三年，一譯李必達或列庇都斯），古羅馬統帥，原是凱撒部將，公元前四四年任凱撒的騎兵司令，凱撒遇刺後，曾協助安東尼爲凱撒「報仇」，後出任近西班牙行省和那爾波高盧行省總督，兵權日重，遂與安東尼分庭抗禮。公元前四三年五月，雷必達把自己的軍隊集結在那爾波高盧，不服從元老院要他去討伐安東尼的命令，被元老院宣布爲祖國的敵人。公元前四三年八月十九日，屋大維當選爲執政官，隨即宣布刺殺凱撒者爲「不受法律保護者」，同時撤銷元老院先後宣布安東尼和雷必達爲國家敵人的法令。公元前四三年九月，屋大維、安東尼、雷必達結成史稱「後三巨頭同盟」，三人決定雷必達任公元前四二年的執政官並治理西班牙和那爾波高盧行省。公元前四二年腓力比戰役後，與屋大維不和，公元前三六年屋大維奪其兵權，雷必達退居拉丁姆沿岸一小城，至死。

〔72〕公元前四四年的春夏和秋天，西塞羅住在義大利南部普托里的莊園，撰寫他的《論義務》。他心中一直矛盾著，是否要離開義大利。公元前四四年八月十七日，他會見了返回義大利的布魯圖斯。這次會見使西塞羅的心理發生了很大變化，原先的迷惑和動搖消失了，立即變得熱情充沛。他放棄了原先採取的迴避方法，決定要積極行動，正如他自己所說，要進行「語言戰」，並意識到這種語言戰會轉變爲真正的行動。

〔73〕任公元前四四年執政官的安東尼決定在這一年的九月一日召開元老院會議，討論追授凱撒榮譽和永遠紀念的問題。西塞羅在開會前夕回到

羅馬，但不想參加第二天的元老院會議，藉口旅途勞頓和不適而留在家裡。安東尼認爲這是對他個人的蔑視，因而在元老院會議上對西塞羅進行了猛烈的抨擊，甚至威脅要對西塞羅採用武力，因而使兩人的關係進入公開對抗的狀態。作爲回答，西塞羅出席了第二天的元老院會議，發表了反對安東尼的第一篇演說，西塞羅在演說中首先說明自己當初準備離開義大利而現在又返回羅馬的原因：離開是因爲他也不能留在祖國的拯救者們都不得不離開的地方；他回來是爲了對國家表示自己的忠誠。不過，他對安東尼的批評還是相當克制。他同意認定凱撒以往實施的法令有效，但同時認爲安東尼的某些做法有悖於凱撒原先的法令。西塞羅發表完演說後離開了羅馬，回到他在普托里的莊園。安東尼在九月十九日的元老院會議上發表了經過精心準備、嚴厲抨擊西塞羅的演說，指責西塞羅強迫元老院做出判處卡提利納分子死刑的決定，慫恿殺害克洛狄烏斯，挑唆龐培與凱撒不和，認爲西塞羅是謀刺凱撒行爲的思想鼓舞者。隨後西塞羅也發表了第二篇反對安東尼的演說，他對安東尼對他的指責進行了嚴厲的批駁，預言安東尼會遭到暴君般的死亡，因爲人民會像忍受不了凱撒的統治一樣，也會忍受不了安東尼的統治。關於他自己，西塞羅宣稱：「我曾經保衛過國家，當時我年輕；現在我也不會拋棄它，雖然我已經年邁。我曾經蔑視過卡提利納的劍，現在也不會對你的劍感到害怕。」

〔74〕伊拉斯謨（Desiderius Erasmus von Rotterdam，一四六六～一五三六），文藝復興時期尼德蘭著名人文主義者，生於荷蘭鹿特丹，故人稱「鹿特丹的伊拉斯謨」。一四九五～一四九九年就學巴黎，後在法、德、英、義等國任教職和遊歷，一五二一年後定居瑞士巴塞爾。首次編定附有拉丁文譯文的希臘文版《聖經・新約》，爲馬丁・路德翻譯聖經奠定了基礎。代表作《愚人頌》（一五○九）。他對歐洲反封建鬥爭尤其對德國的宗教改革起過積極作用，但本人並未參與宗教改革，也不主張用暴力推翻封建統治。

〔75〕公元前四四年十二月二十日，西塞羅在元老院發表了第三篇反對安東尼的演說，宣布安東尼已正式開始反對羅馬人民的內戰，呼籲採取有力的行動進行回擊，要求承認屋大維和布魯圖斯反對安東尼的行動合法，要求宣布安東尼爲人民的敵人。同一天，西塞羅又在公民大會上發表了第四篇反對安東尼的演說，將安東尼與卡提利納相提並論。但是，儘管相當大的一部分元老支持西塞羅，卻也有許多元老態度並不堅決，他們對內戰感到恐懼，從而力求避免採取極端措施，還有不少人支持安東尼，所以西塞羅的提議當時並未獲得通過。

〔76〕「反腓力辭」（拉丁語：Philippica），源自公元前四世紀古希臘演說家、民主派政治家狄摩西尼（Demosthenes，公元前三八四～前三二二）爲反對馬其頓人入侵希臘發表的「反腓力」演說。此處「腓力」是指馬其頓國王腓力二世（Philip II，公元前三八二～前三三六），他是馬其頓國王亞歷山大大帝之父，腓力二世即位後不斷向外擴張，成爲希臘各城邦的霸主，以後「反腓力」一詞引申爲「痛斥演說」。西塞羅發表痛斥安東尼的演說分別是公元前四四年九月兩篇；公元前四四年十二月兩篇；公元前四三年一月至四月十篇，後來西塞羅把這十四篇痛斥安東尼的演說統稱爲「反腓力辭」，顯然，痛斥的是安東尼，而不是腓力，只不過是借用其中引申的「痛斥」含義而已。

〔77〕努米底亞（Numidien），北非古國，在今阿爾及利亞北部。

〔78〕三巨頭在會晤時確定：要共同對刺殺凱撒者或稱共和派分子進行鬥爭，並討論了不受法律保護者的名單，在安東尼的堅持下，西塞羅被列入該名單前十七名之列。

〔79〕公元前四三年七月末，屋大維率軍占領羅馬時，西塞羅起初躲了起來，然後請求會見屋大維；屋大維對他很克制，並說，在他所有的朋友中，西塞羅是最後到來的一位。

〔80〕西塞羅是在自己的圖斯庫盧姆莊園得知他已被列人不受法律保護者的名單。當時，他正和弟弟昆圖斯父子在一起。他們決定逃往在馬其頓的布魯圖斯的軍營。西塞羅的兒子已經在那裡。在他們到達拉丁海濱城市阿斯圖拉後，昆圖斯帶著自己的兒子去羅馬，以準備途中需要的錢款，結果被自己的獲釋的奴隸告密而遇害。其間，西塞羅仍留在阿斯圖拉的船上。後來船駛到基爾克伊，西塞羅在海岸上徘徊，甚至向羅馬方向步行了幾個小時，然後又回到基爾克伊過夜。第二天清晨他重新上船，順海岸南航。苦於船隻顛簸的折磨，他在卡伊埃塔登岸，到他的離此地不遠的福爾彌埃莊園歇息。很快傳來消息，安東尼的追兵已經出現在城郊。西塞羅不得不循著荒僻的林間小徑向海岸逃跑。追兵撲向莊園，昆圖斯的一個獲釋的奴隸指出了西塞羅逃跑的方向，百人隊隊長赫瑞尼烏斯立即率領兵士在林間追蹤搜尋，終於找到了西塞羅，上去連砍三刀，殺死了西塞羅。

〔81〕莎士比亞於一六〇七年創作了戲劇《安東尼和克莉奧佩特拉》，表現安東尼的愛情和榮譽的矛盾。

〔82〕公元前四三年下半年，刺殺凱撒的布魯圖斯正在希臘領導共和派的軍隊，準備抵抗凱撒的繼承人。公元前四二年，布魯圖斯在馬其頓的腓力比戰役中被屋大維和安東尼的聯軍擊敗，遂自殺。

〔83〕卡西烏斯在刺殺凱撒後，先逃往敘利亞組建軍隊，公元前四三年下半年已與布魯圖斯在希臘會師；公元前四二年，卡西烏斯在腓力比戰役中被安東尼擊敗，遂自殺。

〔84〕褚威格此處記憶有誤。公元前四三年下半年，西塞羅遭遇生命危險時，小加圖已於三年前自盡。小加圖（Marcus Porcius Cato Uticensis，公元前九五～前四六年），古羅馬政治家，老加圖之重孫。名字和老加圖完全相同。公元前六三年在元老院發表演說支持西塞羅，處死卡提利納分子，捍衛共和制度。激烈反對羅馬前三巨頭同盟；後加入龐培派反對凱撒。公元前四八年，凱撒在法薩羅戰役中獲勝，小加圖去北非的烏提卡。公元前四六年，當凱撒兵臨北非的塔普斯（Thapsus）時，小加圖在烏提卡絕望自殺。

〔85〕傳說，西塞羅臨死前還在讀古希臘悲劇作家歐里庇得斯的《美狄亞》。

〔86〕卡伊埃塔（Cajeta），今加埃塔（Gaeta），義大利濱海城市。

〔87〕離卡伊埃塔不遠的福爾彌埃莊園。

〔88〕原文 Laren，家的守護神。

〔89〕西塞羅遇難的日期是公元前四三年十二月七日。

第二章

攻克拜占庭

蘇丹穆罕默德二世
1453年5月29日

Sultan Mehmed II

公元三九五年，原先統一的羅馬帝國終於分裂爲東西兩部分，即以君士坦丁堡爲首都的東羅馬帝國和以羅馬爲首都的西羅馬帝國。君士坦丁堡是古希臘的移民城市拜占庭的舊址，所以東羅馬帝國又習稱拜占庭帝國，君士坦丁堡習稱拜占庭。

到了十五世紀中葉，東羅馬帝國面臨內外交困的局面。絕大部分領土被興起的奧斯曼帝國占領，實際上只剩下首都君士坦丁堡這座四面受圍的城市了。國內政治紛爭不斷，連年混戰，從而經濟凋敝，稅收銳減，不但完全失去了作爲地中海上一支商業勁旅的地位，而且被迫聽任熱那亞和威尼斯的商人在帝國境內建立許多商業據點，享有種種特權。東羅馬帝國已處於風雨飄搖之中。

一四五三年五月二十九日，君士坦丁堡終於被奧斯曼土耳其人攻占，隨後奧斯曼帝國遷都於此，更名伊斯坦布爾。君士坦丁堡的陷落，標幟著在西羅馬帝國滅亡後繼續存在將近千年的東羅馬帝國的滅亡。歐洲歷史從此揭開新的一頁。

——譯者題記

危在旦夕

一四五一年二月五日，一位密使到小亞細亞向蘇丹穆拉德

二世〔1〕的長子——二十一歲的穆罕默德〔2〕報告他的父親已經去世的消息。這位既精明又果斷的皇太子沒有同自己的大臣和謀士商量一句話，就一躍跨上自己乘騎中那匹最好的馬，揮策鞭子，驅著這匹純種良馬一鼓作氣跑完一百二十里，到達博斯普魯斯海峽，並且立刻渡海，來到歐洲一岸的加利波里〔3〕。他這才向自己的親信們透露父親去世的消息。為了事先就能挫敗其他任何人染指王位的企圖，他調集了一支精銳部隊，帶到亞得里亞堡〔4〕，儘管他在那裡實際上沒有遭到任何反對就被確認為奧斯曼帝國的最高統治者。他隨即採取的第一個政治行動，同樣充分顯示了穆罕默德那種毫無顧忌的魄力，簡直令人可怕。為了預先剷除掉所有的嫡血競爭對手，他讓人把自己尚未成年的弟弟淹死在浴池裡，並且接著又立刻將那個被他逼著去幹這件事的兇手害死——由此也可看出他的詭計多端和生性殘忍。

　　這樣一個年輕、狂熱、醉心於功名的穆罕默德從此取代了較為穩重的穆拉德二世而成為奧斯曼土耳其人的蘇丹。這一消息使拜占庭人驚恐萬分。因為他們通過成百名的密探獲悉，這個野心勃勃的傢伙曾發誓要占領這座昔日的世界第一古都，儘管他年紀輕輕，卻日日夜夜在策劃著如何實現自己的這一畢生計畫；同時所有的報告又都一致聲稱：這位奧斯曼土耳其的新

君主具有非凡的軍事和外交才能。穆罕默德是一個一身兼備雙重稟性的人，他既虔誠又殘忍，既熱情又陰險；既是一個學識淵博、愛好藝術、能用拉丁文閱讀凱撒大帝和其他羅馬偉人傳記的人，同時又是一個殺人不眨眼、歹毒的人。他有一雙神情憂鬱的漂亮眼睛、尖尖的鷹爪鼻，從他的外貌看，既像一個不知疲倦的工人，又像一個不怕死的士兵，但更像一個寡廉鮮恥的外交家，而現在，所有這些危險的力量都集中到同一個理想上：即要大大超過他的祖父巴耶塞特一世〔5〕和父親穆拉德二世所建樹的業績——他們兩人曾用新興的奧斯曼土耳其國家的強大軍事優勢第一次教訓了歐洲。不過，他的第一個目標是要攻克拜占庭城——這顆留在君士坦丁和查士丁尼〔6〕皇冠上的最後塊寶——大家都清楚並且都已感覺到這一點。

事實上，對一個決心如此大的人而言，這顆寶石已經沒有任何保護，而是唾手可得了。當年，拜占庭帝國——即東羅馬帝國的幅員曾一度包括世界幾個大洲，從波斯一直到阿爾卑斯山脈，再從另一方向延伸到亞洲的沙漠地帶，走上幾個月的時間，也無法穿越全境，真可謂是一個世界帝國，可是現在只要步行三個小時就能輕鬆地走遍整個國家。當年的拜占庭帝國如今只可憐巴巴的留下一個沒有軀體的腦袋、一個沒有國土的首都——君士坦丁堡，即君士坦丁之城、古代的拜占庭；況且，

屬於今日東羅馬帝國巴斯列烏斯皇帝 [7] 的，也已經不是昔日的拜占庭城，而僅僅是它的一部分，即只限於市區伊斯坦布爾 [8]，因爲城郊的加拉太 [9] 已落入熱那亞人的手中，城牆以外的所有土地也都已被奧斯曼土耳其人占領。這最後一位皇帝的帝國僅有這樣一塊彈丸之地了。人們稱之爲拜占庭的，只不過是一座環繞著教堂、宮殿和一排排屋宇的巨大城牆之內的天地。這座城市由於遭到十字軍的大肆劫掠 [10] 和毀壞已大傷元氣；兵災、瘟疫使城內人口驟減；由於連年不斷地抵禦遊牧民族的侵犯而筋疲力竭；加之民族和宗教的紛爭不斷，內部四分五裂；現在面臨這樣一個早已用全副武裝的軍隊從四面八方包圍著自己的敵人，根本無法依靠自己的力量來進行抵抗。它既缺乏人員又缺乏勇氣。拜占庭的末代皇帝君士坦丁十三世 [11] 的寶座已搖搖欲墜。他的皇冠正在聽憑命運的擺布。然而，正因爲拜占庭已被奧斯曼土耳其人團團包圍，也正因爲它已千年之久的共同文化而被整個西方世界奉爲聖地，拜占庭城對歐洲來說才意味著是榮譽的象徵；唯有團結一致的基督教世界共同來保衛它在東方的這個最後的並且已在土崩瓦解的堡壘：聖索菲亞大教堂 [12] —— 東羅馬帝國最後和最富麗堂皇的東正教教堂才能作爲信仰基督的教堂而繼續存在。

　　君士坦丁十三世立刻認清了這種危險。儘管穆罕默德二世

滿口和平的言辭，但君士坦丁十三世還是懷著那種人們可以理解的惴惴不安的心情，向義大利、向教皇、向威尼斯、向熱那亞派去一個又一個的使節，請他們派來大戰船和士兵來支援。然而羅馬猶豫不決，威尼斯也是如此。因為東派教會和西派教會之間那種古老的宗教信仰上的裂痕〔13〕至今依然存在。希臘正教憎恨羅馬公教。希臘正教的牧首拒絕承認羅馬教皇是最高牧師。雖然由於面臨奧斯曼土耳其人的危險，在斐拉拉和佛羅倫斯的兩次宗教會議上〔14〕早已決定兩教會重新統一，並保證支持拜占庭反對奧斯曼士耳其人的鬥爭，以此作為統一的條件。但是當拜占庭面臨的危險剛剛不再如此火燒眉毛時，希臘正教的一些教會又都拒絕使條約生效。一直到穆罕默德二世已經成為蘇丹的現在，危急的形勢才戰勝了東正教會的固執：拜占庭一方面向羅馬送去自己順從的消息，同時請求緊急支援。此時此刻，一艘艘運載彈藥和士兵的大戰船開始向拜占庭駛來。羅馬教皇的特使先乘一艘帆船到達，他要隆重地完成西方世界兩個教會的和解，並且向世界宣布：誰進攻拜占庭，誰就是向團結一致的基督教世界挑戰。

和解的彌撒

那是十二月的一天，富麗堂皇的聖索菲亞大教堂裡——它

從前那種由大理石和由玻璃鑲嵌細雕的圖案以及那些燦爛奪目的裝飾品所形成的金碧輝煌，是我們今天從它改成的清眞寺中無法想像的——一派隆重莊嚴的場面，教堂裡正在爲兩派的和解舉行盛大的慶祝活動。君士坦丁十三世皇帝在他的帝國的所有顯貴們的簇擁下，出席了這次慶祝活動。他要以皇帝的身分成爲這次永遠和睦一致的最高見證人和保證人。被無數的蠟燭照得通明的寬敞大廳裡擠滿了人。羅馬教廷的特使伊斯多魯斯和希臘正教的大牧首格列高利在聖壇前親如兄弟似的一起做著彌撒。在這座教堂裡第一次重新提到教皇的名字〔15〕；第一次同時用拉丁語和希臘語唱起虔誠的讚美詩，餘音在這座永存的主教堂的拱頂間繚繞。與此同時，已經達成和解的兩派教士列隊把施匹利迪翁的聖體莊嚴地抬進來。看來，東西兩派的宗教信仰從此永遠聯合在一起了。歐洲的觀念，即西方精神，經過漫長歲月的罪惡的爭執終於重新達到了一致。

然而，理智與和解的時刻在歷史上從來都是短暫和容易消逝的。正當共同禱告的虔誠聲音在教堂裡愈來愈響之際，那位博學的修道士蓋納蒂奧斯已經在外邊的一間修士室裡激烈地指責那些講拉丁語的人背叛了眞正的信仰。剛剛由理智撮合而成的和平統一又被盲目信仰的狂熱所破壞，而且正如這位希臘教士不想眞正屈服一樣，地中海彼岸的朋友們也忘卻了他們自己

許諾的援助。雖然羅馬向拜占庭派來了幾艘戰船和數百名士兵，但隨後也就讓這座城市聽天由命了。

戰爭開始

　　準備發動戰爭的強權統治者在他們的準備工作還沒有完全就緒以前，總是竭力散布和平論調。穆罕默德也是如此。他在自己的加冕典禮時接見了君士坦丁十三世皇帝的使團，向他們說盡了最友好和最使人寬心的話；他鄭重其事地向眞主及其在世的代言人穆罕默德教祖、天使們和《古蘭經》公開發誓：他要最忠實地信守和拜占庭皇帝簽訂的一切條約。但與此同時，這個詭計多端的傢伙卻又與匈牙利人和塞爾維亞人達成了一項爲期三年的雙邊中立協定——他要在這三年時間內不受干擾地攻下拜占庭。穆罕默德要在信誓旦旦地作出足夠的和平許諾以後，才會背信棄義挑起戰爭。

　　直到此時此刻，博斯普魯斯海峽只有亞洲一岸是屬於奧斯曼土耳其人的。所以拜占庭的船隻仍能暢通無阻地穿過海峽駛進黑海，前往自己的糧倉。現在，穆罕默德要切斷這條通道，因此他也不管有理沒理，便下令在海峽的歐洲一岸靠近魯米里・希塞爾的地方——海峽最狹窄的地段——建立一個要塞（古代波斯人稱雄時，勇敢的薛西斯 [16] 就是在這裡渡過博斯

普魯斯海峽的）。於是一夜之間成千上萬的挖土工來到歐洲這一岸，而按照條約規定，歐洲一岸是不允許構築工事的──不過，對強權者來說，條約又算什麼呢？這些挖土工爲了自己的生活所需，把周圍的莊稼劫掠一空；爲了取得建築城堡用的石塊，他們不僅拆毀一般的房舍，而且還拆毀了久已聞名的聖米歇爾教堂。蘇丹親自指揮修建工程，晝夜不停地施工，而拜占庭卻不得不無可奈何地眼望著他們違背公理和條約，切斷拜占庭通向黑海的這條自由通道。那些想要通過這個迄今還是公海的第一批船隻已經在和平之中遭到了炮擊；在這第一次顯耀武力成功之後不久，也就不需要任何僞裝了。一四五二年八月，穆罕默德將他的全體文武大臣召集在一起，向他們公開宣布了自己要進攻和占領拜占庭的意圖。隨著這一宣告，野蠻行動不久就開始了；傳令官被派往奧斯曼土耳其帝國境內的四面八方，去徵召能進行戰鬥的人。一四五三年四月五日，一支望不到盡頭的奧斯曼帝國軍隊像滾滾湧來的潮水突然出現在拜占庭城牆之外的平原上。

蘇丹騎著馬，一身豪華壯麗的戎裝，走在自己部隊的最前面，他要在呂卡斯城門前紮起自己的營帳。但是，在他讓人在自己的統帥部前面升起帥旗之前，他先讓人在地上鋪好祈禱用的地毯。他跣足而上，跪拜在地，面向麥加磕了三個頭；在他

身後是成千上萬的部下，他們和他一起朝著同一方向磕頭，用同樣的節奏向真主念著同樣的禱告，祈求真主賜予他們力量和勝利——那真是一派非常壯觀的場面。然後蘇丹才站起身來，卑恭者又變成了挑戰者，真主的僕人又變成了主人和戰士。此刻他的那些「傳令兵」，即傳諭的差役，急急忙忙走遍整個營地，一邊敲著鼓、吹著軍號，反覆宣告：「圍攻拜占庭城的戰鬥已經開始。」

城牆和大炮

現在的拜占庭，它的唯一依靠和力量，只剩下城牆了，昔日的拜占庭，它的版圖曾橫跨幾大洲，然而，那個更偉大和更美好的時代留給今天拜占庭的遺產，僅僅是它的城牆而已，別無其他。這座呈三角形的城市，在它的底部有著三道防線，在它的兩條斜邊——即沿著南邊馬爾馬拉海岸和北邊金角灣海岸的南北兩側翼的圍牆，是比較低矮然而始終十分堅固的石頭圍牆，而面對大片開闊地的東邊那一側，則是一座巨大的壁壘型的城牆，即所謂狄奧多西〔17〕城牆。在他之前，君士坦丁早已看到拜占庭未來的危險，所以用大方石把城圍了一圈。查士丁尼〔18〕又在他以後將城牆進行了擴建和加固，但是真正建立起主體防禦工事的則是狄奧多西二世。他建造了七公里長的城

牆。今天爬滿常春藤的殘餘遺跡足可以證明當年石塊的堅固力量。這座用平行的兩層和三層建築起來的氣勢雄偉的城牆，上面有凹形的眼口和雉堞，前面有護城壕，還有大塊方石壘起的堅固望樓守衛著。一千多年來，歷代皇帝都曾將它加固和重修，因此它也就成了不可攻克的標誌。這些用石塊築成的壁壘在以前曾嘲弄過蠻族部落蜂擁而至的拚命衝擊和奧斯曼土耳其人的人海戰術，現在它又同樣嘲弄那些迄今發明的一切戰爭工具——攻城用的撞槌撞到牆上，它巋然不動；羅馬式的攻城槌乃至新式的野戰炮和臼炮對這座屹立的城牆也是無可奈何。由於這座狄奧多西城牆，沒有一座歐洲城市會比君士坦丁堡更堅固和保護得更好。

現在，穆罕默德比誰都更瞭解這座城牆，知道它的厲害。幾個月來，或者說幾年以來，他夜不成寐，甚至在夢中還想著：怎樣才能攻克這座不可攻克的城牆、摧毀這座不可摧毀的城牆。在他的案桌上堆放著許多圖樣、量尺、敵方工事的草圖。他知道城牆內外的每一處小丘、每一塊窪地、每一條水流，他的工程師們同他一起把每一個細節都考慮得十分周詳，但令人失望的是，他們所有的人計算結果都一樣：如果使用現有的臼炮是無法摧毀這座狄奧多西城牆的。

也就是說，必須製造更大的臼炮！必須有一種比迄今在戰

爭中使用的火炮炮筒更長、射程更遠、威力更大的火炮！還必須用更堅硬的石頭製造一種比迄今的石彈更重、更有攻堅力和摧毀力的彈頭！要對付這座難以接近的城牆，必須發明一種新的重炮，此外沒有任何別的辦法。穆罕默德表示，要不惜一切代價製造出這種新的進攻武器。

不惜一切代價——這種表示本身就會喚起無窮的創造力和推動力。所以，宣戰之後不久就有一個男子來到蘇丹面前。他是當時世界上最富於創造性和經驗最豐富的鑄炮能手。他的名字叫烏爾巴斯，或者奧爾巴斯，是一個匈牙利人，雖然他是基督教徒，並且前不久還剛剛為君士坦丁十三世皇帝效過勞，但是他希望能在穆罕默德手下為自己的技藝獲得更高的報酬和更有獨創的使命，於是他稟告說，如果能向他提供無限的經費，那麼他就能鑄造出一種至今世上無與倫比的最大火炮——他的希望沒有落空。就像任何一個被專一的念頭迷住了心竅的人一樣，蘇丹已不再計較錢的代價，他立刻答應給他工人，要多少給多少，同時派出成千輛的車子，把礦砂運到亞得里亞堡；經過三個多月的時間，在鑄炮工人的不停不歇的努力下，一個採用祕密的淬火方法製成的黏土模坯已準備就緒，只等用火紅的鐵水進行澆鑄了。這道激動人心的工序也獲得了成功。大炮已經造好了。從模具裡脫坯而出並且進行了冷卻的巨大炮筒是迄

今世界上最大的。不過，在進行第一次發射試驗以前，穆罕默德先派出他的傳令兵走遍全城，去提醒那些懷孕的婦女當心。然後，隨著一聲巨雷般的聲響，從閃電般發亮的炮口噴出一顆碩大的石彈，一下子就把一堵城牆摧得粉碎。於是穆罕默德立刻下令用這種特大尺寸的大炮裝備全體炮兵。

這一門巨大的「擲石器」——希臘的著述家們後來才心有餘悸地把它稱為大炮——看來已製造成功。不過還有一個更困難的問題：怎樣才能把這種像巨龍似的鑄鐵怪物拖過整個色雷斯〔19〕，運到拜占庭的城牆跟前呢？於是，一次前所未有的苦難歷程開始了。全民動員，全軍動員，用了兩個月的時間，才把這長脖子、硬梆梆的龐然怪物拖來。先是派出一隊一隊的騎兵在前面巡邏開道，以防這寶貝遭到襲擊，隨後是數百乃至數千名的挖土工進行夜以繼日的挖土和運土工作，為的是要隨時把崎嶇不平的道路剷平，以便運送這些無比沉重的大炮，因為運輸幾個月之後，這些道路又會被毀壞得不成樣子。五十對平列兩行的公牛拖著一輛有防禦裝置的巨車，金屬炮筒的重量均勻地分布在巨車的所有輪軸上——就像從前把方尖塔〔20〕從埃及運到羅馬去一樣。還有二百名壯工始終從左右兩邊扶著這個由於自身重量而搖搖晃晃的炮筒；同時，五十名車匠和木匠不停地忙著更換滾木、給滾木塗抹潤滑油，加固支架、搭造

橋樑；誰都會明白，這樣一支龐大的運輸隊只有像老牛邁步似的，用最慢的速度才能越過山嶺和草原。村落裡的農民驚奇地聚集在村口，在這鐵鑄的怪物面前劃著十字，因為它看上去好像一尊戰神似的被他的僕人和教士從一個國家運到另一個國家。不過，沒有多久，又有好幾個這種出自同一個模坯的鐵鑄怪物被人用同樣的方式從眼前拖過去。—— 人的意志又一次使不可能的事情變成為可能。現在，已經有二十或三十個這樣的龐然大物向拜占庭張著黑色大口；重炮隊從此載入了戰爭的史冊。東羅馬帝國皇帝的千年城牆和新蘇丹的新大炮之間的一場較量開始了。

再次寄於希望

巨型大炮用閃電般的火舌緩慢地、始終不停地、然而不可抗拒地蠶食和咬碎著拜占庭的壁壘。起初，每天只能發六七次炮，但儘管如此，蘇丹卻每天總有新的進展。每擊中一炮，便塵土瀰漫、碎石橫飛，眼看著這座石頭壁壘劈里啪啦地塌下去，從中又出現一個新的缺口。雖然被圍困在城裡的人到了夜裡用那些愈來愈湊合的木柵欄和亞麻布團把這些洞口堵住，但這畢竟不再是原來那座未受損傷、堅不可摧、能躲在它後面進行戰鬥的城牆了！現在，壁壘後面的八千人的部隊一直在驚恐

地設想著那決戰時刻，到那時，穆罕默德的十五萬人的軍隊將會對這些已經千瘡百孔的防禦工事進行決定性的衝擊。目前正是千鈞一髮的時刻，歐洲世界、整個基督教世界該是想到自己諾言的時候了。在城內，成群的婦女帶著她們的孩子整天跪在教堂的聖人遺骨的木匣前；士兵們在所有的瞭望塔上日日夜夜觀察著：在奧斯曼土耳其人的船隻到處游弋的馬爾馬拉海面上是否終於會有期待中的由羅馬和威尼斯派來增援的艦隊出現。

四月二十日凌晨三點鐘，一個閃光的信號終於出現，守望的士兵們看到了遠方的船帆。那雖然不是魂牽夢縈的基督教世界派來的強大艦隊，但終究是三艘熱那亞的巨船乘風破浪，徐徐駛來，跟在後面的第四艘船是一艘較小的拜占庭的運糧船，它擠在三艘大船中間，仰仗著它們的保護。君士坦丁堡全城的人立刻歡欣鼓舞地聚集在臨海的城牆上，準備歡迎這些支援者。但是與此同時，穆罕默德也跨上了他的戰馬，離開自己的朱紅營帳，向停泊著奧斯曼土耳其艦隊的港口飛馳而去，命令要不惜一切代價阻止這些船隻駛進拜占庭的港口——駛進金角灣。

頓時，幾千副船槳在海面上嘩嘩地響起來。——奧斯曼土耳其艦隊有一百五十艘戰船，當然船身略小一些。這一百五十艘裝備著鐵爪篙、擲火器、射石機的三桅帆戰船一齊向那四艘

大櫓戰船駛去。而那四艘大櫓戰船得力於強大的順風，速度遠遠超過這些用炮彈和吶喊助威的奧斯曼土耳其船隻。四艘大櫓戰船鼓著圓圓的寬大風帆，不慌不忙地航行著，絲毫不擔心這些進攻者。它們向金角灣的安全港口駛去，因為在拜占庭城區和加拉太之間那條著名的鐵鏈一直封鎖著海口，會保護它們免遭進攻和襲擊。現在眼看四艘大櫓戰船就要到達最後目的地了；城牆上的幾千人已能辨認船上的每一張臉；男男女女都已跪下，為了能得到這光榮的拯救而感謝上帝和聖徒們；港口的鐵鏈已在放下，鋃鐺作響，準備迎接這幾艘增援船。

可是正在此時此刻發生了一件可怕的事。風忽然停止。四艘大櫓戰船好像被一塊磁石吸住了似的，死死地停在大海中間，離能夠進行援救的港口恰恰只有幾箭之遠。敵軍用木槳划的小艇立刻全體出動，像一群獵犬似地朝這四艘癱瘓了的大船撲來，狂聲歡呼；而這四艘大船卻像四座塔樓，一動不動地僵立在大海裡。十六條槳艇像一群獵犬似的緊緊咬住大船，這些小艇用鐵爪篙勾住大船的兩側；為了把大船弄沉，用刀斧狠狠地砍，為了把它們點燃，愈來愈多的人抓住錨鏈向上攀登，朝帆篷投擲火炬和燃燒的柴火。奧斯曼土耳其艦隊的司令官毅然命令自己的旗艦向那艘運糧船衝去，想把它從側面撞傷。這會兒，兩艘船已經像角力士似的扭在一起了。雖然熱那亞的水兵

由於頭盔的保護開始時還能從高高的船舷上抵抗攀登上來的敵人，還能用刀斧、石塊和希臘人的火把擊退進攻者。但是這場搏鬥肯定會很快結束，因爲這是一次力量非常懸殊、寡不敵眾的戰鬥。熱那亞的船隊必敗。

在城牆上的幾千人看來，這是非常可怕的場面！這些平時在古希臘的戰車競技場上懷著無比的樂趣觀看血腥搏鬥的希臘人，現在卻是懷著無比的痛苦目睹這場海上的大拼殺，他們覺得自己這一方的失敗是不可避免的，因爲至多還有兩小時，這四艘大櫓戰船就會在這大海的競技場上敗於敵手。這些救援者雖然來了，但卻純屬徒勞！君士坦丁堡城牆上絕望的希臘人離他們自己的弟兄僅僅一箭之遠，可是只能站在那裡緊握著拳頭，氣急敗壞地狂喊，而無法前去幫助來救援自己的人。有些人作出鼓勁的姿態，企圖來激勵那些正在戰鬥的朋友們。另一些人雙手伸向天空，呼喚基督和大天使米歇爾，呼喚數百年以來曾經保護過拜占庭的他們自己的教派和修道院的所有聖徒的名字，祈求他們能創造奇蹟。但是奧斯曼土耳其人在對面加拉太的岸邊也同樣在期待、喊叫，用同樣的熱情祈禱自己這一方的勝利：大海變成了舞台，海戰成了鬥士表演。蘇丹本人已騎著快馬趕來，周圍是一群自己的高級將領，他催馬一直走到海灘的水中，以致濺濕了上衣‧他用雙手在嘴邊合成傳聲筒，用

怒氣沖沖的聲音向自己的士兵高喊，命令他們無論如何也要擒住這些基督教徒的船隻。當他看見自己的三桅戰船中有一艘被擊退回來時，他就叱責不停，同時揮舞那柄彎刀，威脅自己的艦隊司令說：「如果你不能取勝，就別活著回來。」

雖然四艘基督教徒的戰船還停在那裡，但是戰鬥已接近尾聲，從四艘大櫓戰船上向奧斯曼土耳其人的三桅戰船還擊的石彈已開始稀稀落落。水兵們在同比自己強大五十倍的敵人進行了幾小時的戰鬥之後，胳臂已疲乏不堪。白晝已快結束，太陽已經西沉。而這四艘大櫓戰船毫無防禦地暴露在敵人面前，至少還得有一小時，到時縱使不被土耳其人攻占，也會被海潮沖到加拉太後面土耳其人占領的岸邊。完了，完了，完了！

不過，就在這千鈞一髮的時刻發生了意想不到的事 —— 這在拜占庭城牆上那群絕望、怒號、叫苦不迭的人看來，簡直是出現了奇蹟。一陣微風開始吹來，接著風愈颳愈大。四艘大櫓戰船上乾癟的篷帆頓時又鼓得又大又圓。風，渴望和祈求的風，終於又出現了。四艘大櫓戰船的船頭勝利地昂了起來，隨著猛一下鼓起風帆，船突然啓動，又超出了圍困在四周的敵人船隻。它們自由了，它們得救了。在城牆上幾千人的暴風雨般的歡呼聲中，第一艘船已駛進了安全的港口，接著是第二艘、第三艘、第四艘。剛才放下的封鎖海面的鐵鏈現在又重新拉

起，擋住了外面的船隻，奧斯曼土耳其人那群獵犬似的小艇在它們後邊的海面上已無可奈何地東分西散。在這愁雲密布、絕望的城市上空又回響起希望的歡呼聲，猶如彩虹祥雲。

戰艦翻山越嶺

被圍困的人整整一夜都沉浸在狂熱的歡樂之中。這一夜使他們忘乎所以，浮想連翩，眼前出現的這一線希望猶如夢中甜蜜的迷魂湯，使他們神志不清。這些被圍困的人在這天夜裡相信自己已得到拯救和安全。因為他們夢想著，從現在起就會每星期有新的船隻駛來，而且會像這四艘船上的士兵和口糧一樣順利上岸。歐洲沒有將他們忘記。他們彷彿看到拜占庭已被解圍，敵人已喪失鬥志並已被擊敗 —— 但這些無非是他們自己在危急之中的期望而已。

不過，穆罕默德也是個夢想家，雖然他是另一種類型的夢想家，並且是更富於奇思異想的夢想家。這類夢想家懂得如何通過自己的意志把夢想變成現實。正當那幾艘熱那亞的大戰船誤以為自己在金角灣的港口裡十分安全之際，穆罕默德制訂出了一項極富幻想的大膽計畫；這項計畫在戰爭史上可以與漢尼拔 [21] 和拿破崙的最大膽的行動媲美。拜占庭像一個金蘋果似的就在他的眼前，可是他卻無法拿到手。進攻的主要障礙是凹

得很深的海岬——金角灣，這個盲腸形狀的海灣防衛著君士坦丁堡的一側。要想進入這個海灣事實上是不可能的，因爲入口處的邊上是熱那亞人的據點城市加拉太——穆罕默德曾承諾給予這座城市以中立地位——而且從這裡到那座敵人的城池拜占庭之間還橫攔著一條鐵鏈。所以他的艦隊不可能從正面衝入海灣，而只能從熱那亞人領地邊緣的內部水域出發，去襲擊那些基督教徒的戰艦。可是一支艦隊怎樣到達這海灣的內部水域呢？當然，可以在這海灣裡面建造一支艦隊，不過，這又不知要用多少個月的時間，而如此急不可耐的蘇丹是等待不了這麼長的時間的。

於是，穆罕默德想出一項天才的計畫，把他的艦隊從無法施展力量的外海，越過岬角運到金角灣裡面的內港：即把成百艘的戰艦拖越過多山的岬角地帶。這是一個令人瞠目結舌的大膽想法，史無前例，它顯得如此荒誕不經和不可實現，以致拜占庭人和加拉太的熱那亞人從來沒有想到過會有這樣一項戰略計畫，就好像他們之前的羅馬人和他們之後的奧地利人沒有想到漢尼拔和拿破崙的軍隊會神速地越過阿爾卑斯山一樣。按照世間所有人的經驗，船隻能在水裡航行，從來沒有聽說過一支艦隊可以越過一座山。然而正是這種把不可能的事情變成現實，才是一種精靈意志的眞正標誌，而且人們總覺得一位軍事

天才往往會嘲笑那種按戰爭規則進行的戰爭，他們自己在特定的時刻絕不因循守舊，而是隨機應變。於是，一次在編年史上無與倫比的大規模行動開始了。穆罕默德讓人靜悄悄地運來無數圓木頭，又讓工匠們製成滑板，然後把從海面上拖上來的船固定在這些滑板上，就像固定在活動的乾船塢上一般。與此同時，成千名挖土工也開始工作，他們爲了運輸方便將那條經過佩拉山丘的狹窄山路從上坡到下坡全都填得盡可能平整。不過，爲了在敵人面前掩飾突然結集這麼多的工匠，蘇丹命令部隊每天夜裡向除中立的加拉太城以外的周圍地區連續發射臼炮；發射這些臼炮本身毫無意義，唯一的意義就是轉移敵人的注意力，以掩蓋自己的船隻越過山地和峽谷，從一個水域進入到另一個水域；當拜占庭城裡的敵人正在忙忙碌碌並且以爲進攻只會來自陸路的時候，無數塗滿了油脂的圓木頭開始滾動，釘在滑板上的船隻就在這些巨大的滾木上面一艘接著一艘被拖著越過那座山，前面由兩行數不盡的水牛拖著，後面由水兵們幫著推。當夜幕剛剛降臨，這種奇異的遷移就立刻開始。世間一切偉大的壯舉總是默默完成的，世間一切智者總是深謀遠慮的，這奇蹟中的奇蹟：整整一支艦隊越過山嶺，終於成功了。

在一切偉大的軍事行動中，決定性的關鍵始終是出其不意，攻其無備。在這方面，穆罕默德的特殊天才尤其顯得不同

凡響。對於他的意圖，事先無人察覺。這位天才的謀略家有一次在談到自己時曾這樣說過：「如果在我的鬍鬚中有一根毫毛知道了我的想法，我就會把它連根拔掉。」正當臼炮大事聲張地向拜占庭的城牆轟擊時，他的命令在最周密的安排下付諸實施了。到了四月二十二日這一天夜裡，七十艘戰艦終於越過山崗和峽谷，穿過種植葡萄的山丘、田野和樹林，從一個海面運到了另一個海面。第二天早晨，當拜占庭的市民看見一支掛著三角旗、載著水兵的敵人艦隊好像被神的手送來似的，在他們誤以為無法接近的海灣中心航行時，他們還一直以為自己在作夢。當他們揉著眼睛，還不明白這樣的奇蹟從何而來時，在他們迄今由海港保護著的這一面城牆底下，已經歡呼和吶喊四起，軍號、銅鈸、戰鼓齊鳴。除了加拉太那一片狹窄的中立地帶以外，隱藏著基督教徒艦隊的整個金角灣已經由於這一天才的計謀而屬於蘇丹和他的軍隊了。現在，他可以指揮部隊從自己的浮橋上毫無阻礙地向拜占庭城牆的這較薄弱的一面發起進攻了。這薄弱的一翼既然受到了威脅，由於地廣人少而本來就已十分可憐的防線就顯得更脆弱了。鐵的巨手已經把這犧牲者的咽喉掐得愈來愈緊。

歐洲，救命啊！

　　被包圍者不再自己欺騙自己了。他們知道：即便能把這已有了裂口的一翼牢牢守住，如果沒有最快的增援趕到，在這千瘡百孔的城牆後面的八千人的部隊要抵擋住十五萬人的部隊，堅持不了多久。不過，威尼斯的執政官不是極其鄭重地答應過派來戰船嗎？如果西方最華麗的教堂——聖索菲亞大教堂有變成異教徒的清真寺的危險，羅馬教皇還能無動於衷嗎？難道困於內部紛爭、被層出不窮的無謂猜忌而弄得四分五裂的歐洲還始終不明白西方文化所面臨的危險嗎？——被圍困的人們一直這樣安慰著自己：也許一支增援艦隊早已準備好，只是由於沒有認識到形勢的險惡而遲遲不願出航，而現在，事實足以使他們認識到，這種將會導致滅亡的遲疑該負多麼巨大的責任呵。

　　可是，怎樣去通知威尼斯艦隊呢？馬爾馬拉海上到處是奧斯曼土耳其的船隻；倘若拜占庭的整個艦隊一齊出動，那就意味著要冒徹底毀滅的危險，況且會使城防線上減少數百名兵力，而守城是一個人要頂一個人用的。於是守城部隊決定只派出一艘只能坐很少幾個人的非常小的船去冒險。總共是十二名男子——如果歷史是公正的話，那麼他們的名字應該像「阿耳戈」船上的英雄們〔22〕一樣為人們所傳誦，可惜我們不知道他們中間任何一個人的名字——去勇敢地從事這項英雄壯舉。在

這艘雙桅小帆船上掛起一面敵人的旗幟。為了不致引起注意，十二名男子一身奧斯曼土耳其人的打扮，纏上穆斯林的頭巾或者戴著非斯帽。五月三日的午夜光景，封鎖海面的鐵鏈靜悄悄地鬆開了，這艘勇敢的小船在黑夜的掩護下划了出去，盡量不發出划槳的聲音。你看，簡直神奇極了，這艘輕巧的小船穿過達達尼爾海峽，駛進愛琴海，竟沒有被人認出來，像往常一樣，正是這種非凡的勇敢麻痹了對方。穆罕默德什麼都考慮到了，只是沒有想到這樣一件不可思議的事情：一艘乘著十二名勇士的單獨小船敢於穿過他的艦隊進行一次阿耳戈英雄們式的航行。

但是，令人悲傷絕望的是：在愛琴海上沒有看到一艘威尼斯的帆船，沒有一支艦隊準備出發。威尼斯和羅馬教皇都已將拜占庭忘卻了，他們全部熱中於褊狹的教會政治，而忽視了信譽和誓言。這種悲劇性的時刻在歷史上屢見不鮮，正當急需團結一切可以團結的力量保衛歐洲文明的時候，國家和諸侯卻不能暫時把自己的小小紛爭擱置，熱那亞認為把威尼斯撇到一邊，比聯合幾個小時向共同的敵人作戰更重要；反之，威尼斯對熱那亞也是這種態度。海面上空空蕩蕩。這些勇敢的人坐在核桃殼似的小船裡，絕望地從一個島嶼划到另一個島嶼。但是所有的港口都已被敵人占領，沒有一艘友軍的船隻還敢在這作

戰區域內航行。

現在該怎麼辦？十二人當中有幾個已經情有可原地失去了勇氣。他們覺得重返君士坦丁堡，再去走一趟那危險的路程，又有什麼意義呢？——因為他們不可能帶回去任何希望。說不定那座城市已經陷落；如果他們再回去，等待他們的不是被俘，就是死亡。可是，這些誰也不知道他們名字的英雄們中的大多數人始終豪情滿懷——他們還是決定回去。他們應該完成一項託付給他們的使命。他們被派出來是為了探聽消息，他們現在必須把消息帶回家去，儘管消息非常令人沮喪。於是，這艘片葉孤舟再度奮不顧身地穿過達達尼爾海峽、馬爾馬拉海和敵人的艦隊返回拜占庭。五月二十三日，也就是他們出發之後的第二十天，君士坦丁堡的人們早以為這艘小船已經失蹤，再也沒有人想到它會送來消息或者返回，可是就在這一天，幾個哨兵突然從城牆上揮動起小旗，因為一艘小船飛快地划著槳正在向金角灣駛來：由於被圍困的人震天響地歡呼，倒使奧斯曼土耳其人警覺起來，這會兒他們才驚奇地發現這艘掛著奧斯曼土耳其旗幟、肆無忌憚地駛過他們海域的雙桅帆船原來是一艘敵人的船，於是他們駕著無數小艇從四面向雙桅船衝去，想要在它即將進入安全港口之前將它攔截。小船的歸來，霎時使拜占庭充滿得救的希望，以為歐洲沒有忘記這座城市，而上次駛

來的那幾艘船僅僅是先遣。成千上萬的人歡呼叫喊起來，不過這是非常短暫的時刻。到了晚上，真正的壞消息已四處傳開。基督教世界已將拜占庭忘卻了。這些被禁錮在城裡的人是孤立無援的，如果他們不自己拯救自己，他們就要完蛋。

總攻前夕

每天每日的戰鬥，持續了將近六個星期之後，蘇丹變得不耐煩了。他的大炮已經在許多地方毀壞了城牆。但是，他指揮的所有這一切攻擊，到目前為止都被頑強地擊退了。對一個統帥來說，現在只剩下兩種可能：不是放棄包圍，就是在經過無數次個別的小襲擊之後發起一次大規模的決定性的總攻，穆罕默德把他的將領們召集起來舉行作戰會議。他的熱切的意志戰勝了一切顧慮。這次大規模的決定性的總攻決定在五月二十九日開始。蘇丹以他一貫的堅決態度進行自己的準備工作。他安排了一次宗教盛典，十五萬人的部隊，從最高統帥到普通一兵，全都必須完成伊斯蘭教規定的一切宗教禮儀 —— 進行小淨〔23〕和白天的三次禮拜〔24〕。所有現存的火藥和石彈都已運來，以加強炮兵的攻勢，為攻克拜占庭創造條件。全軍已為總攻分編成各個部分。穆罕默德從清晨忙到深夜，連一個小時都不休息。他騎著馬，沿著整個從黃金角到馬爾馬拉海的廣大陣

地，從這個營帳走到那個營帳，到處親自給指揮員鼓氣和激勵士兵。不過，作為一個通曉別人心理的人，他知道怎樣才能最有效地煽起這十五萬人的高昂鬥志。他許下了一項可怕的諾言——以後他完全履行了這項諾言，這既給他帶來了榮譽，也給他帶來了恥辱。他的宣諭差役敲著鼓吹著號到處去宣讀這樣的諾言：「穆罕默德以真主的名義，以教祖穆罕默德的名義和四千名先知 [25] 的名義發誓保證，他還以他的父親穆拉德蘇丹的靈魂，用他自己孩子們的頭顱和他的軍刀發誓保證，在攻克拜占庭城以後允許他的部隊盡情劫掠三天。城牆之內的所有一切：家什器具和財物、飾物和珠寶、錢幣和金銀、男人、女人、孩子都屬於打了勝仗的士兵，而他——穆罕默德本人將放棄所有這些東西，他只要得到征服東羅馬帝國這個最後堡壘的榮譽。」

士兵們聽到這樣誘人的宣布之後，頃刻一片歡騰。響亮的歡呼聲猶如風的怒號，一片叫喊真主真主的祈禱聲猶如海的咆哮，這聲音像一陣風暴向已經膽戰心驚的拜占庭城捲去。「殺呀！」「殺呀！」「搶呀！」「搶呀！」這樣的詞變成了戰場上的口號，它隨著戰鼓回蕩，隨著銅鈸和軍號齊鳴。到了夜裡，軍營裡一片節日的燈海。被圍困者從自己的城牆上看到平原和山丘上到處點燃起燈光和火把，有如無數的星星。敵人在尚未

取得勝利以前已經在用喇叭、笛子、銅鼓、手鼓慶祝勝利，眞是叫人不寒而慄。那場面恰似異教徒的祭司在獻上犧牲以前那種吹吹打打、嘈雜而又殘酷的儀式。但是到了午夜時分，所有的燈光又都根據穆罕默德的命令突然一下子全部熄滅。十幾萬人的熱烈聲響戛然而止。然而，這種令人不安的一片漆黑和突然的沉默顯然是不祥之兆，對那些被攪擾得心神不定的竊聽者們來說，比亮光中的喧嚷、瘋狂的歡呼更覺得可怕。

聖索菲亞教堂裡的最後一次彌撒

被圍困在城裡的人不必派出任何一個探子，也不需要任何一個從敵人那邊投奔來的人，便可知道自己面臨的處境。他們知道，穆罕默德已經下達了總攻的命令，因而對於未來的巨大危險和自己重大責任的預感，就像暴風雨前的烏雲籠罩著整座城市的上空。這些平時四分五裂和陷於宗教紛爭的居民在這最後幾個小時內聚集在一起了——世間空前的團結場面總是到了最危急的關頭才出現。爲了大家都得出力保衛的一切：基督教信仰、偉大的歷史、共同的文化，東羅馬皇帝君士坦丁十三世舉行了一次激動人心的儀式。根據他的命令，全城的人——東正教徒和天主教徒、教士和普通教徒、老老少少，都集合在一起，舉行一次空前絕後的宗教遊行，誰也不許待在家裡，當

然，誰也不願留在家裡，從腰纏萬貫的富翁到赤貧的窮人，都虔誠地排在莊嚴的行列中，唱著「上帝保佑」的祈禱歌；隊伍先穿過城內，然後經過外面的城牆。從教堂裡取出來的希臘正教的聖像和聖人的遺物抬舉在隊伍的前面。凡是遇到城牆有缺口的地方，就掛上一張聖像，彷彿它能比世間的武器更能抵抗異教徒的進攻似的。與此同時，君士坦丁十三世皇帝把元老院的成員、顯貴人物和指揮官們召集到自己身邊，向他們作了最後一次講話，以激勵他們的勇氣。雖然他不能像穆罕默德那樣向他們許諾無數的戰利品，但是卻向他們描述了他們將為全體基督教徒和整個西方世界所贏得的是怎樣一種榮譽，如果他們擊退了這最後一次決定性的進攻的話；同時他也向他們描述了他們面臨的將是怎樣一種危險，如果他們敗於那些殺人放火之徒的話。穆罕默德和君士坦丁十三世兩人都知道，這一天將決定幾百年的歷史。

接著，那最後一幕——滅亡以前令人難忘的熱烈場面，也是歐洲歷史上最最感人的場面之一開始了。這些瀕臨死亡的人都聚集在聖索菲亞教堂裡——自從基督教東西兩個教派建立起兄弟般關係的那一天以來，兩派的教徒還從未一起聚集在這座當時世界上最豪華的基督教主教堂裡呢。全體宮廷臣僚、貴族、希臘教會和羅馬教會的教士們以及全副武裝的熱那亞和威

尼斯的水陸士兵，都齊集在皇帝四周。在他們後面是必恭必敬、安安靜靜跪在地上的好幾千人——黑壓壓的一群充滿恐懼和憂慮的老百姓，他們低著頭，口中念念有詞。在低垂的拱頂形成的黑暗中，蠟燭費勁地，照耀著這一片像一個人的軀體似的跪在地上進行禱告的人群。這些拜占庭人正在這裡祈求上帝。這會兒，大主教莊嚴地提高了自己的嗓門，帶頭祈禱，唱詩班跟著同他唱和。西方世界神聖的聲音，永恆的聲音——音樂，在大廳裡再次響起。接著，一個跟著一個走到祭台前，皇帝走在最前面，去領受主的安慰，一陣陣不停的祈禱聲在寬敞的大廳裡繚繞、在高高的拱頂上迴旋。東羅馬帝國的最後一次安魂彌撒開始了。因為在查士丁尼建造的這座主教堂裡舉行基督教的儀式，這是最後一次了。

在舉行了這樣激動人心的儀式之後，皇帝最後一次匆匆地返回皇宮，請自己的所有臣僕能原諒他以往對待他們的不周之處，然後他騎上馬，沿著城牆從這一端走到另一端，去鼓勵士兵，恰似他的不可一世的敵手——穆罕默德此時正在做的那樣。已經是深夜了，再也聽不到人聲和武器的叮噹聲。但是城內的幾千人正以忐忑不安的心情等待著白日的來臨，等待著死亡。

一座被忘卻的城門——凱爾卡門

　　凌晨一點鐘，蘇丹發出了進攻的信號。巨大的帥旗一展，隨著「眞主、眞主」眾口一聲的叫喊，十萬人拿著武器、雲梯、繩索、鐵爪篙向城牆衝去，同時所有的戰鼓敲起，所有的軍號吹響，振耳欲聾的大擂鼓、銅鈸、笛子的聲音和人的吶喊、大炮的轟鳴匯成一片，像暴風雨的襲擊。那些未經訓練的志願敢死隊毫不憐憫地被率先送到城牆上去——他們上半身赤裸的軀體，在蘇丹的進攻計畫中肯定只是作爲替死鬼，爲的是要在主力部隊作決定性的衝鋒以前削弱敵人的力量與銳氣。這些被驅趕的替死鬼帶著數以百計的雲梯在黑暗中向前奔跑，向城垛、雉堞攀登上去，但是被擊退下來了，接著他們又衝上去，就這樣接二連三地向上衝，因爲他們沒有退路，在他們——這些僅僅用來當作炮灰的無謂犧牲品——的身後已經站立著精銳主力，他們不停地將這些替死鬼驅向幾乎是必死的境地。守在城上的人暫時還處於優勢，無數的矢箭和石塊絲毫不能損害他們有網眼的鎧甲，但是他們面臨的眞正危險是自己的疲憊不堪——而這正是穆罕默德所算計的。城牆上的人全身穿著沉重的甲冑，持續不停地迎戰不斷衝上來的輕裝部隊，他們一會兒在這裡戰鬥，一會兒又不得不跳到另一處去戰鬥，就在這樣被動的防禦中，他們的旺盛精力被消耗殆盡了。而現在，

當進行了兩小時的搏鬥之後，天已開始濛濛亮，由安納托利亞人〔26〕組成的第二梯隊發起了衝鋒，戰鬥也就愈來愈危險，因爲這些安納托利亞人都是紀律嚴明、訓練有素的武士，並且同樣穿著有網眼的鎧甲。此外，他們在數量上佔著絕對優勢，而且事先得到充分的休息，相比之下，守在城上的人卻不得不一會兒在這裡一會兒在那裡去保衛突破口。不過，進攻者所到之處還是不斷地被擊退下來。於是蘇丹不得不把自己最後預備的精銳部隊——奧斯曼帝國的中堅力量：奧斯曼土耳其禁衛軍用上。他親自率領一萬兩千名經過挑選的、身強力壯的禁衛軍士兵——當時被歐洲視爲最優秀的軍旅，齊聲吶喊向筋疲力竭的敵人衝去。現在眞正是千鈞一髮的時刻了，城裡所有的鐘都已敲響，號召最後還能參加戰鬥的人都到城牆上來，水兵們也都從船上被召集到城牆上，因爲眞正決定性的戰鬥已經開始。對守衛在城上的人來說，倒楣的是熱那亞部隊的指揮官——無比勇敢的朱斯蒂尼亞尼被矢石擊中而身負重傷，他被抬到船上去了。他一倒下，使守衛者的力量一時發生了動搖。但是，皇帝已親自趕來阻擋這十分危險的突破，於是再次成功地把衝鋒者的雲梯推了下去；在這雙方殊死的搏鬥中，看來拜占庭又得到了喘息的機會。最危急的時刻已經過去，最瘋狂的進攻又被擊退。但是，就在此時此刻，一次悲劇性的意外事故一下子就決

定了拜占庭的命運，是那神祕莫測的幾秒鐘裡的一秒鐘一下子就決定了拜占庭的命運，就像有時候歷史在它令人不解的決定中所出現的那幾秒鍾一樣。

發生了一件完全無法想像的事。在離真正進攻的地方不遠，有幾個奧斯曼土耳其人通過外層城牆中的許多缺口之一衝了進來。他們不敢直接向內城牆衝去。但當他們十分好奇和漫無目的地在第一道城牆和第二道城牆之間四處亂闖時，他們發現在內城牆的較小的城門中間有一座城門——即稱為「凱爾卡門」的城門——由於無法理解的疏忽，竟敞開著。對它本身來說，這僅僅不過是一扇小門而已。在和平時期，當其他幾座大城門緊閉的幾小時內，這座小門是行人通過的地方。正因為它不具有軍事意義，所以在那最後一夜的普遍激動中顯然忘記了它的存在。奧斯曼土耳其禁衛軍此刻驚奇地發現，這扇門正在高聳的五棱形堡壘 [27] 中間向他們悠閒地敞開著。起初，他們以為這是軍事上的一種詭計，因為他們覺得這樣荒唐的事太不可思議了。通常，防禦工事前的每一個缺口、每一個小窗口、每一座大門前，都是屍體堆積如山——燃燒的油和矛槍都會蓋頭蓋腦地飛來，而現在，這裡卻像星期天似的一片和平景象，這扇通向城中心的凱爾卡門大敞著。那幾個奧斯曼土耳其人立刻設法叫來了增援部隊，於是，整整一支部隊沒有遭到任何抵

抗就衝進了內城。那些守衛在外層城牆上的人絲毫沒有察覺，沒有料想到背部會受到襲擊。更糟糕的是，竟有幾個士兵發現在自己的防線後面有奧斯曼土耳其人時，就不禁喊出聲來：「城市被攻下了！」在戰場上喊出這樣不確實的謠言，那真是比所有的大炮更能置人於死地。現在，土耳其人也跟在這喊聲後面大喊大叫地歡呼：「城市被攻下了！」於是，這樣的喊聲粉碎了一切抵抗。雇傭兵們以為自己被出賣了，紛紛離開自己的陣地，以便及時逃回港口，逃到自己的船上去。君士坦丁皇帝帶著幾個隨從向入侵者浴血奮戰，但已無濟於事，他犧牲了。在亂哄哄的人群中，沒有人認出他來。他被殺死了。只是到了第二天，人們在一大堆屍體中才從一雙飾有一隻金鷹的朱紅靴上確認，東羅馬帝國的最後一位皇帝光榮地以羅馬精神隨同他的帝國一起同歸於盡。芝麻大的一次意外——一扇被人忘記了的凱爾卡門就這樣決定了世界歷史。

十字架倒下了

有時候，歷史是在作數字遊戲。因為剛好在羅馬被汪達爾人 [28] 令人難忘地洗劫之後過了一千年，一場搶掠拜占庭的浩劫開始了。一貫信守自己誓言的穆罕默德可怕地履行了自己的諾言。他在第一次屠殺以後就聽任自己的官兵大肆搶劫房舍、

宮殿、教堂、寺院、男人、婦女、兒童，數以千計的人像地獄裡的魔鬼在街頭巷尾爭先恐後地追逐，互不相讓。首先遭到衝擊的是教堂，金製的器皿在那裡發亮、珠寶在那裡閃耀；而當他們闖進一家住房時，立刻把自己的旗幟掛在屋前，爲的是讓隨後來到的人知道，這裡的戰利品已全部有主了。所謂戰利品，不僅僅是寶石、衣料、黃金、浮財，而且還包括婦女、男人和兒童；女人是蘇丹宮殿裡的商品，男人和兒童是奴隸市場上的商品。那些躲在教堂裡的苦命人，被成群結隊地用皮鞭趕了出來。上了年紀的人是沒有用的白吃飯的傢伙和無法出賣的累贅，因此把他們殺掉了事。那些年輕人像牲口似的捆綁起來拖走。土耳其官兵在大肆搶劫的同時進行了最野蠻的毫無人性的破壞。十字軍在進行差不多同樣可怕的洗劫時殘留下來的一些寶貴的聖徒遺物和藝術品，被這一群瘋狂的勝利者又砸、又撕、又搗，弄得七零八碎，那些珍貴的繪畫被燒毀了，最傑出的雕塑被敲碎了，凝聚著幾千年的智慧、保存著希臘人的思想和詩作的不朽財富的書籍被焚毀或者漫不經心地扔掉了，從此永遠消失。人類將永遠不會完全知道，在那命運攸關的時刻，那扇敞開的凱爾卡門帶來了什麼樣的災難；人類將永遠不會完全知道，在洗劫羅馬、亞歷山大里亞 [29] 和拜占庭時，人類的精神世界失去了多少財富。

一直到取得這一偉大勝利的那天下午，當大屠殺已經結束時，穆罕默德才進入這座被征服的城市。他騎在自己那匹金彎馬鞍的駿馬上，神色驕矜而又嚴肅，當他經過那些野蠻搶掠的場面時，連看都不看一眼，他始終信守自己的諾言，不去打擾為他贏得了勝利的士兵們正在幹的可怕行徑。不過，對他而言，首要的不是去爭得什麼，因為他已經得到了一切，所以他傲慢地徑直向大教堂——拜占庭的光輝中樞走去。他懷著嚮往的心情從自己的營帳裡仰望這聖索菲亞教堂的閃耀發亮而又不可企及的鐘形圓頂已經有五十多天；現在他可以作為一個勝利者而長驅直入教堂的銅質大門了。不過，穆罕默德還要克制一下自己的焦躁心情：在他將這座教堂永遠獻給真主以前，他得先感謝真主。這位蘇丹卑恭地從馬背上下來，在地上磕頭，向真主祈禱禮拜。然後他拿起一撮泥土撒在自己的頭上，為了使自己記住他本人是一個不能永生的凡人，因而不能炫耀自己的勝利。在他向真主表示了自己的敬畏之後，蘇丹這才站起身來，作為真主的第一個僕人昂首闊步走進查士丁尼大帝建造的大教堂——神聖智慧的教堂：聖索菲亞大教堂。

　　蘇丹懷著好奇和激動的心情細細察看著這座華麗的建築：高高的穹頂、晶光發亮的大理石和馬賽克〔30〕、精緻的弧形門拱，都在黃昏中顯得格外明亮。他覺得這座用來祈禱的最最傑

出的宮殿不是屬於他自己的，而是屬於他的眞主。於是他隨即派人召來一個伊瑪目〔31〕，讓他登上布道壇，從那裡宣講教祖穆罕默德的信條。此時，這位奧斯曼土耳其君主面向麥加，在這座基督教的教堂裡向三界的主宰者——眞主作了第一次禱告。第二天，工匠們就得到了任務：要把所有過去基督教的標誌統統丟掉；基督教的聖壇被拆除了，無辜的馬賽克被粉刷上石灰；高高矗立在聖索菲亞大教堂頂上的十字架千年以來一直伸展著它的雙臂，環抱著人間的一切苦難，現在卻砰砰梆梆地倒在地上。

石頭落地的巨大聲音在教堂裡迴響，同時傳到很遠很遠的地方。因爲整個西方世界都在爲這十字架的倒坍而震顫。驚耗可怕地在羅馬、在熱那亞、在威尼斯迴響，它像事先發出警告的巨雷向法國、德國滾去。歐洲萬分恐懼地認識到，由於自己置若罔聞，這股劫數難逃的破壞力量竟從那座忘卻了的倒楣的凱爾卡門闖了進來，這股暴力將要遏制歐洲的勢力數百年。然而在歷史上就像在人的一生中一樣，瞬間的錯誤會鑄成千古之恨，耽誤一個小時所造成的損失，用千年時間也難以贖回。

註釋：

〔1〕奧斯曼土耳其最高統治者稱蘇丹。奧斯曼帝國蘇丹穆拉德二世於

一四二一～一四五一年在位。

〔2〕蘇丹穆罕默德二世於一四五一～一四八一年在位。

〔3〕加利波里（Gallipoli），地名，今稱格利博盧，奧斯曼土耳其人於一三五四年渡過達達尼爾海峽，占領此地，日後以此爲橋頭堡向色雷斯進攻。

〔4〕亞得里亞堡（Adrianopel），即今土耳其城市埃迪爾內（Edirne）。它原是拜占庭帝國的城市，一三六一年被奧斯曼帝國占領，一三六六～一四五三年是奧斯曼帝國首都。

〔5〕巴耶塞特一世（Bāyazid I，一三八九～一四〇二年在位），奧斯曼帝國第四代蘇丹，在東歐連戰皆捷，使奧斯曼帝國聲威大振，但在一四〇五年安卡拉附近的戰役中敗於帖木兒，被俘後死於獄中，他是穆罕默德二世的祖父。

〔6〕君士坦丁和查士丁尼，均是東羅馬帝國的英明君主。

〔7〕即東羅馬帝國末代皇帝君士坦丁十三世。

〔8〕今土耳其城市伊斯坦布爾的一個市區。

〔9〕加拉太（Galata），十四世紀熱那亞人在君士坦丁堡城郊建立的據點。

〔10〕第四次十字軍東征時，於一二〇四年四月十二日攻陷君士坦丁堡，西方強盜在這座文明古城裡焚燒劫掠達一星期之久。半個多世紀以後，君士坦丁堡於一二六一年又被東羅馬帝國收復。

〔11〕君士坦丁十三世（Constantine XIII，一四四八～一四五三），有些早期的史書亦稱他爲十一世，他是東羅馬帝國的最後一位皇帝，在君士坦丁堡陷落時戰死。

〔12〕聖索菲亞大教堂，五三二～五三七年由東羅馬皇帝查士丁尼一世興建，原爲拜占庭帝國東正教的宮廷教堂兼君士坦丁堡牧首的主教堂，一四五三年奧斯曼土耳其人入主後改爲伊斯蘭教清眞寺。

〔13〕隨著羅馬帝國在公元三九五年分裂爲以君士坦丁堡爲首都的東羅馬帝國和以羅馬城爲都城的西羅馬帝國，基督教不久也在實際上分爲東正教和天主教兩大支。君士坦丁堡大牧首逐漸成爲東正教的領袖，羅馬城大主教是羅馬天主教領袖，自公元四世紀起自稱教皇。東正教與天主教在一〇五四年正式分裂，史稱「東西教會大分裂」。

〔14〕一四三八年教皇尤金四世（Eugenius IV，一四三一～一四四七年在位）在義大利斐拉拉（Ferrara）召開天主教宗教會議，討論羅馬教會與希臘教會合一問題，有七百多名希臘教會代表參加，一年後會議移至佛羅倫斯舉行，一四三九年七月六日通過兩教會統一的決議，希臘東正教會確認羅馬教皇為基督在世代表，具有全權地位，後因君士坦丁堡教會反對，兩教會又於一四五三年分裂。

〔15〕當時的教皇是尼古拉五世，一四四七～一四五五年在位。

〔16〕薛西斯（Xerxes），公元前四八六至公元前四六五年的波斯帝國國王，公元前四八〇年親率大軍，分水陸兩路進攻希臘。

〔17〕狄奧多西二世（Theodosius II，四〇八～四五〇年在位），他在四一三～四三九年建立起拜占庭城的堅固城牆。

〔18〕查士丁尼一世（Justinian I，五二七～五六五年在位），東羅馬帝國皇帝，在位期間積極革新內政，主持編纂《查士丁尼民法大全》，集羅馬法之大成。

〔19〕色雷斯（Thrakien），巴爾幹半島東南部古地名，地處今土耳其和保加利亞一部分。

〔20〕方尖塔（Obelisk），一種高達二三十米的石製立柱，頗似中國的華表，但它的主幹為四方形，頂部呈尖狀，公元前三世紀在埃及產生，原是太陽神的標誌，以後發展成為神廟的裝飾建築，經常成對地矗立在廟門前。羅馬帝國皇帝曾從埃及掠劫去不少這種方尖塔。十九世紀時，埃及政府曾向巴黎、倫敦、紐約贈送過這種文物，今天仍有一對方尖塔矗立在巴黎的協和廣場。

〔21〕漢尼拔（Hannibal，公元前二四七？～一八三年），迦太基統帥，歷史上軍事名將，以出奇制勝著稱，曾出征羅馬帝國。公元前二一八年，漢尼拔率兵六萬從西班牙遠征義大利，史無前例地越過阿爾卑斯山，由於漢尼拔軍突然出現在北義大利，遂使其在蒂查納河與台伯河戰役中粉碎了羅馬軍隊。後來，漢尼拔被羅馬人擊敗，過了幾年寄居生活之後，於公元前一八三年被逼服毒自盡。

〔22〕在希臘神話中，伊阿宋率領希臘的著名英雄們乘坐一艘命名為「阿耳戈」的船到海外去尋取金羊毛。

〔23〕穆斯林在參加一般禮拜前，須履行小淨儀式，即依次洗手、洗臉、洗

肘、漱口、洗鼻孔、用濕手抹頭、沖洗雙足，共七項，稱「沐」。

〔24〕穆斯林每日五次禮拜，分別在晨、晌、晡、昏、宵五個時辰內進行，稱作晨禮、晌禮、晡禮、昏禮、宵禮。穆罕默德的部隊因戰事在身，只進行前三次禮拜。

〔25〕伊斯蘭教把能直接得到或通過天使、作夢等得到阿拉（真主）「啟示」的人稱為先知。據稱伊斯蘭教共有十二萬四千名先知。

〔26〕安那托利亞，又稱小亞細亞，即今土耳其之亞洲部分。

〔27〕又稱稜堡，指古代城堡角上的五角形堡壘。

〔28〕汪達爾人（Vandale），日耳曼人的一支，公元四至五世紀進入高盧、西班牙、北非等地，並曾攻占羅馬。

〔29〕亞歷山大里亞（Alexandria），今埃及第二大城市，習稱亞歷山大港，因由古代亞歷山大大帝於公元前三三二年興建而得名，曾有古代最著名的圖書館。

〔30〕馬賽克（Mosaik），牆或地面上用彩石和玻璃拼嵌成的圖案。

〔31〕伊瑪目，阿拉伯文的音譯，意為站在前面的人，即指伊斯蘭教做禮拜時站在前面的主持者。

第三章

到不朽的事業中
尋求庇護

巴爾波亞
太平洋的發現
1513年9月25日

Vasco Nuñez
de Balboa

太平洋是誰發現的——這個命題完全是歐洲人以歐洲中心論作爲出發點。毫無疑問，最初認識到這一浩瀚大洋的，首先是太平洋沿岸的勞動人民。據歷史地理學家們考證，早在公元前若干世紀，古代中國人遠航日本時，就已認識到太平洋的遼闊水域。四五世紀，從印度半島移民來的波利尼西亞人就在太平洋中部的許多島嶼間航行。同樣，棲息在美洲西部太平洋沿岸的印第安人也早已認識到這一大洋，只不過他們既沒有文字記載也缺乏科學認識。隨著資本主義的興起，十六世紀是大探險時代。自此以後，人類對於自己生存的世界逐漸有一個完善的地理圖像。一五一九至一五二三年，葡萄牙航海家麥哲倫的船隊作環繞地球的航行。一五二〇年十月二十一日，麥哲倫船隊駛進今天被稱爲麥哲倫海峽的水路，十一月二十八日，他們繞過岬角，看到一片靜悄悄的、水天一色的大洋，於是將它命名爲「太平洋」。但是，麥哲倫還不算是發現太平洋的第一個歐洲人。在歐洲人的探險史上，被認爲首先發現太平洋的是西班牙探險家巴爾波亞。一五一三年九月二十五日，巴爾波亞在巴拿馬地峽的高山之巔望見太平洋南部的水域。不過，他當時把它稱爲「南海」，並認爲渡過這大海便是印度本土，而根本不知道它是我們這個世界的第一大洋。這種錯誤的地理觀念一直到麥哲倫船隊環球航行以後才得到糾正。

——譯者題記

裝備好一艘船

當哥倫布 [1] 從被發現的美洲第一次歸來，凱旋的隊伍在塞維利亞 [2] 和巴塞羅那 [3] 穿過擁擠的街道時，他展示了無數的稀世珍寶、迄今未知的紅種人以至從未見過的奇禽異獸——呱呱亂叫的斑斕鸚鵡、笨拙的貘和不久將在歐洲落戶的引人矚目的植物和穀類——玉米、菸草和椰子。所有這一切都使歡呼的人群感到新鮮和好奇。但是最使兩位國王 [4] 和他們的謀士們動心的，卻是裝在幾隻小箱子和小籃子裡的黃金。哥倫布從新印度帶回來的黃金並不多，只不過是從土著人那裡換來或搶來的一些裝飾品、小金錠、幾撮零散的金粒；與其說是黃金，不如說是一些黃金末子——全部戰利品頂多可以鑄造幾百枚威尼斯古金幣 [5]。然而這位天才的幻想家哥倫布——他總是固執地相信自己願意相信的事情，正如他自以為光榮地開闢了通往印度的海路一樣——卻以認真而又無比興奮的心情誇耀說，這僅僅是第一次帶回來的一點樣品，據他們得到的可靠消息，在這些新的島嶼上有著無法估量的金礦；這種貴金屬就在薄薄的地層底下，有的地方甚至完全裸露在地表，只要用普通的鐵鏟輕輕一挖就能得到。不過，那些國王們用黃金的杯子飲酒喝水和黃金比西班牙的鉛還要不值錢的黃金之國，卻在更南邊的地方。這兩位永遠需要黃金的國王出神地聽著這一番關於那個

屬於他們的新黃金國的話，絲毫不懷疑哥倫布的種種諾言，因為當時尚未有人認識到他向來有好吹的習慣。於是，一支第二次遠航的龐大船隊很快裝備起來了。現在，雇用船員也已不再需要到處招募。關於那個新發現的、只要用手就能挖到黃金的黃金國的消息使整個西班牙如癡若狂：數以百計乃至數以千計的人紛至沓來，都想遠航到那黃金國去。

可是，這人流又是怎樣一股污泥濁水呵！現在，貪慾把它從所有的城市、鄉鎮和小村莊沖了出來。不僅那些想把自己的紋盾完全鍍上黃金的名門貴族和膽略過人的冒險家與勇敢的士兵，而且西班牙所有的垃圾和渣滓也都漂流到巴羅斯〔6〕和加的斯〔7〕來。烙有金印的竊賊、攔路搶劫的強盜、瘌三扒手——他們都想到黃金國去找一份收入豐厚的手藝活；還有為了逃脫債主的負債人、為了逃脫自己愛吵架的妻子的丈夫，所有這些走投無路、窮困潦倒的人，這些犯科在案和被法警追捕的罪犯，都來報名參加這支遠航隊。這是一群瘋狂的亡命之徒、烏合之眾，他們決心到那裡去大顯身手，一夜之間變成暴發戶。為此他們敢去幹任何的暴力和犯罪的事。哥倫布的那種虛妄之說更是使他們想入非非，以為在那些地方只要用鐵鍬一挖就能得到一大堆閃閃發亮的黃金。移民者中一些有錢的人甚至還隨身帶著傭人和牲口，以便能把這種貴金屬立刻大批大批

地運走。一些沒有被遠航隊接納的人不得不另想辦法，那些恣肆的冒險家自己動手裝備船隻，而不去多問朝廷允許不允許。他們只盼望趕緊到達那裡，去斂取黃金、黃金、黃金。西班牙一下子就擺脫了一群不安分的傢伙和最危險的歹徒。

伊斯帕尼奧拉島 [8] 的總督驚恐地眼看著這些不速之客蜂擁而至，來到這個託他管轄的島嶼。海船年年運來新的貨物，同時也帶來了愈來愈難以管束的人。不過，新來的人也同樣痛苦地感到失望，因為這裡的街上根本沒有隨處可見的黃金；當地不幸的土著人已被這些金髮野獸掠奪一空，從他們身上再也壓榨不出一丁點兒黃金了。於是，這幫烏合之眾就遊手好閒，四處逛蕩，尋釁搶劫，使苦命的印第安人整天提心吊膽，也使總督惴惴不安。為了把這幫傢伙打發去開墾新地，總督想盡了各種辦法，派給他們土地，分給他們牲畜，甚至還慷慨地給他們「會說話的牲口」，即給他們每人六十至七十名印第安人當奴隸；但都無濟於事。無論是出身名門的貴族騎士，還是昔日的攔路強盜，都對經營農莊缺乏興趣。他們漂洋過海到這裡，不是為了來種植小麥和飼養家畜；因此他們從不把播種和收穫放在心上，而只顧去欺凌苦命的印第安人──在短短的幾年之內他們把當地的居民全部滅絕──或者在賭窟裡消磨時日。沒有多久，這號人的絕大多數都背上了債，以致不得不變賣自己

的財物，一直到賣掉大衣、帽子和最後一件襯衫，最後被商人和高利貸者掐住脖子。

　　因此，當他們聽說這個島上受人尊敬的法學家馬丁‧費爾南德斯‧德‧恩西索 [9]「學士」於一五一〇年裝備好一艘船，準備帶著新的人馬去援助他在美洲大陸上的那塊自己的殖民地時，這對所有那些在伊斯帕尼奧拉島上落魄的人而言，無疑是一個好消息。一年前的一五〇九年，兩位著名冒險家──阿隆索‧德‧奧赫達 [10] 和迭戈‧德‧尼古薩從斐迪南國王那裡獲得了在巴拿馬海峽附近和委內瑞拉沿海地區建立一塊殖民地的特權，他們趕緊將這塊地方命名為「黃金的卡斯蒂利亞」[11]。恩西索──這位精通法律而不諳世事的「學士」被這樣一個響亮的名字迷住了，被那些誆人的大話所蠱惑。於是他把自己的全部財產都用來經營那塊殖民地。可是從那塊在烏拉巴海灣 [12] 的聖塞瓦斯蒂安新建的殖民地沒有送來一塊黃金，而只是傳來疾呼的求援聲。他派去的人員中有一半在同土著人的鬥爭中喪了命，另一半則在飢餓中倒斃。恩西索為了挽救已經投資的錢財，便毅然傾其所有，裝備起一支援助遠征隊。伊斯帕尼奧拉島上所有那些潦倒絕望的人聽說恩西索需要士兵的消息，都想利用這次機會隨他一起溜走。他們只是希望趕緊離開這個地方，逃脫債主，逃脫嚴厲的總督的戒備。但是債主們也都小

心防範。當他們發覺這些負債累累的人都想溜之大吉並從此消失得無影無蹤時，便再三懇求總督：沒有經過總督的特別允許，任何人都不得擅自離去。總督滿足了他們的願望，採取了嚴密的監視措施：恩西索的船必須停泊在港口之外；政府的小船將四處巡邏，以防未經允許的人偷偷登上恩西索的大船。於是，所有那些落魄的人——他們不怕死，卻害怕誠實的勞動或高築的債台——只好懷著無限的絕望和痛苦眼看著恩西索的船沒有載著他們就揚帆遠航去進行冒險事業。

躲在木箱裡的人

恩西索的船張起滿帆，從伊斯帕尼奧拉島向美洲大陸駛去。海島的輪廓已沉沒在藍色的地平線下。這是一次靜悄悄的航行，開始時沒有發現任何異樣，只是到了後來才發覺那隻膘肥強壯、特別有力的狼狗——牠是著名狼狗貝塞里科（小牛）的崽子，牠自己也由於叫萊昂西科（小獅）而出名——在艙面上不安地跑來跑去，到處用鼻子嗅著。沒人知道那隻強壯的狗的主人是誰和怎樣登上船的。而更令人注目的是，那隻狗終於停留在一只最後一天運上船的特大食品木箱前不走了。可你瞧，沒想到那只木箱自己打開了，從裡面鑽出一個約莫三十五歲的男子，他全副武裝，身佩長劍、頭戴盔甲、手持盾牌，活

像卡斯蒂利亞的保護神聖地亞哥〔13〕。他，就是巴斯科·努涅斯·德·巴爾波亞〔14〕。他以這種方式對自己的那種令人驚歎的大膽和機智作了第一次考驗。他出生於赫雷斯·德·洛斯·卡瓦雷洛斯的一個貴族家庭，曾作為一個普通士兵隨羅德里戈·德·巴斯蒂達斯一起遠航來到這個新世界。那艘船在經過若干次迷航以後，終於在伊斯帕尼奧拉島靠岸。島上的總督曾想把巴爾波亞培養成一個好樣的殖民地開發者，但是沒有成功。巴爾波亞把分配給自己的土地管了幾個月之後就棄置不顧了，最後徹底破產，不知該如何擺脫那一群債主。然而，正當其他的負債人緊握著拳頭，從海灘上憤怒地凝望著那幾隻阻攔他們逃到恩西索船上去的政府小船時，巴爾波亞卻躲進一只空著裝食品用的大木箱裡，讓自己的幫手將大木箱搬上了船，從而大膽地繞過了迭戈·哥倫布總督〔15〕布設的警戒線。當時，船上的人都忙著啟航，一片混亂，沒有人察覺這樣狡猾的詭計。一直當他知道帆船已經遠離海岸，再也不可能為了他而把船開回去時，這個偷乘的旅客才露面。現在他正站在眾人面前。

恩西索「學士」是學法律的人，像大多數法學家一樣，缺乏浪漫色彩。他，作為那塊新殖民地的治安長官——作為警察總監，不願意看到在該地有吃白食的人和來歷不明的可疑分

子，因此他不客氣地對巴爾波亞說，他不想將他帶到美洲大陸去，而是讓他在下一個他們經過的海島上岸，不管那島上是否有人居住。

不過，事情最後並沒有發展到這一步。因為正當這艘船駛向「黃金的卡斯蒂利亞」途中，恩西索遇到了一條坐滿了人的小船──這簡直是奇蹟，因為在這些尚未為人所知的海域上當時總共只有幾十條船隻在行駛──那小船由一個名叫弗朗西斯科・皮薩羅 [16] 的人率領，這個人的名字不久就蜚聲世界。船上的乘員是從恩西索的美洲殖民地聖塞瓦斯蒂安來的，起初還以為他們是一群擅離職守的嘩變者呢。但使恩西索大驚失色的是，他們報告說：「黃金的卡斯蒂利亞」──聖塞瓦斯蒂安已不再存在，他們這些人是這塊以前的殖民地上的最後一批人。長官奧赫達已乘一艘船先溜走了，剩下來的人一共只有兩艘雙桅小帆船。為了能在這兩艘小小的帆船上每人得到一個位置，他們不得不等到死掉了七十人以後才動身。後來，其中一艘船又出了事故：皮薩羅率領的這三十四人是「黃金的卡斯蒂利亞」的最後一批倖存者。既然如此，那麼現在恩西索的船隊又該駛向何處去呢？恩西索手下的人在聽了皮薩羅的敘述以後，已經沒有興趣到那偏僻的移民區──「黃金的卡斯蒂利亞」去遭受可怕的沼澤氣候和土著人的毒箭。他們覺得現在唯一的可

能性是再回到伊斯帕尼奧拉島上去。正在這緊急關頭，巴爾波亞突然站出來說，他在同巴斯蒂達斯第一次航海時瞭解到中美洲全部沿海地區的情況，他記得他們當時曾到過一個名叫達連[17]的地方，它依傍著一條含金的河流，那裡的土著人態度友好；所以他們應該到那裡去建立新的定居點而不是回到那倒楣的老地方——伊斯帕尼奧拉島上去。

全體人員立刻表示贊同巴爾波亞的主意。他們按照他的建議向巴拿馬地峽的達連駛去。他們到了那裡，先在土著人中間進行殘酷的屠殺，由於在搶劫來的財物中發現了黃金，這一群亡命之徒就決定在這裡定居，以後他們又懷著虔誠的感恩之心把這座新的城市稱作「達連古老的聖瑪麗亞」。

危險的升遷

不久，倒楣的恩西索學士——這位該殖民地的投資者感到後悔莫及：他當初沒有及時把那只木箱連同藏在裡面的巴爾波亞一起扔到海裡去，因為這個膽大妄為的人幾個星期以後把一切權力都篡奪到了自己手中。作為一個在紀律和秩序的觀念中成長起來的法學家——恩西索曾想方設法以一個待任的總督——這樣一種行政長官的身分將這塊殖民地治理得有利於西班牙的朝廷。他在簡陋的印第安式的茅舍裡簽發自己書寫工

整、措辭嚴厲的法令，彷彿坐在塞維利亞自己的律師事務所裡似的。他禁止士兵在這塊迄今人跡未至的荒地上向土著人勒索黃金，因爲黃金是王室的資源，他要盡力將那些無法無天的歹徒納入秩序和法律的軌道。然而那些冒險家天生就信服刀劍，而不把要弄筆桿的文弱書生放在眼裡。不久，巴爾波亞就成了這塊殖民地事實上的主人。恩西索爲了保住自己的性命不得不逃離出走；而當尼古薩──國王派到這片陸地來的總督之一終於來此建立秩序時，巴爾波亞乾脆就沒有讓他上岸。不幸的尼古薩被他們從這塊國王封給他的土地上趕了出去，並且在回國途中淹死。

現在，巴爾波亞──這個從木箱裡爬出來的人就是這塊殖民地上的主人。但是，儘管他獲得了成功，卻並不感到十分愉快。因爲他公然造了國王的反，國王派來的總督由於他的緣故而喪了命，這就很難得到國王的寬恕。他知道，逃走的恩西索正帶著對他的控告信前往西班牙。他的這種叛亂行爲遲早要受到法庭的審判。不過，西班牙離這裡畢竟如此遙遠，在一艘船一去一回橫渡大洋以前，他還有充裕的時間。爲了盡可能久地保持住自己篡奪來的權力，他就必須有膽有識地利用這唯一的手段──時間。他知道，在那個時代，只要有成就，就足可以辯白每一條罪狀，他還知道，向朝廷的財庫進貢大量的黃金就

有可能免除或者推遲這場官司，也就是說，首先需要弄到黃金，因爲黃金就意味著權力！於是他和皮薩羅一起，大肆蹂躪和搶掠周圍的土著人，就在這些殘忍的殺戮中，他終於交上了一次決定性的好運。有一次，他突然居心叵測地來到一個名叫卡雷塔的印第安人酋長家中胡作非爲，酋長眼看自己已難免一死，就向巴爾波亞建議：最好請他不要同印第安人爲敵，而是和他自己的部落結盟。他還把自己的女兒獻給巴爾波亞，作爲忠實的信物。巴爾波亞立刻認識到在土著人中間結交一個可靠而又有勢力的朋友的重要性，於是接受了卡雷塔的建議。而更令人感到驚奇的是，他至死都對那個印第安姑娘溫情脈脈。他和卡雷塔酋長一起，征服了鄰近所有的印第安人，樹立起巨大的權威，以致當地最有勢力的酋長柯馬格萊最後也恭恭敬敬地把他請到自己家中。

在這位最有勢力的酋長家中的訪問，使巴爾波亞的一生發生了具有世界歷史意義的轉折。而在此之前，他只不過是一個亡命之徒和違抗朝廷的狂妄叛亂者，注定要被卡斯蒂利亞法庭判處絞刑或者砍頭。柯馬格萊酋長在一幢寬敞的石頭房子裡接待他，房子裡的金銀財寶使巴爾波亞不勝驚訝。沒有等巴爾波亞自己開口，主人就送給這位客人四千盎司黃金。可是隨後發生的一切使酋長驚愕得目瞪口呆，因爲他如此恭恭敬敬招待的

這些天國子弟——一群趾高氣揚、像神一樣威嚴的外來人一見到黃金，身上所有的尊嚴都不見了，而是像一群掙脫了鎖鏈的狗似的互相爭鬥著。他們拔出刀劍、攥緊拳頭、高聲叫喊、彼此怒罵，每個人都想多得一點黃金。酋長露出一副令人驚訝的鄙夷神情，觀望著這一場發瘋似的爭吵。生活在天涯海角的每一個自然之子都會永遠對這些文明人感到詫異。一小撮黃色的金屬，在這些文明人看來，竟比他們的文明所取得的一切精神上和技術上的成就都還要有價值。

最後，酋長終於走上前去向他們進上一言。當譯員將酋長的話翻譯給這群西班牙人聽的時候，他們臉上那種貪婪的神情簡直讓人可怕。柯馬格萊說，「你們為了這樣一些沒有用的東西互相爭吵，為了這樣一種普普通通的金屬而玩命，招惹這麼多的不愉快，實在讓人覺得非常奇怪，就在這些高山後面，有一片大海，所有流入那片大海的河流都含有黃金，那邊住著一個民族，他們也和你們一樣乘坐這種帶帆和帶槳的船；他們的國王們吃喝的時候，用的是金製的杯盤；你們到了那裡就可以弄到這種黃色的金屬，要多少有多少。但是，到那裡去是一條危險的路，因為那些酋長們肯定不會讓你們通過；不過，路程倒是只要幾天就行。」

巴爾波亞覺得這一席話正中他的下懷。他們多少年來夢寐

以求的傳說中的黃金之國的蹤跡終於找到了。他的先行者們曾走遍天南地北，到處尋覓，而現在，這黃金之國離他只有幾天的路程，如果酋長說的是真的話。同時，也終於證實了另一個大洋的存在，哥倫布、卡博特[18]、科萊里阿爾[19]以及其他一切著名的偉大航海家都曾尋找過通往這個大洋的道路，但沒有成功。因為找到了這個大洋，也就意味著發現了一條環繞地球的航道。誰第一個親眼見到這新的海洋，並為自己的祖國去占領它，那麼他的名字勢必會流芳百世。巴爾波亞認識到，為了贖清自己的全部罪過和贏得名垂千古的榮譽，他必須去幹這件事：他要第一個橫越過巴拿馬地峽，到達這個通向印度的南海，並為西班牙朝廷去征服那個新的黃金之國。此時此刻，就在柯馬格萊酋長的這幢房子裡，決定了他的一生命運。從這一時刻起，這個出來碰碰運氣的冒險家的生活有了超越時間的崇高意義。

到不朽的事業中尋求庇護

　　一個人生命中的最大幸運，莫過於在他的人生中途，即在他年富力強時發現了自己的人生使命。巴爾波亞知道，自己正面臨著這樣的賭博：不是在斷頭台上悲慘地死去，就是名垂千古。他得首先用收買的方法，取得朝廷的和解，追認他的惡劣

行徑——篡奪的權力是合法和有效的！爲此，這個昔日的叛亂者現在卻作爲最最殷勤的臣僕不僅給伊斯帕尼奧拉島上的王家財務總管帕薩蒙特送去了柯馬格萊饋贈的黃金的五分之一——按照法律這五分之一原是應該歸於王室的；而且除了正式向朝廷進貢之外，還私下給財務大臣送去一大筆黃金，請求財務大臣能確認他在這塊殖民地上的長官職位——在諳熟世故、玩弄手腕方面他可比刻板、耿直的法學家恩西索有經驗。財務總管帕薩蒙特雖然對此沒有任何權限，不過爲了感謝那筆爲數不少的黃金，他給巴爾波亞寄來了一張實際並無價值的臨時文書。與此同時，巴爾波亞爲了尋求各方面的保證，又向西班牙派去兩名自己最可靠的親信，以便直接向朝廷稟奏他爲王室建立的功績和報告他從酋長那裡探聽到的重要消息。巴爾波亞向塞維利亞報告說，他只需要一千人的兵力，就能保證爲卡斯蒂利亞王國幹出迄今一個西班牙人還從未幹出過的許多事情。他將負責去找到那個新的海洋和去占領那個終於找到了的黃金國；哥倫布曾答應找到但始終沒有找到的黃金國，他，巴爾波亞要去征服它。

　　現在看來，對於這個叛亂者和亡命之徒——這個處於劣勢的傢伙來說，似乎一切又都變得有利了。然而，從西班牙駛來的下一艘船卻帶來一個非常壞的消息。他在叛亂時的一名同

黨，也就是他派到西班牙去向朝廷反駁被奪了權的恩西索所提出的控告的那個親信，回來報告說，事態的發展對巴爾波亞非常不利，甚至有生命之虞。那個受騙上當的「學士」已經向西班牙的法庭控告了這個搶去他的權力的強盜，巴爾波亞已被判處要向他進行賠償。而另一方面，那個可能使他得救的關於附近南海情況的消息卻還沒有送到西班牙。不管怎麼樣，下一艘船肯定會把一名法庭的人員送到這裡，來清算巴爾波亞的叛亂行為，不是將他就地正法，就是將他套上枷鎖送回西班牙。

巴爾波亞心裡明白，自己已經輸了。在人們得到他的關於附近南海和那黃金海岸的情報以前，對他的判決就會執行。毫無疑問，當他的頭顱滾到沙灘的時候，人們就會利用這一情報——將會有另一個人去完成他夢寐以求的事業；而他自己已經沒有什麼可指望西班牙的了。誰都知道，是他使那個國王任命的合法總督尼古薩喪了命，是他擅自趕走了那個行政長官恩西索。如果他僅僅被投入監獄，而不是在斷頭台上懲戒他的膽大妄為，那樣的判決就應該說是非常仁慈寬大了。他不可能再去指望有權勢的朋友，因為他自己已不再有任何權勢；而他的最好的辯護人——黃金，聲音還太微弱，不足以保證他得到寬宥。現在，只有一件事能挽救他免遭因大膽的冒險行為而受懲罰——那就是去幹一件更為大膽的冒險事。如果他能在法庭

的人員到達以前，在他們的捕役把他套上鐐銬以前，找到那另一個海洋和那新的黃金國，那麼他就有可能自己拯救自己。對他而言，在這人類世界的天涯海角也只有這樣一種逃遁的方式──逃到煊赫的行動中去，到不朽的事業中尋求庇護。

於是，巴爾波亞決定不再等待為了征服那未知的海洋而從西班牙請來的一千名士兵，他也同樣不再坐等法庭人員的到來；他寧願帶著那些為數不多但和他同樣堅決的夥伴去從事這一偉大的壯舉！他寧願為了在任何時代都稱得上是最勇敢的冒險行為之一而光榮死去，也不願束手待斃，帶著恥辱被拖上斷頭台。巴爾波亞把該殖民地上的全體人員召集在一起，向他們講明他要橫越地峽的意圖，同時也不諱言許許多多的困難，並且問他們誰願意跟從他。他的勇氣鼓舞了別人。一百九十名士兵──幾乎是該殖民地上的全部武裝人員都準備跟隨他前往。不需要太多的準備。因為那些人一直都在戰爭中生活。一五一三年九月一日，巴爾波亞──這個英雄兼匪徒、探險家兼叛亂者，為了逃避絞刑或牢房，開始了他的長途跋涉──到不朽的事業中去尋求庇護。

永載史冊的瞬間

橫越巴拿馬地峽是從考伊巴地區開始的，那裡是卡雷塔酋

長——他的女兒已成為巴爾波亞的生活伴侶——的小小王國；正如後來所證實，巴爾波亞選擇的這一地區並不是巴拿馬地峽最狹窄的地段，由於不瞭解這一情況，他繞道多走了好幾天危險的路程。不過，對他而言，最重要的是在如此大膽深入到一個未知地區時，一定得有一個友好的印第安人部落保證他的補給或掩護他的撤退。全體人馬——一百九十名帶著劍、矛、弓箭、火槍的士兵和一群臕肥強壯、令人可怕的狼狗，乘坐十條大獨木舟從達連渡海先到達考伊巴。那位結盟的酋長把自己部落的印第安人派來當嚮導和駄物的牲口。一五一三年九月六日，橫穿地峽的光榮進軍開始了。儘管這一群冒險家頑強勇猛和歷經鍛鍊，但橫越地峽對他們的意志力來說，仍然是一場嚴峻的考驗。這些西班牙人必須在令人窒息、虛脫和疲勞的赤道灼熱之中首先穿過低窪地，那裡的沼澤泥潭和蔓延的瘧疾即便是在數百年以後修建巴拿馬運河時也曾使數千人喪生。這一條通往足跡未至地區的道路，從一開始就得在有毒的藤蘿叢林中用刀斧和利劍披荊斬棘開鑿出來。恰似穿過一座巨大的綠色礦井，走在隊伍前面的人在灌木叢中為後來者開鑿出一條狹窄的坑道。然後，這支西班牙占領者的軍隊排成一條長長的望不到盡頭的行列，一個跟著一個順著這條坑道前進。他們手中始終拿著武器，日日夜夜保持著高度警惕，防備土著人的突然襲

擊。潮濕的巨大樹蓋宛若穹頂，底下是一片陰暗、悶熱，霧氣騰騰，憋得人透不過氣來，樹冠上空是無情的炎炎烈日，酷熱使人汗流浹背，嘴唇焦裂。這支背著沉重裝備的隊伍就這樣拖著疲憊的步伐，一里一里地向前走著；突然之間，這裡又會下起傾盆大雨，小溪頓時變成湍湍急流。他們不得不蹚水而過，或者從印第安人臨時架起的、搖搖晃晃的樹索橋上通過。這些西班牙人帶的乾糧只不過是少量的玉米。他們又睏又累、又飢又渴，身邊縈繞著螫人、吸血的成群昆蟲，衣服被刺芒扯破了，腳都受了傷，眼睛充滿血絲．面頰被嗡嗡叫的蚊子咬得腫了起來。他們白天不休息，晚上不睡覺，很快就筋疲力竭了。行軍一星期後，大部分人已受不住這樣的勞累。巴爾波亞知道，真正的危險還在後頭呢。於是他寧願把所有害熱病的人和不能行軍的人留下，只帶那些經過挑選的人去完成決定性的冒險行動。

地勢終於開始漸漸向上升高。只有在沼澤的窪地上才能長得非常茂密的熱帶叢林漸漸稀疏了。不過，樹陰也就從此不能再替他們擋住太陽。赤道上的烈日亮晃晃地直曬著他們，沉重的裝備被曬得像著了火似的滾燙滾燙。這群疲憊不堪的人邁著極小的步伐，緩慢地攀登著通向上面高山的斜坡，那些綿延不斷的山嶺猶如一條石頭的背脊，隔斷著兩個海洋之間的這一塊

狹窄地帶。視野漸漸寬廣起來，空氣也愈來愈新鮮。看來，經過十八天艱苦卓絕的努力之後，最最嚴重的困難算是克服了。

一條山脊高高地矗立在他們面前。據那幾個印第安人嚮導說，從那山峰上就能眺望到兩個海洋——大西洋和另一個當時尙不爲人所知和尙未命名的太平洋。可是，正當自然界頑強而詭譎的抗拒眼看就要被最後戰勝時，他們卻又遇到了一個新的敵人。當地的一個印第安人部落酋長率領著數百名武士，要擋住他們的去路。巴爾波亞有著同印第安人作戰的豐富經驗，他只要發出一排火炮就行了。那人造的閃電和雷鳴，就可以向土著人顯示出自己所具有的魔力。受驚的土著人就會叫喊著、被在後面趕來的西班牙人的狼狗追得四處逃竄。但是這一次，巴爾波亞沒有滿足於這種輕而易舉的勝利，而是像一切西班牙入侵者那樣，用慘無人道的殘酷玷污了自己的名聲：他將一批縛住了手腳，失去自衛的俘虜讓一群飢餓的狼狗咬死、撕裂、嚼碎、吞吃——以此來代替鬥牛和擊劍的取樂。在巴爾波亞獲得名留青史的那一天的前夜，卻被一場令人唾棄的屠殺敗壞了名聲。

在這些西班牙占領者的性格和行爲中確曾有過這樣一種難以解釋的複雜現象。一方面，他們以那種當時只有基督教徒才有的虔誠和信仰，眞心實意地、狂熱地祈禱上帝；另一方面，

他們又會以上帝的名義幹下歷史上最卑鄙無恥、最不人道的事。他們的勇氣、獻身和不畏艱險的精神能夠作出最壯麗的英雄業績；但同時他們又以最無恥的方式爾虞我詐，而且在這種厚顏無恥之中又夾雜著一種特殊的榮譽感和一種令人欽佩、眞正值得稱讚的對自己歷史使命的崇高意識。巴爾波亞就是這樣一種人，他在頭一天晚上把無辜的、縛住了手腳的俘虜讓狼狗活活地咬死，或許還心滿意足地撫摸過正滴著新鮮人血的狼狗的上唇，但他同時又清楚地認識到自己的行動在人類歷史上的意義，並在那決定性的時刻想出一種能使自己流芳百世的姿態。他知道，一五一三年九月二十五日將要成爲具有世界歷史意義的一天，因此，這位頑強、堅定的冒險家就要以令人讚歎的西班牙人的激情來表示他是多麼瞭解自己的使命具有超越時代的意義。

巴爾波亞的非凡姿態是：那天晚上，就在那血腥的行動之後，一名土著人指著近處一座山峰告訴他說，從那高山之巓就能望見尚不爲人所知的南海。巴爾波亞立刻做了安排。他把傷員和累得已經走不動的人留在這個洗劫過的村落裡，同時命令所有還能行軍的人——總共是六十七人繼續前進，去攀登那座高山，而他從達連出發時帶領的是一百九十人。將近上午十點鐘，他們已接近頂峰，只要登上一個光禿禿的小山頂，就能放

眼遠眺無盡的海天了。

可是就在這一刻，巴爾波亞命令全體人員停止前進，誰都不得跟隨他，因為他不願意和任何人分享這第一眼望見這個未知大洋的榮譽。他要單獨前往，要成為在橫渡了我們世界上最大的海洋——大西洋以後，見到另一個尚未為人所知的大洋——太平洋的第一個西班牙人、第一個歐洲人、第一個基督教徒而載入史冊。他被這偉大的時刻所深深激動，心怦怦地跳著，左手擎著旗，右手舉著劍，緩慢地向上攀登，偌大的四周只有他孤單的身影。他攀登得很從容，一點都不著急，因為大功已經告成。只是還需要再走幾步罷了，而且步數正在愈來愈少，愈來愈少。他終於佇立在山頂上，眼前真是一片非凡的景色。在傾斜的山後邊，緊挨著鬱鬱蔥蔥的山坡是一大片望不到盡頭、波光粼粼的耀眼大海。這就是那個新的、尚未為人所知的海洋，迄今為止它只縈迴於人們的夢魂，而從未親眼見過它。多少年來，哥倫布和他的所有後來人都曾尋找過這個浪濤沖擊著美洲、印度和中國的傳說中的大海，但均未成功。而現在，巴爾波亞卻親眼目睹著這海洋。他舉目遠望，感到幸福和自豪，在他的心中完全被這樣一種意識所陶醉：他的眼睛是反映出這無涯海洋的藍色的第一雙歐洲人的眼睛。

巴爾波亞心醉神迷地、久久地望著遠方，然後才把夥伴們

喚上來，和朋友們分享他的喜悅和驕傲。夥伴們一邊興奮地叫喊著，一邊攀呀，爬呀，跑呀，激動地氣喘呼呼登上了山頂，用熱情的目光凝視著遠方，指點著，驚歎著。突然，隨同來的神父安德烈斯·德·巴拉唱起了感恩詩《天主呀，我們讚頌您》，喧嘩和喊叫聲頓時消失了。這一群士兵、冒險家和匪徒的粗魯、生硬的嗓門霎時間都唱起了這首虔誠的合唱。印第安人帶著驚異的神情，眼望著他們按照神父的話，斫下一棵樹，做成一個十字架豎起來，用花體字在十字架的木頭上刻下西班牙國王的名字，好像十字架上伸向兩邊的橫木就是雙臂，將能抱住兩個望不到盡頭的遠離的大洋——大西洋和太平洋似的。

在一片敬畏天主的靜默中，巴爾波亞站出來，向自己的士兵發表了一通講話。他說，他們確實應該感謝上帝，因為是上帝賜予他們這樣的榮譽，同時還應該祈求上帝繼續保佑他們去占領這個海洋和這裡所有的土地。如果他們繼續像以前那樣忠實地跟隨他，那麼他們從這新印度回去的時候將是最富有的西班牙人。他說完話便鄭重其事地舉起旗幟，向四面迎風揮動，以顯示凡是風吹過的一切地方，西班牙都要去占領。接著，他叫來文書安德烈斯·德·巴爾德拉瓦諾，要他草擬一份文件，把這莊重的一幕永遠記錄下來。巴爾德拉瓦諾攤開一張羊皮紙——原來他將羊皮紙、墨水瓶和羽毛筆密封在一個本匣裡，

身背著本匣穿過原始森林。文書要求所有的貴族、騎士和士兵——「這些品德高尚、作風正派的人」、「這些托國王陛下的總督、卓越而極受尊敬的巴爾波亞隊長的福而有幸見到南海的人」在文件上簽字證明：「這位巴斯科·努涅斯·德·巴爾波亞先生是第一個看到這大海的人，是他把這大海指給後來者看的。」

隨後，六十七個人才從山頂上走下來，所以，一五一三年九月二十五日，是人類知道地球上迄今未知的最後一個海洋的日子。

黃金和珍珠

現在終於有了確鑿的證明：是他們親眼見到了這海洋。但是他們還要走到它的岸邊，去親自感受這浩淼的海水的潮濕，去親自觸摸拍來的海浪，嚐嚐海水的滋味，還要去斂取海灘上的勝利品！他們從山上走下來的路程用了兩天的時間。為了找到一條從山麓到海邊的最近捷徑，巴爾波亞把隊伍分成了若干小組。在阿隆索·馬丁率領下的第三組首先到達海灘。這個探險小組的全體成員，甚至連普通的士兵，全都充滿追求功名的虛榮心，渴望不朽的聲名，以致這個平庸的阿隆索·馬丁也趕緊讓文書用白紙黑字寫下一份文件，證明他是第一個在這個尚

未命名的水域中弄濕了自己的腳和手的人，爲自己如此渺小的「我」記下一筆像一粒塵埃似的不朽事蹟。然後他才向巴爾波亞報告，他已經到達海邊，並且已用自己的手接觸過海水。巴爾波亞又立刻爲自己想出一種新的慷慨激昂的姿態。第二天，剛好是聖米歇爾節，他在海灘邊出現了，隨身只帶著二十二名同伴。爲了讓自己像聖米歇爾一樣在莊嚴的儀式中去占領這新的海洋，他佩帶刀劍，全身武裝。他沒有急急忙忙走到海水中去，而是儼若這大海的主人和統治者，坐在一棵樹下休息，神氣十足地等待上漲的海水將海浪輕輕地拍到他的腳上，好像一條順從的狗用舌頭舔舐他的腳。然後他才站起身來，把盾牌負在背上——盾牌在陽光下像一面鏡子似的閃閃發亮——一手握著劍，一手舉著那面有聖母圖像的卡斯蒂利亞王國的旗幟，走入海水，一直走到海浪拍擊他的兩髖，他才全身浸泡到這陌生的一片汪洋之中。接著，巴爾波亞——這個從前的叛亂者和亡命之徒，現在是國王最忠實的僕人和凱旋者——向四面揮動著旗幟，一邊高聲喊道：「卡斯蒂利亞、萊昂〔20〕、亞拉岡的尊貴而又偉大的君主斐迪南〔21〕和胡安娜〔22〕萬歲！我要以他們的名義，爲卡斯蒂利亞王室的利益，去真正地、永遠地、實實在在地占領這裡的所有海域、陸地、海岸、港口和島嶼。我發誓，無論哪位親王或者另一個船長，不管他是基督教徒還是異

教徒，也不管他是什麼信仰或者什麼地位，只要他膽敢對這裡的陸地和海洋提出任何權利，我就要以卡斯蒂利亞二王的名義進行保衛，因爲這裡的陸地和海洋現在已是二王的財產，只要世界存在一天，直至最後審判，就永遠是他們的財產。」

所有這些西班牙人都重複了這樣的誓言。他們宣誓的聲音壓過了大海的呼嘯。現在，每人又都用嘴唇舔了舔海水；文書巴爾德拉瓦諾再次記錄下這一幕占領儀式，用下面的話結束他的文件：「這二十二人以及文件撰寫人安德烈斯‧德‧巴爾德拉瓦諾是用自己的腳踏進這南海的第一批基督教徒，他們每人都親手試過這裡的水，並且用嘴嚐過，爲的是要弄清它是否像其他海裡的水一樣是鹹水。當他們知道確實是鹹的海水時，他們齊聲向上帝感恩。」

偉大的事業已經完成。現在就要從這英勇的冒險行動中得到實惠的好處。這群西班牙人從一些土著人那裡繳獲或者換來一些黃金。不過，在他們的勝利喜悅中，還有一件新的意外好事在等待他們。那就是在附近的島嶼上可以找到許許多多的珍珠，在印第安人給他們送來的一捧一捧值錢的珍珠中，有一顆塞萬提斯和洛佩‧德‧維加〔23〕都曾讚美過的名叫「佩萊格里納」的珍珠，因爲它作爲一顆最漂亮的珍珠裝飾在西班牙和英國國王的王冠上。這群西班牙人把這種寶貝塞滿了所有的大大

小小的口袋，不過這裡，珍珠並不比貝殼和沙粒更值錢。當他們貪婪地進一步打聽他們認為最最重要的東西——黃金的時候，一名印第安人酋長指著南邊地平線上那一溜隱隱約約的山脈說，山那邊是一片有著無窮寶藏的土地，那裡的統治者舉行歡宴時用的全是黃金製的杯盤；還有四條腿的碩大牲口——酋長說的是美洲駝——把最貴重的東西一包一包地往國王的寶庫裡馱。他把這個大海南邊山背後的國家的名字說了出來，聽上去好像是「皮魯」，聲音悅耳，卻又非常陌生。

巴爾波亞凝望著酋長那隻伸開的手所指的遠方，在那裡，只有山巒消失在茫茫的天際。這個聲音柔和、富有魅力的「皮魯」二字立刻銘記在他的心中。他的心不平靜地怦怦跳動著。這是他一生中第二次意外獲得的偉大預示。柯馬格萊所預示的關於附近南海的第一個使命已經完成。他找到了這個富有珍珠的海灘和南海。說不定這第二個使命：去發現和征服這個地球上的黃金之國——印加帝國 [24] 的使命，他也能勝利完成。

神明很少保佑……

巴爾波亞還一直在用貪婪的目光凝望著遠方。「皮魯」，即「秘魯」這個名字，猶如一口金鐘在他的靈魂深處蕩來晃去。不過，這一回他不得不忍痛放棄！他不敢再去冒險了。帶

著二三十個疲憊不堪的人，他是不可能去征服一個王國的。也就是說，他必須先返回達連，等養精蓄銳以後再沿著現在找到的這條路去征服那新的黃金之國。而在回來的路上他們遇到的困難依然不少。這群西班牙人必須再次艱難地穿過熱帶的灌木叢林，必須再次戰勝土著人的襲擊。尤其是現在他們已不再是一支戰鬥的隊伍，而是一小隊患著熱病，用最後一點力氣蹣跚地行走著的人群。巴爾波亞本人也已接近死亡的邊緣，由幾個印第安人用一張吊床抬著。這支隊伍經過艱苦卓絕的四個月行軍，終於在一五一四年一月十九日重新回到了達連。但是，歷史上最偉大的行動之一畢竟是完成了。巴爾波亞實現了自己的諾言，每一個同他一起冒險到達那未知地區的人都變得富裕了。他的士兵從南海沿岸帶回家來的財寶之多，是哥倫布和另外幾個西班牙征服者所不能比擬的，其他一切殖民者所得到的也只有他們的一部分。巴爾波亞把戰利品的五分之一進貢朝廷。作為一個凱旋者的他，在分配戰利品的時候還給自己的狼狗萊昂西科留了一份，以報答牠如此凶狠地撕咬掉那些不幸土著人的皮肉。牠所得到的酬勞和任何一個參戰者一樣：五百金比索。對此無人非議。在巴爾波亞取得這些成就之後，在這塊殖民地上再也沒有人對他作為總督的權威有所爭議。這個冒險家和叛亂者像一個神似的被人崇敬。他可以自豪地向西班牙送

去如下的消息：他爲卡斯蒂利亞朝廷完成了自哥倫布以來最偉大的業績。他的時運就像旭日東升，穿過了一切迄今壓在他生命之上的陰雲。而現在，正是紅日中天。

　　然而，巴爾波亞的好景不長。幾個月後的一天，那正是陽光燦爛的六月天氣，達連的居民令人奇怪地聚集在海灘上。一張白帆在海面的地平線上出現，在這個偏僻的世界角落裡，這本身就是一椿奇蹟。可是你看，緊接著又出現了第二張白帆、第三張白帆、第四張、第五張白帆，不一會兒已經看到十艘帆船，不，十五艘，不，二十艘帆船——是整整一支艦隊在向海港駛來。他們很快就知道了：這一切都是由巴爾波亞的信引起的結果，但不是報告他凱旋而歸的那封信——那封信還未到達西班牙——而是他早先那封信，他在那封信裡第一次轉述了印第安人酋長關於附近南海和黃金國的報告，並請求派來一千名士兵，以便去占領那些土地。西班牙朝廷毫不遲疑地爲這樣一次遠征行動派來了一支如此強大的艦隊。不過，塞維利亞和巴薩羅那方面根本就沒有想把這樣的重任託付給一個像巴爾波亞這樣聲名狼藉的冒險家和叛亂者。因此，一名眞正的總督——出身富豪貴族，深孚眾望而年已六十的佩德爾・阿里亞斯・達維拉——人們大多稱呼他爲佩德拉里亞斯[25]——被同時派遣而來。他將作爲國王的總督在這塊殖民地上最終建立起秩序，

對以前發生的一切越軌行為繩之以法，同時要去找到南海和征服那預言中的黃金之國。

　　對佩德拉里亞斯而言，此時的處境令人懊惱。他一方面肩負這樣的使命：要追究叛亂者巴爾波亞驅逐前總督的責任，如果證明他有罪，那麼就將他逮捕，要不，就證明他無罪；另一方面他又負有去找到南海的使命。但是，當他換乘的小船剛一靠岸，他就立刻知道，正是這個他打算審訊的巴爾波亞已親自完成了這一了不起的行動，正是這個叛亂者已慶祝過佩德拉里亞斯所指望的凱旋。巴爾波亞為西班牙朝廷作出了自發現美洲以來最偉大的貢獻。不言而喻，他現在不可能將這樣一個人像一個惡劣的罪犯似的送上斷頭台，而必須禮貌地向他問候，熱忱地向他祝賀。不過，從此時此刻起巴爾波亞實際上已經失敗。佩德拉里亞斯永遠不會原諒這個競爭對手獨自完成了這一行動，因為這是一項派佩德拉里亞斯來實現的行動，而且它肯定會給他帶來千古流傳的榮譽。所以，他雖然為了不過早地去激怒那些殖民者而不得不將自己對他們的英雄——巴爾波亞的仇恨隱藏起來，將追究責任的事無限期的拖延，甚至將自己還留在西班牙的親生女兒許配給巴爾波亞，以製造一種和平的假象，但是，他對巴爾波亞的仇恨和嫉妒並未有一絲一毫的減少，而只會不斷增加。現在，西班牙也終於知道了巴爾波亞所

完成的業績，一張委任狀已從西班牙送到這裡，補授這個從前的叛亂者以適當的頭銜，即同樣任命他為總督，並且告知佩德拉里亞斯，凡遇重大事情都必須同他商量。然而，這一片土地對兩個總督來說畢竟是太小了，其中必然要有一個屈服，以致最後垮台。巴爾波亞感覺到自己隨時都有可能遭到不幸，因為佩德拉里亞斯手中掌握著軍權和司法權，於是他打算第二次到不朽的事業中去尋求庇護，因為他第一次這樣的嘗試出色地獲得了成功。他請求佩德拉里亞斯允許他裝備一支遠征隊，到南海沿岸去探察並占領它周圍的遼闊土地。不過，這個老叛亂者的祕密意圖是：他到大海的彼岸去，是為了擺脫一切監視，他要自己建立起一支艦隊，要使自己成為那一片土地上的主人，並且一旦有可能，就去征服傳說中的秘魯 —— 新世界的黃金國。佩德拉里亞斯詭譎地同意了，因為如果巴爾波亞在這次行動中喪了命，豈不更好；如果他獲得了成功，那麼以後仍然有時間，再把這個過於貪圖功名的人置於死地。

於是，巴爾波亞又開始到不朽的事業中去尋求新的庇護。說不定他的第二次行動比第一次行動更加輝煌呢，但是，儘管歷史總是給予有成就的人以光榮，而這第二次行動在歷史上卻沒有享受到和第一次同樣的榮耀。巴爾波亞這一次橫越地峽的時候，不僅帶著自己的人馬，而且還讓成千名土著人拉著木

材、木板、船帆、鐵錨和四艘雙桅帆船用的絞盤翻山越嶺，因爲他到了山那邊以後要首先建立起一支艦隊，然後才能去強占所有的沿岸地區，去征服那些盛產珍珠的島嶼和傳奇般的秘魯。可是這一次，命運卻同這個勇敢的冒險者作起對來，他接二連三地遇到新挫折。在穿過潮濕的熱帶灌木叢時，蠹蟲蛀毀了木材；到達以後發現木板已全部霉爛，不能再使用。但巴爾波亞沒有氣餒，他在巴拿馬海灣讓人砍下新的木料、鋸成新的木板。他的才幹創造了眞正的奇蹟。眼看一切又都要成功：準備航行在太平洋上的第一批雙桅帆船已經建造好了。可是突然之間，停泊著竣工船隻的河流洪水暴發，造好的船被沖走了，並在大海上撞擊得粉碎。巴爾波亞不得不第三次重新開始。兩艘雙桅帆船終於又建成了。只需要再有兩三艘這樣的船，他就可以出發了，去占領那一片自從那個印第安人酋長用一隻伸開的手所指引的南方和他第一次聽到那個誘人的名字「皮魯」以來日日夜夜夢想著的土地。現在，只要再有幾個勇敢的軍官和一支精良的後備部隊，他就可以去建立自己的王國了！只要再有幾個月的時間，只要他胸中的這項大膽計畫稍微碰上一點好運氣，那麼世界歷史上戰勝印加人、征服秘魯的就不會是皮薩羅，而是巴爾波亞了。

　　然而，命運即使對它最喜愛的寵兒也不是永遠慷慨無度。

眾神除了保佑這個不能永生的人完成了一項不朽的事業以外，再也沒有繼續保佑他。

毀滅

巴爾波亞以堅強的毅力準備著自己的宏偉計畫。但是，恰恰是這種大膽計畫所取得的成功，給自己招惹來危險，因為佩德拉里亞斯的猜忌目光一直在不安地注視著自己這個下屬的意圖。也許是由於叛徒的出賣，他得到了情報，知道巴爾波亞野心勃勃地要建立自己的統治；也許是純粹出於嫉妒，怕這個從前的叛亂者第二次獲得成功。總而言之，他突然給巴爾波亞寄去一封非常懇切的信，信中說，在他最終開始遠征以前最好回到阿克拉——達連附近的一座城市——再商談一次。巴爾波亞希望能進一步得到佩德拉里亞斯的兵力支援，於是按照信上的邀請立即返回。一小隊士兵在城門外邁著正步向他走去，好像是去迎接他似的。他高興地急忙向他們走去，為的是要去擁抱他們的隊長——他自己的多年戰友、發現南海時的同伴、自己信賴的朋友弗朗西斯科·皮薩羅。

但是，皮薩羅卻把手重重地按在他的肩上，宣布他已被捕。皮薩羅也渴望著做出一番不朽的事業，也渴望著能去占領那黃金國，所以，當他知道要除掉這樣一個肆無忌憚的擋路人

時，心裡並非不樂意。佩德拉里亞斯總督開始了這場所謂叛亂的審判，並且很快進行了不公正的判決。數天以後，巴爾波亞和他自己幾個最忠實的夥伴一起走上了斷頭台。只見劊子手的刀斧一閃，滾落在地上的那個頭顱上的眼睛在一秒鐘之內就永遠閉上了，這是人類的第一雙眼睛——它們曾同時看到過環抱我們地球的兩個大洋。

註釋：

〔1〕克里斯托福羅・哥倫布（Cristoforo Colombo，一四五一～一五〇六），原是義大利人，一四八五年移居西班牙，一四九二年八月至一四九三年三月，在西班牙伊莎拉女王支持下第一次向西遠航，企圖找到一條通往印度的新航道，結果到了今天的巴哈馬群島和古巴、海地等島，以後他又三次西航，到達中美、南美大陸沿岸地帶，史稱第一位發現美洲的人，但他至死還一直誤認爲他所到達的地方是印度。

〔2〕塞維利亞（Sevilla），西班牙西南部城市，一五〇三～一七一七年是西班牙統管所有殖民地的所謂印度事務部的駐在地。

〔3〕巴塞羅那（Barcelona），西班牙西北部重要港口，瀕地中海，哥倫布第一次航海歸來，在此向西班牙的伊莎貝拉和斐迪南兩位國王提出航海報告。

〔4〕兩位國王，指當時伊比利亞半島中部的卡斯蒂利亞王國的女王伊莎貝拉一世（Isabella I，一四五一～一五〇四）和庇里牛斯山麓的亞拉岡王國的國王斐迪南二世（Ferdinando II，一四五二～一五一六），一四六九年，他們兩人結婚，從而使西班牙趨於統一。在哥倫布以後的大探險時代，西班牙國土由他們兩人統治，史稱「天王教二王」。

〔5〕威尼斯古金幣，原文是 Dukaten，係指一二八四年在威尼斯鑄造的純金

古幣。

〔6〕巴羅斯（Palos），西班牙東南部港口，哥倫布第一次向西航海由此出發。

〔7〕加的斯（Cadiz），西班牙西南部港口，臨大西洋，一四九二年起爲西班牙前往美洲商船隊的總部所在地。

〔8〕伊斯帕尼奧拉島（La Española），即今海地島，一四九二年哥倫布抵達該島時命名爲伊斯帕尼奧拉，意謂小西班牙，又稱聖多明各島（Santo Domingo）。

〔9〕馬丁・費爾南德斯・德・恩西索（Martin Fernandez de Enciso，一四七○？～一五二八？），西班牙殖民者，一五○○年到美洲，後作爲法學家居住伊斯帕尼奧拉島，著有《地理全書》（Suma de Geografia，一五一九），用西班牙文對新世界的發現地作了總結。

〔10〕阿隆索・德・奧赫達（Alonzo de Ojeda，一四六五？～一五一五），西班牙探險家，一四九三年隨哥倫布到達美洲，一四九三～一四九五年在伊斯帕尼奧拉島上進行征服活動，一四九九～一五○○年和探險家韋斯普奇（Vespucci）出航到達圭亞那海岸，第一次報導了亞馬遜河。

〔11〕卡斯蒂利亞（Castilia），原是西班牙歷史上卡斯蒂利亞王國的國名，一四七九年西班牙統一後仍經常沿用這傳統國名。西班牙殖民者常常借用西班牙的國名或地名去命名美洲的殖民地。

〔12〕烏拉巴海灣（Golfo de Uraba），在今哥倫比亞西北部（十六世紀該地統稱委內瑞拉），北鄰達連灣。

〔13〕聖地亞哥（Santiago），耶穌基督的十二使徒之一，西班牙保護神。

〔14〕巴斯科・努涅斯・德・巴爾波亞（Vasco Nuñez de Balboa，一四七五～一五一九），西班牙探險家，被認爲是太平洋的發現者，舊譯巴爾博或巴爾博亞，按西語發音應譯爲巴爾波亞。一五○○年隨探險家羅德里戈・德・巴斯蒂達斯（Rodrigo de Bastidas）一起航行到美洲，在伊斯帕尼奧拉島落腳，一五一○年前住達連灣開闢新殖民地，一五一二年自任該殖民地總督，以後經歷如本篇所述。

〔15〕迭戈・哥倫布（Diego Colombo，一四八○～一五二六），美洲發現者哥倫布的兒子，一五○九年任伊斯帕尼奧拉島的總督。

〔16〕弗期西斯科‧皮薩羅（Francisco Pizarro，一四七一？～一五四一），西班牙探險家，在巴拿馬聞悉當時的印加帝國（今秘魯、智利、厄瓜多爾等太平洋沿岸一帶）之富饒後，自一五二四年起兩次探險該地，並於一五三二年以一百八十人之兵力登陸秘魯，擄獲印加皇帝亞塔瓦爾巴，翌年占領其首都庫斯科。一五四一年被政敵阿爾馬格羅（Almagro）的部下殺害。

〔17〕達連（Darien），係指十六世紀瀕臨達連灣的西班牙殖民地。達連灣（Golfo de Darien），今加勒比海最南部的海灣，在巴拿馬東北岸和哥倫比亞西北岸之間。

〔18〕約翰‧卡博特（John Cabot，一四五〇～一四九八），義大利航海家，後移居英國，獲英王亨利七世的特許，於一四九七年西航尋找通往亞洲的新航道，給果於五十二天後在北美大西洋上的布雷頓角島（Cape Breton Island）登陸，因而後世把他看作是發現北美的先驅者之一。

〔19〕科萊里阿爾（Corereal），十五世紀航海家，生平不詳。

〔20〕萊昂（León），九世紀時西班牙西北部的萊昂王國，一二三〇年後歸屬卡斯蒂利亞王國。

〔21〕斐迪南，即斐迪南二世。

〔22〕胡安娜（Juana，一四七九～一五五五），亞拉岡國王斐迪南二世和卡斯蒂利亞女王伊莎貝拉所生之女，後繼承母親在卡斯蒂利亞的王位，一五〇五至一五一六年間由其父攝政。

〔23〕洛佩‧德‧維加（Lope de Vega，一五六二～一六三五），與塞萬提斯同時代的西班牙著名劇作家，西班牙戲劇的奠基人。

〔24〕印加帝國，十五世紀在南美太平洋沿岸地區建立的帝國，一五三三年被皮薩羅率領的西班牙殖民者所滅。

〔25〕佩德拉里亞斯（Pedrarias），非縮寫的全名是佩德羅‧阿里亞斯‧達維拉（Pedro Arias de Avila，一四四〇？～一五三一），一五一四～一五二六年任西班牙駐達連和巴拿馬的總督，一五一九年處死巴爾波亞，同年建立巴拿馬城，一五二六年後調任尼加拉瓜總督。

第四章

韓德爾的復活

韓德爾
1741年8月21日

George
Frederick Handel

韓德爾（George Frederick Handel，一六八五～一七五九）是西方音樂史上享有盛名的音樂大師，被譽為聖樂之祖。貝多芬說：「韓德爾是有史以來最偉大的作曲家。我極願跪在他的墓前。」[1] 李斯特曾為「韓德爾偉大得像宇宙似的天才」而入迷，認為他是描寫音樂的先驅[2]。韓德爾原是德國人，卻在英國成名。他身居異國，由於英德之間的政治漩渦而受排擠；早年所作歌劇，採用那不勒斯樂派的歌劇程式，唱詞用義大利文，在英國上演頻頻受挫，因而他所主持的劇院營業蕭條，本人債台高築。他一生坎坷，精神十分痛苦。一七四一年八月，曾為他的歌劇作過詞的詹寧斯給他寄來《彌賽亞》的新劇詞，請他譜曲，二十一日夜，韓德爾閱讀歌詞，詞中所云與自己渴望新生的心情引起了強烈的共鳴，靈感油然而生，於是從八月二十二日至九月十四日，在三星期內成功地創作了一部蜚聲全歐、至今盛名不衰的清唱劇《彌賽亞》，它為韓德爾永垂史冊奠定了不可動搖的基礎，韓德爾也從此「復活」，立於不敗之地。

——譯者題記

　　一七三七年四月十三日下午，韓德爾 [3] 的僕人坐在布魯克大街那幢房子底層的窗戶前，幹著一件稀奇古怪的事。他方

才發現自己備存的菸葉已經抽完，有點惱火。本來，他只要走過兩條大街，到自己女朋友多莉的小雜貨鋪去一趟，就能弄到新鮮的菸葉，可是現在他卻不敢離開這幢房子，因為主人——那位音樂大師正在盛怒之中，他感到害怕。韓德爾從排練完畢回家來時就已怒氣沖沖，滿臉被湧上來的血脹得通紅；兩邊的太陽穴上綻著粗青筋；砰的一聲關上屋門。此刻，他正在二層樓上急躁地走來走去，震得地板嘎嘎直響，僕人在樓底下聽得清清楚楚。當主人這樣怒不可遏的時候，僕人對自己的職守是絕對不能馬虎的。

於是，僕人只好幹點別的事來消遣。這會兒，他不是噴出一小圈一小圈漂亮的藍色煙霧，而是從自己短短的陶瓷煙斗裡吹著肥皂泡。他弄了一小罐肥皂水，自得其樂地從窗口向街上吹去一個又一個五光十色的肥皂泡。路過的行人停下腳步，高興地用手杖把這些彩色的小圓泡一個又一個地戳破，一邊笑著揮揮手，一點都不感到奇怪，因為在布魯克大街的這幢房子裡什麼事都可能發生。有時候，突然會在深更半夜從這裡傳出吵鬧的羽管鍵琴 [4] 聲，有時候，能聽到女歌唱家在裡面號啕大哭，或者抽泣嗚咽，如果那個暴躁易怒的德國人向她們大發雷霆的話，因為她們把一個八分之一音符唱得太高或太低——所以對格羅夫納廣場 [5] 周圍的街坊們來說，這幢布魯克大街

二十五號房子長久以來就簡直像瘋人院。

　　僕人默默地、一刻不停地吹著彩色的肥皂泡。過了一陣子，他的技術有了明顯長進。這些斑斕的肥皂泡，個兒愈來愈大，表面愈來愈薄，飄得愈來愈高，愈來愈輕盈。甚至有一個肥皂泡已經越過大街，飛到了對面那幢房子的二層樓上。突然之間，他嚇了一跳，因爲整幢房子被沉悶的一擊震動起來。玻璃窗格格作響，窗簾晃動著。一定是樓上有件又大又重的東西摔倒在地上了。僕人從座位上跳將起來，急急忙忙順著扶梯跑到樓上主人的工作室去。

　　主人工作時坐的那張軟椅是空的，房間裡也是空的。正當僕人準備快步走進臥室去時，發現韓德爾一動不動地躺在地板上，兩眼睜開著，目光呆滯。僕人一怔，站著愣住了，只聽到沉濁而又困難的喘氣。身強力壯的主人正仰躺在地上呻吟，或者說短促地喘息，呼吸愈來愈弱。

　　受驚的僕人想，他要死了，於是趕緊跪下身去急救半昏迷的主人。他想把他扶起來，弄到沙發上去，可是這位身材魁梧的主人實在太重了，於是只好先將那條勒著脖子的圍巾扯下來，憋氣的呼嚕聲也就隨即消失。

　　主人的助手克里斯多夫・史密斯[6]從樓下走上來——他是爲了抄錄幾首詠嘆調剛到這裡來的——他也被那跌倒在地的

沉悶聲音嚇了一跳。現在，他們兩人把這個沉重的大漢抬到床上 —— 他的雙臂軟弱無力地垂下來，像死人似的 —— 幫他躺好，墊高頭部。「把他的衣服脫下來，」史密斯用命令的口吻對僕人說，「我跑去找醫生，你給他身上灑些涼水，一直到他甦醒過來。

　　克里斯托夫‧史密斯沒有穿外套就走了。時間非常緊迫。他急匆匆地順著布魯克大街向邦德大街〔7〕走去，一邊向所有的馬車招手。可是這些神氣十足的馬車依然跑著小步，慢悠悠地駛去，而根本不理睬這個只穿著襯衫、氣喘吁吁的胖男人。最後總算有一輛馬車停了下來，那是錢多斯老爺的馬車夫認出了史密斯。史密斯忘記了一切禮節客套，一把拉開車門，對著這位公爵大聲說道：「韓德爾快要死了！我得趕快去找醫生。」他知道公爵酷愛音樂，是他愛戴的這位音樂大師的摯友和最熱心的贊助人。公爵立刻邀他上車。幾匹馬連著猛吃了幾鞭。就這樣，他們把詹金斯大夫從他在艦隊街〔8〕的一間小屋裡請了出來。當時他正在忙著化驗小便，但他立刻和史密斯一起乘著自己那輛輕便的雙輪雙座馬車來到布魯克大街。馬車行駛途中，韓德爾的助手絕望地抱怨著說：「是那麼多的憂慮煩惱把他摧垮的，是他們把他折磨死的，這些該死的歌手和閹伶〔9〕，這些下流的吹捧者和吹毛求疵的挑剔者，全是一幫討厭

的蠹蟲。爲了挽救劇院，他在這一年裡創作了四部歌劇〔10〕，可其他人呢，他們卻在取悅女人和宮廷。尤其是那個義大利人把大家都弄得像發瘋似的，這個該死的閹伶，這隻發著顫音吼叫的猴子〔11〕。唉，他們是怎麼對付我們好心腸的韓德爾的呵！他把自己的全部積蓄都獻了出來，整整一萬英鎊，可是他們卻四處向他逼債，要把他置於死地。從來沒有一個人有像他這樣成就輝煌，也從來沒有一個人有像他這樣把自己的一切都奉獻出來，可是，像他這麼幹，就是巨人也要累垮的。唉，一個多了不起的人啊！傑出的天才！」詹金斯大夫冷靜地、默不作聲地聽他講。在他們走進寓所以前，醫生又吸了一口菸，然後從菸斗裡磕出菸灰，問道：「他多大年紀了？」

「五十二歲。」史密斯回答道。

「這樣的年紀最糟糕。他會像一頭牛似的拚命幹。不過，這樣的年紀，他也像一頭牛似的強壯。好吧，看看我能幹點什麼吧。」

僕人端著一只碗，克里斯多夫・史密斯舉起韓德爾的一條手臂，醫生劃破血管，一注血流淌了出來，那是鮮紅的熱血。不一會兒，韓德爾緊閉的嘴唇鬆開了，嘆了一口氣，他深深地呼吸著，睜開了雙眼，但眼睛還是顯得那麼疲倦、異樣、沒有知覺，沒有一點兒神采。醫生紮好他的手臂。沒有太多的事要

做了。他已經準備站起身來，這時他發現韓德爾的嘴唇在動。他靠近身去。韓德爾在斷斷續續地嘆說著，聲音非常輕，好像只是喘氣似的：「完了，……我完了……沒有力氣了……沒有力氣，我不想活了……」詹金斯大夫向他彎下身去，發現他的一隻眼睛——右眼發直，另一隻眼睛卻在轉動。他試著提起他的右臂。一撒手，就垂落下去，似乎沒有知覺，然後他又舉起左臂，左臂卻能保持住新的姿勢。現在詹金斯一切都明白了。

當他離開房間以後，史密斯一直跟著他走到樓梯口，心神不安地問道：「什麼病？」

「中風。右半身癱瘓。」

「那麼他」——史密斯把話噎住了——「他能治好嗎？」

詹金斯大夫慢條斯理地吸了一撮鼻菸。他不喜歡這樣的問話。

「也許能治好。什麼事都可以說有可能。」

「他會一直癱瘓下去嗎？」

「看來是這樣，如果沒有什麼奇蹟出現的話。」

對韓德爾忠心耿耿的史密斯沒有就此罷休。

「那麼他，他至少能恢復工作吧？不能創作，他是沒法活下去的。」

詹金斯大夫已經站在樓梯口。

「創作是再也不可能了，」他說得很輕，「也許我們能保住他的命。但我們保不住他這個音樂家，這次中風一直影響到他的大腦活動。」

史密斯直呆呆地望著他，眼神中流露出如此痛苦的絕望，終於使醫生產生了惻隱之心。「我剛才不是說過，」——他重複道，「如果沒有奇蹟出現的話。當然，我只是說我現在還沒有見到奇蹟。」

韓德爾有氣無力地生活了四個月，而力量是他的生命。他的右半身就像死掉了似的。他不能走路，不能寫字，不能用右手彈一下琴鍵。他也不能說話，由於右半身從頭到腳癱瘓，嘴唇可怕地歪向一邊，只能從嘴裡含含糊糊地吐露出幾個字。當朋友們為他演奏音樂時，他的一隻眼睛會流露出幾絲光芒，接著他那難以控制的沉重的身體就亂動起來，好像一個夢魘中的病人。他想用手隨著節拍一起動，但四肢像凍僵了似的，筋肌都不再聽使喚——那是一種可怕的麻木不仁：這位往日身材魁梧的男子感到自己已被束手困在一個無形的墳墓裡。而當音樂剛一結束，他的眼瞼又馬上沉重地合上，像一具屍體似的躺在那裡。

最後，詹金斯大夫出於無奈——這位音樂大師顯然是不能治癒了——建議把病人送到亞琛的溫泉去 ⑿，也許那裡滾燙

143

的溫泉水能使病情稍有好轉。

然而，正如地層底下蘊藏著那種神祕的滾燙泉水一樣，在他的僵硬軀殼之中也有著一種不可捉摸的力量：這就是韓德爾的意志——他的生命中的原動力。這種力量並沒有被那毀滅性的打擊所動搖，它不願讓不朽的精神在那並非永生的肉體中從此喪失。這位體魄魁偉的男子沒有承認自己已經失敗；他還要活下去，還要創作，而正是這種意志創造了違背自然規律的奇蹟。在亞琛，醫生們曾再三鄭重地告誡他，待在滾燙的溫泉中不得超過三小時，否則他的心臟會受不住；他會被置於死命。但是，爲了活，爲了自己這最最不能抑制的慾望——恢復健康，意志就敢去冒死的危險。韓德爾每天在滾燙的溫泉裡待上九個小時。這使醫生們大爲驚訝，而他的耐力卻隨著意志一起增加。一星期後，他已經能重新拖著自己吃力地行走。兩星期後，他的右臂開始活動。意志和信心終於取得了巨大勝利。他又一次從死神的圈套中掙脫了出來，重新獲得了生命。他這一次取得的勝利比以往任何的勝利都顯得更加輝煌和令人激動。他那無法形容的喜悅心情只有他這個久病初癒的人自己知道。

當韓德爾啓程離開亞琛時的最後一天，他已完全行動自如了。他走到教堂去。以前，他從未表現出特別的虔誠，而現在，當他邁著天意重新賜予他的自由步伐走上放著管風琴的唱

詩台時，他的心情無比激動。他用左手試著按了按鍵盤，風琴發出清亮的、純正的音樂聲，在大廳裡回響；現在他又躊躇地想用右手去試一試——右手藏在衣袖裡已經好久了，已經變得僵硬了。可是你瞧：在右手的按動下，管風琴也同樣發出了銀鈴般的悅耳聲音。他開始慢慢地彈奏起來，隨著自己的遐想演奏著，感情也隨之起伏激蕩。管風琴聲，猶如無形的方石，壘起層層高塔，奇妙地直聳到無形的頂峰，這是天才的建築，它壯麗地愈升愈高，但它是那樣無影無蹤，只是一種看不見的明亮，用聲音發出的光。一些不知名的修女和虔誠教徒在唱詩台底下悉心偷聽。他們還從未聽到過一個凡人能演奏成這樣。而韓德爾只顧謙恭地低著頭，彈呀，彈呀。他重又找到了自己的語言。他要用這種語言對上帝、對人類、對永世進行訴說。他又能彈奏樂器和創作樂曲了。此刻，他才感到自己真正痊癒了。

「我從陰間回來了，」韓德爾挺著寬闊的前胸，伸出有力的雙臂，自豪地對倫敦的詹金斯醫生說。醫生不得不對這種奇蹟般的治療效果表示驚羨。這位恢復了健康的人又毫不遲疑地全力投身到工作中去了，他懷著如癡若狂的工作熱情和雙倍的創作慾望。原來那種樂於奮鬥的精神重又回到這個五十三歲的人身上。他痊癒的右手已完全聽他使喚，他寫了一部歌劇，又

寫了第二部歌劇、第三部歌劇，他創作了大型清唱劇〔13〕《掃羅》、《以色列人在埃及》，以及小夜曲《詩人的冥想》〔14〕，創作的慾望就像從長期積蓄的泉水中源源噴湧而不會枯竭。然而時運不佳。卡羅琳王后〔15〕的逝世中斷了演出，隨後是西班牙戰爭〔16〕爆發，雖然在公共場所每天都有人聚集在那裡高聲呼號和唱歌，但是在劇院裡卻始終空空蕩蕩，於是劇院負債累累。接著又是嚴寒的冬季。倫敦覆蓋在冰天雪地之中，泰晤士河全凍住了，雪橇在亮晶晶的冰面上行駛，發出咔嚓咔嚓的聲響。在天氣這樣惡劣的時節，所有的音樂廳都大門緊閉，因為在空蕩蕩的大廳裡沒有一種天使般的音樂能與如此殘酷的寒冷抗衡。不久，歌唱演員一個個病倒了，演出不得不一場接著一場取消；韓德爾的困境愈來愈糟。債主們追逼，評論家們譏誚，公眾則始終抱著漠不關心和沉默的態度；這位走投無路的鬥士的勇氣漸漸崩潰了。雖然一場義演使他擺脫了債台高築的窘境，但是過著這種乞丐似的生活，又是何等羞恥；於是韓德爾日益離群索居，心情也愈來愈憂鬱。早知如此，當年半身不遂豈不比現在全身清醒更好？到了一七四〇年，韓德爾重又感到自己是一個遭受打擊而失敗了的人。自己昔日的榮譽已成了爐渣和灰燼。雖然在艱難之中，他還整理著自己的早期作品，偶爾創作一些較小的作品，然而那種激流般的靈感卻早已枯

竭。在他恢復了健康的身體內，那種原動力已不復存在。他，一個身軀魁梧的人第一次感到自己已心力交瘁。這個勇於奮鬥的人第一次感到自己已被擊敗——他第一次感到自己心中神聖的創作慾望的激流正在中斷和乾涸，而創作靈感的激流三十五年來一直充滿他的生活。完了，又一次完了。他，一位完全陷於絕望的人知道，或者說他自以為知道：這一回是徹底完了。他仰天嘆息：既然世人要再次埋葬我，上帝又何必讓我從病患中再生？與其現在像陰魂一樣在冷冰冰的寂寞世界上遊蕩，倒不如當初死了更好。但有時候他在悲憤之中卻又喃喃低語著釘在十字架上的耶穌說過的話：「我的上帝呀，上帝，你為什麼離開了我？」

一個失敗的人是一個絕望的人，他會對自己的一切心灰意懶，他會不相信自己的力量，或許也不相信上帝。在那幾個月裡，韓德爾每到晚上都在倫敦的街頭躑躅。但他都是在暮色降臨之後才敢走出自己的家門，因為債主們會在白天拿著債據在門口堵住他，要拽住他；而且街上的人向他投來的也都是那種冷漠和鄙夷的目光。他曾一度考慮過，是否逃到愛爾蘭去為好，那裡的人們還景仰他的名望——唉，他們哪會想到他現在已完全衰頹——或者逃到德國去，逃到義大利去；說不定到了那裡，內心的冰雪還會再次消融；說不定在那令人心曠神怡的

南風的吹拂下，荒漠的心靈還會再次迸發出旋律。不，他無法忍受這種不能創作和無所作爲的生活，他無法忍受韓德爾已經失敗這種現狀。有時候他佇立在教堂前，但是他知道，主不會給他以任何安慰。有時候他坐在小酒館裡，但是，誰領略過高尚的陶醉——快樂之極和純粹的創作靈感，那麼喝劣質的燒酒只會使自己感到惡心。有時候他從泰晤士河的橋上呆呆地向下凝視那夜色一般漆黑的靜靜流淌的河水，甚至想到是否一咬牙縱身投入河中一了百了更好！他實在不能再忍受這種令人壓抑的空虛——這種離開了上帝和人群的可怕寂寞。

他近來就這樣一次又一次地夜間在街上徘徊。一七四一年八月二十一日，那是非常炎熱的一天。倫敦上空好像蓋著一塊正在熔化的金屬板，天氣陰霾、悶熱。而韓德爾只有等到天黑才能離開家，走到格林公園〔17〕去呼吸一點空氣。他疲倦地坐在幽暗的樹陰之中，沒有人會在那裡看見他，也沒有人會折磨他。他現在對一切都感到厭倦，就像重病纏身，懶得說話，懶得寫作，懶得彈奏和思考，甚至厭倦自己還有感覺和厭倦生活。因爲這樣活著又爲了什麼？爲誰而活？他像喝醉了酒似的沿著帕爾街〔18〕和聖詹姆士街走回家，只有一個渴望的念頭在驅使他：睡覺、睡覺，什麼也不想知道；只想休息、安寧，最好是永遠安息。在布魯克大街的那幢房子裡已經沒有醒著的人

了。他緩慢地爬上樓梯——唉，他已經變得多麼疲倦，那些人已把他追逼得如此筋疲力竭——他邁出的每一步都十分沉重，樓梯的木板咯吱咯吱直響。他終於走進自己的房間，打火點燃寫字台旁的蠟燭。他的動作完全是下意識的、機械的，就像他多年來的習慣一樣：要坐下身來工作；他情不自禁地、深深地嘆了一口氣，因為以前他每次散步回來，總要帶回一段主旋律，他一到家就得趕緊把它記下來，以免一睡覺就忘掉。而現在桌子上空空如也，沒有一張記譜紙。神聖的磨坊水輪在冰凍的水流中停住了。沒有什麼事要開始，也沒有什麼事要結束。桌子上是空的。

但是，不，桌子上不是什麼也沒有！一件四方形的白色紙包不是在讓人眼睛一亮嗎？韓德爾把它拿起來。這是一件郵包，他覺得裡面是稿件。他敏捷地拆開封漆。最上面是一封信。這是詹寧斯——那位為他的《掃羅》和《以色列人在埃及》作過詞的詩人寫來的信。他在信中說，他給他寄上一部新的腳本，並希望他——偉大的音樂天才能對他的拙劣腳本多加包涵，希望能仰仗他的音樂翅膀使這腳本飛向永恆的蒼天。

韓德爾霍地站起身來，好像被什麼討厭的東西觸動了似的。難道這個詹寧斯還要譏誚他——一個麻木不仁、已經死了的人？他隨手把信撕碎，揉成一團，扔到地上，踩了幾腳，怒

149

聲罵道：「這個無賴！流氓！」——原來這個不機靈的詹寧士剛巧碰到了韓德爾最深的痛處，扒開了他心靈中的傷口，使他痛苦不堪、怒不可遏。接著，韓德爾氣呼呼地吹滅蠟燭，迷迷糊糊地摸索著走進自己的臥室，和衣躺在床上，淚水突然奪眶而出。由於激怒和虛弱，全身都在顫抖。唉，多麼不公平的世界呵！被剝奪了一切的人還要受人譏誚，飽嚐苦楚的人還要遭到折磨。他的心已經麻木，他的精力已經殆盡，為什麼此時此刻還有人要來招惹他呢？他的靈魂已經僵死，他的神志已經失去知覺，為什麼此時此刻還有人要求他去創作一部作品呢？不，他現在只想睡覺，像一頭牲口似的迷迷糊糊地睡覺，他只想忘卻一切，什麼也不想幹！他——一個被攪得心煩意亂、失敗了的人，就這樣懶洋洋地躺在床上。

但是他無法入睡。他的內心非常不平靜，那是一種由於心情惡劣而莫明的不平靜，滿腔鬱火就像暴風雨的海洋。他一會兒從左側轉身到右側，一會兒又從右側轉身到左側，而睡意卻愈來愈淡。他想，他是否應該起床去過目一遍腳本？不，對他這樣一個已經死去了的人，腳本又能起什麼作用！不，上帝已讓他落入深淵，已把他同這神聖的生活洪流隔開，再也沒有什麼能使他振作起來！不過，在他心中總是還有一股力量在搏動，一種神祕的好奇心在驅使他；而且，神志不清的他已無法

抗拒。韓德爾突然站起來，走回房間去，用激動得發抖的雙手重新點亮蠟燭。在他身體癱瘓的時候，不是已經出現過一次奇蹟——使他重新站起來了麼？說不定上帝也有使人振奮、治癒靈魂的力量。韓德爾把燭台移到寫著字的紙頁旁。第一頁上寫著《彌賽亞》[19]！啊，又是一部清唱劇。他前不久寫的幾部清唱劇都沒有演出。不過，他還是翻開封面，開始閱讀——心情依然是不平靜的。

然而，第一句話就使他怔住了。「鼓起你的勇氣！」所寫的歌詞就是這樣開始的。「鼓起你的勇氣！」——這句歌詞簡直就像符咒，不，這不是歌詞，這是神賜予的回答，這是天使從九霄雲外向他這顆沮喪的心發出的召喚。「鼓起你的勇氣！」——這歌詞好像頓時就有了聲音，喚醒了這怯懦的靈魂；這是一句激勵人有所作為、有所創造的歌詞。剛剛讀完和體會到第一句，韓德爾的耳邊彷彿已經聽到了它的音樂，各種器樂和聲樂在飄蕩、在呼喚、在咆哮、在歌唱。啊，多麼幸運！各種樂器的口都打開了！他重又感覺到和聽到了音樂！

當他一頁一頁往下翻的時候，他的手不停地哆嗦。是呀，他被喚醒了，每一句歌詞都是在向他呼喚，每一句歌詞都以不可抗拒的力量深深地打動了他。「主這麼說！」——難道這句歌詞不也是針對他的麼？難道不就是主的手曾經把他擊倒在

151

地，爾後又慈悲地把他從地上拉起來的麼？「他將使你心靈純淨」——是呀，這句歌詞在他身上應驗了：他心中的陰鬱頓時一掃而光，心裡亮堂了。這聲音，猶如一片光明，使心靈變得水晶般的純淨。這個可憐的詹寧斯，這個住在戈布薩爾的蹩腳詩人，他是唯一知道韓德爾困境的人，除了他，還會有誰能在字裡行間傾注這種鼓舞人心的語言力量？「他們把祭品奉獻到主的面前」——是呀，獻祭的火焰已在熱烈的心中點燃，它直衝雲霄，要去回答這樣美好莊嚴的召喚。「這是你的主發出的強力召喚」——這句歌詞好像是針對他一個人而言似的——是呀，這樣的歌詞應該用最嘹亮的長號、怒濤般的合唱、雷鳴般的管風琴來演奏，就像泰初之道——神聖的耶穌基督再次喚醒所有其他還在黑暗中絕望地行走的芸芸眾生。「看，黑暗將籠罩著大地。」一點不錯，因為黑暗依然籠罩著大地，因為他們還不知道得到拯救的極樂，而他卻在此時此刻已領略到獲得拯救的極樂。他幾乎剛剛把歌詞讀完，那感恩的合唱「偉大的主，你是我們的引路人，是你創造奇蹟」已變成了音樂在他心中洶湧澎湃——是呀，對創造奇蹟的主，就應該這樣讚美袖，主知道如何指引世人，而事實上主已經給他這個破碎的心以安寧！歌詞還寫道：「因為主的天使已向他們飛去」——是呀，天使已用銀色的翅膀飛降到他的房間，撫摸他並拯救了他。只

不過此時沒有成千人的歌聲在歡呼、在感恩、在歌唱、在讚美：「光榮歸於主！」而僅僅是在他一個人心中的歌聲。

韓德爾俯首看著一頁頁的歌詞，就像置身在暴風雨中一般。一切疲勞都消失了。他還從未感到過自己的精力有像現在這樣充沛，也從未感到過渾身充滿如此強烈的創作慾望。那些歌詞就像使冰雪消融的溫暖陽光，不斷地傾瀉到他身上。每一句話都說到了他的心坎裡，它們是那麼富有魅力，使他心胸豁然開朗！「願你快樂！」—— 當他看到這句歌詞時，彷彿聽到氣勢磅礴的合唱頓時四起，他情不自禁地抬起頭，張開雙臂。「耶穌是真正的救世主」—— 是呀，韓德爾就是要證明這一點，塵世間尚未有人嘗試過這樣做，他要把自己的明證高高舉起，就像在世間樹起一座燦爛的豐碑。只有飽經憂患的人才懂得歡樂；只有經過磨難的人才會預感到仁慈的最後恩賜；而他就是要在眾人面前證明：他在經歷了死亡之後又復活了。當韓德爾讀到「他曾遭到鄙夷」這句歌詞時，他又陷入痛苦的往事回憶之中〔20〕，音樂聲也隨之轉入壓抑、低沉。他們以為他已經失敗了，在他軀體還活著的時候就把他埋葬，還盡情嘲笑他——「他們曾嘲笑著看著他」，「而當時沒有一個人給這個苦難者以安慰」。是呀，在他無能為力的時候，沒有一個人幫助他，沒有一個人安慰他，但是神奇的力量幫助了他。「他信

153

賴上帝」，是呀，他信賴上帝，並且看到上帝並沒有讓他躺在墳墓裡——「不過你不要把他的靈魂留在地獄。」不，上帝沒有把他——一個身陷困境、灰心喪氣的人的靈魂留在絕望的墳墓裡，留在束手待斃的地獄裡，而是再次喚醒他肩負起給人們帶來歡樂的使命。「昂起你們的頭」——這樣的詞句彷彿是從他自己的內心迸發而出。但這是主宣布的偉大命令！他驀地一噤，因為恰恰在它後面就是可憐的詹寧斯用手寫的字：「這是主的旨意。」

他的呼吸屏住了。一個人偶然從嘴裡說出來的話竟有如此之準，這顯然是主從上天傳送給他的旨意。「這是主的旨意」——這也是從主那裡來的話，從主那裡來的聲音，從主那裡來的意志！必須把這話的聲音送回到主那裡，洶湧的心聲必須掀起滔天巨浪向上天的主迎去，讚美祂是每一個作曲家的慾望和責任。哦，應該緊緊抓住這句話，讓它反覆、延伸、擴大、突出、飛翔，充滿整個世界，所有的讚美聲都要圍繞這句話，要使這句歌詞像主一樣偉大。噢，這句歌詞是瞬間即逝的，但是通過美和無窮盡的激情將使這句歌詞達到永恆的境界。現在你瞧，上面寫著：「哈利路亞！哈利路亞！哈利路亞！」〔21〕這是應該用各種音樂進行無窮反覆的一句詞，是呀，世間所有的嗓音，清亮的嗓音，低沉的嗓音，男子陽剛的

嗓音，女人柔和的嗓音，都應當在這裡匯合成一個聲音。這「哈利路亞」的聲音應當在有節奏的合唱中充溢、升高、轉換，時而聚合，時而分散。合唱的歌聲將順著樂器的音樂天梯 [22] 上上下下。歌聲將隨著小提琴的甜美弓法而悠揚，隨著長號嘹亮的吹奏而熱烈，在管風琴雷鳴般的聲音中而咆哮：這聲音就是哈利路亞！哈利路亞！哈利路亞！——從這個詞，從這個感恩詞中創造出一種讚美歌，這讚美歌將轟轟隆隆從塵世滾滾向上，升回到萬物的創始主那裡！

　　韓德爾激情滿懷，淚水使他的眼睛變模糊了。但是還有幾頁歌詞要讀，那是清唱劇的第三部分。然而在這「哈利路亞，哈利路亞」之後他再也讀不下去了。這幾個用元音歌唱的讚美聲已充滿他的心胸，在瀰漫，在擴大，就像滾滾火焰噴流而出，使人感到灼痛。啊！這聲音在攢動，在擁擠，這讚美聲要從他心裡迸發出來，向上飛升，回到天空。韓德爾趕緊拿起筆，記下樂譜，他以神奇的快速寫下一個個的音符。他無法停住，就像一艘被暴風雨鼓起了風帆的船，一往直前。四周是萬籟俱靜的黑夜。黑魅魅的潮濕的夜空靜靜地籠罩著這座大城市。但是在他的心中卻是一片光明，在他的房間裡所有的音樂聲都在齊鳴，只是聽不見罷了。

　　第二天上午，當僕人小心翼翼地走進房間時，韓德爾還坐

在寫字台旁不停地寫著。當他的助手克里斯多夫‧史密斯畏葸地問他是否要幫他抄樂譜時，他沒有回答，只是粗聲粗氣地咕嚕了一聲。於是再也沒有人敢走到他的身邊，他也就這樣三個星期沒有離開房間。飯送來了，他用左手匆匆地掰下一些麵包，右手繼續寫著，因為他不能停下來，他已完全如癡若醉。當他站起身來，在房間裡走動時，他還一邊高聲唱著，打著拍子，眼睛裡射出異樣的目光。當別人同他講話時，他好像剛醒過來似的，回答得含含糊糊，語無倫次。這些日子可苦了僕人。債主來討債，歌唱演員來要求參加節日的康塔塔大合唱，使者們來邀請韓德爾到王宮去，僕人都不得不把他們拒之門外，因為哪怕他只想同正在埋頭創作的主人說一句話，他也會遭到一頓大發雷霆的斥責。在那幾個星期裡，韓德爾已不再知道時間和鐘點，也分不清白天和黑夜。他完全生活在一個只用旋律和節拍來計量時間的環境裡。他的身心完全被從心靈深處湧出來的奔騰激流席捲而去。神聖的激流愈湍急，愈奔放，作品也就愈接近尾聲。他被囚禁在自己的心靈之中，只是踩著有節拍的步伐，走遍這間自設囹圄的房間。他一會兒唱著，一會兒彈起羽管鍵琴，然後又重新坐下來，寫呀，寫呀，直至手指發疼；他在有生之年還從未有過如此旺盛的創作慾望，也從未經歷過如此嘔心瀝血的音樂生涯。

差不多三個星期以後，九月十四日，作品終於完成了——這在今天是難以置信的，大概也是永遠無法想像的。歌詞變成了樂曲，不久前還是乾巴枯燥的言辭現在已成了生氣勃勃、永不凋謝的聲音。就像從前癱瘓的身體創造了復活的奇蹟一樣，如今是一顆被點燃的心靈創造了意志的奇蹟。一切都已寫好，彈奏過了，歌詞已變成了旋律，並且已在展翅翱翔——只是一個詞、作品的最後一個詞「阿門」還沒有配上音樂。現在，韓德爾要抓住這個「阿門」——這兩個緊密連結在一起的短短音節，創造出一種直衝九霄雲外的聲樂。他要給這兩個音節配上不同的音調，同時配上不斷變換的合唱；他要把這兩個音節拉長，同時又不斷把它們拆開，以便重新合在一起，從而產生更加熱烈的氣氛。他把自己巨大的熱情像上帝的噓息似的傾注在這首偉大讚歌的最後結束語上，要使它像世界一樣的宏大和充實。這最後一個詞沒有放過他，他也沒有放過這最後一個詞。他把這個「阿門」配上雄偉的賦格曲，把第一個音節——洪亮的「阿」作為最初的原聲。讓它在穹頂下迴旋、轟鳴，直至它的最高音達到雲霄；這原聲將愈來愈高，隨後又降下來，又升上去，最後再加入暴風雨般的管風琴，而這和聲的強度將一次比一次高，它四處迴蕩，充滿人宇，直至彷彿天使們也在全部和聲中一起唱著讚美歌似的，彷彿頭頂上的屋宇樑架在永無休

止的「阿門！阿門！阿門！」面前震裂欲碎。

韓德爾艱難地站起身來。羽毛筆從他手中掉了下來。他不知道自己身在何處。他什麼也看不見，什麼也聽不見。他只感到疲乏，感到全身筋疲力竭。他不得不支撐在牆壁上跟跟蹌蹌地行走。他一點力氣也沒有了，身體像死了似的，神志迷迷糊糊。他像一個瞎子似的沿著牆壁一步一步向前挪動，然後躺倒在床上，睡得像個死人似的。

整整一個上午，僕人輕輕地旋開門把，推開了三次房門，但主人還一直在睡覺，身子一動也不動，就像石頭的雕塑，眼睛、嘴巴緊閉著，臉上沒有任何表情。中午，僕人第四次想把他喚醒。他故意大聲咳嗽，重重叩門，可是韓德爾依然睡得那麼死，任何聲響和說話聲都進不到他的耳朵裡。中午，克里斯多夫・史密斯來幫助僕人。而韓德爾還是像凝固了似的躺在那裡。史密斯向睡者俯下身去，只見他像一個贏得了勝利而又死在戰場上的英雄，在經過了難以形容的戰鬥之後終於因疲憊而死。他就這樣躺在那裡。不過，克里斯多夫・史密斯和僕人並不知道他完成的業績和取得的勝利罷了。他們只感到害怕，因為他們看到他躺在那裡這麼長的時間，而且令人可怕地一動都不動。他們擔心可能又是一次中風把他徹底摧垮了。到了晚上，儘管他們使勁地搖晃，韓德爾還是不願醒來——他已經一

動不動地軟癱在那裡，躺了十七小時——這時，克里斯多夫・史密斯再次跑去找醫生。他沒有立刻找到詹金斯大夫，因為醫生為了消遣這和風宜人的夜晚，到泰晤士河岸邊釣魚去了，當最終把他找到時，他嘟囔著對這不受歡迎的打擾表示不快。只是聽說是韓德爾病了時，他才收拾起長線和漁具，取了外科手術器械——這花了不少時間——以便必要時放血用，他覺得很可能需要這樣。一匹小馬拉著一輛載著兩人的馬車，終於踏著橐橐的快步向布魯克大街駛去。

但僕人已站在那裡，揮動著兩隻手臂向他們招呼，隔著一條馬路大聲喊道：「他已經起床啦，現在正在吃飯，吃得像六個搬運工那麼多。他一下子狼吞虎嚥地吃了半只約克夏白豬肘子；我給他斟了四品脫啤酒，他還嫌不夠呢。」

真的，韓德爾正坐在餐桌前，儼若洋洋得意的豆王[23]，桌面上擺滿各種食物。就像他在一天一夜之間補足了三個星期的睡眠那樣，他此刻正在用自己魁偉身軀的全部力量和食慾，吃著，喝著，似乎想一下子就把在三個星期中耗盡在工作上的力氣全都補回來。他幾乎還沒有和詹金斯大夫照一個正面，就開始笑了起來。笑聲愈來愈響，在房間裡縈繞、震盪、撞擊。史密斯記起來了：在整整三個星期中，他沒有看到韓德爾的嘴邊有過一絲笑容，而只有那種緊張和怒氣沖沖的神情：現在，

那種積蓄起來的、出自他本性的率眞的愉快終於迸發出來了，這笑聲猶如潮水擊拍岩崖，像滾滾怒濤濺起浪花──韓德爾在他一生中還從未像現在這樣笑得如此自然、如此天眞，因爲他現在知道自己的身心已完全治癒和滿懷生活樂趣的時刻見到這位醫生的。他高舉起啤酒杯，搖晃著它，向身穿黑大氅的醫生問候。詹金斯驚奇地發問：「究竟是哪位要我來的？你怎麼啦？你喝了什麼藥酒？變得如此興致勃勃！你究竟怎麼啦？」

韓德爾一邊用炯炯有神的眼睛望著他，一邊笑著，然後漸漸地嚴肅起來。他緩慢地站起身，走到羽管鍵琴旁，坐下去，先用雙手在鍵盤上凌空擺了擺，接著又轉過身來，詭譎地微微一笑，隨即輕聲地半說半唱地誦吟那詠嘆調：「你們聽著，我告訴你們一個祕密」──這也是《彌賽亞》中的歌詞，歌詞就是這樣詼諧地開始的。但當他剛剛把手指伸進這溫和的空氣中，這溫和的空氣立刻把他自己也吹走了。在演奏時，韓德爾忘記了其他在場的人，也忘記了自己。這獨特的音樂激流使他全神貫注。頃刻之間，他重又陷入到自己的作品之中，他唱著，彈奏著最後幾首合唱曲；在此之前，這幾首合唱好像只是在夢中聽到過似的；而現在，他是第一次在醒著的時候聽到它們：「啊，讓你的痛苦死亡吧！」此時此刻，他感到自己的內心充滿生活的熱情，他把歌聲愈唱愈高，好像自己就是唱著讚

美歌和熱烈歡呼的合唱隊。他不停地一邊彈著一邊唱著，一直唱到「阿門，阿門，阿門」，他把自己的全部力量強烈地、深沉地傾注到音樂之中，整個房間好像要被各種聲音的巨流沖破似的。

詹金斯大夫站在那裡迷住了。當韓德爾最後站起身來時，詹金斯大夫只是為了沒話找話，才不知所措地誇獎說：「夥計，我還從未聽到過這樣的音樂。你一定是中了魔啦！」

但這時韓德爾的臉色卻陰沉下來。的確，連他自己也對這部作品感到吃驚，好像是在睡夢中天降於他似的。他不好意思地轉過身去，輕聲說道，輕得連其他幾個人幾乎聽不見：「不過，我更相信是神幫助了我。」

幾個月後，兩位衣冠楚楚的先生敲著阿貝大街〔24〕上的一幢公寓的大門，那位倫敦來的高貴客人──偉大的音樂大師韓德爾旅居都柏林期間就在這幢公寓下榻。兩位先生恭恭敬敬地提出了他們的請求。他們說，幾個月來這座愛爾蘭的首府為能欣賞到韓德爾的如此精采的作品而感到無比高興，他們在這塊地方上還從未聆聽過這樣好的作品，現在他們又聽說，他將要在這裡首演他的新清唱劇《彌賽亞》，他把自己最新的創作首先奉獻給這座城市而不是倫敦，他們為此感到莫大榮幸，而且考慮到這部大型聲樂協奏曲的出類拔萃，可以預料會獲得巨大

的收入，因此他們想來問一問，這位以慷慨著稱的音樂大師是否願意將這次首演的收入捐獻給他們有幸所代表的慈善機構。

韓德爾友善地望著他們。他愛這座城市，因為這座城市曾給予他如此的厚愛，打開了他的心扉。他笑咪咪地說，他願意答應，只是他們應該說出來這筆收入將捐獻給哪些慈善機構。「救濟身陷各種囹圄的人，」第一位先生——一個滿面和善、白髮皤然的男子說。「還有慈善醫院裡的病人，」另一位補充道。他們還說，不過當然哩，這種慷慨的捐獻僅僅限於第一場演出的收入，其餘幾場演出的收入仍歸音樂大師所有。

但韓德爾還是拒絕了。他低聲說道；「不，演出這部作品我不要任何錢。我自己永遠不收一個錢，我也就不欠別人什麼了。這部作品應該永遠屬於病人和身陷囹圄的人，因為我自己曾是一個病人，是依靠這部作品治癒的；我也曾身陷囹圄，是這部作品解救了我 [25]。」

兩個男人抬起眼睛望著韓德爾，顯得有點迷惑不解。他們不太明白這話的意思。不過隨後他們再三表示感謝，一邊鞠著躬退出房間，去把這喜訊告訴都柏林全城的人。

一七四二年四月七日，最後一次排演的日期終於到了。只允許兩個主教堂的合唱團團員的少數親屬參加旁聽，而且為了節約起見，坐落在菲施安布爾大街上的音樂堂的大廳裡，只有

微弱的照明。人們三三兩兩地坐在空蕩蕩的長椅上，準備聆聽倫敦來的那位音樂大師的新作。寬敞的大廳顯得陰暗、寒冷、潮濕。然而，一件引人矚目的事發生了：當宛若急流奔騰的多聲部合唱剛剛轉入低鳴，坐在長椅上七零八落的人就不由自主地聚攏在一起，漸漸地形成黑壓壓的一片悉心傾聽和驚異讚歎的人群。因為他們每一個人都從未聽到過如此雄渾有力的音樂，他們彷彿覺得，如果單獨一個人聽，簡直無法承受這千鈞之勢；如此強力的音樂將會把他沖走，拽跑。他們愈來愈緊地擠在一起，好像要用一顆心聽，恰似一群聚集在教堂裡的虔誠教徒，要從這氣勢磅礡的混聲合唱中獲取信心，那交織著各種聲音的合唱不時變換著形式。在這粗曠、猛烈的強大力量面前，每一個人都感覺到自己的薄弱，然而他們卻願意被這種力量所攫住，所帶走。一陣陣歡樂的感情向他們所有的人襲來，好像傳遍一個人的全身似的。當第一次雷鳴般地響起「哈利路亞」的歌聲時，有一個人情不自禁地站了起來，所有的聽眾也都一下子跟著他站起身來，他們覺得自己被如此強大的力量所攫住，再也不能貼在地上。他們站起來，以便能隨著這「哈利路亞」的合唱聲靠上帝更進一步，同時向上帝表示自己僕人般的敬畏。這以後，他們步出音樂堂，奔走相告：一部世間空前的聲樂藝術作品業已創作成功。於是全城的人興高采烈，為能

聽到這偉大的傑作而激動。

六天以後，四月十三日晚上，音樂廳門前麇集著人群。女士們沒有穿鐘式裙〔26〕就來了，貴族紳士們都沒有佩劍，為的是能在大廳裡給聽眾騰出更多的空間。七百人——這是從未達到過的數字——濟濟一堂，演出前交頭接耳地談論著這部作品所獲得的讚譽，但當音樂開始時，卻連出氣的聲音都聽不見了，而且愈來愈寂靜。接著，多聲部合唱迸發出排山倒海的聲勢，所有的心都開始震顫。韓德爾站在管風琴旁，他要監督並親自參加自己作品的演出。而現在，這部作品已經脫離了他；他也完全沉醉在自己的這部作品之中，覺得它好不陌生，好像他從未聽到過、從未創作過、從未演奏過似的。他的心在這特殊的巨流中再次激蕩起來。當最後開始唱「阿門」時，他自己的嘴巴也不知不覺地張開了，和合唱隊一起唱著。他唱著，好像他一輩子從未唱過似的。然而，當後來其他人的讚美歡呼聲還像怒濤洶湧、經久不息地在大廳裡迴蕩時，他卻悄悄地溜到了一邊，為的是要避免向那些願意向他致謝的人們表示答謝，因為他要答謝的是天意，是天意賜予他這部作品。

閘門既已打開，聲樂的激流又年復一年地奔騰不息。從現在起，再也沒有什麼能使韓德爾屈服，再也沒有什麼能把這復活了的人重新壓下去。儘管他在倫敦創建的歌劇院再次遭到破

產，債主們又四處向他逼債，但他從此以後已眞正站了起來，他抵住了一切逆風惡浪。這位六十歲的老人泰然自若地沿著作品的里程碑走自己的路。有人給他製造種種困難，但他知道如何光榮地戰勝它們。儘管年歲漸漸地消蝕了他的力氣，他的雙臂不靈活了，痛風病使他的雙腿不時痙攣，但他還是用不知疲倦的心智繼續不斷地創作。最後，他的雙目失明了；那是在他創作《耶弗他》的時候，他的眼睛瞎了〔27〕。但他依舊用看不見的眼睛繼續孜孜不倦地、毫不氣餒地創作，創作，就像貝多芬用聽不見的耳朵一樣。而且他在世間的勝利愈輝煌，他在上帝面前愈謙卑。

就像所有對自己要求嚴格、眞正的藝術家一樣，韓德爾對自己的作品從不沾沾自喜，但他十分喜愛自己的一部作品，那就是《彌賽亞》。他之所以喜愛它，是由於一種感激之情，因爲是它把他從自己的絕境中解脫了出來，還因爲他在這部作品中自己拯救了自己。他每年都要在倫敦演出這部作品，每一次都把全部收入——五百英鎊捐贈給醫院，去醫治那些殘疾病人和救濟那些身陷囹圄的人。而且他還要用這部曾使他走出冥府的作品向人間告別。一七五九年四月六日，七十四歲的韓德爾已身染重病，但他還是在科文特皇家花園劇院再次走上指揮台。他——一個身軀巍巍、雙目失明的瞎子就這樣站在他的忠

實的信徒們中間，站在音樂家和歌唱家中間。雖然他的眼睛有目無光，什麼也看不見，但是當各種器樂聲猶如洶湧澎湃的波濤向他滾滾而來時，當成千人的讚美歌聲像狂風暴雨向他襲來時，他那疲倦的面容頓時顯出了光彩，變得神采奕奕。他揮舞著雙臂，打著節拍，和大家一起放聲高歌，他唱得那麼認真、那麼心誠，彷彿他是站在自己靈柩邊的牧師，為拯救自己和所有人的靈魂而祈禱著。他只有一次全身哆嗦起來，那是在他喊出「長號吹起」和所有的喇叭吹起嘹亮聲音的時候，他昂首向上凝視著，好像他現在已準備好去面臨最後的審判。他知道，他已傑出地完成了自己的事業，他能昂首闊步地向上帝走去。

朋友們深受感動地把這位盲人送回家去。他們也都感覺到：這是最後的告別。在床上他還微微翕動著嘴唇。他喃喃低語說，他希望死在耶穌受難日那一天。醫生們感到奇怪，他們不明白他的意思，因為他們不知道，那一年的耶穌受難日，即四月十三日，正是那隻沉重的手把他擊倒在地的一天〔28〕，也正是他的《彌賽亞》第一次公演於世的一天，他心中的一切曾在那一天全部死去，但同樣也正是在那一天，他又復活了。而現在，他卻願意在他復活的那一天死去，以便確信自己將會獲得永生的復活。

真的，我們的唯一意志——上帝，既能駕馭生，又能駕馭

死。四月十三日，韓德爾的精力全都耗盡了，他再也看不見什麼，再也聽不見什麼。碩大的身體一動不動地躺在墊褥上，這是一個空洞而又沉重的軀殼，但正如一個空的貝殼能充滿大海怒濤的聲音一樣，那聽不見的音樂聲還在他的內心轟鳴作響，這音樂比他以前聽到過的更悅耳、更奇異。音樂的滾滾波浪緩慢地從這精力殆盡的軀體上帶走了靈魂，把它高高舉起，送入縹緲的世界。洶湧奔流的音樂永遠迴蕩在永恆的宇宙。第二天，復活節的鐘聲還沒有敲響，韓德爾身上那具不能永生的軀殼終於死去了。

註釋：

〔1〕參閱羅曼・羅蘭著，嚴文蔚譯，《韓德爾傳》，上海新音樂出版社，一九五四年。

〔2〕同上。

〔3〕韓德爾的全名，德文拼寫是 Georg Friedrich Händel，本篇沒有按褚威格所用的德文拼寫音譯，而採用約定俗成的中譯名。

〔4〕羽管鍵琴（Cembalo），流行於十六至十八世紀的鍵盤樂器，後為鋼琴所代替。

〔5〕格羅夫納廣場（Grosvenor Square），倫敦中部的一個大廣場，今日，美國大使館就在此廣場旁。

〔6〕克里斯多夫・史密斯是韓德爾的多年助手，他的姓，按褚威格所用的德文拼寫是 Schmidt，英文拼寫是 Smith，本篇中譯名從英文音譯。

〔7〕邦德大街（Bond Street），倫敦西區（West End）街道名，因那裡有昂貴的店鋪和藝術館而聞名。

〔8〕艦隊街（Fleet Street），倫敦中部的一條街道，在倫敦城區（the City）和西區（the West End）之間，昔日英國主要報紙的總部均設在這裡。二十世紀八〇年代以後，多數報館紛紛遷往他處更現代化的大廈，但許多人仍有「艦隊街」指稱英國報界。

〔9〕閹伶，是指十七至十八世紀受過閹割術的歌劇演員或歌唱家，具有寬廣音域的童聲音質。

〔10〕這是指從一七三六年五月至一七三七年五月這一年期間，韓德爾爲了使劇院不致停頓，以超人的精力完成了四部歌劇：《阿塔蘭塔》、《阿爾米尼奧》、《朱斯蒂諾》、《貝呂尼切》。

〔11〕指當時與韓德爾敵對的倫敦另一家義大利歌劇院的主持人——十八世紀最著名的義大利歌唱教師尼・卜波拉。

〔12〕一七三七年八月底，韓德爾在朋友們勸說下到亞琛去試行溫泉治療，結果像奇蹟一般，他在幾週之內恢復了健康，十月底便回到了倫敦。

〔13〕清唱劇，英語原文是 oratorio，這是一種由器樂重奏、獨唱和合唱緊密結合的大型聲樂曲，其形式頗似中國的《黃河大合唱》。但歐洲的 oratorio，內容取材於《聖經》故事；它雖有一定的情節，卻不作舞台演出——不設布景，也沒有扮演者，完全用音樂語言來戲劇性地描寫性格和心理，表達人類的熱情和靈性。由於 oratorio 所含的宗教內容，故而也有人把它譯爲「神劇」或「聖樂」，但這兩種譯法也如「清唱劇」一樣，並未把 oratorio 所含的內容和形式完整地表達出來。韓德爾堪稱創作 oratorio 的泰斗，因而被譽為「聖樂之祖」。莫札特曾改編過韓德爾的清唱劇《彌賽亞》，海頓在韓德爾的清唱劇的啓發下創作了《創世記》，但他們在這方面的成就都未超過韓德爾。韓德爾選擇《聖經》上的題材創作清唱劇，並非出自宗教信仰，而是他看到：《聖經》上的這些英雄故事爲人民大眾所熟悉，已成爲人民生活中的一部分；而那些富於浪漫色彩的古代故事只能引起一些自命風雅的上流紳士的興趣。他是爲順應人民大眾的思想感情而創作清唱劇。

〔14〕《詩人的冥想》創作於一七四〇年一月至二月，僅用了十六天時間，歌詞採用英國著名詩人約翰・彌爾頓（John Milton，一六〇八～一六七四）的詩。

〔15〕卡羅琳（Caroline，一六八三～一七三七），英王喬治二世的王后。

〔16〕指一七四〇年至一七四八年的奧地利王位繼承戰爭，英國、荷蘭、普魯士為一方，法國和西班牙為另一方，在世界上燃起熊熊戰火。

〔17〕格林公園（Green Park），位於倫敦中部，皮卡迪利大街（Piccadilly）南邊的一個大公園。

〔18〕帕爾街（Pall Mall），倫敦中部的一條街，以俱樂部密集而著稱，其中包括雅典娜神廟俱樂部（Athenaeum）和改革俱樂部（Reform Club）。

〔19〕彌賽亞（Messiah），原是希伯來語 māshiah 的音譯，意為「受膏者」（古猶太人在受封為王者的額上塗敷膏油），指上帝派遣的使者，也是猶太人幻想中的「復國救主」；基督教產生後借用此說，聲稱耶穌就是彌賽亞，但已不是猶太人的「復國救主」，而是「救世主」，凡信奉救世主的人，靈魂可得到拯救，升入天堂。韓德爾創作的清唱劇《彌賽亞》，共分三部分，分別敘述耶穌誕生、受難和復活的故事。其中第一部分的《田園交響曲》和詠嘆調《他必像牧人餵養其羊群》，第二部分的《哈利路亞合唱》，第三部分的詠嘆調《我知道我的救世主活著》和《阿門頌》最為著名。

〔20〕清唱劇《彌賽亞》是一首讚美救世主耶穌的頌歌，講述耶穌受難復活的故事，所以歌詞中的「他」是指耶穌；韓德爾在創作《彌賽亞》過程中將耶穌的受難復活聯想到自己的受難復活，所以正文中的「他」是指韓德爾自己。

〔21〕哈利路亞，源自希伯來文 hallelujah 的音譯，原意為「讚美上帝之歌」，是基督教的歡呼語，常用於清唱劇結尾的段落。

〔22〕天梯，聖經中雅各夢見天使上下的天梯。

〔23〕西方習俗，在主顯節（一月六日，我主耶穌顯現的日子）得到餡中有豆的糕點者為「豆王」（Bohnenkönìg）。

〔24〕阿貝大街（Abbey Street），一譯修道院路，都柏林一條著名街道。

〔25〕韓德爾每年指揮演出一次《彌賽亞》，為孤兒院募捐；甚至在雙目失明以後仍堅持此項善舉，為了能募得更多的款項，他禁止在他生前出版《彌賽亞》。

〔26〕鐘式裙，十六至十八世紀時用鯨骨圈或藤圈撐起來的女裙。

〔27〕一七五一年，當韓德爾創作清唱劇《耶弗他》（*Jephta*）的總譜時，因患白內障左眼首先失明，以後雖動過幾次眼科手術，但終因無法醫治而於一七五三年一月完全瞎了，此後他反而安之若素，在蘭特每年舉辦的十二次清唱劇演出中，照舊彈奏管風琴，並保持這一習慣直到辭世。

〔28〕即指一七三七年四月十三日韓德爾中風，右半身癱瘓那一天。

第五章

一夜之間的天才

德・李爾
《馬賽曲》
1792年4月25日

Claude Joseph
Rouget de Lisle

一七八九年七月的法國大革命使得歐洲其他各國的封建統治者惶惶不可終日，揚言要派軍隊來懲罰「罪犯」，主持「公道」。面對外國武裝干涉的威脅，法國立法會議裡的各黨派意見不一。一七九二年四月二十日，吉倫特派內閣向普、奧宣戰。儘管是法國首先宣戰，但對法國人民來說這是一場保衛革命的正義戰爭。四月二十八日法軍向奧地利發動了攻勢，可是由於法國將領們作戰消極、貴族軍官不斷叛變，特別嚴重的是國王和王后本身就是裡通外國的賣國賊，於是法軍節節敗退。戰爭失敗的責任雖不在吉倫特派身上，但路易十六卻藉口領導不力而強令解散該派內閣，又改命立憲派組閣。一七九二年七月六日普魯士開始軍事行動，普奧聯軍很快踏上了法國領土。國難當前，法國人民奮起抗戰，山嶽派也積極投入保衛革命的戰鬥。在他們的建議下，法國立法會議於七月十一日通過了「祖國在危急中」的決議，開始徵集各省義勇軍前來保衛巴黎。七月三十日從馬賽開來一支五百人的義勇軍，他們沿途唱著一首歌詞激動人心、旋律雄壯優美的戰歌。這首被人稱為《馬賽曲》的歌不久就聞名於世，以後又改編歌詞成為法國國歌。

——譯者題記

一七九二年，法國國民大會對皇帝和國王們的聯合行動 [1] 是戰還是和的決定已經猶豫了兩三個月。路易十六 [2] 自己也在躊躇：他既擔心革命黨人的勝利帶來的危害，又擔心他們的失敗帶來的危害。各黨派的態度也不一致。吉倫特派 [3] 爲了保住自己的權力而急於開戰，羅伯斯庇爾 [4] 和雅各賓派 [5] 爲了自己能在此期間奪取政權而力主和平。但形勢一天比一天緊張，報章雜誌嚷嚷得沸沸揚揚，各政治俱樂部裡爭論不休，謠言四起，而且愈來愈聳人聽聞，從而使公眾輿論變得愈來愈慷慨激昂。因此，當法國國王終於在四月二十日向奧地利皇帝和普魯士國王宣戰時，這項決定就像通常那樣成了某種解脫。

就在這幾個星期裡，巴黎上空猶如籠罩著雷電，令人心煩意亂，而在那些邊境城市，更是人心浮動，惶惶不可終日。部隊已集中到所有的臨時營地。每一座城市、每一個村莊，都有武裝志願人員和國民自衛軍，到處都在修築工事，尤其是阿爾薩斯地區的人都知道，法德之間的最初交鋒又要像往常一樣降臨到他們這塊土地上了。在萊茵河對岸的所謂敵人可不像在巴黎似的只是一個模模糊糊、慷慨激昂、修辭上的概念，而是一個看得見、感覺得到的現實，因爲從加固的橋頭堡旁、從主教堂的塔樓上，都能一目瞭然地看到正在開來的普魯士軍隊。到了夜裡，敵人炮車的滾動聲、武器的叮噹聲和軍號聲，隨風飄

過月色下水波悠然閃爍的河流。大家都知道，只要一聲令下，從普魯士大炮緘默的炮口就會發出雷鳴般的隆隆聲和閃電般的火光。其實，法德之間的千年之爭已經又一次開始——但這一次，一方是以爭取新自由的名義，另一方是以維護舊秩序的名義。

因此，一七九二年四月二十五日也就成了不同尋常的一天。這一天，驛站的緊急信差們把已經宣戰的消息從巴黎傳到斯特拉斯堡 [6]。人群頓時從大街小巷和各家各戶走出來，一起擁向公共廣場。全體駐軍為出征在做最後的檢閱，一個團隊接著一個團隊在行進，身披三色綬帶 [7] 的迪特里希市長在中心廣場上檢閱，他揮動著綴有國徽的帽子向士兵們致意。軍號聲和戰鼓聲使所有的人都不再吭聲。迪特里希用法語和德語向廣場上和其他所有空地上的人群大聲宣讀宣戰書。在他講完話之後，團裡的軍樂隊奏起了第一支、臨時性的革命戰歌《前進吧！》，這本來是一支富有刺激性的、縱情而又詼諧的舞曲，但是將要出征的團隊卻以沉重有力的噔噔腳步聲給這支曲子賦予了威武的節奏。然後，人群四散，把被激起的熱情又帶回到大街小巷和各家各戶。在咖啡館和俱樂部裡，都有人在發表富有煽動性的演說和散發各種號召書。他們都是以諸如此類的號召開始：「公民們，武裝起來！舉起戰旗！警鐘敲響了！」所

有的演講、各種報紙、一切布告、每個人的嘴上，都在重複著這種鏗鏘有力、富有節奏的呼聲：「公民們，武裝起來，讓那些戴著王冠的暴君們發抖吧！前進！自由的孩子們！」而每一次，群眾都為這些熱烈的言辭而歡呼。

街道和空場上也一直有大批人群在為宣戰而歡呼，但是，當滿街的人群歡呼時刻，也總有另外一些人在悄悄嘀咕，因為恐懼和憂慮也隨著宣戰而來。不過，他們只是在斗室裡竊竊私語，或者把話留在蒼白的嘴邊欲言而止。普天下的母親永遠是一樣的，她們在心裡嘀咕：難道外國兵不會殺害我的孩子嗎？普天下的農民也都是一樣的，他們關心自己的財產、土地、茅舍、家畜和莊稼。他們也在心裡嘀咕：難道自己的莊稼不會遭到踐踏嗎？難道自己的家不會遭到暴徒的搶劫嗎？難道在自己勞動的土地上不會血流成河嗎？可是斯特拉斯堡市長弗里德里希・迪特里希男爵——他原本是一個貴族——卻像當時法國最進步的貴族那樣，決心完全獻身於爭取新自由的事業，他要用洪亮的、鏗鏘有力的聲音來表示信念；他有意要把那宣戰的一天變為公眾的節日。他胸前斜披著綬帶，從一個集會趕到另一個集會去激勵人民。他向出征的士兵犒勞酒食。晚上，他把各級指揮員、軍官以及最重要的文職官員邀請到坐落在布羅格利廣場旁的自己寬敞邸宅參加歡送會。熱烈的氣氛使歡送會從

一開始就帶有慶功會的色彩。對勝利始終充滿信心的將軍們坐在主賓席上。認為戰爭會使自己的生活充滿意義的年輕軍官們在自由交談，彼此勉勵。他們有的揮舞軍刀，有的互相擁抱，有的正在為祝願乾杯，有的舉著一杯美酒在作愈來愈慷慨激昂的演講。而在他們的所有言辭中都一再重複著報刊和宣言上那些激勵人心的話：「公民們，武裝起來！前進！拯救我們的祖國！戴著王冠的暴君們很快就會顫抖。現在，勝利的旗幟已經展開，把三色旗插遍世界的日子已經來到！現在，每個人都必須為了法國國王、為了這三色旗、為了自由竭盡全力！」在這樣的時刻，舉國上下都由於對勝利充滿信心和對自由事業的熱烈嚮往而達到了空前的團結。

正當這樣的演講和祝酒行進之際，迪特里希市長突然轉向坐在自己身旁的要塞部隊的年輕上尉魯日·德·李爾[8]。他記起來了，就是這位舉止文雅、長得並不漂亮但卻討人喜歡的軍官在半年前當憲法公布時寫過一首相當出色的自由頌歌，團裡的那位音樂家普萊耶很快就替這首頌歌譜了曲。這件簡樸的作品朗朗上口，適宜演唱。於是軍樂隊將它練熟，在公共廣場上進行演奏和大合唱。現在，宣戰和出征不也是一個用音樂來表現莊嚴場面的極好機緣嗎？因此，迪特里希市長很隨便地問了問這位德·李爾上尉（他擅自給自己加了一個貴族姓名

的標誌「德」，取名爲魯日‧德‧李爾，其實他是無權這樣做的）——就好像請自己的一位好友幫一下忙似的——他是否願意藉著這種愛國情緒，爲出發的部隊創作一些歌詞，爲明天出征去討伐敵人的萊茵軍譜寫一首戰歌。

德‧李爾是一個稟性謙遜、普普通通的人，他從來沒有把自己當作一個了不起的作曲家——他的詩作從未刊印過，他寫的歌劇也從未上演過——但他知道自己善於寫那些即興詩。爲了讓市長——這位高官和好友高興，他說他願意從命。啊，他願意試試。「好極了！德‧李爾。」坐在對面的一位將軍一邊向他敬酒，一邊對他說，寫完之後立刻把戰歌送到戰場上交給他，萊茵軍正需要一首能鼓舞士氣的愛國主義進行曲。正說著話，又有一個人開始夸夸其談起來，接著又是敬酒，又是喧鬧，又是歡飲。於是，這次兩人之間的偶然短談被普遍的熱烈場面的巨浪所淹沒。酒宴變得愈來愈令人銷魂、愈來愈喧嘩熱鬧、愈來愈激動瘋狂。當賓客離開市長邸宅時，午夜已經過去好久了。

午夜過去好久了，也就是說，由於宣戰而使斯特拉斯堡無比振奮的一天——四月二十五日業已結束，四月二十六日已經開始。黑夜籠罩著千家萬戶，但這種夜闌人靜僅僅是假象，因

爲全城依然處在熱烈的活動之中。兵營裡的士兵正在爲出征做準備；一些謹小慎微的人或許已經從緊閉的店鋪後面悄悄溜走。街道上一隊隊的步兵正在行進，其間夾雜著通信騎兵的橐橐馬蹄聲，然後又是沉重炮車的鏗鏘聲，單調的口令聲不時從這個崗哨傳到那個崗哨。敵人太近了，太不安全了，全城的人都激動得無法在這決定性的時刻入睡。

德·李爾也不例外，他此刻正在中央大道一二六號那幢房子裡登上迴旋形樓梯，走進自己簡樸的小房間。他也覺得特別興奮，他沒有忘記自己的諾言，要盡快爲萊茵軍寫出一支戰歌，寫出一首進行曲。他在自己狹窄的房間裡踏著重步，不安地踱來踱去。怎樣開頭呢？怎樣開頭？各種號召書、演講和祝酒詞中所有那些鼓舞人心的言辭還雜亂無章地在腦海裡翻滾。「公民們，武裝起來！前進，自由的孩子們！……消滅專制……舉起戰旗！……」不過，與此同時，他還想起了以前聽到過的一些話，想起了爲自己的兒子而憂慮的婦女們的聲音，想起了農民們的擔心——他們害怕法國的田野可能會被外國的步兵踐踏得不成樣子和血流滿地。他幾乎是半下意識地寫下了頭兩行的歌詞，這兩行無非是那些呼喊的反響、回聲和重複。

　前進，前進，祖國的兒郎，

那光榮的時刻已來臨！

隨後他停下來。他愣住了，寫得正合適。開頭相當不錯。
只是現在要馬上找到相應的節奏，找到適合這兩行歌詞的旋
律，於是他從櫥櫃裡拿下自己的小提琴，試了試。妙極了！
頭幾拍的節奏很快就和歌詞的旋律完全相配。他急忙繼續寫
下去，他感到全身彷彿湧出一股力量，拽著他向前，所有的
一切：此時此刻自己心中的各種感情；他在街道上、宴會上
聽到的各種話語；對暴君的仇恨；對鄉土的憂慮；對勝利的信
心；對自由的熱愛——頓時都匯集到了一起。德·李爾根本用
不著創作，用不著虛構，他只需把今天——這一天之中有口皆
傳的話押上韻，配上旋律和富有魅力的節奏，就成了，這就已
經把全體國民那種最內在的感受表達出來了，說出來了和唱出
來了。而且，他也無須作曲，因為街上的節奏，時間的節奏，
這種在士兵的行軍步伐中、在軍號的高奏中、在炮車的轔轔聲
中所表現出來的鬥志昂揚的節奏已穿過緊閉的百葉窗，傳入他
的耳中——也許他自己並沒有意識到，他也沒有親自用靈敏的
耳朵去聽。不過，在這一天夜裡，蘊藏在他不能永生的軀體中
的對於時間的靈感卻聽到了這種節奏。因此，旋律愈來愈順從
那強有力的歡呼的節拍——全國人民的脈搏。德·李爾愈來愈

迅速地寫下他的歌詞和樂譜，好像在筆錄某個陌生人的口授似的——在他一個市民的狹隘心靈中從未有過如此的激情。這不是一種屬於他自己的亢奮和熱情，而是一種神奇的魔力在這一瞬間聚集起來，迸發而出，把這個可憐的半瓶子醋拽到離他自己相距千百倍遠的地方，把他像一枚火箭似的——閃耀著剎那間的光芒和火焰——射向群星。一夜之間使這位德·李爾上尉躋身於不朽者的行列。從街頭、報刊上吸收來的最初呼聲構成了他那創造性的歌詞，並且昇華為一段永存的詩節，就像這首歌的千秋流傳的曲調一樣。

我們在神聖的祖國面前，
立誓向敵人復仇！
我們渴望珍貴的自由，
決心要為它而戰鬥！

接著他寫了第五詩節，一直到最後一節，都是在同樣的激情下一氣呵成的。歌詞和旋律結合得十分完美——這首不朽的歌曲終於在破曉前完成了。德·李爾熄滅燈光，躺到自己床上。他自己也不知道是什麼東西使他剛才如此頭腦清醒、靈感勃發，現在又不知道是什麼東西使他覺得疲倦不堪、渾身軟

癱，他像死一般地沉睡了。事實也確實如此，那種詩人和創造者的天才在他心中重又泯滅了。不過，在桌子上卻放著那件已完成的、脫離了這個正在沉睡的人的作品。它真像奇蹟一般飄然而來，降臨到他身上。這首歌，連詞帶曲幾乎是同時產生的，創作之迅速，詞曲結合之完美，在各族人民的歷史上簡直找不出第二首能與之倫比。

　　大教堂的鐘聲像平時一樣，宣告了新的一天的清晨來臨。小規摸的戰鬥接觸已經開始。萊茵河上的陣風不時把槍擊聲飄過來。德·李爾醒了，但睡意未盡，他咬著牙坐起身來。他迷迷糊糊覺得好像曾發生過什麼事，發生過與他有關的事，但只是依稀的記憶。隨後他倏地看見桌子上那張墨跡尚新的紙。詩句？我什麼時候寫過詩句？歌曲？我親筆寫的歌曲？我什麼時候為這首歌作過曲？哦──，對啦！這不就是朋友迪特里希昨天要我寫的那首萊茵軍進行曲麼！德·李爾一邊看著自己寫的歌詞，一邊輕輕地哼著曲調，不過他也像一個作者那樣，對自己剛創作的作品總覺得不完全滿意。好在隔壁住著自己團裡的一位戰友。於是他把這首歌曲拿給他看，唱給他聽。看來，那位戰友是滿意的，只是建議做一些小小的修改。德·李爾從這最初的讚許中得到了一定的信心。他懷著一個作者常有的那種焦急心情和對自己能如此迅速實現諾言的自豪感，立刻趕到市

長迪特里希家中。市長正在花園裡散步，一邊打著一篇新演講的腹稿。你說什麼德·李爾？已經寫完了？好吧，那就讓我們立刻來演唱一遍。此刻兩人從花園走進客廳。迪特里希坐在鋼琴旁伴奏，德·李爾唱著歌詞。市長夫人被這早晨的意外音樂聲吸引到房間裡來了。她答應把這首新歌謄抄幾份。作為一個受過專門訓練的音樂家，她還答應為這首歌曲譜寫伴奏曲，以便能在今晚家裡舉行的社交集會上夾在其他的歌曲中演唱給家中的朋友們聽。為自己甜美的男高音而自豪的迪特里希市長現在開始更仔細地琢磨起這首歌來。四月二十六日晚上，在市長的客廳裡為那些經過特地挑選的上流社會人士首次演唱了這首歌——而這首歌卻是在這一天的凌晨才作詞和譜曲完畢的。

聽眾們都友好地鼓了掌，好像這是對在座的作者表示禮貌的祝賀所必不可少的。不過，坐落在斯特拉斯堡大廣場旁的德·布羅格利飯店裡的客人們顯然不會有絲毫的預感：一首不朽的歌曲藉著它的無形翅膀已飛降到他們所生活的世界。同代人往往很難一眼就看出一個人的偉大或一部作品的偉大。甚至連市長夫人也並未意識到這是一個非常時刻。這一點可以從她給自己兄弟的一封信中得到佐證。她在信中竟把一件奇蹟輕描淡寫地說成是一件社交界發生的事。她在信中說：「你知道，我們在家裡招待了許多人，總得想出點什麼主意來換換消

遣的花樣，所以我丈夫想出了一個主意：讓人給一首即興歌詞譜曲，工程部隊的德‧李爾上尉是一位和藹可親的詩人兼作曲家，他很快就搞出了一首軍歌的音樂，而我的丈夫又是一位優秀的男高音，他即刻就演唱了這首歌，這首歌很有魅力，富有特色，唱得也相當好，生動活潑。我也盡了我的一份力量，發揮了我寫協奏曲的才能，爲鋼琴和其他樂器的演奏寫了總譜，以致使我忙得不亦樂乎。這首歌已經在我們這裡演奏過了，社交界認爲相當不錯。」

「社交界認爲相當不錯」──這句話在我們今天看來，是相當冷淡的，這僅僅是表示一種好的印象和一種不痛不癢的讚許罷了。不過在當時卻是完全可以理解的，因爲《馬賽曲》在那第一次演出時不可能眞正顯示出它的力量。《馬賽曲》不是一支爲甜潤的男高音而創作的演唱歌曲，它也不適合在小資產階級的沙龍裡夾在浪漫曲和義大利詠嘆調之間用與眾不同的腔調來演唱。它是一首節拍強烈、激昂和富於戰鬥性的歌曲。「公民們，武裝起來！」──這是面向群眾，面向成群結隊的人唱的，這首歌的眞正協奏曲是叮噹作響的武器、嘹亮的軍號、齊步前進的團隊。這首歌不是爲那些冷靜地坐在那裡進行欣賞的聽眾而創作，而是爲那些共同行動、共同進行戰鬥的人而創作。這首歌既不適合女高音獨唱家，也不適合男高音獨唱

家演唱，它適合成千的群眾齊唱。它是一首典型的進行曲、勝利的凱歌、哀悼之歌、祖國的頌歌、全國人民的國歌。因爲這首歌正是從全國人民最初的激情中誕生的，是那種激情賦予了德・李爾的這首歌的鼓舞力量。只不過當時這首歌還沒有引起廣泛流傳的熱潮。它的歌詞還沒有引起神奇的共鳴，它的旋律還沒有進入到全國人民的心坎，軍隊還不知道自己的這首進行曲和凱歌，革命還不知道自己的這首不朽戰歌。

即便是一夜之間奇蹟降臨到自己身上的人 —— 德・李爾也和其他人一樣，沒有料想到自己在那一天夜裡像一個夢遊者似的在偶然降臨的神明的指引下創造了什麼。他 —— 一個膽大得令人可愛的半瓶子醋自然打心眼裡感到高興，因爲邀請來的客人們在熱烈鼓掌，在彬彬有禮地向他這位作者祝賀。他懷著一種小人物的小小虛榮心，想在自己的這個小地方竭力顯耀這項小小的成就。他在咖啡館裡爲自己的戰友們演唱這支新曲，讓人抄寫複本，分送給萊茵軍的將軍們。在此期間，斯特拉斯堡的樂團根據市長的命令和軍事當局的建議排練了這首《萊茵軍戰歌》。四天以後，當部隊出發時，斯特拉斯堡的國民自衛軍的軍樂團在大廣場上演奏這支新的進行曲。斯特拉斯堡的出版社負責人帶著愛國情緒聲言，他已準備印行這首《萊茵軍戰

歌》，因為這首戰歌是呂克內將軍[9]的一位部下懷著敬意奉獻給這位將軍的。可是，在萊茵軍的將軍們中間，沒有一位將軍想在進軍時真正演奏或歌唱這首歌，所以看來，「前進，前進，祖國的兒郎！」——這歌聲就像德·李爾迄今所做的一切努力一樣，只不過是那沙龍裡一天的成功，它只不過是地方上發生的一件事，而且不久就被人們忘卻。

　　然而，一件作品的固有力量是從來不會被長期埋沒或禁錮的。一件藝術作品縱然可能會被時間所遺忘，可能會遭到禁止和被徹底埋葬，但是，富有生命力的東西最終總會戰勝沒有生命力的東西。人們有一兩個月沒有聽到這首《萊茵軍戰歌》。歌曲的印刷本和手抄本始終是在一些無關緊要的人手裡流傳。不過，倘若一件作品能真正激起人的熱情，哪怕是激起一個人的熱情，那也就夠了，因為任何一種真正的熱情本身還會激發出創造力。在法國另一端的馬賽，憲法之友俱樂部於六月二十二日為出發的志願人員舉行宴會。長桌旁坐著五百名穿著國民自衛軍新制服的血氣方剛的年輕人，此刻，瀰漫在他們中間的情緒如同四月二十五日的斯特拉斯堡一模一樣，只是由於馬賽人的那種南方氣質而變得更熱情、更激烈、更衝動，而且也不像宣戰的最初一小時那樣虛誇自己必勝。因為這些革命的法國部隊同那樣高談闊論的將軍們不同，他們是剛從萊茵河那

邊撤回來的，而且沿途到處受到過歡迎。此刻，敵人已深深挺進到法國的領土，自由正受到威脅，自由的事業正處在危險之中。

宴會進行之際，突然有一個人——他叫米勒，是蒙彼利埃[10]大學醫學院的學生——把玻璃杯用力往桌子上一放，站起身來。所有的人頓時安靜下來，眼望著他。大家以為他要講話或者致辭。然而，這個年輕人卻沒有講話，而是揮動著右手，唱起一首新的歌。這首歌大家都沒有聽到過，而且誰也不知道這首歌是怎麼到他手裡的。「前進，前進，祖國的兒郎！」此時此刻，這歌聲猶如電火花插進了火藥桶。情緒與感受，宛若正負兩極接觸在一起，產生了這火花。所有這些明天出發的年輕人，他們要去為自由而戰，準備為祖國獻身，他們覺得這些歌詞表達了他們內心最深的願望，表達了他們最根本的想法。歌聲的節奏使他們不由自主地產生了一種共同的激奮。每一段歌詞都受到歡呼，這首歌不得不唱了一遍又一遍。曲調已經變成了他們自己的旋律，他們激動地站起身來，高舉玻璃杯，雷鳴般地一起唱著副歌：「公民們，武裝起來！公民們，投入戰鬥！」街上的人好奇地擁來，想聽一聽這裡如此熱烈地唱些什麼，最後他們自己也跟著一起歌唱，第二天，成千上萬的人都在哼著這首歌。他們散發新印的歌片，而當七月二日那五百名

義勇軍出發時，這首歌也就隨著他們不脛而走了。當他們在公路上感到疲勞時，當他們的腳步變得軟弱無力時，只要有一個人帶頭唱起這首聖歌，它的動人的節拍就會賦予他們大家以新的力量。當他們行軍穿過一座村莊時，唱起這首歌，就會使農民們驚訝，村民們好奇地聚集在一起，跟著他們合唱著這首歌。這首歌已經成了他們的歌。他們根本不知道，這首歌原本是爲萊茵軍而作的，他們也不知道這首歌是誰寫的和什麼時候寫的，他們把這首聖歌看作是他們自己營隊的聖歌，看作是他們生和死的信條。這首歌就像那面軍旗一樣，是屬於他們的，他們要在鬥志昂揚的進軍中把這首歌傳遍世界。

《馬賽曲》——因爲德·李爾的這首聖歌不久就得到這樣的名稱——的第一次偉大勝利是在巴黎。七月三十日，當馬賽來的營隊從郊區進入巴黎時，就是以軍旗和這首歌爲前導的。成千上萬的人已站在街頭等待，準備隆重地迎接他們。現在，當馬賽人——五百名男子一遍又一遍地唱著這首歌，邁著同口中唱的歌曲同樣節奏的步伐愈走愈近時，所有的人都在悉心諦聽，馬賽人唱的是一支什麼美妙動聽的聖歌？伴隨著點點鼓聲，它像一陣號角，激動著所有人的心弦：「公民們，武裝起來！」兩三個小時以後，副歌已在所有的大街小巷迴響。那首《前進吧》的歌已被人忘卻；舊的進行曲、那些唱爛了的舊

歌曲均已被人拋到九霄雲外；因爲革命找到了自己所需要的聲音，革命找到了它自己的歌。

於是，這歌聲像雪崩似地擴散開去，勢不可擋。在宴會上、在劇院和俱樂部裡都在唱著這首聖歌，後來甚至在教堂裡當唱完感恩讚美詩後也唱起這首歌來，不久它竟取代了感恩讚美詩。一兩個月以後，《馬賽曲》已成爲全民之歌、全軍之歌。共和國第一任軍事部長賽爾旺以智慧的眼光認識到這樣一首無與倫比的民族戰歌所具有的振奮人心、鼓舞鬥志的力量。於是他下了一道緊急命令：印刷十萬份歌片，發到軍中所有的小隊。這位當時還不知名的作者所創作的歌曲就這樣在兩三夜之間發行得比莫里哀〔11〕、拉辛〔12〕、伏爾泰〔13〕的所有作品還要多。沒有一個節日不是用馬賽曲來結束的，沒有一次戰鬥不是先由團隊的樂隊來演奏這首自由的戰歌的。當許多團隊在熱馬普和內爾萬地方發起決定性的衝鋒時，就是齊聲高唱著這首戰歌而進行編隊的。而那些只會用雙份的犒酒這種老辦法去刺激自己士兵的敵軍將領們則驚奇地發現，當這些成千上萬的士兵同時高唱著這首軍歌，像咆哮的海浪向他們自己統率的隊形衝去時，簡直無法阻擋這首「可怕」的聖歌所產生的爆炸力量。眼下，《馬賽曲》就像長著雙翅的勝利女神尼刻〔14〕，在法國的所有戰場上翱翔，給無數的人帶來熱情和死亡。

就在這樣的時刻，德・李爾──一個名不見經傳、修築工事的上尉卻坐在許寧根的一個小小駐地的營房裡，一本正經地畫著防禦工事的圖紙。也許他早已把自己在一七九二年四月二十六日那個業已消逝的夜裡創作的這首《萊茵軍戰歌》忘卻了，而當他在報紙上看到那首像風暴似地征服了巴黎的戰歌──那首聖歌時，他簡直不敢去想，這首充滿必勝信心的「馬賽人的歌」中的一詞一句和每一個節拍只不過是那天夜裡在他心中和身邊發生的奇蹟而已。因為命運竟是這樣無情地嘲弄人：雖然樂曲響徹雲霄，繚繞太空，但它卻沒有把任何個人──即沒有把創作出這首樂曲的人捧上天。全法國沒有一個人關心這位德・李爾上尉；這首歌也像每一首歌一樣，所贏得的巨大榮譽依然屬於歌曲本身，連一點榮譽的影子都沒有落到它的作者德・李爾身上。在印歌詞的時候，沒有把他的名字一起印上。他自己也完全習慣於不被人敬重，並且不為此而懊惱。因為這位革命聖歌的作者自己卻不是一個革命者──這種奇怪的現象也只有歷史本身才會創造。他雖然曾用自己的這首不朽歌曲推動過革命，而現在，他卻要竭盡全力來重新阻止這場革命。當馬賽人和巴黎的暴動民眾唱著他的歌，猛攻杜伊勒里宮〔15〕和推翻國王的時候，德・李爾對革命已十分厭倦了，他拒絕為共和國效忠，他寧願辭去自己的職務，也不願為雅各

賓派服務。在他的那首聖歌中關於「渴望珍貴的自由」那一句歌詞對這位耿直的人來說確實不是一句空話：他對法國國民公會裡的新的暴君和獨裁者們的憎惡並不亞於他對國界那邊的國王和皇帝們所懷的仇恨。當他的朋友——對《馬賽曲》的誕生起過重大作用的迪特里希市長、呂克內將軍——創作《馬賽曲》就是為了呈獻給他的——以及所有那天晚上作為《馬賽曲》的第一批聽眾的軍官們和貴族們，一個一個被送上斷頭台的時候，他公開向羅伯斯庇爾的福利委員會〔16〕發洩了自己的不滿。不久，發生了更為荒唐的事：這位革命的詩人自己也被作為反革命而遭逮捕，被控犯有叛國罪。只是到了熱月〔17〕九日羅伯斯庇爾被推翻，監獄的大門被打開，才使法國革命免卻莫大的恥辱：把這次革命的一首不朽歌曲的作者送交「國民的刺刀」。

如果當時德·李爾真的被處死了，可以說是死得英勇而又壯烈，而不會像他以後生活得那麼潦倒、那麼不清不白。因為這個不幸的德·李爾在他四十餘年的生涯中，雖然度過了成千上萬的日子，但是只過了一天真正具有創造性的日子。後來，他被趕出了軍隊，他的退休金被取消了；他所寫的詩歌、歌劇、歌詞均未能出版和演出。這個半瓶子醋曾擅自闖進不朽者的行列，命運為此沒有原諒他。這個小人物後來幹過各色各樣

並非總是乾淨的小行當，困苦地度過了自己渺小的一生。卡諾[18]和後來的拿破崙曾出於同情想幫助他，但都沒有成功。那一次偶然的機緣曾使他當了三小時的神明和天才，然後又輕蔑地把他重新拋到微不足道的渺小地位，這是多麼殘酷，殘酷的命運已使他的性格像中了毒似的變得無可救藥的乖戾，他對所有的當權者都是忿忿不平和滿腹牢騷。他給想幫助他的拿破崙寫了一些措詞激烈而又十分無禮的信，公開表示他為在全民投票時投了反對拿破崙的一票而引以自豪。他經營的生意把他捲入到一些不光彩的事件中去，甚至為了一張空頭支票而不得不進入聖佩拉爾熱的債務監獄。他到處不受歡迎，被債主跟蹤追逼，不斷受到警察的偵查，最後終於匿居在省內的某個地方。他已與世隔絕，被人忘卻，他在那裡像從一座墳墓裡竊聽著自己那首不朽之歌的命運。他聽說《馬賽曲》隨著戰無不勝的軍隊進入到歐洲的所有國家，然後他又聽說拿破崙眼看自己就要當上皇帝而事先把這首過於革命化的《馬賽曲》從所有的節目單上取消，一直到他聽說波旁王朝的後裔完全禁止了這首歌。只是過了一代人的時間以後，當一八三〇年七月革命爆發時，他寫的歌詞和他譜的樂曲重又在巴黎的街壘中恢復了舊有的力量，資產階級國王路易－非力浦[19]把他當作一位詩人而給他一筆小小的養老金。人們還記得他，雖然只是依稀的記憶。但是這

個被人忘卻的、下落不明的老人卻覺得這簡直像作夢。當他於一八三六年以七十六歲的高齡在舒瓦齊勒羅瓦去世時，已經沒有人再叫得出和知道他的名字了。然而，又過了一代人的時間，在第一次世界大戰期間，由於《馬賽曲》早已成為法國國歌，在法國的所有前線重又響起《馬賽曲》的戰鬥歌聲，於是這位小小上尉的遺體被安葬在榮譽軍人教堂裡，同小小的少尉拿破崙的遺體放在同一地方，這樣，這位創作了一首不朽之歌而本人卻極不出名的作者終於在他感到失望的祖國的這一塊榮譽墓地上長眠，但他只不過是作為僅僅一夜的詩人罷了。

註釋：

〔1〕指奧匈等國的封建君主們干涉法國大革命的軍事行動。

〔2〕路易十六（Louis XVI，一七五四～一七九三），一七八九～一七九四年法國大革命初期的法國國王，出逃未遂，一七九二年被廢黜，後因裡通外國，於一七九三年一月二十一日送上斷頭台。

〔3〕吉倫特派是雅各賓派的右翼，以布里索為首，代表工商業資產階級利益，因該派領袖大多從吉倫特省選出而得名。

〔4〕馬克西米利安·德·羅伯斯庇爾（Maximilien de Robespierre，一七五八～一七九四），法國大革命的主要領袖之一，第三等級代表，一七九一年成為雅各賓派領袖，一七九三年五月起義後領導該派政府，在保衛和推動法國資產階級革命中起過很大作用，一七九四年七月二十七日熱月政變時被捕，次日被處死。

〔5〕雅各賓派，法國大革命時資產階級中最堅決的政治派別，因該派會址在巴黎的聖·雅各賓（Jacobin）修道院而得名，一七九三年六月奪取政權，建立歷史上著名的雅各賓專政，一七九四年七月被熱月政變推翻。

〔6〕斯特拉斯堡（Strasbourg），法國阿爾薩斯地區城市，靠近德國邊界的戰略重鎮。

〔7〕法國國旗的顏色是藍、白、紅；這三色代表法國。

〔8〕魯日‧德‧李爾（Claude Joseph Rouget de Lisle，一七六〇～一八三六），法國軍官，以創作《馬賽曲》的詞曲聞名於世。

〔9〕尼古拉‧呂克內（Nicolas Luckner，一七二二～一七九四），一七六三年為法軍少將，一七九一年為法國元帥，一七九二年指揮北方軍進軍比利時；雅各賓專政時被處死。

〔10〕蒙彼利埃（Montpellier），法國埃羅省首府，臨地中海，有歷史悠久的醫學院。

〔11〕莫里哀（Molière，一六二二～一六七三），法國古典主義時期著名喜劇作家。傳世佳作有《太太學堂》、《偽君子》（原文名：Tartuffe，音譯：《達爾杜弗》）、《慳吝人》（一譯《吝嗇鬼》）等。

〔12〕拉辛（Jean Racine，一六三九～一六九九），法國古典主義悲劇的傑出代表，著名悲劇有《安德洛瑪克》等。

〔13〕伏爾泰（Voltaire，一六九四～一七七八），法國啟蒙運動思想家，寫作涉及哲學、歷史、文學，哲學著作有《哲學詞典》，歷史著作有《查理十二史》、《路易十四時代》等，著名文學作品有哲理小說《老實人》、《天真漢》等。

〔14〕尼刻（Nice），希臘神話中的勝利女神，在藝術作品中她是個有翼的姑娘，頭戴桂冠，往往乘一輛戰車。

〔15〕法國舊王宮。

〔16〕福利委員會（Wohlfahrtsausschuβ），羅伯斯庇爾於一七九三年建立的附屬於國民公會的政府機構之一。

〔17〕法蘭西共和曆的十一月，相當於公曆七月十九日到八月十七日。

〔18〕尼古拉－拉查爾‧卡諾（Lazare-Nicolas Carnot，一七五三～一八二三），法國大革命時抗擊歐洲反法同盟的組織者之一，一七九四年參加熱月政變，後為督政府五成員之一。

〔19〕路易－菲力浦（Louis-Philippe，一七七三～一八五〇），奧爾良公

爵，一七九三年流亡英國。一八三〇年七月，巴黎人民築起街壘，推翻復闢的波旁王朝，金融大資產階級急忙擁立路易─菲力浦為法國國王，人稱「資產階級國王」，後被一八四八年二月革命推翻。

第六章

滑鐵盧的一分鐘

拿破崙
1815年6月18日

Napoléon Bonaparte

拿破崙‧波拿巴（Napoléon Bonaparte，一七六九～一八二一）原是科西嘉島上一個破落貴族的兒子。一七八九年法國大革命爆發，二十歲的拿破崙參加法國革命軍，乘著法國大革命的多變局勢平步青雲。一七九九年十一月九日（霧月十八日），拿破崙發動政變，自任第一執政。一八〇四年，元老院授予拿破崙以皇帝稱號，法國由資產階級共和國變爲資產階級帝國。隨著法國資本主義的發展，拿破崙的對外戰爭開始變爲同英、俄爭霸和掠奪、奴役別國的侵略戰爭，畢生東征西戰，權勢極一時之盛。一八一二年他兵敗莫斯科。一八一四年三月三十一日爲反法聯軍擊敗，被迫退位，被囚在地中海的厄爾巴島。被推翻的波旁王朝路易十八（路易十六之弟）在反法聯軍的刺刀保護下在法國復闢。法國人民儘管對拿破崙有所不滿，但更加痛恨波旁王朝的復闢。拿破崙利用這種情緒，於一八一五年三月潛回法國，三月二十日重返巴黎，重登皇位。正在維也納開分贓會議的歐洲各國君主又拼湊了第七次反法同盟，六月十八日在比利時的滑鐵盧再敗法軍，拿破崙第二次退位，被流放在大西洋的聖赫勒拿島。

——譯者題記

　　命運總是迎著強有力的人物和不可一世者走去。多少年來

命運總是使自己屈從於這樣的個人：凱撒、亞歷山大、拿破崙，因爲命運喜歡這些像自己那樣不可捉摸的強權人物。

但是有時候，當然，這在任何時代都是極爲罕見的，命運也會出於一種奇怪的心情，把自己拋到一個平庸之輩的手中。有時候——這是世界歷史上最令人驚奇的時刻——命運之線在瞬息時間內是掌握在一個窩囊廢手中。英雄們的世界遊戲像一陣風暴似的也把那些平庸之輩捲了進來。但是當重任突然降臨到他們身上時，與其說他們感到慶幸，毋寧說他們更感到害怕。他們幾乎都是把拋過來的命運又哆哆嗦嗦地從自己手裡失落。一個平庸之輩能抓住機緣使自己平步青雲，這是很難得的。因爲偉大的事業降臨到渺小人物的身上，僅僅是短暫的瞬間。誰錯過了這一瞬間，它絕不會再恩賜第二遍。

格魯希

維也納會議 [1] 正在舉行。在交際舞會、調情嬉笑、玩弄權術和互相爭吵之中，像一枚嗖嗖的炮彈飛來這樣的消息：拿破崙 [2]，這頭被困的雄獅自己從厄爾巴島的牢籠中闖出來了。緊接著，其他的信使也騎著馬飛奔而來：拿破崙占領了里昂；他趕走了國王；軍隊又都狂熱地舉著旗幟投奔到他那一邊，他回到了巴黎；他住進了杜伊勒里王宮。——萊比錫

大會戰〔3〕和二十年屠殺生靈的戰爭全都白費了。好像被一隻利爪攫住，那些剛剛還在互相抱怨和爭吵的大臣們又都聚集在一起，急急忙忙抽調出一支英國軍隊、一支普魯士軍隊、一支奧地利軍隊、一支俄國軍隊。他們現在要再次聯合起來，徹底擊敗這個篡權者。歐洲合法的皇帝和國王們從未這樣驚恐萬狀過。威靈頓〔4〕開始從北邊向法國進軍，一支由布呂歇爾〔5〕統率的普魯士軍隊，作爲他的增援部隊從另一方向前進。施瓦爾岑貝格〔6〕在萊茵河畔整裝待發；而作爲後備軍的俄國軍團，正帶著全部輜重，緩慢地穿過德國。

拿破崙一下子就看清了這種致命的危險。他知道，在這些獵犬集結成群之前絕不能袖手等待。他必須在普魯士人、英國人、奧地利人聯合成爲一支歐洲盟軍和自己的帝國沒落以前就將他們分而攻之，各個擊破。他必須行動迅速，不然的話，國內就會怨聲四起。他必須在共和分子重整旗鼓並同王黨分子聯合起來以前就取得勝利。他必須在富歇〔7〕——這個奸詐多變的兩面派與其一丘之貉塔列朗〔8〕結成同盟並從背後捅他一刀以前就班師凱旋。他必須充分利用自己軍隊的高漲熱情，一鼓作氣就把自己的敵人統統解決掉。每一天都是損失，每一小時都是危險。於是，他就匆匆忙忙把賭注押在歐洲流血最多的戰場——比利時上面。六月十五日凌晨三時，拿破崙大軍（現在

也是僅有的一支軍隊）的先頭部隊越過邊界，進入比利時。十六日，他們在林尼[9]與普魯士軍遭遇，並將普軍擊敗。這是這頭雄獅闖出牢籠之後的第一次猛擊，這一擊非常厲害，然而卻不致命。被擊敗而並未被消滅的普軍向布魯塞爾撤退。

現在，拿破崙準備第二次攻擊，即向威靈頓的部隊進攻。他不允許自己喘息，也不允許對方喘息，因為每拖延一天，就意味著給對方增添力量。而勝利的捷報將會像烈性燒酒一樣，使自己身後的祖國和流盡了鮮血、不安的法國人民如醉若狂。十七日，拿破崙率領全軍到達嘎德－布拉[10]高地前，威靈頓——這個頭腦冷靜、意志堅強的對手已在高地上築好工事，嚴陣以待。而拿破崙的一切部署也從未有像這一天那樣的細緻周到，他的軍令也從未有像這一天那樣的清楚明白。他不僅反覆斟酌了進攻的方案，而且也充分估計到自己面臨的各種危險，即布呂歇爾的軍隊僅僅是被擊敗，而並未被消滅。這支軍隊隨時可能與威靈頓的軍隊會合。為了防止這種可能性，他抽調出一部分部隊去跟蹤追擊普魯士軍，以阻止他們與英軍會合。

他把這支追擊部隊交給了格魯希元帥指揮。格魯希[11]，一個器度中庸的男子，老實可靠，兢兢業業。當他任騎兵隊長時，常常被證明是稱職的。然而他也僅僅是一位騎兵隊長而

已。他既沒有繆拉[12]那樣的膽識魄力，也沒有聖西爾[13]和貝爾蒂埃[14]那樣的足智多謀，更缺乏內伊[15]那樣的英雄氣概，關於他，沒有神話般的傳說，也沒有誰把他描繪成威風凜凜的勇士。在拿破崙的英雄傳奇中，他沒有顯著的業績使他贏得榮譽和地位。是他的倒楣和厄運使他出了名。他從戎二十年，參加過從西班牙到俄國、從尼德蘭到義大利的各種戰役。他是緩慢地、一級一級地升到元帥的軍銜。不能說他沒有成績，但卻無特殊的貢獻。是奧地利人的子彈、埃及的烈日、阿拉伯人的匕首、俄國的嚴寒，使他的前任相繼喪命（德塞[16]在馬倫哥，克萊貝爾[17]在開羅，拉納[18]在瓦格拉姆），從而為他騰出了空位。他不是青雲直上登坐最高軍銜的職位，而是經過二十年戰爭的煎熬，水到渠成。

拿破崙大概也知道，格魯希既不是氣吞山河的英雄，也不是運籌帷幄的謀士，他只不過是一個老實可靠、循規蹈矩的人。可是，拿破崙的元帥們，一半已在黃泉之下，而其餘幾位已對這種沒完沒了的風餐露宿的戎馬生活十分厭倦，正悒悒不樂地待在自己的莊園裡呢。所以，拿破崙是出於無奈才將重任託付給這個中庸的男子。

六月十七日，林尼一仗勝利後的第一天，也是滑鐵盧戰役的前一天，上午十一時，拿破崙第一次把獨立指揮權交給格魯

希元帥。就在這一天，在這短暫的瞬間，唯唯諾諾的格魯希跳出一味服從的軍人習氣，自己走進世界歷史的行列。這不過是短暫的一瞬間，然而又是怎樣的一瞬間呵！拿破崙的命令是清楚的：當他自己向英軍進攻時，格魯希務必率領交給他的三分之一兵力去追擊普魯士軍隊。這似乎是一項簡單的任務，因為它既不曲折也不複雜。然而即便是一柄劍，也是柔韌可彎，兩邊雙刃嘛！因為在向格魯希交代追擊任務的同時，還交代清楚：他必須始終和主力部隊保持聯繫。

格魯希元帥躊躇地接受了這項命令。他不習慣獨立行事。只是當他看到皇帝的天才目光，他才感到心裡踏實，不加思索地應承下來。此外，他似乎也感覺到自己手下的將軍們在背後對他的不滿。當然，也許還有命運的翅膀在暗中撥弄他呢。總之使他放心的是，大本營就在附近。只需三小時的急行軍，他的部隊便可和皇帝的部隊會合。

格魯希的部隊在瓢潑大雨中出發。士兵們在軟滑的泥濘地上緩慢地向普軍運動。或者至少可以說，他們是朝著布呂歇爾部隊所在地的方向前進。

卡右的夜裡

北方的暴雨下個不停。拿破崙的師團步履艱難地在黑暗中

前進，個個渾身濕透，每個人的靴底上至少有兩磅爛泥。沒有任何蔽身之處，沒有人家，沒有房屋。連麥稈乾草也都是水淋淋的，無法在上面躺一下。於是只好讓十個或十二個士兵互相背靠背地坐在地上，直著身子在滂沱大雨中睡覺。皇帝自己也沒有休息。他心焦如焚，坐臥不安，因為在這什麼也看不見的天氣中，無法進行偵察。偵察兵的報告十分含糊。況且，他還不知道威靈頓是否會迎戰，從格魯希那裡又沒有任何關於普軍的消息傳來。半夜一點鐘，拿破崙不顧簌簌的驟雨，一直走到英軍炮火射程之內的陣地前沿。在霧濛濛中，隱現出英軍陣地上的稀薄燈光。拿破崙一邊走著一邊考慮進攻方案。拂曉，他才回到卡右〔19〕的小屋子裡，這就是他的極其簡陋的統帥部。他在這裡看到了格魯希送來的第一批報告。報告中關於普軍撤退去向的消息含含糊糊，盡是一些為了使人寬慰的承諾：正在繼續追擊普軍。雨漸漸地停了，皇帝在房間裡焦慮地走來走去，不時凝望著黃色的地平線，看看遠處的一切是否最終能顯現清楚，從而好使自己下決心。

清晨五點鐘，雨全停了，妨礙下決心的胸中迷霧似乎也消散了，皇帝終於下達了如下的命令：全軍務必在九點鐘做好總攻準備。傳令兵向各方出發，不久就響起了集合的鼓聲。這時，皇帝才在自己的行軍床上躺下，睡兩小時。

滑鐵盧的上午

　　時間已是上午九點鐘。但部隊尚未全部到齊。下了三天的雨，地上又濕又軟，行路困難，妨礙了炮兵的轉移。到這時候，太陽才漸漸地從陰雲中露出來，照耀著大地。空中颳著大風。今天的太陽可不像當年奧斯特里茨 [20] 的太陽那樣金光燦爛，預兆著吉祥。今天的太陽只散射出淡黃色的微光，顯得陰鬱無力。這是北方的陽光。部隊終於準備就緒，處於待命狀態。戰役打響以前，拿破崙又一次騎著自己的白色牝馬，沿著前線，從頭至尾檢閱一番。在呼嘯的寒風裡，旗手們舉起戰旗，騎兵們英武地揮動戰刀，步兵們用刺刀尖挑起自己的熊皮軍帽，向皇帝致意。所有的戰鼓狂熱地敲響，所有的軍號都對著自己的統帥快樂地吹出清亮的號音。但是，蓋過這一切響徹四方聲音的，卻是雷鳴般的歡呼聲，它從各個師團滾滾而來，這是從七萬士兵的喉嚨裡迸發出來的、低沉而又宏亮的歡呼聲：「皇帝萬歲！」

　　二十年來，拿破崙進行過無數次檢閱，從未有像他這最後一次檢閱這樣壯觀、熱烈。歡呼聲剛一消失，十一點鐘——比預定時間晚了兩小時，而這恰恰是致命的兩小時！——炮手們接到命令，用榴彈炮轟擊山頭上的身穿紅衣的英國士兵。接著，內伊——這位「雄中之傑」，率領步兵發起衝鋒。決定

拿破崙命運的時刻開始了。關於這次戰役，曾經有過無數的描述。但人們似乎從不厭倦去閱讀關於它的各種各樣激動人心的記載，一會兒去讀司各特[21]寫的宏篇巨帙，一會兒去讀司湯達寫的片斷插曲[22]。這次戰役，無論是從遠看，還是從近看，無論是從統帥的山頭上看，還是從盔甲騎兵的馬鞍上看，它都是偉大的，具有多方面的意義。它是一部扣人心弦的富於戲劇性的藝術傑作：一會兒陷入畏懼，一會兒又充滿希望，兩者不停地變換著位置，最後，這種變換突然成了一場滅頂之災。這次戰役是真正悲劇的典型，因為歐洲的命運全繫在拿破崙這一個人的命運上，拿破崙的存在，猶如節日迷人的焰火，它像爆竹一樣，在倏然墜地、永遠熄滅之前，又再次衝上雲霄。

從上午十一點至下午一點，法軍師團向高地進攻，一度占領了村莊和陣地，但又被擊退下來，繼而又發起進攻。在空曠、泥濘的山坡上已覆蓋著一萬具屍體。可是除了大量消耗以外，什麼也沒有達到。雙方的軍隊都已疲憊不堪，雙方的統帥都焦慮不安。雙方都知道，誰先得到增援，誰就是勝利者。威靈頓等待著布呂歇爾；拿破崙盼望著格魯希。拿破崙心情焦灼，不時端起望遠鏡，接二連三地派傳令兵到格魯希那裡去；一旦他的這位元帥及時趕到，那麼奧斯特里茨的太陽將會重新

在法蘭西上空照耀。

格魯希的錯誤

　　但是，格魯希並未意識到拿破崙的命運掌握在他手中。他只是遵照命令於六月十七日晚間出發，按預計方向去追擊普軍。雨已經停止。那些昨天才第一次嚐到火藥味的年輕連隊士兵，在無憂無慮地、慢騰騰地行走著，好像是在一個和平的國度裡，因為敵人始終沒有出現，被擊潰的普軍撤退的蹤跡也始終沒有找到。

　　正當格魯希元帥在一戶農民家裡急急忙忙進早餐時，他腳底下的地面突然微微震動起來，所有的人都悉心細聽。從遠處一再傳來沉悶的、漸漸消失的聲音：這是大炮的聲音，是遠處炮兵正在開炮的聲音，不過並不太遠，至多只有三小時的路程。幾個軍官用印第安人的姿勢伏在地上，試圖進一步聽清方向。從遠處傳來的沉悶回聲依然不停地隆隆滾來。這是聖讓山上的炮聲，是滑鐵盧戰役開始的聲音。格魯希徵求意見。副司令熱拉爾 [23] 急切地要求：「立即向開炮的方向前進！」第二個發言的軍官也贊同說：趕緊向開炮的方向轉移，只是要快！所有的人都毫不懷疑：皇帝已經向英軍發起攻擊了，一次重大的戰役已經開始。可是格魯希卻拿不定主意。他習慣於唯命是

從，他膽小怕事地死抱著寫在紙上的條文——皇帝的命令：追擊撤退的普軍。熱拉爾看到他如此猶豫不決，便激動起來，急沖沖地說：「趕快向開炮的地方前進！」這位副司令當著二十名軍官和平民的面提出這樣的要求，說話的口氣簡直像是在下命令，而不是在請求。這使格魯希非常不快。他用更為嚴厲和生硬的語氣說，在皇帝撤回成命以前，他絕不偏離自己的責任。軍官們絕望了，而隆隆的大炮聲卻在這時不祥地沉默下來。

熱拉爾只能盡最後的努力。他懇切地請求，至少能讓他率領自己的一師部隊和若干騎兵到那戰場上去。他說他能保證及時趕到。格魯希考慮了一下。他只考慮了一秒鐘。

決定世界歷史的一瞬間

然而格魯希考慮的這一秒鐘卻決定了他自己的命運、拿破崙的命運和世界的命運。在瓦爾海姆的一家農舍裡逝去的這一秒鐘決定了整個十九世紀。而這一秒鐘全取決於這個迂腐庸人的一張嘴巴。這一秒鐘全掌握在這雙神經質地揉皺了皇帝命令的手中——這是多麼的不幸！倘若格魯希在這剎那之間有勇氣、有魄力、不拘泥於皇帝的命令，而是相信自己、相信顯而易見的信號，那麼法國也就得救了。可惜這個毫無主見的傢伙

只會始終聽命於寫在紙上的條文，而從不會聽從命運的召喚。

格魯希使勁地搖了搖手。他說，把這樣一支小部隊再分散兵力是不負責任的，他的任務是追擊普軍，而不是其他。就這樣，他拒絕了這一違背皇帝命令的行動。軍官們悶悶不樂地沉默了。在他周圍鴉雀無聲。而決定性的一秒鐘就在這一片靜默之中消逝了，它一去不復返，以後，無論用怎樣的言辭和行動都無法彌補這一秒鐘——威靈頓勝利了。

格魯希的部隊繼續往前走。熱拉爾和旺達姆 [24] 憤怒地緊握著拳頭。不久，格魯希自己也不安起來，隨著一小時一小時的過去，他愈來愈沒有把握，因為令人奇怪的是，普軍始終沒有出現。顯然，他們離開了退往布魯塞爾去的方向。接著，情報人員報告了種種可疑的跡象，說明普軍在撤退過程中已分幾路轉移到了正在激戰的戰場。如果這時候格魯希趕緊率領隊伍去增援皇帝，還是來得及的。但他只是懷著愈來愈不安的心情，依然等待著消息，等待著皇帝要他返回的命令。可是沒有消息來。只有低沉的隆隆炮聲震顫著大地，炮聲卻愈來愈遠。孤注一擲的滑鐵盧搏鬥正在進行，炮彈便是投下來的鐵骰子。

滑鐵盧的下午

時間已經到了下午一點鐘。拿破崙的四次進攻雖然被擊退

下來，但威靈頓主陣地的防線顯然也出現了空隙。拿破崙正準備發起一次決定性的攻擊。他加強了對英軍陣地的炮擊。在炮火的硝煙像屏幕似的擋住山頭以前，拿破崙向戰場最後看了一遍。

這時，他發現東北方向有一股黑魆魆的人群迎面奔來，像是從樹林裡竄出來的。一支新的部隊！所有的望遠鏡都立刻對準著這個方向。難道是格魯希大膽地違背命令，奇蹟般地及時趕到了？可是不！——一個帶上來的俘虜報告說，這是布呂歇爾將軍的前衛部隊，是普魯士軍隊。此刻，皇帝第一次預感到，那支被擊潰的普軍爲了搶先與英軍會合，已擺脫了追擊，而他——拿破崙自己卻用了三分之一的兵力在空地上做毫無用處、失去目標的運動。他立即給格魯希寫了一封信，命令他不惜一切代價趕緊與自己靠攏，並阻止普軍向威靈頓的戰場集結。

與此同時，內伊元帥又接到了進攻的命令。必須在普軍到達以前殲滅威靈頓部隊。獲勝的機會突然之間大大減少了。此時此刻，不管下多大的賭注，都不能算是冒險。整個下午，向威靈頓的高地發起了一次又一次的衝鋒。戰鬥一次比一次殘酷，投入的步兵一次比一次多。他們幾次衝進被炮彈炸毀的村莊，又幾次被擊退出來，隨後又擎著飄揚的旗幟向著已被擊

散的方陣蜂擁而上。但是威靈頓依舊巋然不動。而格魯希那邊卻始終沒有消息來。當拿破崙看到普軍的前衛正在漸漸逼近時，他心神不安地喃喃低語，「格魯希在哪裡？他究竟待在什麼地方呢？」他手下的指揮官們也都變得急不可耐。內伊元帥已決定把全部隊伍都拉上去，決一死戰（他的乘騎已有三匹被擊斃）——他是那樣的鹵莽勇敢，而格魯希又是那樣的優柔寡斷。內伊把全部騎兵投入戰鬥。於是，一萬名殊死一戰的盔甲騎兵和步騎兵踩爛了英軍的方陣，砍死了英軍的炮手，衝破了英軍的最初幾道防線。雖然他們自己再次被迫撤退，但英軍的戰鬥力已瀕於殆盡。山頭上像箍桶似的嚴密防線開始鬆散了。當受到重大傷亡的法軍騎兵被炮火擊退下來時，拿破崙的最後預備隊——老近衛軍正步履艱難地向山頭進攻。歐洲的命運全繫在能否攻占這一山頭上。

決戰

自上午以來，雙方的四百門大炮不停地轟擊著。前線響徹騎兵隊向開火的方陣衝殺的鐵蹄聲。從四面八方傳來的咚咚戰鼓聲，震耳欲聾，整個平原都在顫動！但是在雙方的山頭上，雙方的統帥似乎都聽不見這嘈雜的人聲。他們只是傾聽著更為微弱的聲音。

兩只錶在雙方的統帥手中，像小鳥的心臟似的在嘀嗒嘀嗒地響。這輕輕的鐘錶聲超過所有震天的吼叫聲。拿破崙和威靈頓各自拿著自己的計時器，數著每一小時，每一分鐘，計算著還有多少時間，最後的決定性的增援部隊就該到達了。威靈頓知道布呂歇爾就在附近。而拿破崙則希望格魯希也在附近。現在雙方都已沒有後備部隊了。誰的增援部隊先到，誰就贏得這次戰役的勝利。兩位統帥都在用望遠鏡觀察著樹林邊緣。現在，普軍的先頭部隊像一陣煙似的開始在那裡出現了。難道這僅僅是一些被格魯希追擊的散兵？還是被追擊的普軍主力？這會兒，英軍只能做最後的抵抗了，而法國部隊也已筋疲力竭。就像兩個氣喘吁吁的摔跤對手，雙臂都已癱軟，在進行最後一次較量前，喘著一口氣：決定性的最後一個回合已經來到。

　　普軍的側翼終於響起了槍擊聲。難道發生了遭遇戰？只聽見輕火器的聲音！拿破崙深深地吸了一口氣，「格魯希終於來了！」他以為自己的側翼現在已有了保護，於是集中了最後剩下的全部兵力，向威靈頓的主陣地再次發起攻擊。這主陣地就是布魯塞爾的門閂，必須將它摧毀，這主陣地就是歐洲的大門，必須將它衝破。

　　然而剛才那一陣槍聲僅僅是一場誤會。由於漢諾威兵團穿著別樣的軍裝，前來的普軍向漢諾威士兵開了槍。但這場誤會

的遭遇戰很快就停止了。現在，普軍的大批人馬毫無阻擋地、浩浩蕩蕩地從樹林裡擁來——迎面而來的根本不是格魯希率領的部隊，而是布呂歇爾的普軍。厄運就此降臨了。這一消息飛快地在拿破崙的部隊中傳開。部隊開始退卻，但還有一定的秩序。而威靈頓卻抓住這一關鍵時刻，騎著馬，走到堅守住的山頭前沿，脫下帽子，在頭上向著退卻的敵人揮動。他的士兵立刻明白了這一預示著勝利的手勢。所有剩下的英軍一下子全都躍身而起，向著潰退的敵人衝去。與此同時，普魯士騎兵也從側面向倉皇逃竄、疲於奔命的法軍衝殺過去，只聽得一片驚恐的尖叫聲：「各自逃命吧！」僅僅幾分鐘的工夫，這支赫赫軍威的部隊變成了一股被人驅趕的抱頭鼠竄、驚慌失措的人流。它捲走了一切，也捲走了拿破崙本人。策鞭追趕的騎兵對待這股迅速向後奔跑的人流，就像對待毫無抵抗、毫無感覺的流水，猛擊猛打。在一片驚恐的混亂叫喊聲中，他們輕而易舉地捕獲了拿破崙的御用馬車和全軍的貴重財物，俘虜了全部炮兵。只是由於黑夜的降臨，才拯救了拿破崙的性命和自由。一直到半夜，滿身污垢、頭昏目眩的拿破崙才在一家低矮的鄉村客店裡，疲倦地躺坐在扶手軟椅上，這時，他已不再是個皇帝了。他的帝國、他的皇朝、他的命運全完了。一個微不足道的小人物的怯懦毀壞了他這個最有膽識、最有遠見的人物在二十

年裡所建立起來的全部英雄業績。

回到平凡之中

當英軍的進攻剛剛擊潰拿破崙的部隊，就有一個當時幾乎名不見經傳的人，乘著一輛特快的四輪馬車向布魯塞爾急駛而去，然後又從布魯塞爾駛到海邊。一艘船隻正在那裡等著他。他揚帆過海，以便趕在政府信使之前先到達倫敦。由於當時大家還不知道拿破崙已經失敗的消息，他立刻進行了大宗的證券投機買賣。此人就是羅斯柴爾德〔25〕。他以這突如其來的機敏之舉建立了另一個帝國，另一個新王朝。第二天，英國獲悉自己勝利的消息，同時巴黎的富歇——這個一貫依靠背叛發跡的傢伙也知道了拿破崙的失敗。這時，布魯塞爾和德國都已響起了勝利的鐘聲。

到了第二天，只有一個人還絲毫不知滑鐵盧發生的事，儘管他離這個決定命運的地方只有四小時的路程。他，就是造成全部不幸的格魯希。他還一直死抱著那道追擊普軍的命令。奇怪的是，他始終沒有找到普軍。這使他忐忑不安。近處傳來的炮聲越來越響，好像它們在大聲呼救似的。大地震顫著，每一炮都像是打進自己的心裡。人人都已明白這絕不是什麼小小的遭遇戰，而是一次巨大的戰役，一次決定性的戰役已經打響。

格魯希騎著馬，在自己的軍官們中間惶惶惑惑地行走。軍官們都避免同他商談，因爲他們先前的建議完全被他置之不理。

　　當他們在瓦弗附近遇到一支孤立的普軍——布呂歇爾的後衛部隊時，全都以爲挽救的機會到了，於是發狂似地向普軍的防禦工事衝去。熱拉爾一馬當先，好像被一種不祥的預感所驅使，去找死似的。一顆子彈隨即把他打倒在地。這個最喜歡提意見的人現在一聲不吭了。隨著黑夜的降臨，格魯希的部隊攻占了村莊，但他們似乎感到，對這支小小的後衛部隊所取得的勝利，已不再有任何意義。因爲在那邊的戰場上突然變得一片寂靜。這是一種令人不安的寂靜，可怕的和平，一種陰森森、死一般的沉默。所有的人都覺得，與其說周圍是這樣一種咬嚙神經的惘然沉默，倒不如聽見隆隆的大炮聲更好。格魯希現在才終於收到那張拿破崙寫來的要他到滑鐵盧緊急增援的便條。可惜爲時已太晚！滑鐵盧一仗肯定是一次決定性的戰役，可是誰會贏得這次巨大戰役的勝利呢？格魯希的部隊又等了整整一夜，完全是白等！從滑鐵盧那邊再也沒有消息傳來。好像這支偉大的軍隊已經將他們遺忘。他們毫無意義地站立在伸手不見五指的黑夜中，周圍空空蕩蕩。清晨，他們拆除營地，繼續行軍。他們個個累得要死，並且早已意識到，他們的一切行軍

和運動完全是漫無目的的。上午十點鐘，總參謀部的一個軍官終於騎著馬奔馳而來。他們把他扶下馬，向他提出一大堆問題，可是他卻滿臉驚慌的神色，兩鬢頭髮濕漉漉的，由於過度緊張，全身顫抖著。至於他結結巴巴說出來的話，盡是他們聽不明白的，或者說，是他們無法明白和不願意明白的。他說，再也沒有皇帝了，再也沒有皇帝的軍隊！法蘭西失敗了⋯⋯這時，所有的人都把他當成瘋子，當成醉漢。然而他們終於漸漸地從他嘴裡弄清了全部真相，聽完了他的令人沮喪頹唐、甚至使人癱瘓的報告，格魯希面色蒼白，全身顫抖，用軍刀支撐著自己的身體。他知道自己殉難成仁的時刻來臨了。他決心承擔起力不從心的任務，以彌補自己的全部過失。這個唯命是從、畏首畏尾的拿破崙部下，在那關鍵的一秒中沒有看到決定性的戰機，而現在，眼看危險迫在眉睫，卻又成了一個男子漢，甚至像是一個英雄似的。他立刻召集起所有的軍官，發表了一通簡短的講話——眼眶裡噙著憤怒和悲傷的淚水。他在講話中既為自己的優柔寡斷辯解，同時又自責自怨。那些昨天還怨恨他的軍官們，此刻都默不作聲地聽他講。本來，現在誰都可以責怪他，誰都可以自誇自己當時意見的正確。但是沒有一個人敢這樣做，也不願意這樣做。他們只是沉默，沉默。突如其來的悲哀使他們都成了啞巴。

錯過了那一秒鐘的格魯希，在現在這一小時內又表現出了軍人的全部力量——可惜太晚了！當他重新恢復了自信而不再拘泥於成文的命令之後，他的全部崇高美德——審慎、幹練、周密、責任心，都表現得清清楚楚。他雖然被五倍於自己的敵軍包圍，卻能率領自己的部隊突圍歸來，而不損失一兵一卒，不丟失一門大炮——堪稱卓絕的指揮。他要去拯救法蘭西，去解救拿破崙帝國的最後一支軍隊。可是當他回到那裡時，皇帝已經不在了。沒有人向他表示感激，在他面前也不再有任何敵人。他來得太晚了！永遠是太晚了！儘管從表面看，格魯希以後又繼續升遷，他被任命為總司令、法國貴族院議員，而且在每個職位上都表現出具有魄力和能幹。可是這些都無法替他贖回被他貽誤的那一瞬間。那一瞬間原可以使他成為命運的主人，而他卻錯過了機緣。

　　那關鍵的一秒鐘就是這樣進行了可怕的報復。在塵世的生活中，這樣的一瞬間是很少降臨的。當它無意之中降臨到一個人身上時，他卻不知如何利用它。在命運降臨的偉大瞬間，市民的一切美德——小心、順從、勤勉、謹慎，都無濟於事，它始終只要求天才人物，並且將他造就成不朽的形象。命運鄙視地把畏首畏尾的人拒之門外。命運——這世上的另一位神，只願意用熱烈的雙臂把勇敢者高高舉起，送上英雄們的天堂。

註釋：

〔1〕一八一四年四月六日拿破崙第一次退位後歐洲各國君主在維也納舉行的會議。

〔2〕拿破崙一世在一八一四年反法盟軍攻陷巴黎後，被放逐於厄爾巴島，一八一五年他再度返回巴黎，建立百日王朝。

〔3〕一八一二年冬拿破崙侵俄戰爭失敗，一八一三年春第六次反法同盟組成，是年秋該同盟聯軍在萊比錫城下同拿破崙進行大會戰。雙方投入兵力總數達五十多萬，聯軍比法軍人數幾乎多一倍。戰爭結果法軍敗北。這是拿破崙戰爭中規模最大的一次會戰，標誌著拿破崙軍事優勢的最後喪失。

〔4〕威靈頓（Arthur Wellesley Wellington，一七六九～一八五二），英國元帥，第一任威靈頓公爵，反拿破崙戰爭中的聯盟軍統帥之一，以指揮滑鐵盧戰役聞名於世。一八二八年後歷任英首相、外交大臣等職。

〔5〕布呂歇爾（Gebhard Leberecht von Blücher，一七四二～一八一九），普魯士元帥，拿破崙百日王朝時反法聯盟軍的普軍總司令。在滑鐵盧戰役中，由於他的及時增援而使拿破崙的軍隊全線崩潰。

〔6〕施瓦爾岑貝格（Karl Phillipp Schwarzenberg，一七七一～一八二〇）奧地利元帥，在一八一三年擊敗拿破崙的德累斯頓和萊比錫戰役中任反法聯盟軍的總司令，一八一四年率聯盟軍攻占巴黎。

〔7〕富歇（Joseph Fouché，一七六三～一八二〇），歷任拿破崙的警務大臣，滑鐵盧戰役後力主拿破崙退位，後領導臨時政府和反法盟國進行談判，一八一六年被逐出法國。

〔8〕塔列朗（Charles Maurice de Talleyrand-Périgord，一七五四～一八三八），曾任拿破崙第一帝國的外交大臣，復闢王期初期又任路易十八的外交大臣，百日王朝後被迫辭職，後又於一八三〇至一八三四年出使英國，以權變多詐聞名。

〔9〕林尼（Ligny），比利時一地名。

〔10〕嘎德—布拉（Quatre-Bras），比利時一地名。

〔11〕格魯希（Emmanuel de Grouchy，一七六六～一八四七），法國大革命為拿破崙軍隊中的士兵，一七九四年任少將，在滑鐵盧戰役中指揮騎

兵預備隊，於一八一五年六月十六日在林尼擊敗布呂歇爾將軍的一個分遣隊，但他未能阻止布呂歇爾的主力與威靈頓的部隊會合，自己也未能及時去增援拿破崙，拿破崙失敗後一度被流放，一八三一年又任法國元帥，一八三二年任貴族院議員。

〔12〕繆拉（Joachim Murat，一七六七～一八一五），拿破崙的元帥，騎兵司令，戰功赫赫，參與百日王朝活動，一八一五年五月二日至三日在多倫蒂諾被奧軍擊敗被俘，同年十月十三日被處決。

〔13〕聖西爾（Saint-Cyr，一七六四～一八三〇），法國元帥，曾出征俄國，屢建戰功，一八一七～一八一九年任國防大臣。

〔14〕貝爾蒂埃（Louis Alexandre Berthier，一七五三～一八一五），法國元帥，曾隨拿破崙進軍義大利和埃及，歷任國防大臣、總參謀長，一八一四年轉而支持路易十八。

〔15〕內伊（Michel Ney，一七六九～一八一五），法國元帥，隨拿破崙征戰歐洲，路易十八復闢時又任貴族院議員，但在百日王朝時又投靠拿破崙，滑鐵盧戰役中指揮老近衛軍英勇奮戰，拿破倉失敗後，被貴族院判定犯有叛國罪，一八一五年十二月七日被處決。

〔16〕德塞（Desaix，一七六八～一八〇〇），拿破崙麾下的將軍，一八〇〇年六月十四日在義大利馬倫哥戰役中被奧地利軍擊斃。

〔17〕克萊貝爾（Jean-Baptiste Kleber，一七五三～一八〇〇），拿破崙麾下的將軍，一七九八～一八〇〇年駐軍埃及，一八〇〇年六月十四日被一名埃及狂熱分子暗殺。

〔18〕拉納（Jean Lannes，一七六九～一八〇九），拿破崙的元帥，屢建戰功，一八〇九年五月在奧地利的戰鬥中重傷身亡。

〔19〕卡右（Caillou），滑鐵盧附近一小地方。

〔20〕奧斯特里茨（Austerlitz），奧地利一地名，拿破崙曾於一八〇五年十二月二日在此大勝奧俄聯軍。

〔21〕司各特（Walter Scott，一七七一～一八三二），英國小說家，擅長寫歷史小說。代表作《艾凡赫》，另著有《拿破崙傳》等。

〔22〕司湯達（Stendhal，一七八三～一八四二），法國小說家，代表作《紅與黑》，一八〇六～一八一四年在拿破崙軍中任職，隨大軍轉戰

歐洲大陸，他在《巴馬修道院》中所描寫的滑鐵盧戰役是該小說的著名篇章。

[23] 熱拉爾（Étienne Maurice Gérard，一七七三～一八五二），拿破崙的將軍，曾參加滑鐵盧戰役，失敗後於一八一五～一八一七年被逐出法國，後又任路易・菲力浦國王的國防大臣。

[24] 旺達姆（Dominique René Vandamme，一七七○～一八三○），拿破崙的將軍，百日王朝時指揮第三集團軍。滑鐵盧戰役中，一八一五年六月十八日在瓦弗一仗中建立奇功。拿破崙失敗後被放逐。

[25] 南森・梅耶・羅斯柴爾德（Nathan Meyer Rotschild，一七七七～一八三六），德國猶太大銀行家羅斯柴爾德家族的後裔，一七九八年在倫敦開設交易所，他是第一個獲悉拿破崙在滑鐵盧失敗消息的人，聞訊後立即返回倫敦，乘機進行證券投機買賣，獲利百萬。

第七章

馬倫巴悲歌

歌德

從卡爾斯巴德到魏瑪途中的歌德
1823年9月5日

Johann Wolfgang von Goethe

十九世紀的頭二十年，歌德幾乎每年都要去波希米亞的卡爾斯巴德和馬倫巴旅行和療養。他在馬倫巴時，通常寄居在阿瑪麗‧萊佛佐太太家中。房東太太的大女兒烏爾麗克，正值妙齡少女，煥發青春的年華。她經常陪歌德散步，像一個女兒對待父親那樣攙扶他，天真地向他談論自己即興想到的一切；歌德也在信中稱她爲「親愛爸爸的忠實而漂亮的女兒」。可是時間一久，愛的激情在歌德心中蕩漾起來，終於到了不可遏止的程度。

　　一八二三年六月，歌德又來到馬倫巴，他決意想使烏爾麗克成爲自己的妻子。

　　七月，魏瑪公國的卡爾‧奧古斯特公爵也抵達該地，歌德就請他代自己向烏爾麗克求婚。但結果只是聽到一番委婉的敷衍。八月，烏爾麗克一家從馬倫巴去卡爾斯巴德，歌德亦尾隨而至，並在那裡度過了自己的七十四歲生日，生日之辰，他收到了一件禮物，上面具有包括烏爾麗克在內的三個房東女兒的名字，但是關於求婚一事卻隻字未提。萊佛佐太太請求公爵無論如何也要慢一點把拒婚的事告訴他的樞密顧問。於是歌德在九月五日帶著不明確的答覆離開了卡爾斯巴德。但他剛一和烏爾麗克告別，心情就激盪起來。他忘懷不了烏爾麗克向他告別時的最後一吻，她的可愛倩影不時浮現，眼前是一片蕭瑟秋

色，老人悲不自勝，就在馬車的車廂裡、途中的驛站上，一口氣寫下了他晚年最著名的愛情詩篇《馬倫巴悲歌》。

對於歌德的這件軼事，雖然仁者見仁，智者見智，但都一致認為，《馬倫巴悲歌》是歌德一生中的轉捩點：他從此永遠告別了愛的激情帶來痛苦的時代，而進入心境平靜、勤奮寫作的暮年。

《馬倫巴悲歌》固然吐露了惆悵之情，但悲歌（Elegie）一詞，本是源於古希臘的一種詩體，既可用於哀歌、輓歌，亦可用於戰爭詩、政治詩、教喻詩、愛情詩，如歌德的《羅馬悲歌》，並非是哀悼羅馬之作，乃是採用古代格調寫的愛情詩篇。

——譯者題記

一八二三年九月五日，一輛旅行馬車沿著鄉間大道從卡爾斯巴德 [1] 向埃格爾 [2] 緩緩駛去。秋天的清晨，寒意襲人，瑟瑟冷風掠過已收完莊稼的田野，但在遼闊的大地上仍然是一片湛藍的天空。在這輛四輪單駕輕便馬車裡，坐著三個男人——薩克森－魏瑪公國的樞密顧問馮·歌德（卡爾斯巴德的療養表格上是這樣尊稱的）和他的兩名隨行：老僕人施塔德爾曼和秘書約翰——歌德在這新世紀裡的全部著作幾乎都是由這位秘書

首次抄寫的。他們兩人誰都不說一句話，因為這位年邁的老人自從在少婦和姑娘們的簇擁下、在她們的祝願和親吻下告別卡爾斯巴德以來，一直沒有張過嘴。他紋絲不動地坐在車廂裡，只有那全神貫注正在思索的目光顯示出他的內心活動。在到達第一個驛站休息時，他下了車，兩位同伴見他用鉛筆在一張順手找到的紙上匆匆地寫著字句。後來，在前往魏瑪的整個旅途中，無論是在車上還是在歇宿地，他都一直忙著幹這樣的事。第二天，剛剛到達茨沃陶，他就在哈爾騰城堡裡埋頭疾書起來，接著在埃格爾和珀斯內克 [3] 也都是如此。他每到一處，要做的第一件事情，就是把在行駛的馬車裡斟酌好的詩句趕緊記下來。他的日記只是非常簡略地談到這件事：（九月六日）「斟酌詩句」，（九月七日）「星期日，繼續寫詩」，（九月十二日）「途中把詩又修改潤色一遍」。而到達目的地魏瑪時，這篇詩作也就完成了。這首《馬倫巴悲歌》，不是一首無足輕重的詩，它是歌德晚年最重要、最發自內心深處的詩，因而也是他自己最喜愛的詩。這首詩標誌著他勇敢地向過去訣別，毅然開始新的起點。

歌德曾在一次談話中把這首歌的詩句稱作是「內心狀態的日記」，也許在他的生活日記中沒有一頁會像這些詩句那樣把自己感情的進發和形成如此坦率、如此清楚地呈現在我們面

前。這是一份用悲愴的發問和哀訴記錄了他最內在情感的文獻。他在青少年時代寫的那些宣洩自己情感的抒情詩都沒有如此直接地發端於某一具體事件和機緣，這是一首「獻給我們的奇妙的歌」，是這位七十四歲的老人晚年最深沉、最成熟的詩作，恰似秋日的太陽散射出絢麗的光輝。我們也沒有見過他的其他作品如同這首詩似的一氣呵成，一節緊扣一節。正如他對愛克曼 [4] 所說，這是「激情達到最高峰的產物」，同時在形式上它又和高尚的自我克制結合在一起，因而把他一生中這一最熱烈的時刻寫得既坦率又隱密。這是他枝繁葉茂、簌簌作響的生命之樹上最鮮麗的一葉，直至一百多年後的今天，它仍然沒有凋謝和褪色。九月五日這值得紀念的一天，將世世代代保存在未來德國人的記憶和情感之中。

是那顆使他獲得新生的奇異的明星，照耀著這一葉，照耀著這首詩，照耀著這個人和這一時刻。一八二二年二月，歌德不得不對付一場重病。連日的高燒使他的身體難以支持，有時候甚至昏迷不醒。他自己也覺得病得不輕。醫生們看不出明顯的症狀，只覺得情況危險，但又無計可施。不過，病來得突然，好得也突然。這年六月，歌德到馬倫巴 [5] 去療養，當時他完全像換了一個人似的，彷彿那一場暴病只是一種內心返老還童 ——「新青春期」的徵兆。這個沉默寡言、態度嚴

峻、咬文嚼字、滿腦子幾乎只有詩歌創作的人，在經過了數十年之後又一次完全聽憑自己的感情擺布。正如他自己所說，音樂「使他心緒不寧」，每當他聽到鋼琴演奏，尤其是聽到像席曼諾夫斯卡〔6〕那樣漂亮的女人彈奏時，他總是淚水泫然。由於深埋的本能慾念不時衝動，他經常去找年輕人。一起療養的人驚奇地發現，這個七十四歲的老人直至深夜還和女人們相聚在一起，看到他在多年沒有涉足舞會之後又去跳舞。正如他自豪地說：「在女舞伴們變換位置時，大多數漂亮的姑娘都來拉我的手。」就在這一年夏天，他的那種刻板的禀性神奇地消失了，而且心扉洞開，整個心靈被那古老的魔法師——永恆的愛的魅力所攫住。從日記中可以看出，「春夢」、「昔日的維特」重又在他的心中復甦。就像半個世紀以前他遇到莉莉·舍內曼〔7〕那樣，和女人親近，促使他寫出許多小詩、風趣的戲劇和詼諧小品，而現在究竟選擇哪一個女性，仍未確定：起初是那個漂亮的波蘭女子，後來又是那個傾注了自己全部熱情的十九歲的烏爾麗克·馮·萊佛佐〔8〕。十五年前他曾愛慕過她的母親，而且一年前他還只是用父輩的口吻暱稱她為「小女兒」，可是現在喜愛突然變成了情慾，好像全身纏上了另一種病，使他在這火山般的感情世界中震顫，而多年以來他早已沒有這種經歷了。這個七十四歲的老翁簡直像一個情竇初開的男

孩：剛一聽到林陰道上的笑聲，他就放下工作，不戴帽子也不拿手杖，就急匆匆跑下台階去迎接那個活潑可愛的女孩子。他像一個少年、一個男子漢似的向她獻殷勤。於是，一幕略帶色情〔9〕、結局悲哀的荒唐戲開場了。歌德在同醫生祕密商量之後，就向自己同伴中的最年長者——大公爵吐露衷腸，請他在萊佛佐太太面前替自己向她的女兒烏爾麗克求婚。這時，大公爵一邊回想起五十年前他們一起和女人們尋歡作樂的那些瘋狂的夜晚，一邊或許在心裡默默地、幸災樂禍地竊笑這個被德國和歐洲譽為本世紀最有智慧、最成熟、最徹悟的哲人。不過，他還是鄭重其事地佩戴著勳章綬帶，為這位七十四歲的老翁向那個十九歲的姑娘求婚一事去走訪她的母親。關於她如何答覆，不知其詳——看來她是採取了拖延的辦法。所以歌德也就成了一個沒有把握的求婚者。當他愈來愈強烈地渴望著去再次占有那個如此溫柔的少女的青春時，他所得到的僅僅是匆匆的親吻和表示撫愛的一般言辭。這個始終急不可待的人想在最有利的時刻再做一次努力；他癡心地尾隨著那個心愛的人，從馬倫巴趕到卡爾斯巴德。然而到了卡爾斯巴德，他那熱烈的願望仍然看不到有成功的希望。夏季快要過去了，他的痛苦與日俱增。終於到了該離去的時候了，還是沒有得到任何許諾和任何暗示。現在，當馬車滾滾向前時，這位善於預見的人感覺到，

自己一生中一件非同尋常的事已經結束。不過，在這黯然神傷的時刻，上帝——這個古老的安慰者、內心最深痛苦的永遠伴侶——來到他的身邊。因為這位天才已經悲不自勝，在人世間又得不到安慰，於是只得向上帝呼喚。就像以往歌德多次從現實世界逃遁到詩歌世界一樣，這一次他又遁入詩歌之中——只不過這是最後一次罷了。四十年前他曾為塔索寫過這樣兩行詩：

> 當一個人痛苦得難以言語時，
> 上帝讓我傾訴我的煩惱〔10〕。

為了以獨特的方式對上帝的這最後一次恩賜表示感謝，這位七十四歲的老人把這兩行詩作為現在這首詩的題詩，冠在詩前，表示他奇怪地又經歷到這種處境。

此刻，年邁的老人坐在滾滾向前的馬車裡沉思默想，為心中一連串問題得不到確切的答案而煩悶。清晨，烏爾麗克還和妹妹一起匆匆向他迎來，在「喧鬧的告別聲」中為他送行，那充滿青春氣息、可愛的嘴唇還親吻過他，難道這是一個柔情的吻？還是一個像女兒似的吻？她可能愛他嗎？她不會將他忘記嗎？正在焦急地盼等著他那豐富遺產的兒子、兒媳婦會容忍這

椿婚姻嗎？難道世人不會嘲笑他嗎？明年，他在她眼裡不會顯
得更老態龍鍾嗎？縱使他能再見到她，又能指望什麼呢？

　　這些問題不安地在他心中翻滾。突然間，一個問題——一
個最本質的問題變成了一行詩、一節詩：

　　如今，花兒還無意綻開，
　　再相逢，又有何可以期待？
　　是天堂也是地獄，爲你敞開，
　　難以平靜的心緒呵，令我躊躇不前！

　　是上帝讓他「傾訴我的煩惱」的，於是，問題、痛苦都變
成了詩歌。心靈的呼喚——內心的強大衝動都直截了當地、不
加掩飾地注入這首詩中。

　　這會兒，痛苦又湧入水晶般明淨的詩節，是詩歌把本來紊
亂不堪的思緒奇妙地變得清澈。正如這位詩人在心煩意亂、感
到「鬱悶」時偶爾舉目遠眺那樣，他從滾動的馬車裡瞭望著波
希米亞早晨恬靜的風光，一派和平景象恰好和他內心的不安形
成對比，剛剛看到的畫面頃刻間又進入他的這首詩：

　　世界不是依然存在？懸崖峭壁

不是在晨光中黑魆魆地巍然挺立在那邊？

莊稼不是已經成熟？

河畔的叢林和牧場

難道不依舊是綠野一片？

籠罩大地的無涯天穹

難道不還是過眼雲煙，無窮變幻？

但是，這樣一個世界對他來說顯得太沒有生氣了。在如此熱戀的時刻，他會把所見的一切都和那個可愛的倩影聯繫上，於是，記憶中的倩影又魔幻似的顯現在眼前：

一個苗條的身形在碧空的薄霧裡飄盪，

多麼溫柔和明淨，多麼輕盈和優美，

彷彿撒拉弗天使 〔11〕 撥開彩雲

露出她的姿顏；

你看她——這麗人中的佼佼者

婆娑曼舞，多麼歡快。

可是將雲彩當作真身

你只能矇騙自己一瞬間；

回到內心深處去找吧！你會在心中得到更多的發現，
她會在你心中變幻出無窮的姿態：

一個身體會變成許多形象，
千姿百態，越來越可愛。

他剛剛表示過這樣的決心，可是烏爾麗克的玉體又那麼誘
人地浮現在眼前。於是他用詩描繪出她如何親近他，如何「一
步一步地使他沉浸在幸福之中」，她在最後一吻之後如何把
「最終」的一吻貼在他的雙唇上，不過，這位年邁的詩聖一邊
陶醉在這樣極樂的回憶之中，一邊卻用最高尚的形式，寫出一
節在當年德語和任何一種語言中都屬於最純潔的詩篇：

我們純潔的胸中有一股熱情的衝動，
出於感激，心甘情願把自己獻給
一個更高貴、更純潔、不熟悉的人，
向那永遠難以稱呼的人揭開自己的祕密；
我們把它稱為：虔誠！──當我站在她面前，
我覺得自己享受到這種極樂的頂點。

然而，正是在這種極樂境界的回味之中，這個孤寂的人才飽嚐現在這種分離的痛苦。於是痛苦進發而出，這痛苦幾乎破壞了這首傑作的那種悲歌詩體的崇高情調，這完全是一種內心情感的宣洩，在他多少年來的創作中，唯有這一次是直接的經歷自發地轉化爲詩歌。這眞是感人肺腑的悲訴：

如今我已經遠離！眼前的時刻
我不知道該如何安排？
她給了我某些享受美的善意
但只能成爲我的負擔，我必須將它拋開。
無法克制的熱望使我坐立不安，
一籌莫展，除了流不盡的眼淚。

　　接著便是那最後的、極其憂傷的呼喚，這喊聲愈來愈激昂，幾乎到了不能再高亢的地步：

忠實的旅伴〔12〕，讓我留在此間吧，
讓我獨自留在這沼澤裡、青苔上、岩石邊！
你們去吧！世界已爲你們洞開，
大地遼闊，天空崇高而又恢然，

去觀察、去研究、去歸納，
自然的祕密就會步步揭開。

我已經失去一切，我自己也不再存在，
不久前我還是眾神的寵兒；
他們考驗我，賜予我潘朵拉〔13〕，
她身上有無數珍寶，但也有更多的危險；
眾神唆使我去吻她天賜的嘴唇，
然後又將我們分開——將我拋進深淵。

　　這位平素善於克己的人還從未寫出過類似這樣的詩句。他
少年時就懂得隱藏自己的感情，青年時代也知道節制，通常幾
乎只在寫照和隱喻自己的作品中象徵性地流露自己內心最深處
的祕密，然而當他已是一個白髮蒼蒼的老翁時，卻第一次在自
己的詩篇中盡興坦陳自己的情感。五十年來，在這個多情善感
的人和偉大的抒情詩人心中，也許從未有過比這難忘的一頁更
充滿激情的時刻，這是他一生中值得紀念的轉捩點。

　　歌德自己也覺得這首詩的產生十分神祕，彷彿是命運的一
種珍貴恩賜。他剛一回到魏瑪家中，在著手做其他工作或處理

家庭事務之前，第一件事情就是親手謄清這一藝術傑作——
《悲歌》的草稿。他用了三天的時間，像修道士似的深居在自
己的淨修室裡，用端正的大字體在精選的紙上把它抄寫完畢，
並且把它作爲一件密稿收藏起來，不讓家中至親的人和最信賴
的人知道。爲了不讓容易引起非議的消息輕率地傳開，他親自
把詩稿裝訂成冊，配上紅色的羊皮封面，用一根絲帶捆好（後
來他又改用精緻的藍色亞麻布封面，就像今天在歌德一席勒資
料館裡見到的那樣）。那幾天是令人易怒和悶悶不樂的日子，
他的結婚計畫在家裡只招來譏誚和引起兒子明顯的反感；他只
能在自己的詩句中到那個可愛的人身邊流連。一直到那位漂亮
的波蘭女子席曼諾夫斯卡再次來看望他，那時刻才使他重溫起
在馬倫巴那些晴朗的日子裡產生的感情，才使他又變得健談。
十月二十七日，他終於把愛克曼叫到身邊，用一種不同尋常的
莊重語調向他朗讀了這首詩的開頭，這說明他對這首詩有著一
種不同尋常的偏愛。僕人不得不在書桌上放兩盞燭台，然後才
請愛克曼在兩支蠟燭前坐下來，閱讀這首悲歌。此後，其他人
也逐漸地聽到這首悲歌，當然，只限於那些最信賴的人，因爲
正如愛克曼所說，歌德像守護「聖物」那樣守護著它。隨後幾
個月的時間表明，這悲歌對他一生有著特殊的意義。在這個重
返青春的老人健康狀況一日好似一日以後不久，出現了衰竭現

象。看上去，他又要瀕臨死亡的邊緣了。他一會兒從床上挪步到扶手椅上，一會兒又從扶手椅上挪步到床上，沒有一刻安靜過。兒媳婦出門旅行去了，兒子滿懷怨恨，因而沒有人照顧他，也沒有人替這個孤獨的年邁老人出主意想辦法。這時，歌德最知心的密友策爾特爾 [14] 從柏林來到——顯然是朋友們把他召來的。他立刻覺察到歌德的內心正在燃燒。他驚訝地這樣寫道：「我覺得，他看上去完全像是一個正在熱戀中的人，而這熱戀使他內心備嚐青春的一切痛苦。」為了醫治歌德心靈的創傷，策爾特爾懷著「深切的同情」一遍又一遍地為他朗讀這首不尋常的詩。歌德聽這首詩的時候，從不覺得疲倦。歌德在痊癒後寫信給策爾特爾說：「這也真是奇怪，你那充滿感情、柔和的嗓音，使我多次領悟到我心中愛得多麼深沉，儘管我自己不願承認這一點。」他接著又寫道：「我對這首詩真是愛不釋手，而我們恰好又在一起，所以你就得不停地念給我聽，唱給我聽，直至你能背誦為止。」

　　所以，事情就像策爾特爾說的那樣：「是這支刺傷他的矛本身治癒了他。」人們大概可以這樣說：歌德正是通過這首詩拯救了自己。他終於戰勝了痛苦，拋棄了那最後的一線無望的希冀。和心愛的「小女兒」過夫妻生活的夢想從此結束了。他知道自己再也不會去馬倫巴，再也不會去卡爾斯巴德，永遠

不會再去那個逍遙者們的輕鬆愉快的遊樂世界。從此以後，他的生命只屬於工作。這位經受了折磨的人對命運的新起點完全「斷念」了，而在自己的生活領域中出現了另一個偉大的詞：完成。他認真地回顧自己六十年來的作品，覺得它們破碎、零散，由於現在已不可能進行新的創作，於是決定至少要進行一番整理工作。他簽訂了出版《全集》的合同，獲得了版權專利。他把剛剛荒廢在十九歲的少女身上的愛的感情再次奉獻給他青年時代的最老的伴侶——《威廉‧邁斯特》和《浮士德》。他精力充沛地進行寫作，從變黃的稿紙上重溫上個世紀訂下的計畫。他在八十歲以前完成了《威廉‧邁斯特的漫遊年代》，八十一歲時又以堅忍不拔的毅力繼續他的畢生「主要事業」——《浮士德》的創作。在產生《悲歌》的那些命運帶來不幸的日子過去七年以後，《浮士德》完成了。他懷著對《悲歌》同樣敬重的虔誠，把《浮士德》蓋印封存起來，對世界祕而不宣。

在這樣兩種感情範疇之間——最後的「慾念」和最後的「戒慾」之間，在起點和完成之間，九月五日告別卡爾斯巴德、告別愛情的那一天——那令人難忘的內心轉變時刻是分水嶺：經過悲痛欲絕的哀訴而進入永遠寧靜的境界。我們可以把那一天稱為紀念日，因為從此以後在德國的詩歌中，再也沒有

把情慾衝動的時刻描寫得如此出色，像歌德那樣把最亢奮的感情傾注進這樣強有力的長詩。

註釋：

〔1〕卡爾斯巴德（Karlsbad），即今捷克著名療養勝地卡羅維發利。

〔2〕埃格爾（Eger），地名，從卡爾斯巴德到魏瑪途中必經的小鎮，今在捷克境內。

〔3〕珀斯內克（Pößneck），地名，今在德國境內。

〔4〕約翰·彼得·愛克曼（Johann Peter Eckermann，一七九二～一八五四），德國作家，一八二三年起成為歌德的摯友和文學上的助手，參與歌德作品的最後出版工作，他本人最重要的著作是《和晚年歌德的談話》（簡譯《歌德談話錄》），記述了一八二三至一八三二年歌德和他的私人談話。

〔5〕馬倫巴（Marienbad），當時波希米亞的療養勝地，以溫泉、浴場著稱，該地今在捷克境內，稱馬利恩斯克溫泉。

〔6〕席曼諾夫斯卡（Szymanowska），波蘭女鋼琴家，歌德在馬倫巴與她相識，常為歌德彈奏鋼琴，她年輕美貌，也曾一度使歌德產生愛的激情。

〔7〕莉莉·舍內曼（Lili Schönemann，一七五八～一八一七），法蘭克福一個銀行家的女兒，一七七五年歌德在該地和她相識，產生了熱烈的愛情，是年四月訂婚，十月即解除婚約，歌德曾為她寫過著名詩篇《新的愛、新的生活》、《給蓓琳德》和戲劇《絲苔拉》等。

〔8〕烏爾麗克·馮萊佛佐小姐（Ulrike Freiin von Levetzow，一八〇四～一八六九），在一八二一至一八二三年的幾個夏季裡，歌德在馬倫巴療養時寄居她家，朝夕相處，後向她求婚，未果。當時她年僅十九歲。

〔9〕「色情」，此處原文是 Satyrhaft。Satyrus（Satyri）是希臘神話中級別最低的山林之神，是司豐收的精靈，希臘神話把這些精靈描寫為懶

235

惰、淫蕩、喝得半醉，因而在現代語言中成爲醉鬼和色鬼的同義詞。

〔10〕這兩行詩是歌德詩劇《托爾夸托‧塔索》第五幕第五場中塔索的最後台詞中的兩句，以後作爲《馬倫巴悲歌》的題詩。托爾夸托‧塔索（Torquato Tasso，一五四四～一五九五），文藝復興時代的義大利著名敘事詩人，一生具有傳奇色彩。但歌德詩劇中的塔索，實際上是歌德的自我寫照。

〔11〕據《聖經》，撒拉弗是最高的天使，身上有六個翅膀，本性是愛。

〔12〕係指馬車裡歌德的隨從施塔德爾曼和秘書約翰，前者熱愛地質學，爲歌德搜集礦石，後者熱愛氣象學，爲歌德記錄氣象報告。但此處的旅伴可理解爲廣義的人生旅伴。

〔13〕潘朵拉，希臘神話中由火神用黏土造成的美女，諸神賜予她各種品性：愛神贈以魅力，赫耳墨斯贈以口才和智謀，宙斯卻贈她一只小盒，內藏一切災禍，讓她去引誘厄庇墨透斯。她在他面前打開了盒子，一切災禍飛向人間。歌德在此將她隱喻烏爾麗克。

〔14〕卡爾‧弗里德里希‧策爾特爾（Carl Friedrich Zelter，一七五八～一八三二），德國作曲家和音樂教育家，歌德的好友，他的音樂作品格調恬靜淡雅，深受歌德讚賞。

第八章

黃金國的發現

薩特　加利福尼亞
1848年1月

John Augustus Sutter

美國的加利福尼亞以它的土地肥沃、氣候溫和、物產豐富著稱於世。風光綺旎的舊金山又是多麼令人神往。然而，富饒的加利福尼亞，從拓荒開發到繁榮興盛，還不到二百年的歷史。今天映入人們眼簾的美麗的舊金山，歷史更短，實際上它才經歷了七十八個春天。一九〇六年，舊金山城遭到特大地震，建築全部被毀，現在的城市是在一片廢墟中重建起來的。舊金山最早的舊址只不過是一個漁村。一七七六年十月，天主教托鉢修會的主要教派——弗蘭西斯派的西班牙傳教士在此建立了傳教站，又因爲它地處弗蘭西斯科海灣，所以在一八四七年該城歸屬美國之後正式命名爲聖弗蘭西斯科（San Francisco）。十九世紀中葉，加利福尼亞發現金礦之後，華僑曾把該地稱爲金山，以後爲了有別於澳大利亞墨爾本市（新金山）又改稱舊金山。加利福尼亞的繁榮和聖弗蘭西斯科的崛起正是和黃金密切地聯繫在一起。一八四九年在加利福尼亞掀起的世界性淘金熱潮廣爲人知，然而，恐怕並不是人人都知道，這一片土地當時是屬於私人的，它的主人就是約翰·奧古斯特·薩特。可惜，黃金的發現並沒有給這位主人帶來幸福，而是使他家破人亡，自己淪爲乞丐。

——譯者題記

一個厭倦歐洲生活的人

一八三四年，一艘美國輪船從哈弗爾⑴駛向紐約。在數百名亡命者中有一個名叫薩特⑵的人。他原籍瑞士巴塞爾附近的呂嫩貝爾格，是年三十一歲。他正面臨著歐洲幾個法庭的審判，將被指控爲破產者、竊賊、證券僞造者，於是他急急忙忙撂下自己的妻子和三個孩子，在巴黎用一張假身分證弄到一點錢，踏上了尋找新生活的旅程。七月七日，他抵達紐約，在那裡混了兩年，幾乎什麼事都幹過，什麼打包工、藥劑師、牙醫、藥材商、開小酒館，不管會幹不會幹，最後總算略微安定，開了一家客棧，可是不久又將它出售，隨著當時一股著魔似的遷徙洪流搬到密蘇里州，在那裡經營農業，沒有多久就積蓄了一小筆財產，可以過安安穩穩的日子，然而他的門前總是不斷有人匆匆經過，皮貨商、獵人、冒險家、士兵，他們有的從西部來，有的又到西部去，於是「西部」這個詞就漸漸地有了誘人的魅力，只知道到那裡去，首先遇到的是茫茫的草原，成群的野牛，人煙稀少，在草原上走一天甚至一星期都見不到一點兒人影，只有紅皮膚的印第安人在那裡追逐獵物，然後迎來的是無法攀登的高山峻嶺，最後才是那「西部」的土地。關於這片土地的詳細情況，誰也說不清楚，但它那神話般的富饒卻已變得家喻戶曉。當時的加利福尼亞還是相當神祕，傳說在

那一片土地上遍地流的是牛奶和蜂蜜，人人可以隨便取用。只不過那是一片遙遠的地方，無窮無盡的遠，要到那裡去有生命危險。

但是約翰‧奧古斯特‧薩特渾身都是冒險家的血液，安居樂業並不能吸引他。一八三七年的一天，他變賣了自己的田地和家產，組織了一支遠征隊，帶著車輛、馬匹、一群美洲野牛，從印第奔騰斯堡 ⑶ 出發，到那陌生的遠方去。

進軍加利福尼亞

一八三八年。薩特帶著兩名軍官、五名傳教士、三名婦女坐著牛車向茫茫無際的遠方駛去。他們穿過一片又一片的大草原，最後又翻過崇山峻嶺，向著太平洋的方向進發。他們在路上走了三個月，十月底到達溫哥華鎮。可是，兩名軍官在到達以前就離開了薩特，五名傳教士也沒有繼續往前走，三名婦女在半途中因飢餓而死去。

現在只剩下薩特一個人了，有人留他在溫哥華鎮住下，並替他謀到一個職位，但都沒有用，他拒絕了一切。加利福尼亞——這個有著魔力般的名字始終誘惑著他。他駕著一條破舊的帆船，渡過太平洋，先到達夏威夷群島，然後沿著阿拉斯加的海岸，歷盡千難萬險，最終在一個名叫聖弗蘭西斯科的荒涼

地方登陸。當時的聖弗蘭西斯科可不是像今天這樣一座在大地震後以突飛猛進的速度發展起來的擁有數百萬人口的大都市。當時的聖弗蘭西斯科僅僅是一個貧窮的漁村，還沒有成爲墨西哥的那個偏僻省分——加利福尼亞 [4] 的主要城市，就連它的名字也還是跟著弗蘭西斯教派的布道團叫起來的呢。當時的加利福尼亞無人管理，一片荒蕪，是美洲新大陸最富庶的地區中一片未開墾的處女地。

西班牙的混亂局面由於缺乏任何權威而加劇，暴亂四起，畜力人力匱乏，也沒有在這裡勵精圖治的力量。薩特租了一匹馬，驅著它走進肥沃的薩克拉門托山谷。只用了一天時間，他就全明白了：在這片土地上不僅可以建立一座農莊、一個大農場，簡直可以建立一個王國。第二天他騎馬前往蒙德來 [5]，這是一座十分簡陋的首府。他向阿爾瓦拉多總督 [6] 毛遂自薦，講了自己要開墾這裡一片土地的意圖，他要從夏威夷群島帶來卡拿卡人，並讓這些勤勞的有色人自己定期從那裡遷到此地，而他則願意承擔起爲他們建立移民區的責任，要建立一個名爲新赫爾維齊 [7] 的小國家。

「爲什麼要叫新赫爾維齊呢？」總督問。「我是瑞士人，而且是一個共和主義者。」薩特回答說。

「好吧，你願意怎麼幹就怎麼幹。我把這片土地租讓給

你，爲期十年。」

你看，事情很快就在那裡達成了協議。而在遠離文明千里之遙的地方，一個人的能力會獲得一種和在家裡完全不同的報償。

新赫爾維齊

一八三九年。一行用牲口馱著貨物的隊伍沿著薩克拉門托河[8]岸緩慢地向上游走去。薩特騎著馬走在最前面，身上挎著一支槍，跟在他身後的是兩三個歐洲人，接著是一百五十名穿著短衫背心的卡拿卡人[9]，然後是三十輛裝載著糧食、生活用品、種子和彈藥的牛車，以及五十匹馬、七十五頭騾子和成群的奶牛、綿羊，末尾是一支小小的後衛——這就是要去征服新赫爾維齊的全部人馬。

在這些人面前滾起火的巨浪。他們焚毀樹林，這是比砍伐更爲簡便的方法。巨大的火焰剛剛燒完這一片土地、樹墩殘幹還冒著餘煙，他們就開始了自己的工作：建造倉庫；挖掘水井，在無須耕犁的田地上撒種；爲源源而來的成群牛羊築起欄圈。大批新人從鄰近布道團開闢的偏僻殖民地漸漸地遷移到這裡。

成就十分巨大。播下去的種子獲得了五倍的收成，糧食滿

倉。不久，牲畜就數以千計。儘管在這片土地上還存在不少困難，還需要對敢於不斷侵犯這片欣欣向榮的殖民地的當地土著人進行討伐，但是新赫爾維齊的疆域可以說已發展到幅員遼闊。河道水渠、磨坊工場、海外商店〔10〕都紛紛興建創辦起來。船隻在江河上來來往往。薩特不僅供應溫哥華和夏威夷群島的需要，而且還供應所有停泊在加利福尼亞的帆船的需要。他種植水果——這些加利福尼亞水果今天已譽滿全球。你看，果樹在那裡長得多麼繁茂！於是他引進法國和萊茵河的葡萄。沒有幾年工夫，遍地都是果實累累的葡萄藤。至於說到薩特自己，他建立起許多房屋和莊稼茂盛的農場，還不遠萬里，用一百八十天的時間從巴黎運來一架普萊耶爾〔11〕牌鋼琴，用六十頭牛橫越過整個新大陸，從紐約運來一台蒸汽機。他在英國和法國的那些最大的錢莊銀行裡都能得到信貸和存有巨款。現在，他已經四十五歲了，正處在事業的頂峰。他想起了自己在十四年前把妻子和三個孩子不知扔在世界的何處，於是他給他們寫信，請他們到他這裡來，到他自己的領地上來。因為他覺得現在一切都掌握在自己的手中，他是新赫爾維齊的主人，是世界上最富裕的闊佬之一，而且將永遠富裕下去。爾後，美利堅合眾國也終於把這塊放任不管的殖民地從墨西哥手中併入自己的版圖，一切更有保障和安全了。又過了若干年，薩特確

實成了世界上最最有錢的人。

帶來厄運的一鐵鏟

　　一八四八年一月。薩特的一個細木匠 —— 詹姆斯・威爾遜・馬歇爾[12] 突然心情激動地衝進他的家裡，說他一定得同他談一談。薩特十分驚異，因為他昨天才剛剛把馬歇爾派到柯洛瑪自己的農莊去建立一個新的鋸木場，而現在他卻沒有得到允許就返了回來，站在薩特的面前，激動得直哆嗦，然後將薩特推進房間，鎖上房門，從口袋裡掏出一把含有少許黃色顆粒的沙土，他說他昨天掘地時突然注意到這種奇怪的金屬，他認為這就是黃金，可是別人卻嘲笑他。這時薩特變得嚴肅認真起來，拿著這些顆粒去做了分析試驗，證明確是黃金。他決定第二天就和馬歇爾一起騎馬到那農莊去。然而這個木匠師傅在當天夜裡就冒著暴風雨騎馬回到了農莊，他也是急不可耐地想要得到證實 —— 他是被那種可怕的狂熱所攫住的第一個人，不久這種狂熱震撼了整個世界。

　　第二天上午，薩特上校到達柯洛瑪。他們堵截水渠，檢查那裡的泥沙。人們只需用篩濾網把泥沙稍微來回搖晃幾下，亮晶晶的黃金小粒就留在黑色的篩網上了。薩特把自己身邊的幾個白人召集到一起，要他們發誓對此事保守祕密，直至鋸木場

建成。然後他騎馬回到自己的農莊，雖然他神情堅毅嚴峻，內心卻無比興奮：據人們記憶所及，迄今爲止還沒有人能如此輕而易舉地得到黃金——黃金竟會完全暴露在地面上，而這片土地卻是屬於他的，是他薩特的財產。看來這一夜真好像勝似十年：他成了世界上最最富有的人。

淘金熱

世界上最最富有的人？不——他後來成了地球上最貧窮、最可憐、最絕望的乞丐。八天以後，秘密被洩露，是一個女人——總是女人！——把這事對一個過路人講了，還給了他幾顆黃金細粒。接著發生的一切可真是史無前例。薩特手下的人一下子全都離開了自己的工作，鐵匠們跑出鐵工場，牧羊人扔下羊群，種葡萄的離開葡萄園，士兵們撂下槍支，所有的人都像中了魔似地急急忙忙拿起篩網和煮鍋，向鋸木場飛奔而去，從泥沙裡淘黃金。一夜之間，整片土地就被人棄置不顧了。奶牛沒有人去擠奶，在那裡大聲哞叫，有的倒在地上死去；圍起來的一群群野牛衝破了欄圈，踐踏著農田；成熟的莊稼全爛在秸稈上；奶酪工場停了工，穀倉倒塌，大工場的輪盤聯動裝置靜靜地待在那裡。而電訊卻不停地傳播著發現黃金的好消息，跨過陸地，越過海洋，於是從各城市，各海港絡繹不絕地有人

來，水手們離開自己的船隻，政府的公務員離開自己的職守，他們排成長長的、沒有盡頭的縱隊，從四面八方湧來，有的步行，有的騎馬，有的坐車，掀起一股瘋狂的淘金熱。這些淘金者簡直像一群蝗蟲。他們不承認任何法律，只相信拳頭；他們不承認任何法令，只相信自己的左輪手槍。在這片欣欣向榮的殖民地上到處都是這樣一群放蕩不羈、冷酷無情的烏合之眾。在他們看來，這裡的一切都是沒有主人的；也沒有人敢對這群亡命之徒說一個不字。他們屠宰薩特的奶牛，拆掉薩特的穀倉，蓋起自己的房子，踩爛薩特的耕地，盜竊薩特的機器──一夜之間，薩特就窮得像個乞丐，恰似邁達斯〔13〕國王最後慘死在自己點化的黃金中一樣。

而這股追逐黃金的空前風暴卻愈演愈烈；消息傳遍整個世界，僅從紐約一地，駛來的船隻就有一百艘，在一八四八、一八四九、一八五○、一八五一的那四年裡，大批大批的冒險家從德國、英國、法國蜂擁而至。有些人繞道合恩角〔14〕而來，但對那些最急不可耐的人來說，這條路線無疑是太遠了，於是他們選擇了一條更危險的道路：通過巴拿馬地峽。一家辦事果斷的公司迅速在地峽興建起一條鐵路，為了鋪設這條鐵路，數以千計的工人死於寒熱病，而這僅僅是為了使那些心情急躁的人能節省三四個星期的路程，以便早日得到黃金。無數

支龐大的隊伍橫越過美洲大陸，世界上不同種族的人、講各種不同語言的人從四面八方源源而來。他們都在薩特的地產上挖掘黃金，就像在自己的地裡一樣。一座城市以夢幻般的速度在聖弗蘭西斯科的土地上矗立起來，互不相識的人彼此出售著自己的土地和田產 —— 而這一片土地是屬於薩特的，並有政府簽署的公文證明。儘管如此，他自己的王國 —— 新赫爾維齊的名字終於在這個迷人的字眼 —— 黃金國、加利福尼亞面前消失了。

　　薩特再次破產，他兩眼直瞪瞪地看著這種豪奪，木然無神。起初，他還想同他們爭奪，他想同自己的僕人和夥伴們一起斂取這份財富，可是所有的人都離開了他。於是他只好從淘金區完全退出來，回到一座與世隔絕的山麓農莊，遠離這條該詛咒的河流和不聖不潔的泥沙。他回到自己的農莊隱居起來了。他的妻子帶著三個已成年的孩子終於在那裡同他相會，但妻子到達不久就因旅途過於疲勞而死去。三個兒子現在總算在身邊了，他們加在一起是八條胳膊。薩特和兒子們一起重新開始經營農業；他再次振作精神，帶著三個兒子發憤勞動，默默地、堅韌地幹著，充分利用這塊肥沃得出奇的土地。在他的內心又孕育著一項宏偉的計畫。

訴訟

　　一八五〇年，加利福尼亞已併入美利堅合眾國的版圖。在合眾國的嚴格治理下，秩序也終於跟隨著財富一起來到這塊被黃金迷住了的土地上。無政府狀態被制止住了，法律重新獲得了權力。

　　於是薩特突然提出了自己的權益要求。他說，他有充分、合法的理由要求聖弗蘭西斯科城所占的全部土地歸屬於他；州政府有責任賠償他由於盜竊所造成的財產損失；對所有從他的土地上挖掘出來的黃金，他都要求得到他應得的一份。一起訴訟開始了，而此案所涉及的範圍之廣是人類歷史上聞所未聞的。薩特控告了一萬七千二百二十一名在他的種植區安家落戶的農民，要求他們從私自強占的土地上撤走，他還要求加利福尼亞州政府支付給他二千五百萬美元，作為對他私人興建的那些道路、水渠、橋樑、堰堤、磨坊等的贖買金，要求聯邦政府支付給他二千五百萬美元，作為對他的農田遭受破壞的賠償。此外，他還要求從挖掘出來的全部黃金中得到他的份額。為了打這場官司，他把自己的第二個兒子埃米爾送到華盛頓去學法律，並且把自己從幾個新農莊中所獲得的全部收入統統花在這場耗資無數的官司上。他用了四年之久的時間才辦完所有上訴的法律程序。

一八五五年三月十五日，審判的時候終於到了。廉潔公正的法官湯普森——這位加利福尼亞的最高長官裁定薩特對這片土地的權益要求是完全合法和不可侵犯的。

　　到這一天，薩特總算達到了目的。他成了世界上最最富有的人。

結局

　　難道他果真成了世界上最最富有的人？不——根本沒有，他後來成了一個最最貧窮的乞丐，一個最最不幸和失敗最慘的人。命運又一次同他作對，給了他致命的打擊，而這是使他永世不能翻身的一擊。判決的消息傳開之後，聖弗蘭西斯科和整個加利福尼亞席捲起一場大風暴。數以萬計的人成群結夥舉行暴動。所有感到自己財產遭到威脅的人、街上的無賴歹徒和一貫以搶劫為樂事的流氓一起衝進法院大廈，把它付之一炬。他們到處尋找那位法官，要將他私刑處死。他們集結成一支聲勢浩大的隊伍，前去洗劫薩特的全部財產。薩特的長子在匪徒們的圍困下開槍自盡了；第二個兒子被人殺害；第三個兒子雖然逃出性命，但在回家的路上淹死了。新赫爾維齊的土地上一遍火海，薩特的農莊全被燒毀，葡萄藤被踐踏得亂七八糟，家具器什、珍貴收藏、金銀錢財均被搶劫一空，萬貫家財在毫不憐

憫的憤怒之下統統化爲烏有。薩特自己好不容易撿了一條命。

　　經過這一次打擊，薩特再也不可能東山再起了。他的事業全完了，他的妻兒都已死去，他的神志已混亂不清。在他已變得十分糊塗的腦子裡，只有一個念頭還在不時地閃爍：去尋求法律、去打官司。

　　一個衣衫襤褸、精神委靡的老人在華盛頓的法院大廈周圍遊來蕩去走了二十五年。法院裡所有辦公室的人都認識這個穿著骯髒外套和一雙破鞋的「將軍」。他要求得到他的幾十億美元。而且也眞有一些律師、冒險家和滑頭們不斷地慫恿他去重新打一場官司，爲的是想撈走他最後一點養老金。其實，薩特自己並不想要錢。他已十分憎恨金錢，是黃金使得他一貧如洗，是黃金殺害了他的三個孩子，是黃金毀了他的一生。他只是想要得到自己的權利。他像一個偏狂症患者似的，懷著憤憤不平的激怒，爲捍衛自己的權利而鬥爭。他到參議院去申訴，到國會去申訴，他信賴形形色色幫他忙的人，而這些人卻像尋開心似地給他穿上可笑的將軍制服，牽著這個傀儡似的不幸者，從這個官署走到那個官署，從這個國會議員那裡走到那個國會議員那裡，一直奔波了二十年。這就是從一八六〇到一八八〇可憐凄慘、行乞似的二十年。他日復一日地圍繞著國會大廈躑躅，所有的官吏都嘲笑他，所有的街頭少年都拿他開

心。而他，就是地球上那片最富饒的土地的所有者，這個富饒之國的第二座大城市正屹立在他的土地上，並且每日每時都在發展壯大。但是人們卻讓這個討嫌的傢伙一直等待著。一八八〇年七月十七日下午，他終於因心臟病猝發倒在國會大廈的階梯上，從而萬事皆休——人們把這個死了的乞丐抬走。這是一個死了的乞丐，但在他的衣袋裡卻藏著一份申辯書，它要求按照世間的一切法律保證給他和他的繼承人一筆世界歷史上最大的財產。

可是時至今日，並沒有人要求得到薩特的這筆遺產，沒有一個後裔來提出過這樣的要求。聖弗蘭西斯科依然屹立著，那一大片土地還始終屬於別人，在這裡還從未談論過什麼權利問題。只有一個名叫布萊斯·桑德拉 [15] 的作家給了這個被人忘卻了的約翰·奧古斯特·薩特一點點權利——這是一生命運給他的唯一權利，後世對他莫明驚詫的回憶。

註釋：

〔1〕哈弗爾（Le Havre），法國北部濱海城市。

〔2〕約翰·奧古斯特·薩特（Johann August Suter 或 John Augustus Suter），加利福尼亞的拓荒先驅，一八〇三年生於瑞士，一八三四年赴美國，一八三五年和一八三六年曾到過美國新墨西哥州首府聖非經商，一八三八年遷居密蘇里州的俄勒岡，一八三九年在聖弗蘭西斯科灣登陸，在今天的加利福尼亞首府薩克拉門托的地址上建立殖民地，

一八四一年成爲墨西哥公民，從阿爾瓦拉多總督處獲得大片土地。一八四八年一月二十四日，在所有權屬於他的土地上發現了黃金，從而引起瘋狂的淘金熱潮，他手下的人紛紛不辭而別，前來淘金的人盜走了他的成群牛羊，擅自占領他的土地，致使他於一八五二年宣告破產，一八六四至一八七八年加利福尼亞州政府給他每月二百五十美元養老金，一八八〇年死於心臟病猝發。

〔3〕印第奔騰斯堡（Fort Independence），密蘇里州西部小鎮，一譯獨立鎮。

〔4〕加利福尼亞自十六世紀以後，先爲西班牙的領地，後爲墨西哥的領地，以後又逐漸被美國併吞，經過一八四六至一八四八年的美墨戰爭，加利福尼亞於一八五〇年正式成爲美利堅合眾國的一個州。薩特拓荒加利福尼亞時，正經歷了這些歷史演變。

〔5〕蒙德來（Monte Rey），本爲加利福尼亞西部的蒙德來郡。

〔6〕胡安・包蒂斯塔・阿爾瓦拉多（Juan Bautista Alvarado，一八〇九～一八八二），墨西哥派駐加利福尼亞的行政長官，一八三六至一八四一年間是實際上獨立的加利福尼亞的總督。

〔7〕赫爾維齊（Helvetien，一譯赫爾維特），古代瑞士的名稱，赫爾維齊人亦即瑞士人。一七九八～一八〇三年間瑞士的正式名稱是赫爾維齊共和國。

〔8〕薩克拉門托河，美國加利福尼亞州中部河流，該州首府薩克拉門托位於此河岸。

〔9〕卡拿卡人（Kanaken），夏威夷群島的土著民族。

〔10〕海外商店（Faktorei），是指歐洲商人在殖民地設置的貿易棧。

〔11〕伊格納茨・普萊耶爾（Ignaz Pleyel，一七五七～一八三一），奧地利作曲家兼鋼琴製造家。

〔12〕詹姆斯・威爾遜・馬歇爾（James Wilson Marshall，一八一〇～一八八五），美國人，一八四四～一八四五年間到加利福尼亞拓荒，後和薩特合作經營鋸木廠，一八四八年一月二十四日，他在挖掘該廠地基時發現了黃金，從而引起一八四九年世界性的淘金熱。

〔13〕邁達斯（Midas），希臘神話中富利基阿（Phrygien）的國王，傳說其

手所觸之物即點化為黃金。

〔14〕合恩角（Kap Hoorn），南美洲大陸的最南端。

〔15〕布萊斯・桑德拉（Blaise Cendrars，一八八七～一九六一），法國作家。生於瑞士，又被認為是瑞士的法語作家。早年從事詩歌創作，二十世紀二〇年代中期轉向散文和雜文，最著名的散文作品是《黃金》（L'Or，一九二五），帶有美國西部小說的色彩，描述移民開發加利福尼亞的業績，其中有關於薩特的生動記述。

第九章

英雄的瞬間

杜思妥也夫斯基

聖彼得堡　謝苗諾夫斯基校場
1849年12月22日

Fyodor Mikhaylovich
Dostoevsky

俄羅斯著名作家杜思妥也夫斯基（一八二一～一八八一）青年時代受空想社會主義的思想影響，參加了彼得拉舍夫斯基[1]派的政治活動。一八四九年四月，二十八歲的杜思妥也夫斯基同該派成員一起被捕，被褫奪貴族身分和判處死刑。

　　一八四九年十二月二十二日，他們被帶到聖彼得堡的謝苗諾夫斯基校場上執行槍決。正待開槍之際，一名軍官騎著快馬，一面揮著白手帕一面橫穿廣場疾馳而來，宣讀了沙皇尼古拉一世的聖諭，給他們罪減一等的許可。

　　根據沙皇的聖諭，改判杜思妥也夫斯基服苦役刑及期滿後當兵。九年的苦役和軍營生活對他產生了重大影響：一方面豐富了他的生活知識，積累了文學素材，對社會的觀察、對人生的思考更加深刻和富於哲理；另一方面，流放生活使他遠離了俄國的先進階層，苦役犯政治上的壓制使他思想中固有的消極面有所發展，當時日益頻繁的癲癇病的發作又進一步加深了他精神上的抑鬱；此外，席捲歐洲的一八四八年革命失敗之後，各種資產階級和小資產階級的社會主義理想幻滅，更促使了他的思想危機。這一切的結果是，他摒棄了社會主義信念，用宗教的精神來解釋人民的理想，提倡棄絕個人慾望、逆來順受，宣揚人人都有罪孽，罪犯就是「不幸的人」等觀點，並試圖用道德感化來代替反對專制制度的鬥爭，幻想求得統治階級

和人民之間的和解。

　　褚威格在本篇歷史特寫中以詩的形式，記述了杜思妥也夫斯基一生轉折點中最關鍵的時刻──刑場一幕，並揭示了他以後那種深刻心理變化的開端。

──譯者題記

　　他們在夜裡把他從睡夢中拽醒，

　　地牢裡只聽見軍刀的聲音，

　　吆喝的命令；影影綽綽

　　幽靈似的晃動著令人恐怖的黑影。

　　他們推著他朝前走，長長的過道

　　又深又暗，又暗又深。

　　鐵門閂尖厲地吱叫，小鐵門嘎嘎直響；

　　他霎時感覺到天空，感覺到空氣冰涼。

　　一輛馬車──一座滾動的墓穴已等在那裡，

　　他被急急忙忙推進車廂。

　　身旁是九個同志，

　　全都戴著沉重的鐐銬，

　　一個個默不作聲，臉色蒼白；

無人說話，
因為誰都感覺到，
這輛車要把他們送往何方，
感覺到腳底下滾滾車輪
自己的生命維繫在輪輻上。

嘎吱嘎吱的馬車已停住，
車門開啓，發出刺耳的聲響：
透過打開的柵欄，凝視他們的
是一角黑暗的世界
睏倦矇矓的目光。
房屋將廣場圍成四方形，
一層冰霜覆蓋著低矮、骯髒的屋頂，
廣場上到處都是積雪，到處都是黑影。
灰濛濛的霧氣
籠罩著刑場，
只是在金色的教堂周圍
黎明投來清冷的好似淌著鮮血的紅光。

他們默默地排列在一起。

一名少尉前來宣讀判詞：

因武裝謀反處以槍決死刑，

死刑！

死這個詞猶如一塊巨石

掉進寂靜的冰面，

砰然巨響

彷彿將心擊得粉碎，

然後是無聲的回響

消逝在冰冷寂靜

默默的黎明中的墓地上。

他覺得眼前發生的一切

都像作夢，

只知道此刻要告別人生。

一個士兵走到他的面前，不聲不響

給他披上一件飄動著的白色死囚衣衫。

他向同伴們訣別，

無言的呼喚，熱烈的目光，

牧師神情嚴肅地給他遞上十字架，一邊示意，

他吻了吻上面的耶穌受難像；

接著，他們一共十人，三個三個地
被捆綁在各自的刑柱上。

一個哥薩克士兵 [2] 快步上前，
要給他矇上對著步槍的雙眼。
這時他趕緊用目光貪婪地
眺望濛濛天色所展示的一角小小世界——
他知道：這是永眠前的最後一眼。
他看到教堂在晨曦中紅光四射：
好像為了天國的最後晚餐
神聖的朝霞
染紅了教堂外觀。
他望著教堂，突然有一股幸福感
彷彿看到神的生活是在死的後面……

這時他們已矇住了他的眼睛，只覺漆黑一片。

可是在他心中
熱血開始翻騰。
眼前像多棱鏡似的變幻

生活的畫面

在熱血中紛紛浮現。

他覺得，

這臨死的一秒鐘

又將如煙往事湧上心間。

整個一生又一幕幕

出現在眼前：

孤獨、無趣、單調的童年，

父母、兄長、妻子，

三段友誼，兩杯歡樂，

一場榮華夢，一堆屈辱〔3〕；

逝去的青春

恰似畫卷順著血管急遽展開。

在他們將他綁上刑柱

那一秒鐘以前，

他內心深處還一直感覺到自己完全存在。

只是此刻，回憶

才將自己沉重的黑影籠罩他的靈魂。

這時

他覺得有人向他走來，

那是可怕的、不聲不響的腳步，

走得很近很近，

只覺得那人用手按在他的心口，

心愈跳愈弱……愈跳愈弱……甚至不再

跳動——

再過一分鐘——心臟也就永息。

哥薩克士兵們

在對面排成射擊隊形……

背槍的皮帶甩到一邊……推上子彈……

急促的鼓點要想把空氣震碎。

而這一秒鐘卻長似千年。

突然，一聲大喊：

住手！

一名軍官走上前，

把手中的白紙一閃，

他那清晰響亮的聲音

劃破靜候的沉寂：
沙皇聖意
慈悲爲懷
撤銷原判
改成發配。

這些話聽上去
有點蹊蹺：他無法明白其中奧妙，
但血管裡的血
又變得鮮紅，
開始流動，開始輕輕歌唱。
死神
遲疑地爬出了已經發僵的四肢關節，
矇住的雙眼雖然還覺得一片黑暗，
但已感到永遠的光明正在迎來。

執刑官
默默地替他解開綁繩
雙手從他灼痛的太陽穴上
撕下白色的繃帶

恰似撕下皸裂的白樺樹皮。
兩眼好像剛剛從墓穴出來，恍恍惚惚
只覺得亮光刺目，視線遊移
迷迷糊糊重新見到了
這個已經要永別的世界。

這時他又看見
剛才那座教堂上的金色屋頂
在升起的朝陽中
神祕地紅光四射。

朝霞紅似成熟的玫瑰
好像帶著虔誠的祈禱擁抱教堂頂端，
閃爍發亮的耶穌塑像
一隻曾釘在十字架上的手
宛若一柄神聖的劍，高高直指
紅艷艷的雲端。
彷彿就在這教堂上方，
上帝的殿堂在輝煌的曙光中升起。

光的巨流

把彩霞的波浪

湧向樂聲繚繞的天堂。

一團團霧靄

滾滾升起，好像帶走了

壓在世間的全部黑暗，

融入神的黎明光輝。

彷彿有無數的聲音從深淵衝向霄漢，

成千人在一起悲訴。

他好像平生第一次聽到

人間的全部苦難，

悲訴自己不堪痛苦的哀號

越過大地，疾呼蒼天。

他聽到的是弱小者們的聲音：

以身相許錯了的婦女們的聲音、

自嘲自嘆的妓女們的聲音、

始終受人欺凌者的內心怨怒聲、

從來沒有笑容的孤獨者的悲哀聲，

他聽到的是孩子們的抽噎聲、哭訴聲、

那些被偷偷誘姦的弱女子的悲愴叫喊聲。

他聽到了一切被遺棄、被侮辱、麻木不仁、

受苦受難者的聲音，

那些在大街小巷名不見經傳的殉難者的聲音，

他聽到他們的聲音

以高亢的音調

衝上寥廓的蒼穹。

但彷彿看見

只有心中的苦悶向上帝飄然飛去，

而坎坷的生活

依然將其餘的苦難留在人世。

但在傾訴世間苦難的齊聲哀號

陣陣襲擊下，

無垠的天空正愈來愈明亮；

他知道，

上帝將會聽到他們所有人的聲音，

上帝的天堂已響起慈悲之聲！

上帝不會審判可憐的人，

只有無限的憐憫永照他的天庭。

人間處處是瘟疫、戰爭、死亡、飢饉[4]，

於是這個死裡得生的人竟覺得

受苦受難倒是樂事，而幸運卻成了痛苦。

閃閃發光的天使

正降臨大地。

他在痛苦中產生的聖潔的愛的光輝

深深地照亮他的正在寒顫的心扉。

這時他好像跌倒似地

跪下雙膝。

他這才真切地感覺

充滿苦難的整個大地。

他的身體哆嗦，

滿口白沫，

面部抽搐，

幸福的淚水

滴濕了死囚衣。

因為他感到，

只有在觸到了死神苦澀的嘴唇之後

他的心才感受到生的甜蜜。

他的靈魂渴望著去受刑和受折磨，

他清楚地意識到，

這一秒鐘裡的他

正如千年前釘在十字架上的耶穌，

在同死神痛苦地一吻之後

又不得不像耶穌一樣爲受難去愛生。

士兵們把他從刑柱上拉開。

他的臉色蒼白得像死人一般。

他們粗暴地

把他推回到囚犯的行列。

他深深地陷入沉思

目光奇異，

是卡拉馬佐夫〔5〕將一絲苦笑

掛上他抽搐的雙唇。

註釋：

〔1〕米哈依爾・瓦西里耶維奇・彼得拉舍夫斯基（一八二一～
一八六六），十九世紀俄國著名的解放運動活動家，彼得拉舍夫斯基
派的領導者，曾參加一八四四至一八四六年《外來語袖珍辭典》的出

版工作，在該辭典中反映出他的唯物主義和空想社會主義的革命觀點，一八四九年被流放西伯利亞服苦役刑，畢生堅決反對專制農奴制度。

〔2〕舊時俄國行刑隊中的劊子手大多由哥薩克人擔任。

〔3〕杜思妥也夫斯基青年時代曾與別林斯基、涅克拉索夫、謝德林爲友；一生中兩度結婚；本人享有貴族身分，爾後又受到被褫奪的恥辱，故云：三段友誼，兩杯歡樂，一場榮華夢，一堆屈辱。但他的兩次結婚均在服苦役以後。

〔4〕此處原文是 die Apokalyptischen Reiter，直譯是：《約翰啓示錄》的四騎士，因這四騎士分別象徵瘟疫、戰爭、飢饉、死亡，故意譯如此。

〔5〕這是指杜思妥也夫斯基的最後一部著名長篇小說《卡拉馬佐夫兄弟》，這部反映了作者在心理、倫理、政治和哲學中不斷探索的社會哲學小說，完成於一八八〇年，但構思於十九世紀五〇年代初，亦即杜思妥也夫斯基被判刑之際正在構思的小說。

第十章

越過大洋的
第一次通話

菲爾德
1858年7月28日

Cyrus West Field

菲爾德（Cyrus West Field，一八一九～一八九二），美國實業家，以經營造紙業起家，後集資鋪設第一條橫越大西洋、連接歐美兩洲的海底電報電纜。經過兩次失敗，一八五八年七月二十八日在大西洋中部分兩頭開始進行第三次鋪設工作，終獲成功。八月十六日晚，英國維多利亞女王致美國總統的賀電通過海底電纜傳到紐約。次日，歐美兩洲沉浸在一片狂歡之中。但是，由於當時電訊技術其他方面條件的限制，如發報機功率小等，致使電纜雖然接通，電傳訊號卻不久又歸於沉寂。於是群情由狂歡而轉為對菲爾德的憤怒責難，謠言四起，紛紛傳說菲爾德本來就是一個騙子……然而，事隔六年餘，不屈不撓的菲爾德又於一八六五年重新繼續這項事業，並於一八六六年取得最後勝利──通過海底電纜從美洲向歐洲傳來清晰的電報訊號。

褚威格在如實記錄菲爾德的榮辱升沉的過程中，熱情謳歌了這位無畏的勇於實踐的創業者，同時也反映了閒言碎語、隨波逐流的炎涼世態。

──譯者題記

新的節律

自從被稱之為人的這種特殊生物踏上地球以來的數千年乃

至數萬年間，除了馬的奔跑、滾動的車輪、划槳櫓的船或風揚的帆船以外，地球上還沒有另一種更高速度的連續運動。在我們稱之為世界歷史的這一記憶所及的狹隘範圍之內的一切技術進步，都未能使運動節律獲得明顯的加快。華倫斯坦 [1] 軍隊的前進速度並不比凱撒大帝 [2] 的羅馬軍團快，拿破崙的軍隊向前推進也並不比成吉思汗的騎兵迅速。納爾遜 [3] 的三桅戰艦橫渡大海只比維金人 [4] 的海盜船和腓尼基人 [5] 的商船快一點點。拜倫爵士 [6] 在他的《恰爾德·哈羅爾德遊記》中每天走過的里程不比奧維德 [7] 流放到黑海東岸草原時所走的里程多。十八世紀的歌德旅行時並不比世紀之初的使徒保羅 [8] 舒服得多和迅速得多。國家與國家在空間和時間上的距離，拿破崙時代和羅馬帝國時代是一樣的，並沒有縮短；物質的抗拒仍然勝過人們的意志。

一直到十九世紀，地球上速度的極限和節律才得到根本性的改變。在這個世紀的頭十年和二〇年代，各族人民、國家與國家間的相互往來的速度就已超過了以往幾個世紀。從前需要數天的路程，現在有了火車和輪船，一天之內就能完成。從前要花數小時的旅行，現在只要幾刻鐘和幾分鐘就能解決。不過，儘管當時人們以無比自豪的心情感受到這種由火車和輪船所帶來的新速度，但這種發明畢竟還是屬於可以理解的範圍之

內。因為這類運輸工具無非是把迄今為止所知道的速度加快到五倍、十倍、二十倍。它們的外觀和內容也還都是能夠捉摸的，它們創造的所謂奇蹟也是能夠解釋的。然而，當第一批電氣設備出現的時候，人們對它們所產生的效果就完全意想不到了。電，這個赫克勒斯 [9]，當它還在搖籃裡時就已推翻了迄今為止的一切定律，破壞了一切行之有效的標準。我們這些後來者將永遠無法體驗到當時的一代人對電報的最初效果所產生的驚奇心情。正是這種小小的幾乎無法感覺到的電火花——它昨天還只能在萊頓瓶 [10] 裡發出噼噼啪啪的聲音，產生手指節骨那樣一英寸長的電花，如今一下子獲得了巨大魔力，能越過陸地、高山和所有的大洲。這使他們驚愕不已，不勝振奮。一個幾乎還沒有想完的念頭、一個剛剛寫好、墨跡未乾的字，就能在一秒鐘之內被幾千里遠的地方所獲悉、讀到和瞭解。在微小的伏特電棒 [11] 兩極之間震盪的看不見的電流能夠繞著地球從這一端傳到另一端。這種物理實驗室裡玩具般的儀器，昨天還剛剛能夠通過玻璃片的摩擦吸住一些小紙片，現在卻獲得了比人的體力大幾百萬倍和幾億倍的力量和速度，它能傳遞消息、驅動有軌電車、照明街道和房屋，並且像精靈 [12] 一般能在空中倏然飄過。由於電的發現，空間和時間的關係才有了創世以來最具決定性的改變。

一八三七年應該說是具有世界歷史意義的一年。這一年，電報第一次使以往彼此隔絕的人類能同時獲悉世界上發生的事，可惜這一年在我們的教科書中很少提到，我們的教科書總以爲去敘述國家間的戰爭和統帥們的勝利更爲重要，而不去記述人類的眞正勝利——因爲它們是人類共同的勝利。確實，就廣泛的心理影響而言，近代史上沒有哪一個日期能與電報的發明所帶來的劃時代的變化相比擬。自從在阿姆斯特丹、莫斯科、那不勒斯、里斯本發生的事能在同一分鐘讓巴黎知道以來，世界的面貌發生了根本的變化。只是還需要邁出最後一步，才能把世界上的其他各洲也納入到這種龐大的聯繫之中，從而創造出一種全人類的共同意識。

　　誠然，自然界對這種最後的統一還要進行抗拒；這種最後的統一還面臨著這樣一個障礙：二十年來，那些被大海隔離的所有國家依然處於沒有電訊聯繫的狀態。因爲電線桿子上的電報電線由於絕緣的瓷瓶而能使電流毫無阻礙地向前傳送，而海水卻能導散電流。在一種能使鋼絲和鐵絲在水中完全絕緣的物質發明以前，要想在水中鋪設一條穿過大海的電纜顯然是不可能的。

　　幸虧由於時代的進步，現在已經發明了一種十分有效的物質。在陸地上使用電報之後沒有幾年，古塔膠 [13] 就被發現

了，這是一種能使電線在水中得到絕緣的特效材料。於是就使人們有可能開始把歐洲大陸對岸的最重要國家──英國和歐洲大陸的電報網連接起來。一個名叫布雷特[14]的工程師鋪設了第一條海底電纜──只是由於一個笨蛋幹了一件蠢事，才破壞了這件眼看就要成功的事：一個布倫[15]的漁民以爲自己找到了一條特大的海鰻而把已經鋪設好的電纜拖出水面。後來，布萊里奧[16]就是在這同一位置駕駛一架飛機首次飛越海峽。不過，一八五一年十一月十三日進行的第二次鋪設海底電纜的試驗終於獲得成功：英國和歐洲聯繫在一起了，從而使歐洲才眞正成爲歐洲，它像一個人一樣，用一個大腦、一個心臟同時經歷著時代發生的一切。

在短短的幾年之內取得如此巨大的成果──因爲十年時間在人類歷史上豈不就像眼睛一眨？毫無疑問，它必然會喚起那一代人的無限勇氣。人們進行的一切試驗都獲得了成功，而且像夢一般的快。只用了幾年工夫，英格蘭和它毗鄰的愛爾蘭有了電報聯繫，丹麥和瑞典以及科西嘉島和歐洲大陸也都建立了電報聯繫，同時人們已在探索要將埃及與印度以及歐洲用電報網聯繫起來。但是世界上另一個大洲、而且恰恰是最重要的一個洲──美洲看來還始終被排斥在這種世界性的電報網之外。因爲無論是大西洋還是太平洋，它們都是如此浩瀚，要在洋面

上設立中間站根本是不可能的，而一根電線又怎能橫越這樣兩個大洋呢？在那電的童年時代，各種因素尚未爲人所知。海洋的深度尚未測出。人們對海洋的地質結構也還只是大致瞭解。在這樣的深度鋪設電纜，能否承受得住海水的無限壓力，對此還完全沒有進行過試驗。就算在這樣的深度鋪設這樣一條長得幾乎沒有盡頭的電纜在技術上是可能的，那麼又從哪裡去弄到這樣一艘巨船來運載這兩千海哩長的由鐵和銅合製成的電纜呢？又從哪裡去弄到這樣大功率的發電機來把電流不間斷地輸送過如此漫長、用輪船橫渡至少也得用兩三個星期的距離呢？所有這些條件都不具備。況且還不知道大洋深處的磁場是否會導致電流失散；當時也還沒有絕對可靠的絕緣材料，沒有準確的測量儀器——人們僅僅知道那些使自己從百年的沉睡中甦醒過來、剛剛打開自己眼界的電的最初定律。因此當有人剛一提出這項橫越大洋的電纜計畫時，學者們就激烈反對，搖搖手說：「不可能！絕對不可能！」縱然是那些最有魄力的技術專家，也只是說：「也許將來能辦到吧。」就連莫爾斯〔17〕本人——迄今爲止，電報的廣泛採用應歸功於他的偉大發明——也覺得這項計畫是不可思議的冒險。但他預言說，如果鋪設橫越大西洋的電纜獲得成功，那將是本世紀最煊赫的壯舉。

所以說，一樁奇蹟或者一項非凡事業要想獲得成功，一個

人對這一奇蹟本身的信念往往是占第一位的前提。正當學者們遲疑猶豫的時候，一個並非學者出身的人的那種淳樸的勇氣卻大大推動了這項計畫。像大多數情況一樣，這一次也是由於偶然的巧遇才使這一宏偉的壯舉獲得起飛。一八五四年，一個名叫吉斯博恩納 [18] 的英國工程師要鋪設一條從紐約到美洲最東邊的紐芬蘭 [19] 的海底電纜，以便能提前數日獲悉有關船隻航行的消息，但工程不得不在中途停止，因為他的財源已告枯竭，於是他前往紐約尋求金融家們的支持。由於純粹偶然的機會——世界上的許多光榮業績正是由於巧遇而產生——他在那裡遇到一個名叫賽勒斯‧韋斯特‧菲爾德的年輕人，這位傳教士的兒子，在經營企業活動中財運亨通，腰纏萬貫，雖然正值風茂年華，卻已是一個殷實的富豪，隱居在家，過著寓公生活。當然，長期無所事事對他來說也未免太空虛了一點，旺盛的精力無所寄託。吉斯博恩納想爭取得到這位賦閒的菲爾德的幫助，以完成從紐約到紐芬蘭的電纜。然而，菲爾德既非技師又非專家——或許人們會說：幸虧他什麼也不是。他對於電一竅不通，也從未見過什麼電纜。但是，在這位傳教士的兒子——富於冒險精神的美國人的心中卻充滿著熱烈的信念。當吉斯博恩納這位專業工程師還僅僅著眼於直接的目標——把紐約和紐芬蘭聯繫起來時，這位充滿靈感的年輕人卻已立刻把

目光投向更遠的地方。為什麼不能在連接上紐芬蘭之後隨即通過海底電纜和愛爾蘭聯繫起來呢？於是菲爾德立刻以排除萬難的決心著手這項工作，從那時起他就毅然決然為實現這一事業把自己的全副精力和身邊的所有財產都貢獻出來——他在那幾年裡橫渡大西洋往返於兩大洲之間三十一次。決定性的火苗就這樣點燃了，從而使他的這個主意在現實中獲得了爆炸性的力量。創造奇蹟的新的電的力量和另一種生活中最強大的動力因素——人的意志結合了起來。一個人找到了自己的人生使命，而使命也找到了它所需要的人。

籌備

菲爾德用難以置信的精力投身到這一事業中去。他和所有的專家建立了聯繫；懇請與此有關的政府給予開發權；為了籌措必要的資金，他在歐美兩洲展開了一場徵集活動。而由這位名不見經傳的人所發出的衝擊力竟是如此強烈，他內心的信念是如此執著，他對於電是一種創造奇蹟的力量所抱的信心又是如此堅定，致使三十五萬英鎊的原始啓動資金在英國幾天之內就被認購完了。其實，為了創辦這家電報建設和維修公司只要把利物浦、曼徹斯特和倫敦的最有錢的商人邀集在一起就夠了。可是在認購股份者的名單中還有薩克雷〔20〕和拜倫夫

人〔21〕的名字——當然，他們完全沒有做生意的附帶目的，而僅僅是爲了促進事業，出於道義上的熱忱。在產生斯蒂芬森〔22〕、布魯內爾〔23〕和其他偉大工程師的那個時代，對一切技術和機器所抱的樂觀主義始終籠罩著英國。爲了一項完全幻想的冒險計畫籌措一筆巨款，只要一聲號召，就有人貸款，作爲自己終身年金的基金——沒有什麼比這更能形象地說明當時那種樂觀主義的了。

不過，在這伊始之初，唯一有把握的大概也就是這筆鋪設電纜所需要的估計費用。至於技術上究竟如何實施，沒有任何先例可循。類似這樣規模的工程在十九世紀還從未有人設想過和計畫過。而鋪設一條橫越整個大西洋的電纜又怎麼能同在多佛〔24〕和加萊〔25〕之間的那條水下電線相比呢？在那裡鋪設水下電線只要從一艘普通輪船的露天甲板上捲下三十或四十英里長的電線就行了。而把又粗又重的電纜沉入大洋，就像從絞盤上鬆下錨鏈一般。在海峽鋪設水下電線，可以靜靜地等候特別風平浪靜的一天。而且對於那裡的海底深度人們也已瞭解得十分清楚。海峽的此岸和彼岸又都始終在視線之內，可以避免任何危險的意外。在那裡鋪設水下電線只需一天的時間就能順順當當地完成。而鋪設那根橫越大西洋的電纜至少得持續航行三個星期，在這期間，比在英吉利海峽之下電線長一百倍和重

一百倍的電纜的捲筒就不能一直放在露天的甲板上，還姑且不說各種不測風雲的惡劣天氣。此外，當時也沒有一艘巨船能在貨艙裡容納下這麼多的由鐵、銅、古塔膠製成的龐然電纜。由於當時沒有一艘船能承載這樣的重量，所以至少需要兩艘船，而且這兩艘主力船還必須由其他船隻伴隨，以便準確地保持在最短的航線之內和遇到意外時能得到救援。雖然英國政府為此提供了它的最大的戰艦之一——在塞瓦斯托波爾戰役[26]中曾作過旗艦的「阿伽門農」號[27]；美國政府提供了一艘五千噸級的三桅戰艦「尼亞加拉」號[28]（這在當時是最大的噸位了），但是這兩艘船必須先進行特殊的改建，才能在船體內藏下那條要把兩大洲聯繫起來、沒有盡頭的電纜的各一半。毫無疑問，主要問題仍然在於電纜本身。要製成這樣一條聯繫世界兩大洲的巨大無比的臍帶，技術上的要求簡直不堪設想。因為這條電纜一方面必須像鋼索一樣堅實和不能斷裂，同時又必須相當柔軟，以便能輕易地進行鋪設。它必須經受得起任何壓力、任何重量，但捲起來又要像絲線一樣光滑。它必須是實心的，但又不能塞得太滿；它一方面必須堅固，另一方面又必須十分精密，以便能讓最微弱的電流傳送到兩千多海哩以外。在這條巨大的電纜上，不管在什麼地方，只要有一點點裂縫、一點點不平整，就會破壞在這十四天航程的線路上的傳送工作。

但是仍然有人敢幹！現在，幾家工廠日日夜夜地在製造這種電纜。菲爾德的精靈般的意志驅使著所有的輪子向前轉動。鐵和銅的礦冶廠全都圍著這一根電纜轉。爲了替如此之長的電纜製造古塔膠保護層，全部橡膠樹林都必須流淌乳膠汁。爲了說明這項工程的巨大規模，最形象的比方莫過於：繞在電纜裡的三十六萬七千英里長的單股銅鐵絲可以繞地球十三圈，如果連成一根線，能把地球和月球連接起來。自從《聖經》上記載有通天塔以來，人類沒有敢去想還有比它更宏偉的工程。

初航

　　隆隆的機器聲響了一年，從工廠運來的電纜像一根綿延不斷的細紗線似的不停地繞進兩艘船的內艙，在纏繞了上萬轉以後，兩艘大船的每艘船上終於裝滿了全部電纜各一半的線盤。鋪設電纜用的笨重的新機器也已設計完畢並且安裝好了。這些機器都配有煞車和倒轉裝置，能連續工作一星期、兩星期、三星期，不間歇地將電纜沉放到大西洋的深處。最優秀的電氣專家和技術專家，其中包括莫爾斯本人，都集中在船上，以便在整個鋪設過程中始終用儀器進行監測電流是否中斷。新聞記者和畫家們也都到船隊上來，爲的是要用語言和畫筆描寫這一次自哥倫布和麥哲倫以來最激動人心的遠航。

啓航的一切工作終於準備就緒。雖然懷疑論者至今仍然占著多數，但全英國的公眾興趣現已熱烈地轉到這一壯舉上來。一八五七年八月五日，在愛爾蘭瓦倫西亞的一個小海港，數百條舢板和小船團團圍住這一支前去鋪設海底電纜的船隊，為的是要目睹這一具有世界歷史意義的時刻，要親眼看一看電纜的一端是怎樣用小船駁到海岸上、固定在歐洲堅實的陸地上的。一次盛大的告別儀式自然而然形成了。政府派來了代表，致了賀詞。一位神父在他感人的講話中祈求上帝保佑這一次大膽的冒險行動。「啊，永恆的主，」他這樣開始，「是祢使天空放晴，是祢主宰著海潮，風浪全聽祢的召喚，請祢以慈悲之心看著祢下界的僕人……在完成這項重要的工作中，請祢為我們排解可能遇到的一切災難險阻。」接著，數千隻手和帽子從岸邊和海面向船隊揮動。陸地漸漸地變得朦朧了。人類最大膽的夢想之一正試探著要變成現實。

失敗

原先計畫「阿伽門農」號和「尼亞加拉」號這兩艘大船——它們各自運載著電纜的一半——一起駛往大西洋中部的一個約定地點，在那裡先將兩半的電纜接上，然後一艘船朝西駛向紐芬蘭，另一艘船朝東駛向愛爾蘭。但是覺得在第一次試

驗時就把全部昂貴的電纜都用上未免太冒失，於是決定寧可從大陸出發鋪設第一段線路，因為當時還不能肯定，從海底傳來的電報訊號在經過如此漫長的距離之後是否繼續保持正常。

從大陸出發把電纜鋪設到大西洋中部的任務交給了兩艘船中的「尼亞加拉」號。這艘美國三桅戰艦緩慢地、小心翼翼地向預定方向駛去，一邊像一隻蜘蛛似的從它龐大的軀體內不停地在後面留下那根線。一架鋪設機在甲板上慢慢騰騰地發出有節奏的嘎嘎聲——就像錨鏈從絞盤上向下沉入水底時發出的聲音一樣，所有的海員都非常熟悉。幾小時以後，船上的人對這種有規律的碾磨似的聲音已不再注意，就像他們不注意自己心臟的跳動。

船愈駛愈遠，電纜不停不歇地從船體的龍骨後面沉入大海。這樣一次冒險行動似乎顯得一點都不驚險。只是在一間特殊的船艙裡坐著電學專家，在仔細傾聽，一直和愛爾蘭的陸地交換著訊號。令人奇怪的是：雖然海岸早已望不見，但從水底電纜傳來的電報訊號依然十分清晰，就像從歐洲的一個城市傳到另一個城市似的。船已經離開淺水區，也越過了愛爾蘭後面的一部分所謂深海高地，而這根金屬粗線卻始終不停地在龍骨後面沉入海底，猶如從沙漏流下來的沙，同時通過它發出訊號和接收訊號。

電纜已經鋪了三百三十五海哩，已比從多佛到加萊的水下電線距離長十倍多；沒有把握的頭五天五夜已經過去。到了八月十一日晚上——第六個晚上，菲爾德已上床就寢，經過許多小時的工作和興奮之後他也該休息一下了。這時，那嘎嘎的絞盤聲突然停止——發生了什麼事？一個在行駛的列車上睡著了的人，當機車猛一停住時他就會醒來，磨坊主人當磨盤突然停止時他就會在床上驚醒，正如這種情況一樣，船上所有的人一下子全醒了，急急忙忙跑到甲板上。第一眼就發現：放纜機的出口處已空空如也。電纜突然從絞盤上滑落下去；要想馬上找到扯斷的那一頭顯然是不可能的，要想現在找到掉在深水裡的那一頭並重新撈上來，更是不可能。可怕的意外事故就這樣發生了。一個小小的技術差錯毀掉了幾年的工作。這些出發時如此雄赳赳氣昂昂的人現在卻要作為失敗者回到英國去。一切訊號突然沉寂的壞消息也早已在英國傳開。

再次失敗

唯一不動搖的人是菲爾德，他既是英雄又是商人，他正在算著一筆帳。損失了什麼呢？——三百多海哩長的電纜，約十萬英鎊的股本；而更使他心情頹唐的，或許是那無法彌補的整整一年的時間。因為只有到了夏季才能指望有出航的好天氣，

而今年的夏季早已逝去了許多；但在另一張紙上他又記著一筆小小的收穫。他們在這第一次試驗中獲得了許多實踐經驗。電纜本身證明是可用的，這樣就可以把電纜捲起來收拾好，爲下一次遠征時用。只是放纜機必須進行改裝，這次電纜倒楣地折斷，就是放纜機出的毛病。

等待和準備的一年就這樣又過去了。一八五八年六月十日，仍舊是這兩艘船，帶著新的勇氣和載著舊的電纜再次啓航。由於第一次航行時水下傳來的電報訊號沒有出現異常，所以這一次又恢復了原來的舊方案：在大西洋中部開始，分別向兩岸鋪設電纜。這一次新航行的最初幾天平平常常地過去了。因爲要到第七天才在預先計算好的地點開始鋪設電纜 —— 正式的工作才算開始，而在此之前，所有的人就像乘船兜風 —— 或者說看上去是這樣。放纜機停在那裡沒有工作，水手們還可以休息一陣，欣賞這美好的天氣，正是：晴空萬里，風平浪靜。大海似乎顯得也太平靜了。

可是到了第三天，「阿伽門農」號船長已暗暗感到不安。氣壓計向他表明，水銀柱正在以可怕的速度下降。一場特大的暴風雨正在逼近，而事實上，第四天暴風雨就來了。像這樣的暴風雨，就連大西洋上最老練的水手也難得遇到。而這樣的颶風驟雨恰恰被這艘英國鋪纜船 —— 「阿伽門農」號遇上了，眞

是倒楣透頂。這艘英國海軍的旗艦原是一艘裝備精良的船，曾在所有的海洋上和戰爭中經受過最嚴峻的考驗，它本來完全可以對付這種惡劣的天氣。但不幸的是這艘船為了鋪設電纜而進行了徹底的改裝，以便使船艙能負載巨大的重量。而且現在這艘船又不同於一艘貨輪，在一艘貨輪上，可以把重量均勻地分布在各個船艙，但在這艘船上，巨大電纜的全部重量都落在船中央，船頭只吃到一部分重量，這就造成了更為嚴重的後果：船每顛簸一次，擺動都要增加一倍。於是，狂風巨浪就能拿自己的這件犧牲品做最危險的遊戲；船一會兒傾斜到右，一會兒傾斜到左，一會兒向前抬，一會兒向後仰，幾乎傾斜到與水面呈四十五度角。沖來的巨浪撲打到甲板上，把所有的東西擊得粉碎。有一次，由於巨浪的猛烈撞擊，使整條船從龍骨到桅杆搖晃不停，這一新的災難使得甲板上的擋煤板坍塌了。全部煤塊像黑色的冰雹嘩啦啦地往下撒落，像石頭一樣堅硬的煤塊打在那些本來已經筋疲力竭、流著鮮血的水手們的身上。有幾個在煤塊的傾瀉之下受了傷，另外幾個在廚房裡被倒下來的鍋爐燙傷。一名水手在這樣的十天暴風雨中變得神經錯亂。有人已在考慮最後一招：把那倒楣的電纜扔一部分到海裡去。幸虧船長反對，他不願為此承擔責任，而且他做的也是對的。「阿伽門農」號在經受了種種不可名狀的考驗之後總算熬過了這十天

的狂風巨浪，儘管晚了許多時間，終於能夠在預先約定的洋面上和其他船隻相會，並且在那裡開始鋪設電纜。

可是現在才發覺，經過這樣持續不斷的顛簸滾動，這批繞著數千圈電纜的寶貴而又容易弄傷的貨物受到了嚴重的損壞。有些地方亂成一團，有些地方的古塔膠保護層磨破或者劃破了。儘管如此，船上的人還是抱著一線希望試了幾次，想把這樣的電纜鋪下去，而結果無非是白白扔掉了大約兩百海哩的電纜，它們像廢物似的消失在大海之中。也就是說，第二次試驗又失敗了，他們灰溜溜地回來而不是凱旋。

第三次航行

倫敦的股東們已經知道了這不幸的消息，他們正臉色蒼白地等待著自己的經理和誘騙者——菲爾德。這兩次航行已消耗掉股本的一半，可是什麼結果也沒有，什麼也沒有達到；可想而知，大多數人此刻都在說：算了！董事長主張把能挽回的盡量挽回。他贊成把那些剩下的沒有用過的電纜從船上取下來，必要時即便是賠本也要把它們賣掉，也就是說，他要一筆勾銷這項鋪設橫越大洋海底電纜的荒唐計畫。副董事長也附和他的意見，並遞交了一份書面辭職書，以此表明他不願再同這種怪誕企業繼續發生干係。但是，菲爾德的堅忍不拔的決心和理想

主義的獻身精神並沒有因此而動搖。他解釋說，什麼也沒有損失，經過這樣的考驗，證明電纜本身的性能非常良好。而且船上的電纜還足夠進行一次新的試驗，現在船隊已經組成，船員也已雇到，正因爲前一次航行遇到了不同尋常的惡劣天氣，所以現在倒可以指望有一段風平浪靜、天氣晴朗的日子，只是需要勇氣，再一次的勇氣！要麼現在敢於做最後一次試驗，要麼永遠失去機會。

股東們面面相覷，愈來愈猶豫不決：難道他們還應該把投資的最後一部分信託給這個蠢材？然而，由於強烈的意志最後總是能拖著猶豫不決的人向前跑，所以在菲爾德的促使下，終於再次出航。一八五八年七月十七日，在不幸的第二次航行以後過了五個星期，船隊第三次離開了英國的海港。

重大的事情幾乎總是悄悄地獲得成功——這種老生常談的經驗現在再次得到了證實。他們這次啓航完全沒有人注意；船隊周圍沒有表示祝願的舢板、小汽艇；海灘上沒有聚集的人群；沒有隆重的告別宴會；沒有人發表賀詞；也沒有神父祈禱上帝保佑。他們的船隻悄悄地、怯生生地出發了，像去進行一次海盜活動似的。可是大海卻非常友好地在等候他們。駛離昆斯敦十一天以後，七月二十八日——正好是約定的那一天，「阿伽門農」號和「尼亞加拉」號在大西洋中部約定的地點開

始了這項偉大的工作。

　　一幅奇特的場面——兩艘船的船尾對著船尾。現在正在這兩艘船之間把電纜的兩端銜接起來。沒有任何的儀式，甚至連船上的人也沒有對這一過程表現出濃厚的興趣——由於幾次試驗的失敗，他們已變得十分厭倦，那一根由鐵和銅製成的粗電纜在兩船中間徐徐沉入深海，一直落到尚未被測深錘勘探過的大西洋海底。然後，這艘船上的人和那艘船上的人互相揮手，同時打出旗語告別，英國船駛向英國、美國船駛向美國。當兩艘船愈離愈遠，在一望無際的大西洋上變成兩個移動的黑點時，電纜卻始終把它們聯繫在一起。有史以來，兩艘船能越過風浪、空間和距離，通過無形的電流互相進行聯繫這還是第一次。每隔若干小時，這一艘船就用電流訊號從大西洋深處向另一艘船通報它已經鋪完了多少海哩的電纜，而每一次都能得到另一艘船這樣回答：由於天氣非常好，他們也鋪了同樣的距離。第一天是這樣，第二、第三、第四天還是這樣。到了八月五日，「尼亞加拉」號終於能夠報告說，它在鋪完了不少於一千零三十海哩的電纜之後，現在已到達紐芬蘭的特里尼蒂海灣﹝29﹞，並已望見美洲的海岸。「阿伽門農」號也同樣能夠報告勝利的喜訊：它也一樣，順利地在深海鋪完了一千多海哩，也看到了愛爾蘭的海岸。現在，人類已經能夠第一次把聲音從

這個大陸傳到那個大陸——從美洲傳到歐洲。不過，關於這一偉大業績已經完成的消息，此刻還只有這兩艘船、只有這幾百個在自己的木頭船艙裡工作的人知道，而世界上的人並不知道——他們早已把這件冒險的事忘卻了。無論是在紐芬蘭還是在愛爾蘭，都沒有人在海灘上等候他們。但是當新的海底電纜和陸地上的電纜接通的那一秒鐘，全人類將肯定會知道他們已取得了共同的重大勝利。

一片歡呼

　　正因為這歡樂的閃電猶如晴天霹靂，所以它燃起了熊熊烈火。在八月的最初幾天，舊大陸和新大陸幾乎在同一個小時獲悉這一事業成功的消息；它所產生的反響是難以形容的。在英國，平時十分謹慎的《泰晤士報》發表社論說：「自從哥倫布發現新大陸以來，還從未發生過這種以無可比擬的方式大大擴大了人類活動範圍的事件。」市中心洋溢著一片歡樂的氣氛。但是，英國的這種自豪的喜悅和美國的狂熱的歡呼相比，就不免顯得矜持和含蓄。在美國，消息剛剛傳到那裡，就陷入狂熱的歡呼之中。商店的營業隨即停頓，大街小巷擠滿人群，他們在打聽、喧嘩、談論。菲爾德——一個名不見經傳的人一夜之間成了國家的英雄，把他同富蘭克林和哥倫布相提並論。紐約

全城以及隨它之後上百座其他城市在震撼、在吼叫，人們盼望著要一睹這位人物的風采，是他「通過自己的決斷果敢使年輕的美洲和古老的世界結成了良緣」。不過，此時的熱情還沒有達到最高潮，因爲眼下傳來的無非只是一個簡單扼要的消息：電纜已經鋪好。這一根電纜果眞能通話嗎？這件事眞的算是成功了嗎？於是出現了令人激動的場面：全城的人、全國的人都在等待和悉心傾聽從大洋彼岸傳來的第一句話──只要一句話。他們知道，英國女王將率先發來賀電，他們每時每刻都在等待著她的賀電，心情愈來愈焦急。然而，日子還是一天一天地過去，因爲從紐約通往紐芬蘭的電纜恰恰在此時不幸地發生了意外故障，一直到八月十六日晚上，維多利亞女王 [30] 的賀電才傳到紐約。

　　這條盼望已久的消息到得太晚了，以致報紙無法進行正式報導；消息只能直接發到各電報局和各編輯部，頃刻之間，人潮如湧。報童們不得不費勁地從喧鬧的人群中擠過去，撕破了衣服，擦破了皮膚。賀電在劇場、在餐廳宣讀開了。有成千上萬的人還不能理解電報怎麼會比那艘最快的船早到好幾天，他們紛紛擁到布魯克林 [31] 的港口，去迎接那艘在和平時期取得勝利的英雄船「尼亞加拉」號。第二天，即八月十七日，報紙用特大號字的醒目標題歡呼這次勝利：「電纜傳送成功」、「人

人欣喜若狂」、「全城轟動」、「普天同慶的時刻」。這確是史無前例的勝利，因為自從地球上開始有種種思想以來，還從未有過這種情況：一個想法能在同一時間內以自己同樣的速度飛越過大洋。為了宣告美國總統 [32] 已向英國女王回電，禮炮鳴了一百響。現在再也沒有人敢懷疑了；到了晚上，紐約和其他所有的城市都被萬盞燈火和火炬照得通明，每扇窗戶都是亮的。此時此刻，即便是市政大廳的屋頂著了火，也幾乎不能妨礙他們的歡樂，因為第二天又有新的慶祝活動。「尼亞加拉」號到達了，菲爾德——這位偉大的英雄出現了！在勝利的歡呼聲中，剩下的電纜被拖著穿過城市，全體船員受到了款待。現在，從太平洋到墨西哥灣的每一座城市，每天每日都在重複著這種歡慶的情景，好像美洲在第二次慶祝它被發現的節日。

但是這還遠遠不夠！這支獨特的慶祝隊伍還應該顯得更加壯觀，要使它成為新大陸迄今見到過的最最盛大的隊伍。經過兩星期的準備，八月三十一日，全城舉行了盛大的慶祝活動，這一次只是為了一個人——菲爾德。自從有帝王和統帥們的時代以來，幾乎還沒有一個勝利者被他的人民這樣慶祝過。那一天正是秋高氣爽的日子，一支長長的遊行隊伍用了六小時的時間從城市的這一頭走到另一頭。走在前面的是軍隊，他們舉著

旗幟穿過彩旗飄揚的街道，跟在後面的是軍樂團、男聲合唱團、歌詠隊、消防隊、學校師生、退役軍人——一隊望不到盡頭的行列。凡是能參加遊行的都參加了遊行，凡是能唱歌的都在唱歌，凡是能歡呼的都在歡呼。菲爾德像一位凱旋的古代統帥坐在一輛四駕馬車上，第二輛馬車上坐著「尼亞加拉」號的指揮官，第三輛馬車上坐著美國總統；後面是市長們、官員們、教授們。然後是接連不斷的講話、宴會、火炬遊行，教堂的鐘聲在敲響，禮炮在轟鳴。一次又一次的歡呼把這個新的哥倫布、兩個世界的統一者、空間的戰勝者——菲爾德弄得心醉神迷，此時此刻他成了美國最光榮、最受崇拜的人物。

沉重的十字架

那一天，有幾百萬聲音在喧嘩、在歡呼。但是就在這一片歡慶之中，只有一個聲音、而且也是最最重要的聲音卻令人注目地沉默了，它就是海底傳來的電報。說不定就在這一片歡呼聲中，賽勒斯・韋斯特・菲爾德已經知道這個可怕的事實：大西洋的電纜恰恰就在這一天停止了工作；而前幾天傳來的訊號也已經混亂不清、幾乎不能辨認，好像一個臨死的人的最後喘息，現在電報終於徹底斷了氣。他是唯一知道這一底細的人，想必他內心非常驚恐。不過，除了那幾個在紐芬蘭監視接收信

號的人以外，在全美國還沒有一個人知道和預先想到電纜會漸漸失靈，即便是那幾個知情的人，面對著這種日復一日的無度狂熱，也會猶豫是否要將這令人痛苦的消息告訴歡呼的人們。但是不久，從電纜傳來的消息竟是如此稀少，終於引起了人們的注意。美國原先期待著每隔一個小時就會有消息越過大洋傳來，可現在情況並非如此，只是偶爾傳來一點模模糊糊、無法核實的音信。沒有多久，謠言就不脛而走了，說有人為了急於求成，為了達到更好的傳送效果輸送了過量的電荷，反而把這條漫長的電纜徹底弄壞了。但人們還是把希望寄託在排除故障上。可是不久再也無法否認：訊號已變得愈來愈混亂、愈來愈難以明白。恰恰就在過了醉酒之後的第二天，九月一日，從大洋彼岸再也沒有傳來清晰的聲音，再也沒有傳來純正的電流振盪。

　　如果說，人們僅僅從真誠的熱情中清醒過來，對他們原來寄予厚望的這個人從背後絕望地冷眼相看，那倒好辦了，但他們沒有這麼寬容。關於大肆讚美過的電報失靈的謠傳幾乎還沒有被證實，歡呼的浪潮就像反沖回來似的，一齊氣勢洶洶地撲向那個無辜的罪人——菲爾德。說他欺騙了一個城市、一個國家、一個世界；城裡的人說，他早就知道電報失靈，但是為了利己的目的而讓大家圍著他歡呼，並且利用這段時間把屬於他

自己的股票以高價脫手。甚至還有更惡毒的誣衊也紛紛傳開，其中最值得注意的是這樣一種武斷的說法：越過大西洋海底傳來的電報從來都不是真的，所有收到的電訊都是偽造的，都是騙局，那份英國女王發來的電報是事先起草好的，而且根本不是通過大西洋海底電纜傳過來的。此外還流傳著這樣的謠言：在整段時間內，從大洋彼岸傳來的電報沒有一條是真正清楚的，而是電報局長們根據猜測把斷斷續續的訊號拼湊而成的虛構電文。人們真正掀起了一場軒然大波。恰恰是昨天歡呼得最響亮的人現在變得最慷慨激昂、怒不可遏。全城的人、全國的人都在為自己過分激烈、過分急躁的熱情而感到悔恨。毫無疑問，菲爾德成了這種憤怒的犧牲品；這個昨天還被當作民族英雄、富蘭克林的兄弟和哥倫布的後繼者的人，現在卻不得不像一個罪犯似的躲避他的昔日朋友和崇拜者。真可謂成於一朝，毀於一夕。沒有想到失敗得這麼慘，資金損失，名譽掃地；而這根沒有用的電纜卻像傳說中的一條環繞地球的巨蟒〔33〕躺在大洋底下見不到的深處。

六年沉寂

　　這條被人遺忘了的電纜在大洋底下毫無用處地躺了六年。在這六年期間，兩大洲之間又恢復了原來的冷冷清清的沉寂，

而在世界歷史上曾經有過一小時長的時間兩大洲緊密地聯繫在一起，用同一個脈搏跳動。它們曾經靠在一起，美洲和歐洲同時交談過幾百句話，而現在這兩大洲重又像幾千年來一樣被那無法克服的遙遠距離所隔開。十九世紀最大膽的計畫昨天幾乎就要成為現實，而現在又變成了傳奇和神話。不言而喻，沒有人會想到重新去做這件成功了一半的事業；這可怕的失敗挫傷了所有的勇氣，扼殺了全部熱情。在美國，南北戰爭吸引了所有注意力；在英國，各種委員會還偶爾舉行會議，但是為了確認一下鋪設一條海底電纜原則上是否可行這一點，就需要兩年時間。況且從學術上的認可到真正實施還有一條漫長的路，誰也不想去走這樣一條路。所以六年之內所有工作都處於完全停頓的狀態，就像那條海底下被人遺忘的電纜。

但是，儘管六年時間在巨大的歷史範圍之內只不過是匆匆的一瞬間，而在像電這樣一門如此年輕的學科裡，六年卻又好比一千年。在電這門領域裡，每年每月都有新的發現。發電機的功率愈來愈大，製造也愈來愈精緻，電的應用愈來愈廣泛，電的儀器愈來愈精密。電報網已經遍布各大洲的內陸，並且已越過地中海把非洲和歐洲聯繫起來；然而鋪設橫越大西洋電纜的計畫卻年復一年地被人遺忘。對於長期熱中於這項計畫的那個富有幻想的人 —— 菲爾德，人們也愈來愈不去注意。不過，

重新進行這項試驗的時刻總有一天會到來；只是缺少一個能把這項舊計畫注入新生力量的人。

突然之間這樣一個人出現了，看，他還是原來的他，仍舊是那個懷著同樣信念、充滿同樣信心的菲爾德。他從默默無聞的放逐和幸災樂禍的蔑視中又站了起來·他第三十次遠渡大西洋，重新出現在倫敦；他用一筆六十萬英鎊的新資金獲得了舊的經營權。而現在供他使用的終於是那艘夢寐以求的巨輪——著名的「偉大的東方人」號。這艘由伊桑巴德·布魯內爾[34]建造的巨輪有四個煙囪，吃水二萬二千噸，能負載全部海底電纜的巨大重量。真是無巧不成書：這艘巨輪在一八六五年這一年恰恰閒置著，因為製造這艘巨輪本身也是一項十分大膽的計畫，它的載重量遠遠超過當時的需要，所以兩天之內就買到了這艘船，並且為遠航進行了必要的裝備。

這一下子就使得以前無比困難的事變得容易多了。一八六五年七月二十三日，這艘裝載著新電纜的巨型海輪離開泰晤士河。儘管第一次試驗又失敗了——在鋪到目的地以前兩天由於電纜斷裂而告吹，那永遠填不飽的大西洋又吞下了六十萬英鎊。但是現在的技術對完成這一事業是確有把握的，因而沒有使人喪失信心。一八六六年七月十三日，「偉大的東方人」號第二次出航，終獲成功。這一次，通過電纜從美洲傳到

歐洲的聲音顯得十分清晰。數天以後，那條失蹤的舊電纜又被重新找到。現在，這兩條電纜終於把歐洲的古老世界和美洲的新世界連接為一個共同的世界。在昨天看來是奇蹟的事今天已變成想當然的事。從此時此刻起，地球彷彿在用一個心臟跳動；生活在地球上的人類能從地球的這一邊同時聽到、看到、瞭解到地球的另一邊。人類通過自己創造性的力量處處生活得像神仙一般。由於戰勝了空間和時間，但願人類永遠友好團結，而不是被災難性的狂想一再迷惑：想不斷去破壞這種偉大的統一；想用戰勝自然的同樣手段來消滅人類自己。

註釋：

〔1〕華倫斯坦（Albrecht Eusebius Wenzel von Wallenstein，一五八三～一六三四），神聖羅馬帝國統帥，出身捷克貴族，在一六一八至一六四八年以德意志為主要戰場的三十年戰爭中，任德意志天主教諸侯盟軍的統帥。

〔2〕凱撒（Gains Julius Caesar，公元前一○○～前四四年），古羅馬著名統帥。

〔3〕納爾遜（Horatio Nelson，一七五八～一八○五），十八世紀英國海軍上將，屢建戰功。一八○五年在特拉法加之戰中擊敗拿破崙的法國西班牙聯合艦隊，他本人亦在戰鬥中陣亡。

〔4〕維金人（Wikinger），九至十世紀居住在斯堪第納維亞的丹麥人、挪威人和瑞典人的總稱，經常越海到西歐沿海地帶進行襲擊劫掠和殖民。

〔5〕腓尼基人（Phönizier），公元前二○○○年初，腓尼基人就在地中海東岸（今黎巴嫩和敘利亞一帶）建立了若干奴隸制城邦，但並未形成統一的國家。在古代，腓尼基人以航海、經商包括販運奴隸聞名。

〔6〕拜倫爵士，即指英國著名詩人拜倫（George Gordon Byron，一七八八～一八二四），他出生於倫敦一個破落的貴族家庭，十歲繼承男爵爵位。一八〇九年，二十一歲的拜倫遊歷了西班牙、葡萄牙、阿爾巴尼亞、希臘、土耳其等國；一八一二年發表《恰爾德·哈羅爾德遊記》，記述了自己在遊歷中的見聞和異國風光。詩中的旅行者哈羅爾德是一個年輕而又多愁善感的神祕人物。

〔7〕奧維德（Pubius Ovidius Naso，公元前四三～公元一八），古羅馬詩人，代表作有《變形記》等。公元八年，五十多歲的奧維德突然被奧古斯都流放到黑海東岸的托彌（今羅馬尼亞的康斯坦察）。據他自述，流放是由於一首詩和犯了一些錯誤，但真實原因不明，最後客死異鄉。

〔8〕使徒保羅，據《聖經·新約全書》說，耶穌生活於一世紀初期，有門徒十二人；另有一個名叫保羅者，起初迫害他的十二門徒，後又信耶穌，並到小亞細亞、希臘、羅馬等地傳教，最後被羅馬皇帝尼祿所殺。因此，在耶穌的十二門徒以外，保羅亦有使徒之稱。

〔9〕赫克勒斯，希臘神話中的大力士。

〔10〕萊頓瓶，一種舊式的電容器，因最先在荷蘭的萊頓使用，故名。其構造為貼有金屬箔和插有金屬棒的玻璃瓶，能使之帶電或放電。

〔11〕伏特電棒由義大利電學家伏特（Count Alessandro Volta，一七四五～一八二七）發明，電壓計量單位伏特即以其名命之。

〔12〕此處原文是 Ariel（埃里厄爾），是莎士比亞戲劇《暴風雨》中的精靈。

〔13〕古塔膠（Guttapercha），又稱馬來亞樹膠，似橡膠又無彈性，經熱處理後可製成各種電線的絕緣體。

〔14〕約翰·沃特金斯·布雷特（John Watkins Brett，一八〇五～一八六三）和他弟弟雅各布（Jacob）兩人，是英國創辦海底電報的先驅，一八五〇年建立了英國和法國之間的海底電報，一八五八年和菲爾德一起參與鋪設第一條橫越大西洋的海底電報電纜。

〔15〕布倫（Boulogne），法國北部城市，瀕臨英吉利海峽的捕魚中心。

〔16〕路易·布萊里奧（Louis Blériot，一八七二～一九三六），法國工程師和飛行家，曾製造一架單翼飛機，並於一九〇九年七月二十五日駕該

機從法國北部的加萊飛抵英國的多佛，從而完成第一次飛越英吉利海峽的航行。

〔17〕莫爾斯（Samuel Finley Breese Morse，一七九一～一八七二），美國人，電報發明者，一八三七年在紐約表演他製成的電磁式電報機，經改進後，他的電報機以及所編的莫爾斯電碼被各國普遍採用。

〔18〕吉斯博恩納（Gisborne），英國工程師，生平不詳。

〔19〕紐芬蘭，即指今加拿大東部的紐芬蘭省。

〔20〕薩克雷（William Makepeace Thackeray，一八一一～一八六三），英國著名小說家，代表作《名利場》。

〔21〕拜倫夫人，指英國著名詩人拜倫的妻子安妮‧伊莎貝拉‧米爾班克（Anne Isabella Milbanke，一七九二～一八六〇），她本人是數學家，一八一五年一月與拜倫結婚，一八一六年一月忽然回到娘家，提出分居要求，從而使拜倫憤然移居義大利。米爾班克於一八五六年成為溫特沃思男爵夫人，其時拜倫已去世三十二年。

〔22〕喬治‧斯蒂芬森（George Stephenson，一七八一～一八四八），英國著名工程師和發明家，火車機車發明者，此前曾發明礦山安全燈，一八三〇年建成（利物浦至曼徹斯特）世界上第一條鐵路。

〔23〕馬克‧伊桑巴德‧布魯內爾爵士（Sir Marc Isambard Brunel，一七六九～一八四九），發明家和工程師，生於法國，一七九三年作為法國革命的難民逃到紐約，從事工程建築，一七九九年到英國，發明組裝造船法，一八二五至一八四三年建造泰晤士河隧道。

〔24〕多佛（Dover），英格蘭東南部一城鎮，瀕多佛海峽，距倫敦一百零八公里。

〔25〕加萊（Calais），法國北部重要海港，瀕多佛海峽，與英國的多佛隔海相望。

〔26〕十九世紀中葉，俄國企圖在政治上左右土耳其，控制黑海海峽，染指巴爾幹和近東地區，而與英、法等國發生衝突。一八五三至一八五六年，以俄國為一方與英、法、土耳其、撒丁聯軍為另一方之間發生戰爭，因主要戰場在克里米亞，故稱克里米亞戰爭，亦稱東方戰爭。一八五五年九月八日，俄國黑海艦隊基地塞瓦斯托波爾要塞被英、法等國聯軍攻占。俄國在這次戰爭中失敗。一八五六年三月簽訂《巴黎

和約》。

〔27〕阿伽門農（Agamemnon），希臘神話中邁錫尼國王，在特洛伊戰爭中任希臘聯軍統帥。荷馬史詩、古希臘詩人品達、悲劇作家埃斯庫羅斯均塑造過阿伽門農藝術形象。

〔28〕尼亞加拉（Niagara），源自尼亞加拉瀑布（Niagara Falls），美洲著名瀑布，位於尼亞加拉河上，連接美國和加拿大邊境的伊利湖和安大略湖。這裡是深受人們喜愛的旅遊勝地。美國和加拿大各有一座尼亞加拉瀑布城，天空中的彩虹橋將兩座城市相連。

〔29〕特里尼蒂海灣（Trinity Bay），在今加拿大紐芬蘭東南部，長一百零一公里。

〔30〕維多利亞（Alexandrina Victoria，一八一九～一九〇一），英國女王，一八三七年繼其叔叔威廉四世登基，在位六十餘年。

〔31〕布魯克林（Brooklyn），濱海城市，在今美國紐約州長島西部。

〔32〕當時的美國總統是詹姆斯·布坎南（James Buchanan，一七九一～一八六八），民主黨人，一八五七至一八六一年任美國第十五屆總統。

〔33〕北歐神話中傳說有一條環繞地球的巨蟒（Midgardschlange）。

〔34〕伊桑巴德·金德姆·布魯內爾（Isambard Kingdom Brunel，一八〇六～一八五九），著名工程師馬克·伊桑巴德·布魯內爾的兒子，本人也是世界著名鐵路、橋樑、船舶工程師，一八五八年建成當時世界最大的海輪「偉大的東方人」（Great Eastern）號。

第十一章

逃向蒼天

托爾斯泰
為托爾斯泰的未完成劇本
《光在黑暗中發亮》補寫的尾聲
1910年10月末

Lev Nikolayevich Tolstoy

十九世紀俄國最偉大的現實主義作家之一——托爾斯泰的一生是偉大的，同時又是矛盾的。他在世界觀激變之後，爲自己貴族地主莊園式的生活不符合自己的信念而深感不安；但他的妻子卻囿於世俗偏見，過多地爲家庭和子女的利益著想，不能理解他的思想，從而造成夫妻不和，家庭也無法和諧，這更使托爾斯泰痛苦不堪。於是他在一八八二年和一八八四年曾一再萌發棄家出走的念頭。這種想法在他十九世紀八〇至九〇年代的創作中有頗多反映，尤其是一八九〇年開始創作的劇本《光在黑暗中發亮》，更可以說完全是當時作者的自我寫照。該劇中的主人公薩林采夫在世界觀轉變之後同家庭和社會發生了嚴重的衝突，但他同時又主張以非暴力抗惡。這部劇本是托爾斯泰最矛盾的作品之一。劇本雖然經過長時間的創作，但始終沒有完成，只留下片斷，因爲托爾斯泰不知道該如何結局——他還沒有爲主人公的矛盾找到解決的辦法。而現實生活中的托爾斯泰自己，正如劇本的主人公薩林采夫一樣，也仍然處於深深的矛盾之中而不能自拔，因爲他雖然想以棄家出走來擺脫自己的痛苦，但又怕自己的這一舉動會引起妻子和親人的痛苦，這無異於自己犯下罪孽，違背自己「不抵抗」的理論。所以這種矛盾的痛苦生活又繼續折磨了他將近二十年。一九一〇年十月末，風燭殘年的托爾斯泰在經過了幾場極富戲劇性的

衝突之後，終於毅然決然悄悄離家出走。十月二十八日清晨，一輛載著托爾斯泰的馬車在黎明前的黑夜中遠遠駛去，前面是茫茫蒼天。陪同他的只有一個摯友兼醫生馬柯維茨基，知道他去向的只有他的小女兒。但是，這位八十二歲的老人已經不起旅途的勞頓。三天之後，他因患肺炎不得不在阿斯塔波沃火車站下車，暫住在站長的公務房間裡，經過幾天的重病之後，終於在十一月七日清晨與世長辭。由於導致托爾斯泰最後毅然出走的起因極富戲劇性，又由於他生前曾寫過這樣一部影射自己的未完成劇本，褚威格以此為契機，採用戲劇形式再現了這一幅令人欷歔的歷史畫面。

〈逃向蒼天〉是本書中採用戲劇形式寫的唯一一篇歷史特寫。屬於紀實文學的歷史特寫一般都用散文，然而褚威格有時卻不拘一格，因人因事制宜，大膽採用敘事詩或戲劇的形式來寫真人真事。

——譯者題記

引言

一八九○年，托爾斯泰開始創作一部自傳性的劇本，這部劇本後來以《光在黑暗中發亮》為題，作為遺稿的片斷發表和

上演。這部未完成的劇本（從第一場就已清楚表明）無非是用最隱晦的方式來描述自己家中的悲劇，爲自己醞釀中的棄家出走作公開的辯白，同時也是爲了求得自己妻子的寬恕，也就是說，這是一部在心靈極度破碎中企求獲得精神上完全平衡的作品。

顯而易見，托爾斯泰在該劇中塑造的尼古拉・米哈伊洛維奇・薩林采夫這一形象正是他的自我寫照，而且大概還可以這樣認爲，這一形象是這部悲劇中虛構成分最少的一個。托爾斯泰之所以塑造這一形象，無疑是爲了替自己預先表白，他一定要擺脫自己的生活，但是，無論是在劇本中還是在現實生活中，無論是在當時的一八九○年還是十年以後的一九○○年，他都沒有找到決裂的勇氣和方式。由於缺乏這種意志，劇本也始終只留下片斷，僅僅寫到主人公舉著雙手祈求上帝幫助他結束內心的自相矛盾——那種全然不知所措的精神狀態——而告結束。

這部悲劇所缺少的最後一幕，托爾斯泰後來也沒有再行補寫。不過，重要的倒是：他用自己的生活完成了這最後一幕。在一九一○年十月末的最後幾天裡，二十五年來的猶豫不決終於變成了擺脫困境的決心：托爾斯泰在經過幾次極富戲劇性的衝突之後棄家出走了，而且是走得正是時候，不久他就安詳

地、如願以償地死去，在靜穆中奠祭了自己一生的命運。

　　我覺得，把托爾斯泰自己的這個結局作為他的那部悲劇片斷的尾聲是最自然不過的了。因此，我試圖以盡可能忠於歷史和尊重事實與文獻的態度把這最後的也是唯一的結局寫出來。我深知自己並無奢望：想以此來任意補充和代替托爾斯泰的自白；我不是要把自己同他的那部作品摻和起來，我只是想對那部作品盡我綿薄之力。我在這裡所做的努力，並不是要去完成他的劇本，而僅僅是想為他那一部未完成的劇本和未解決的衝突寫出一個獨立成篇的尾聲，唯一的目的是要給那齣未完成的悲劇以一個悲壯的結局。這也就是這一尾聲部分的意蘊和我懷著敬重的心情努力所求的宗旨。如果萬一要演出這個尾聲部分，那麼必須強調指出，尾聲中發生的情節在時間上要比《光在黑暗中發亮》晚十六年，而這一點務必在托爾斯泰的外貌扮相上體現出來。他晚年的幾張出色肖像可以作為化妝時的模型，尤其是他在沙馬爾京諾修道院待在他妹妹那裡時 [1] 的那張畫像和靈床上的那張照片。他的工作室也應當布置得同歷史上一樣：驚人的簡樸，令人肅然起敬。純粹從演出的角度考慮，我希望尾聲部分能併入《光在黑暗中發亮》片斷的第四幕，但幕間須隔較長時間後再演出（尾聲中的主人公已用了托爾斯泰自己的名字，而不再是影射自我的人物薩林采夫）。單

獨演出這一尾聲不是我的意圖。

尾聲中的人物

列夫‧尼古拉耶維奇‧托爾斯泰（時年八十三歲）

索尼婭‧安德列耶夫娜‧托爾斯泰（伯爵夫人），托爾斯
泰的妻子

亞歷山德拉‧李沃夫娜（薩莎），托爾斯泰的女兒

秘書

杜山‧彼德羅維奇‧馬柯維茨基[2]，托爾斯泰的家庭醫
生和朋友

伊凡‧伊凡諾維奇‧奧索林，阿斯塔波沃火車站站長

基里爾‧格里戈羅維奇，阿斯塔波沃的警長

大學生甲

大學生乙

三名旅客

前兩場發生在一九一〇年十月末的最後幾天，亞斯納亞‧
波利亞納[3]的托爾斯泰工作室；最後一場發生在一九一〇年
十月三十一日，阿斯塔波沃火車站的候車室。

第一場

（一九一〇年十月末，亞斯納亞・波利亞納。）

（托爾斯泰的書房，簡樸、沒有任何裝飾，完全像熟悉的照片上一樣。）

（秘書引著兩個大學生進來。兩人都是一身俄羅斯裝束，穿著非常貼身的黑上衣，面容年輕而又嚴肅，舉止矜持，與其說靦腆，毋寧說自負。）

秘書　請你們坐一會兒。托爾斯泰不會讓你們久等的。我只是想請你們能考慮到他的年紀！托爾斯泰非常喜歡討論問題，所以他常常會忘記自己的疲勞。

大學生甲　我們只是有點事要問問托爾斯泰，嗯——其實也只有一個問題，當然，這是一個對我們和對他都是關鍵性的問題。我答應您，我們只待一會兒，但——前提是我們可以進行自由的交談。

秘書　完全可以。愈不拘形式愈好。不過，有一點很重要，你們對他講話，不要用老爺這個貴族稱呼——他不喜歡這個。

大學生乙　（發出笑聲）對我們不用擔心這個。什麼都可以擔心，只是這一點不用擔心。

秘書 聽，他已經從樓梯走上來了。

（托爾斯泰進入室內，步履迅速，簡直像一陣風似的，儘管到了這樣的年紀，仍然顯得靈活和容易激動。在他說話的時候，常常會在手中轉動一支鉛筆，或者揉碎一張紙，並且時而急不可耐地搶白。現在，他快步朝兩個大學生走去，向他們伸出手，用炯炯的目光嚴峻地把他們每人都打量了一會兒，然後在一張打蠟的真皮扶手椅上坐下，面朝著兩個大學生。）

托爾斯泰 你們就是委員會派到我這裡來的那兩位⋯⋯（在一封信上尋找著）對不起，我忘了你們兩位的名字⋯⋯

大學生甲 我們兩人叫什麼名字，請您不必在意。我們兩人是作為成千上萬人的代表到您這裡來的。

托爾斯泰 （眼睛直望著他）你有什麼問題要問我嗎？

大學生甲 有一個問題。

托爾斯泰 （向大學生乙）你呢？

大學生乙 同他一樣的一個問題。我們大家都只有一個問題要問您。列夫・尼古拉耶維奇・托爾斯泰，我們所有的人——俄國的全體革命青年都只有一個問題：您為什麼不同我們站在一起？

托爾斯泰 （非常平靜地）關於這個問題，我想我已經在我的著作和一些公開發表的書信裡說清楚了——我不知道你們

是否讀過我的書？

　　大學生甲　（激昂地）我們是否讀過您的書？托爾斯泰，您問我們也問得太奇怪了。說我們讀過──這簡直太不夠了。應該說，我們從童年時代起，就是跟著您的書一起長大的，當我們成為青年時，是您喚醒了我們肉體中的靈魂。除了您，還會有誰教我們去看清楚人間財富分配的不公正？──是您的書，也只有您的書才使我們的心掙脫了國家、教會和一個不維護人類而只維護人間不公正的統治者。是您，也只有您才使我們下定決心奮鬥終生，直至這種錯誤的制度被徹底摧毀……

　　托爾斯泰　（有意打斷他的話）但不是通過暴力……

　　大學生甲　（毫不理會對方，繼續往下說）自從我們學會說話以來，我們還從未像信賴您似的信賴過一個人。當我們問自己，誰會去消滅這種不公正，我們就會說：他！當我們問，誰會突然挺身而出，去同這種卑鄙行徑作鬥爭，我們就會說：他──托爾斯泰。我們曾經是您的學生、您的僕人、您的雇農。我相信，在那時候，只要您一揮手，我就會遵照您的旨意去死，如果幾年以前我能走進這幢住宅，我一定還會在您面前深深鞠躬，就像見到一個聖人那樣。托爾斯泰，就在幾年以前，您對我們、對我們成千上萬的人、對所有俄羅斯的青年人來說，還始終是一個聖人──可是我感到十分惋惜，我們大

家都感到惋惜，從那以後您和我們疏遠了，幾乎成了我們的對手。

托爾斯泰　（語氣變軟）那麼你說，為了繼續和你們保持一致，我該怎麼辦？

大學生甲　我並不是想要狂妄地教訓您。但您自己知道，是什麼使得您和我們——俄羅斯的青年一代疏遠的。

大學生乙　哎，為什麼不直說呢，我們的事業太重要了，也就顧不得那麼多禮貌。我們是想說：您該睜開眼睛面對現實了，政府對我們人民犯下了如此的滔天罪行，您不能再動搖不定了。您必須從您的寫字台旁站起來，公開地、鮮明地、毫無保留地站到革命這一邊。托爾斯泰，您知道，我們的運動是怎樣被殘酷鎮壓下去的，目前在監獄裡腐爛發臭的人比您這莊園裡的落葉還要多。而這一切，您都是親眼目睹的。可是大家都這麼說，或許您會不時在某家英文報紙上寫那麼一篇文章，談論人的生命如何神聖。不過您自己也知道，用言論來反對這種血腥的暴政，今天已無濟於事。現在唯一急須要做的事情，就是徹底推翻舊統治，進行革命。這一點，您像我們一樣知道得很清楚。而您的聲音就能為革命召集起整整一支軍隊，因為正是您使得我們這些人成為革命者，可現在，當革命到了成熟的時刻，您卻謹小慎微地躲開了，您這樣做，實際上是在贊成暴力！

托爾斯泰 我從未贊成過暴力，從未有過！三十年來，我所做的工作，都是爲了向一切權勢者的犯罪行爲作鬥爭。從三十年前開始——那時你們還未出世——我就不僅要求改善社會狀況，而且還要求建立一種嶄新的社會制度——比你們都激進。

大學生乙 （打斷他的話）那麼，結果呢？三十年來他們採納了您的哪些意見？他們又給了我們一些什麼呢？幾名杜霍包爾教徒 [4] 爲了完成您的使命——得到的是鞭笞，是射進他們胸膛的六顆子彈。通過您的這種溫和要求，通過您的書籍和小冊子，在俄國又改善了些什麼呢？難道您還沒有看清楚？——您要人民寬容、忍讓，勸他們期待這千年王國的恩賜，這實際上是在幫助那些壓迫者。不！您沒有看清楚。托爾斯泰，用愛的名義去感召那些飛揚跋扈的傢伙，縱然您有天使般的口才，也是徒勞的！那些沙皇的奴才絕不會爲了您的耶穌基督而從他們口袋裡掏出一個盧布，在我們用拳頭猛揍他們的喉嚨以前，他們絕不會退讓一寸。人民等待您的博愛的到來，已經等得夠久的了，現在我們不再等待，現在該是行動的時候了。

托爾斯泰 （相當激烈地）我知道，在你們的宣言中甚至會把「煽起仇恨」的行動也稱作「神聖的行動」——「喚起

仇恨的神聖行動」，但是我從不知道什麼叫仇恨，我也不想知道，即便是仇恨那些對我們人民犯下罪行的人，我也反對。因為作惡的人比遭罪的人在他自己的心靈中更感到不幸——我憐憫作惡的人，而不是仇恨他。

大學生甲　（憤怒地）而我卻要仇恨一切給人類造成不公正的人——他們都是嗜血的野獸，我毫不憐憫地痛恨他們每一個人！不，托爾斯泰，您不必再對我進行這種說教，要我去憐憫這種罪人。

托爾斯泰　即便是罪人，也還是我的兄弟。

大學生甲　即使他是我的兄弟和我母親生的孩子，只要他給人類帶來苦難，我也會把他像一條瘋狗似的打倒在地。不，再也不能憐憫那些冷酷的傢伙了！在沙皇和男爵們的屍體被埋葬在地下以前，俄羅斯的土地上絕不會有安寧；如果我們不採取暴力，就不可能建立一種符合人性和道德的制度。

托爾斯泰　通過暴力不可能建立一種符合道德的制度，因為任何一種暴力不可避免地會再產生暴力。一旦你們掌握了武器，你們也會很快建立新的專制主義。你們不是破壞專制，而是使它永存下去。

大學生甲　可是，除了破壞強權，也就沒有別的反對強權者的手段。

托爾斯泰　這我承認，但是我們總不可以採用一種我們自己加以反對的手段。請相信我的話，回答暴力的真正力量不是通過暴力，而是通過容讓使暴力不能得逞。《福音》書上就是這麼說的……

　　大學生乙　（打斷他的話）嗨，您就別再提那《福音》書了。這是東正教教士為了麻痺人民早就炮製好了的藥酒。這兩千年前的福音書就從來沒有幫助過什麼人，要不然，世界上就不會有這麼多的苦難和流血。不，托爾斯泰，《聖經》上的話今天已不能彌合剝削者和被剝削者、老爺和奴僕之間的裂縫。發生在他們之間的悲慘事確實太多了。今天，數以千計，不，數以萬計有信仰、有獻身精神的人在西伯利亞和在牢房裡受盡折磨。而明天，這樣的人就會增加到幾十萬。我問您，難道為了一小撮罪人，這幾百萬無辜者就該繼續受苦受難嗎？

　　托爾斯泰　（克制著自己）他們受苦受難比再流血要好；恰恰是這種無辜的受難有助於反對非正義。

　　大學生乙　（憤憤地）您把俄羅斯人民近千年來所受的無盡苦難說成是有好處的？那好吧，托爾斯泰，請您到監獄裡去看一看，去問一問那些被打得遍體鱗傷的人，去問一問那些在我們的城市和鄉村裡忍飢挨餓的人，他們所受的苦難是否真有這種好處。

托爾斯泰　（怒氣沖沖地）肯定要比你們的暴力好。難道你們真的以為用你們的炸彈和手槍就能徹底剷除世界上的邪惡嗎？不，以後邪惡就會在你們自己身上起作用。我對你們再說一遍，為一種信念去受苦受難要比為一種信念去進行殘殺好一百倍。

大學生甲　（同樣怒氣沖沖地）好吧，如果說受苦受難竟有這麼好，這麼有益處，那麼，我問您——托爾斯泰，您為什麼自己不去經受苦難呢？您為什麼總是向別人宣揚殉難，而您自己卻舒舒服服地坐在這座私人莊園裡呢？當您的農民穿著襤褸的衣衫在路上行走——這是我親眼看見的，當他們在茅屋草棚裡飢寒交迫，處於死亡邊緣的時候，您卻在用全套的銀製餐具吃飯。您為什麼自己不去受鞭笞，而是讓您的杜霍包爾教徒為了您的說教去受酷刑？您為什麼不最終離開這座伯爵府邸，走到街上去，在那苦風淒雨、天寒地凍之中親自體驗體驗這種所謂大有好處的窮困？您為什麼總是在口頭上夸夸其談，而不去身體力行您自己的主張呢？您為什麼自己最後不給我們做出一個榜樣呢？

（托爾斯泰一時語塞。秘書急步走到大學生甲面前，意欲狠狠地斥責他，但托爾斯泰已恢復鎮靜，把秘書輕輕推到一邊。）

托爾斯泰　你別管！這個年輕人向我良心提出這樣一個問題，很好……問題提得好，非常好，這是一個必須眞正解決的問題。我應該老老實實地回答這個問題（他向大學生走近一小步，遲疑了一會兒，然後打起精神，說話的聲音有點嘶啞，言辭相當委婉）你問我，爲什麼我不按照自己的主張和言論去經受苦難？我只能十分慚愧地這樣回答你：如果我現在已擺脫了自己最神聖的義務，那麼我就會……我就會……不過由於我太膽怯、太軟弱，或者說太不眞誠……由於我是一個卑下的、微不足道的、有罪的人……由於直至今日蒼天還沒有賜予我力量——最終去做這件刻不容緩的事。年輕的陌生人，你的話深深地觸動了我的良心。我知道，那些急須做的事，我連千分之一都沒有做到。我慚愧地承認，離開這奢侈的家，拋棄這種我覺得是罪惡的可卑的生活方式，像你所說的作爲一個朝聖者在街上行走——這些早就是我的責任，可是我除了在靈魂深處感到內疚和向我自己所憎惡的事屈服以外，我不知道該怎麼辦。（兩名大學生向後退了一步，驚愕得不說話了。過了一會兒，托爾斯泰用更輕的聲音繼續說）也許……也許正因爲我不夠堅強，不夠眞誠，沒有能夠把對別人說的話自己去付諸實現，我才這樣受折磨，說不定我爲此在良心上感到的痛苦比那肉體上的嚴刑拷打更難受，也許這正是上帝爲我而鑄的十字架……

我這個家比我戴著腳鐐蹲在牢房裡更使我痛苦⋯⋯不過你說得對，這種自我折磨始終不會有用，因為這僅僅是我個人的痛苦，而我卻過於看重自己，以為這種痛苦會給我增添光榮。

大學生甲 （略感內疚地）請您原諒，托爾斯泰，如果我在激動中傷害了您⋯⋯

托爾斯泰 不，不，恰恰相反，我感謝你！良藥——苦口呀。（一陣沉默。托爾斯泰重又用平靜的聲音問道）你們兩位還有別的問題要問我嗎？

大學生甲 沒有了。這是我們唯一的問題。我認為，您不肯聲援我們，這是俄國和全人類的不幸。因為已經沒有人能阻止這一次推翻政權的行動，阻止這一場革命。我覺得，這一場革命將會變得非常可怕，比地球上的所有革命都要可怕。可以肯定，領導這場革命的將是一些不屈不撓的男子漢，沒有任何顧忌的堅毅的男子漢，不懂得什麼叫寬容的男子漢。如果您站在我們的最前列，那麼您的榜樣將會贏來千百萬人，從而也就必然會減少許多犧牲。

托爾斯泰 我不能對此負道義上的責任，哪怕是只有一個人因為我的過錯而死去。

（從住宅的底層傳來鐘聲。）

秘書 （向托爾斯泰走來，目的是要中止這次談話）吃午

飯的鐘聲響了。

　　托爾斯泰　（苦澀地）是呀，吃飯、閒聊、吃飯、睡覺、休息、閒聊——這就是我們這裡過的飽餐終日、無所事事的生活，而別人卻在勞動，在為上帝服役。（重新轉向兩個年輕人）

　　大學生乙　那麼說，除了您的拒絕以外，我們是沒有什麼可以給我們的朋友帶回去的了？難道您連一句鼓勵我們的話都沒有？

　　托爾斯泰　（神情嚴肅地直望著他，一邊斟酌著）請以我的名義告訴你們的朋友們這樣幾句話：我愛你們，我尊敬你們，俄羅斯的青年人，因為你們是如此強烈地感受到你們弟兄們的苦難，你們願意為改善他們的處境而獻身。（說話的語氣頓時變得生硬、堅決，不顧情面）不過，在其他方面我不能同意你們，而且，只要你們不承認對所有的人都應懷有兄弟般的仁愛，那麼我就拒絕同你們站在一起。

　　（兩名大學生默不作聲。然後大學生乙神態堅決地走到他前面，用同樣生硬的語氣說道。）

　　大學生乙　我們感謝您接見了我們，我們也感謝您的直率。我想我大概再也不會這樣站在您的面前了——因此請您允許我——一個微不足道的陌生人在告別時，向您坦白地說上一句。托爾斯泰，如果您認為人與人之間的關係只要通過愛就能

改善，那您就錯了，它可能適用於那些有錢的人和逍遙自在的人，但是那些從童年起就忍飢挨餓、一輩子都是在老爺們的驅使下受苦受難的人，他們再也不想等待從耶穌基督的天上降臨下來的什麼博愛了，他們早就厭倦了。他們寧願相信自己的拳頭。托爾斯泰，在您臨死的前夕，我想告訴您：這個世界將遭到血洗，不僅那些老爺們要被打死，被碎屍萬斷，而且連他們的後代也不能倖免，以免讓他們的後代將來再給這個世界造孽。但願您不要成為您的錯誤的目擊者——這是我對您的衷心祝願！願蒼天保佑您在安寧中死去！

（托爾斯泰怔住了。這個血氣方剛的年輕人竟會如此激烈，使他大吃一驚；隨後他鎮靜下來，向大學生乙走近一步，淡淡地說。）

托爾斯泰　我尤其感謝您說的最後幾句話。您對我的祝願也正是我自己三十年來所渴求的——願同上帝和所有的人保持著和平，在安寧中死去。（兩名大學生鞠了一躬，走了。托爾斯泰目送著他們離去，然後開始激動地在房間裡踱來踱去，興奮地對秘書說）這是一些多麼了不起的青年！這些年輕的俄羅斯人，他們是多麼勇敢、自豪和堅強！這些有信仰、有血氣的青年一代多好啊！六十年前，我在塞瓦斯托波爾〔5〕見到過的年輕人就是這樣！他們都是用這樣鎮定自若和堅毅的目光面

對死亡，面對任何危險，準備隨時含著微笑勇敢地死去。可是他們的死是毫無意義的。他們只是爲了一個空核桃，爲了毫無內容的言辭，爲了沒有眞理的理想而拋棄了自己的生命，拋棄了年輕寶貴的生命。他們僅僅是出自樂於獻身而拋棄生命。這些不朽的俄羅斯青年是多麼不可思議！他們竟把仇恨和殘殺當作神聖的事業，爲此獻出自己的全部熱忱和精力。不過，這樣的人對我卻是有益處的！是這兩個大學生使我猛醒過來，因爲說眞的，他們是對的。我必須立即擺脫自己的這種軟弱狀態，去履行自己的主張——這事已刻不容緩！我已經離死不遠了，可還一直猶豫不決！眞的，正確的東西只能向青年學習，只能向青年學習！

（房門被推開了。伯爵夫人像一陣過堂風似的闖了進來，顯得神經緊張，精神恍惚。她的舉止不穩，眼睛總是胡亂地從這件東西轉到那件東西，使人感覺到她說話時心不在焉，心事重重，臉色憔悴。她故意對秘書視而不見，只對著自己的丈夫說話。她的女兒薩莎跟在她後面也很快地進了屋，給人這樣一個印象：好像她跟著母親是爲了監視她。）

伯爵夫人 吃午飯的鐘早打過了，《每日電訊報》的那位編輯爲了你的那篇反對死刑的文章在樓下等了足足半小時，可你卻爲了這樣兩個小伙子讓他在那裡白白站著。這兩個沒有教

養、粗野透頂的傢伙！剛才，傭人在樓下問他們說，是否想要求見伯爵，其中一個回答說：不，我們不求見什麼伯爵，是托爾斯泰約我們來的——而你卻和這樣一些目空一切、玩世不恭的小子說個沒完。他們最喜歡把世界搞得像他們自己腦袋那樣亂七八糟！（不安地用眼睛把房間掃了一遍）這裡也都是一片亂七八糟，書堆得滿地都是，上面盡是灰塵。如果有體面一點的人來，實在丟人。（向扶手椅走去，用手一把將它抓住）這椅子上的油布破得都像碎片似的了，真寒磣。這油布就別再要了。幸虧那個裱糊師傅明天就要從圖拉到家裡來，讓他趕緊把這扶手椅修好。（沒有人答應她的話。她不安地望望這個望望那個）好吧，現在請你下樓去！不能再讓那個編輯等著了。

托爾斯泰 （臉色突然變得十分蒼白，顯得非常不安）我馬上就來，我只是在這裡還要……稍微整理一下……薩莎留在這裡幫我忙……妳去招待一下那位先生，替我向他道歉，說我很快就下來。

（伯爵夫人走了，臨走前還把整個房間東張西望了一遍。她剛一走出房間，托爾斯泰就快步走向房門，旋轉房門上的鑰匙，把門反鎖上。）

薩莎 （對他如此匆忙十分吃驚）您怎麼啦？

托爾斯泰 （驚慌失態，一隻手貼在自己的心口，咕噥

著）修沙發的明天來……蒼天保佑……總算還有時間……蒼天保佑……

薩莎 究竟怎麼啦……

托爾斯泰 （急切地）趕快給我一把刀，一把刀或者一把剪刀……（秘書帶著驚異的目光從寫字台上遞給他一把剪紙用的剪刀。托爾斯泰開始用剪刀慌慌忙忙地把扶手椅上的一個裂口剪得更大，一邊時而抬頭，害怕地去瞅那扇已上了鎖的房門，隨後把雙手伸進露出馬鬃的裂口，緊張地摸索著，直至終於取出一函封了口的信）在這裡——可不是嗎？……太可笑……太可笑和太難以置信，簡直就像一部拙劣的法國通俗小說描寫的那樣……莫大的恥辱呀！我，一個神志完全清醒的人，活到八十三歲，竟不得不在自己的家裡把自己最重要的文件這樣隱藏起來……因為有人在我背後把我所有的東西都翻遍了，去搜尋我的每一句話和每一樁祕密！是呀，我在這個家裡的生活是多麼不光明正大！多麼虛偽！就像在地獄裡受罪。（變得平靜一些，拆開那封信，一邊看著，一邊對薩莎說）這是我十三年前寫的一封信，當時我打算離開妳的母親和離開這個使人痛苦的家，準備向妳的母親訣別；可是我以後卻沒有勇氣這樣做。（他輕聲地念著信中的句子，是在讀給自己聽，顫抖的雙手使信紙發出沙沙的聲響）「……十六年來，我一直過

著這樣一種生活，我一方面要同妳們鬥爭，一方面又不得不遷就妳們。我現在覺得這種生活再也不能繼續下去了。所以我決定做我早就應該做的事，遠遠地離開這個家……如果我公開這樣做，勢必會引起妳們的痛苦，說不定到時我的心又會軟下來，當該實現我的決心時又不去實現，所以我只能不辭而別，如果我這一步給妳們帶來莫大的痛苦，請妳們能原諒我，尤其是妳，索尼婭，請妳行行好，把我從妳的心中忘掉吧，不要尋找我，不要怨恨我，不要責備我。」（深深地嘆了一口氣）哎，這已是十三年前的事了。我當時說的每一句話就完全像是今天說的。可是，從那以後我又繼續折磨了自己十三年。我今天的生活依然是畏首畏尾、膽怯懦弱，我還是始終沒有出走，我一直在等待，等待，連我自己也不知道在等待什麼。我對一切總是心裡十分明白，而做的事卻往往是錯誤的。我始終是太軟弱，缺乏同她決裂的堅強意志。我像一個小學生在老師面前藏起一本髒書似的把這封信隱藏在這裡。我曾在自己的遺囑裡要求她把我因著作而得的財產捐獻給全人類，可我後來又把這樣一份遺囑交到她的手裡，我之所以這樣做，只是為了求得家裡的安寧，而我的良心仍然不得安寧。

（稍隔一段時間。）

秘書 列夫・尼古拉耶維奇・托爾斯泰，如果由於某種非常的意外……我是說……如果……如果上帝把您召了回去，您是否認爲，您的這個最後的最迫切的願望——放棄您的所有著作的版權——在您身後眞的會實現？

托爾斯泰 （感到吃驚）當然會……就是說……（不安地）噢，不，我眞的還不知道……妳說呢，薩莎？

（薩莎轉過身去，默不作聲。）

托爾斯泰 天哪，我眞的沒有想過這件事。不，不是我沒有想過，而是我不願意去想——瞧，我又沒有完全說實話，我又想迴避，就像我每遇到要做出明確、果斷的決定時就要迴避一樣。（眼睛直望著秘書）其實我知道，我知道得很清楚，我的妻子和幾個兒子是不會尊重我的遺願的，就像他們今天不尊重我的信仰和我的道義責任一樣。他們會拿我的著作去謀取厚利，而我自己呢，人們會在我死後把我看做一個說假話的僞君子。（做了一個表示決心的動作）但是，絕不能、也不應該讓這種情況出現！該是眞相大白的時候了！今天來的那個大學生，那個眞正誠實的人怎麼說來著？他說這個世界要求我採取行動，要求我終於變得誠實，做出清清楚楚、明白無誤的決斷——這是一種預兆呀！一個八十三歲的人不能再對死神閉起眼睛，當作沒有看見。他必須正視死神的來臨，而且果斷地做

出自己的決定，是呀，那兩個陌生人提醒得好：什麼也不幹，無非是要隱藏起心靈中的膽怯。而一個人的面目必須真實、清楚。我現在已是八十三歲的人了，已到垂暮之年，該是使自己面目真實清楚的時候了。（轉向秘書和自己的女兒）薩莎，弗拉基米爾·格奧爾格維奇，明天我就要寫我的遺囑，我要寫得清楚明白，不讓發生歧義，而且要有約束力。我要在遺囑中把我全部著作的收入以及從稿費存款中得到的利息──這些不乾淨的金錢，統統捐獻給大家，捐獻給全人類。我是為了所有的人，從自己的心靈痛苦中寫下和說出這些話的，我絕不允許用我這樣的著作去做交易。你們明天上午到我這裡來，再帶一個第二位證人──我不能再猶豫不決了。說不定死神就要來妨礙我辦完這件事。

　　薩莎　再想一想，父親──我不是要勸阻您，而是我怕會遇到困難，如果母親看到我們四個人在這裡，她會立刻產生懷疑，說不定會在最後一分鐘動搖您的意志。

　　托爾斯泰　（若有所思地）妳說得對！在這幢房子裡我簡直無法辦正當的事，辦光明正大的事。在這裡，整個生活都變成了謊言。（對秘書）那麼你就這樣安排：你們明天上午十一點在格魯蒙特樹林裡黑麥地後面左邊的那棵大樹旁同我會面。我將裝成像平常騎馬蹓躂的樣子。你們把一切都準備好，我希

望在那裡上帝會賜予我終於解脫自己最後桎梏的決心。

（敲起第二遍午餐的鐘聲，聲音比前次更響亮更急促。）

秘書 不過，請您現在不要讓伯爵夫人有任何的察覺，要不，一切都會白費。

托爾斯泰 （呼吸沉重）真是可怕呀，一個人必須不斷地偽裝自己，不斷地掩飾自己。一個要想在世界面前、在上帝面前、在自己面前做一個襟懷坦白的人，卻無法在自己的妻子和孩子們面前做到！不，一個人不能這樣生活，不能這樣生活！

薩莎 （驚慌地）母親來了！

（秘書手腳敏捷地旋開房門上的鑰匙。托爾斯泰為了掩飾自己的激動，朝寫字台走去，始終用背對著進屋來的她。）

托爾斯泰 （嘆息地）在這個家裡到處都是謊言，我也中了毒——哎，一個人想要說一次真話，也得等到臨死之前！

伯爵夫人 （急急忙忙走進房間）你們為什麼還不下來？你總是磨磨蹭蹭地要拖很長時間。

托爾斯泰 （向她轉過身去，臉部表情已完全平靜，帶著只有屋內其他兩人能明白的強調語氣緩慢地說）是呀，妳說得對，我總是磨磨蹭蹭地要拖很長時間，但現在重要的不就是：

用剩下的時間及時去辦該辦的事。

第二場

（同樣是托爾斯泰的工作室。第二天的深夜。）

秘書 您今天應該早一點上床，托爾斯泰，經過長時間的騎馬和激動之後，您一定累了。

托爾斯泰 不，我一點都不累。只有一件事會使人覺得累：那就是動搖不定和優柔寡斷。而每做一件事，都會使人身心解放，即便把事情辦壞了，也比什麼都不幹強。（在房間裡踱來踱去）我不知道我今天做的這件事是對還是不對，我覺得有必要先捫心自問。我把我的著作交還給了大家，這件事使我的靈魂感到寬慰，但是我覺得，這份遺囑我不該這樣偷偷地寫，而是應該當著大家的面公開寫、懷著信仰的勇氣去寫。也許我做得並不體面──為了說明這是真話，這件事原本應該正大光明地去做。不過，謝天謝地，這件事現在總算辦完了。在我的生命中又向前跨了一步，也可以說，更接近死亡了一步。現在只剩下最後一件事，也是最困難的一件事：臨死之前，像一頭野獸似的及時爬回到那叢莽中去。因為死在這家裡，就像我活著時一樣，是完全不合我的心意的。我已經八十三歲了，

可是還始終沒有⋯⋯始終沒有找到使自己完全擺脫世俗的力量，也許我臨終的時刻要被我自己耽誤了。

秘書　誰能知道自己什麼時候死呢！要是一個人能知道自己什麼時候死，那倒一切都好辦了。

托爾斯泰　不，弗拉基米爾‧格奧爾格維奇，知道自己什麼時候死，一點都不好。難道你不知道這樣一個古老的傳說嗎？那是一個農夫告訴我的。有一天他對我講，耶穌基督是怎樣不讓人知道自己什麼時候會死去。原先，每一個人都能預先知道自己什麼時候死。有一天，耶穌基督降臨人間，他發現有一些農夫不是在耕田，而是在過著罪惡的生活。這時候他責問其中的一個農夫為什麼如此怠惰，那個可憐的傢伙嘟噥著說，如果他自己再也看不到收穫，他在田裡撒種又為了誰呢？這時耶穌基督認識到人類能預先知道自己什麼時候死，並不好，於是他就不再讓人類知道自己什麼時候死，從那以後，農夫們就不得不耕耘自己的田地，直至他們生命的最後一天，好像他們要永遠活下去似的。不過，這也對，因為只有通過勞動，人才能分享上帝的愛。所以，我今天還要（指了指自己的日記本）進行我每日的耕耘。

（伯爵夫人從外面走進房間，步履急急匆匆，她已經穿上睡衣，惡狠狠地朝秘書瞅了一眼。）

伯爵夫人　哦，還在這裡……我以為你現在總該一個人了。我有話要同你講……

　　秘書　（鞠了一躬）我該走了。

　　托爾斯泰　再見了，親愛的弗拉基米爾・格奧爾格維奇。

　　伯爵夫人　（房門剛剛在秘書身後關上）他總是形影不離地跟在你身邊，像纏在你身上的一根牛蒡藤似的……可他討厭我，他恨我，他要把我同你分開，這個陰險惡毒的壞傢伙。

　　托爾斯泰　妳這樣說他，不公平，索尼婭。

　　伯爵夫人　我不要什麼公平！是他自己插到我們中間來的，是他暗地裡把你從我和孩子們的身邊拉走。自從他來到這裡，來到這個家，在你的心目中就沒有了我了。現在，這幢房子和你自己都已屬於全世界，但就是不屬於我們，不屬於你最親近的人。

　　托爾斯泰　但願我真能這樣！這也正是上帝的旨意，一個人是屬於大家的，不要為自己和他的親人保留任何東西。

　　伯爵夫人　哎，我早就知道，這都是他教給你的。他是我和孩子們身邊的一個賊，我知道，就是這個賊東西使得你堅決地同我們大家作對。所以我再也不能容他待在這家裡。這個挑撥離間的傢伙，我討厭他。

　　托爾斯泰　可是索尼婭，妳要知道，我的工作需要他呀。

伯爵夫人　你可以找一百個別人！（嫌棄地）他在你身邊，我就是無法忍受！我不願在你我之間有他這麼個傢伙。

托爾斯泰　索尼婭，親愛的，請妳別激動。來，坐下，讓我們在這裡心平氣和地好好談一談——就像從前我們共同的生活開始時那樣——索尼婭，妳想過沒有，好聲好氣的日子對我們來說，還能留下幾天呢！（伯爵夫人不安地看了看身邊四周，然後顫顫悠悠地坐下）索尼婭，妳要知道，我需要這樣一個人——也許，我之所以需要他，是因為我對自己的信仰表現出軟弱。索尼婭，我在這方面並不像我自己所希望的那樣堅強。儘管每天每日都在向我證明，世界上有千百萬人——他們分布在遙遠的不同地方——追隨我的信仰，但是妳也明白，我們世俗人的心急是這樣：為了使自己對自己的信仰充滿信心，他至少需要從自己身邊的一個人身上得到那種看得見、摸得著、感覺得到的愛。也許聖人們不需要任何人的幫助就能在自己的淨修室裡造化一切，也不會因為身邊沒有目擊者就失去自信。但是妳知道，索尼婭，我畢竟不是聖人——我只不過是一個非常衰弱的朝不保夕的老人。因此我必須有一個抱有和我同樣信仰的人在我身邊，而這種信仰現在已成為我孤寂的晚年生活中最寶貴的東西。當然，如果妳，我四十八年來懷著感激的心情所尊敬的妳，能夠和我分享同樣的宗教意識，自然是我莫

大的幸福。可是，索尼婭，妳卻從來不想這樣做。在我心靈深處成為最寶貴的東西，妳卻對它非常淡漠，我怕妳甚至會懷著憎恨看待它。（伯爵夫人為之一驚）索尼婭，不要誤解我的意思，我不是在責備妳，不是。妳把妳能給予的一切給了我，也給了這個世界——妳的眷眷的母愛和精心的照顧。我怎麼能要求妳為了妳心中並不具有的信仰而做出犧牲呢？我怎麼能因為妳並沒有我的那些最內在的思想而怪罪妳呢——一個人的精神生活，他最後的想法始終是他自己和上帝之間的祕密。但是妳看，終於有一個人來到我家裡，他從前在西伯利亞為自己的信念而歷盡苦難，而現在，他是我的信徒，他既是我的助手，更是我的朋友，他幫助我，在我的內心生活中給我增添力量——為什麼妳容不得這樣一個人在我身邊呢？

伯爵夫人　因為他使你和我的關係疏遠，這樣的事我不能容忍，我無法忍受。我會氣得發瘋，我會得病，因為我清楚地感覺到，你們所做的一切都是針對我的。我今天中午親眼看見他慌慌張張地把一張紙藏了起來。當時你們誰也不敢正面看我一眼。他，你，還有薩莎，都不敢正面看我！你們大家都對我隱瞞了什麼。我知道，你們一定對我幹了什麼壞事。

托爾斯泰　我希望在我行將就木之前有意做了這麼一點壞事，能得到上帝的寬恕。

伯爵夫人 （激昂地）那麼說，你不否認你們在背地裡幹了反對我的事。好呀——你可知道，在我面前，你不能像在別人面前似的說假話。

托爾斯泰 （十分暴躁地）我在別人面前說假話？妳也這麼說我，大家都覺得我盡說假話，那全是為了妳。（克制住怒火）我還希望上帝保佑我不去故意犯這種撒謊罪呢。也許對我這樣一個軟弱的人來說，從來不可能把全部真話都說出來。但是我相信，我不是一個說謊者，不是一個欺騙者。

伯爵夫人 那麼你告訴我，你們幹了什麼——這是一封什麼樣的信，這是一張什麼樣的紙……別再折磨我了……

托爾斯泰 （走到她身邊，非常溫柔地）索尼婭·安德列耶夫娜，不是我在折磨妳，而是妳在自己折磨自己，因為妳不再愛我。如果妳對我還有愛情，那麼妳也就會信任我。儘管妳不再理解我，但妳仍然會信任我。索尼婭·安德列耶夫娜，我請妳好好回想一下：我們共同生活已有四十八年了！也許妳還能從這許多年裡，從那遺忘了的歲月中，從你心胸的裂縫中找到一點點對我的愛情，那就請妳抓住這一點點愛情火花，讓它燃燒起來，但願妳還能像從前那樣愛我、信任我、溫柔地體貼我。因為我有時真感到吃驚，索尼婭，妳現在怎麼會對我這樣。

伯爵夫人 （受到感動而激動地）我自己也不知道我現在怎麼會這樣。是呀，你說得對，我變得醜陋了，也變得惡毒了。可是，眼看著你這樣折磨自己，折磨得不像個人樣，誰能忍受得了呢——你總是憤憤不平，說真的，這簡直是罪孽。因為什麼叫罪孽呀，罪孽就是孤傲、固執、不願順從，而且願意就這樣急不可待地去見上帝，去尋找一種對我們毫無用處的真理。但從前可不是這樣，那時候一切都是那樣的美好、和諧。你和大家一樣生活得耿直、清白，你有你自己的工作、自己的樂趣。孩子們在成長，而你自己也高高興興地看著自己進入老年。可是突然之間你全變了，三十年前，你的那種可怕的妄想、你的所謂信仰，使得你和我們大家都變得不幸。直到今天我也不明白你的這種信仰有什麼意義，你自己擦爐子、自己挑水、自己補破靴子，而世界上的人卻把你當作他們最偉大的藝術家來愛戴你。不，我還始終弄不明白，為什麼我們這種清清白白的生活——勤勞、節儉、安靜、樸素的生活，突然之間會變成對別人的罪孽呢？不，我不能明白，我不懂，我也無法明白。

托爾斯泰 （非常溫存地）聽我說，索尼婭，這正是我要告訴妳的：恰恰在我們彼此不能理解的時候，我們更需要依靠我們愛的力量互相信任。對人是這樣，對上帝也是這樣。難道

妳眞的以爲我乖戾到不知是非嗎？不，我只是相信我深深爲之痛苦的事是我應該做的。我做的事無論對人類還是對上帝都不能說完全沒有意義和價值。所以，願妳也有一點信仰，索尼婭，當妳不能再理解我時，如果妳也有信仰，至少會相信我那追求眞諦的意志。這樣的話，一切也就好說了。

伯爵夫人　（不安地）那麼你把一切都告訴我……告訴我，你們今天幹了什麼。

托爾斯泰　（非常平靜地）我會把一切都告訴妳，在我生命朝不保夕的時候，我不想再隱瞞什麼，也不想背地裡幹些什麼。我只是要等到謝廖什卡和安德列依回來，到時候我就會當著你們大家的面，坦率地告訴你們我這幾天決定的事。這不過是很短的一段時間，索尼婭，在這段時間內，請妳不要猜疑，也不要偷偷地追蹤我，在背後搜查——這是我唯一的也是最懇切的請求。索尼婭·安德列耶夫娜，你能答應我嗎？

伯爵夫人　嗯……答應……嗯……答應。

托爾斯泰　謝謝妳。妳看，一旦有了信任，開誠布公，什麼都好說！像我們這樣平心靜氣地、推心置腹地談話，有多好。妳又重新溫暖了我的心。因爲妳看，當妳剛進屋時，妳的臉上布滿了不信任的陰雲。妳臉上的那種不安和憎恨，使我感到陌生，我簡直認不出是妳了，妳和從前完全不一樣。而現

在，妳的額角又舒展開了，我又重新認出了妳的眼睛——索尼婭·安德列耶夫娜，妳從前那雙和善地望著我的眼睛。不過，這會兒妳也該去休息了，親愛的，時候不早了！我衷心地感謝你。

（他吻了一下她的額角，伯爵夫人退下，興奮得在房門邊又一次回轉身來。）

伯爵夫人　那麼，你以後會把一切都告訴我？一切？

托爾斯泰　（依然十分平靜地）一切，索尼婭。不過，妳也要記住妳答應我的話。

（伯爵夫人跚跚離去，一邊用不安的目光望著寫字台。）

托爾斯泰　（在房間裡來回走了好幾次，然後在寫字台旁坐下，在日記本上寫了一些字，少頃，又站起身來，往返踱步，隨後又走到寫字台旁，沉思地翻閱著日記，輕聲地讀著剛才寫下的字）「我竭力在索尼婭·安德列耶夫娜面前保持著鎮靜，我相信，我或多或少達到了使她安心下來的目的……今天我第一次發現，用善意和愛情可能會使她讓步……如果她不……那麼……」（他放下日記本，喘著氣進入裡間屋，在裡面點上亮，然後又走回來，費勁地從腳上脫下那雙沉重的農夫穿的鞋，脫下外套，接著熄滅燈光，只穿著肥大的褲子和勞動衫走進裡間自己的臥室）

（房間裡寂靜無聲，一片漆黑，在相當長的時間內，什麼也沒有發生，甚至連呼吸的聲音都聽不見。突然，那扇進入書房的房門被輕輕地、小心地推開了，像是小偷幹的。有人光著腳底板躡手躡腳地摸索著走進這漆黑一片的房間，手中拿著一盞有遮光罩的提燈。只有一束狹窄的光柱投在地板上。現在才認出進來的原來是伯爵夫人。她提心吊膽地四處張望，先在臥室的門旁偷聽了一會兒，顯得放心多了，然後踮著腳走到寫字台旁。將提燈放在寫字台上，此刻在桌子周圍形成一個圓的亮圈。白色的亮圈是黑暗中唯一看得見的地方。在亮圈中只能看見伯爵夫人一雙哆哆嗦嗦的手，她先拿起那冊留在桌面上的日記本，開始倉皇地閱讀，然後一一拉開寫字台的抽屜，在紙堆裡亂翻，動作愈來愈匆忙，結果什麼也沒有找到，於是重又顫抖著拿起燈，躡手躡腳地走了出去，面色惶惶惑惑，像一個患夜遊症病人似的。房門剛剛在她身後關上，托爾斯泰霍地從裡面把自己的臥室門拉開。他手中擎著一支蠟燭。蠟燭來回搖晃著，可以看出老人正氣得渾身發抖。原來他妻子剛才幹的一切，他都偷聽到了。他正想出去追她，手已抓住了門把，突然又猛地回轉身來，果斷地、安安靜靜地把蠟燭放在寫字台上，然後走到另一邊的裡間房門前，橐橐地敲著房門，敲得非常輕，非常小心。）

托爾斯泰 （輕聲地）杜山……杜山……

杜山的聲音 （從裡間傳來）是您嗎，列夫，尼古拉耶維奇？

托爾斯泰 小聲點，小聲點，杜山！趕快出來……

（杜山從裡間出來，身上只穿了一半衣服。）

托爾斯泰 你去把我的女兒亞歷山德拉‧李沃夫娜叫醒，要她立刻到我這裡來，接著你快步跑到樓下馬廄裡去，告訴格里高利要他把馬套好，但是告訴他必須靜悄悄地幹，不能讓家裡任何人發現。噢，你也要像我這樣輕手輕腳！不要穿鞋，注意不要讓門發出嘎吱嘎吱的聲音。我們必須馬上就走，不能再耽擱了──已經沒有時間了。

（杜山匆匆離去。托爾斯泰坐下來，神態堅決地重又穿上靴子，急急忙忙穿上外套，然後找出若干張紙，把它們捲在一起。動作顯得十分有力，但有時顯得過於性急。當他坐在寫字台旁往紙上潦草地寫下幾行字時，兩肩還在顫悠。）

薩莎 （輕聲地走進房間）發生了什麼事，父親？

托爾斯泰 我要走了，我終於……終於……突然下了決心。一小時以前她還對我發誓說信任我，可是剛才，她竟在這深夜三點鐘的時候偷偷地溜進我的書房，把所有的紙張都翻了

一遍……不過，這也好，可以說太好了……這不是她的意志，這是上帝的意志。我曾祈求過上帝多少次，請他能在時候該到的時候賜給我一個信號——好啦，這一回他總算給我信號啦，因爲我現在就有權利將她單獨留下——這個已經離開了我的心的女人。

薩莎　您準備到哪裡去，父親？

托爾斯泰　我不知道，我也不想知道……上哪裡都行，只要能快快地離開這種虛情假意的生活……上哪裡都行……世上有的是路，到處都可以找到讓一個老人安然死去的一堆稻草或者一張床。

薩莎　我陪您去……

托爾斯泰　不，妳還必須留在這裡，安慰她……她會氣得發瘋的……是呀，她會很痛苦，可憐的人呵！……而使她痛苦的，正是我……可是我沒有別的辦法，我不能再……要不然，我會憋死在這裡。妳先留在這裡，一直等到安德列依和謝廖什卡回來，然後動身來找我。我要先到沙馬爾京諾修道院去，向我的妹妹告別，因爲我覺得該是告別的時候了。

杜山　（急匆匆地走回來了）馬車已經套好了。

托爾斯泰　你自己也去準備一下，杜山，把那幾張紙藏在你身邊……

薩莎 不過，父親，您得穿上皮大衣，夜裡外面很冷。我會很快替您把厚一點的衣服包好的……

托爾斯泰 不，不，什麼也不要，我的天哪！我們不能再猶豫了……我也不願再等了……為了等待這一時刻，等待這一信號，我等了二十六年……趕快，杜山……要不然，就會有人出來阻攔我們。拿上那幾張紙、日記本、鉛筆……

薩莎 還有買火車票的錢，我替您去拿……

托爾斯泰 不，不要再拿什麼錢！我不願意再接觸到什麼錢。鐵路上的人會認識我的，他們會給我火車票，以後，蒼天會幫助我的。杜山，收拾好就過來。（對薩莎）妳把這封信交給她，這就是我的告別，但願她能饒恕我只寫了一封信！妳要寫信告訴我，她是怎樣忍受過去的。

薩莎 可是父親，我怎麼給您寫信呢？我在郵件上一寫上您的名字，他們就會立刻知道你逗留在什麼地方，他們會很快追蹤而去。您必須用一個假名。

托爾斯泰 哎，又要撒謊！不斷地撒謊。隱密的事愈多。靈魂也就愈不高尚……不過妳說的也有道理……杜山，過來一下！……薩莎，就照妳的辦……只要真有用……那麼我該叫什麼名字呢？

薩莎 （想了一想）我在所有的電報下面都署弗羅洛娃這

個名字，而您就叫托・尼古拉耶夫。

　　托爾斯泰　（急於想走，顯得非常慌忙）托・尼古拉耶夫。好……好……那麼再見了，多保重！（擁抱薩莎）妳是說，我應該自稱托・尼古拉耶夫，還要撒一次謊！──啊，蒼天呀！但願這是我在人們面前說的最後一次謊言。

　　（他匆匆地走了。）

第三場

　　（三天以後。一九一〇年十月三十一日。阿斯塔波沃火車站的候車室。右邊是一扇通往站台的玻璃大門，左邊是一扇通往站長伊凡・伊凡諾維奇・奧索林房間的小門。候車室的木條長椅上坐著一些旅客，一張桌子周圍也坐著一些旅客，他們正在等候從丹洛夫開來的快車。旅客中有裹著頭巾打盹的農婦、穿著羊皮襖的小商販，此外還有幾個從大城市來的人，顯然是政府公務人員或商人。）

　　旅客甲　（正在讀著一份報紙，突然大聲地）這件事，他幹得真漂亮！這老頭簡直幹得妙極了！誰也沒有料想到。

　　旅客乙　什麼事呀？

　　旅客甲　他──托爾斯泰，突然從自己家裡溜走了。誰也

不知道他到哪裡去。他是夜裡動身的，穿著靴子和皮襖，可是沒有帶行李，也沒有向家裡人告別，就這樣走了。只有他的醫生——杜山·彼德羅維奇陪著他。

旅客乙　他就這樣把自己的老婆扔在家裡啦！這一回，索尼婭·安德列耶夫娜可苦了。我說，他現在該有八十三歲了吧，誰能想到他還會幹這種事，他能到哪裡去呢？

旅客甲　這也正是他家裡的人和報社的人想要知道的。他們現在正通電全世界進行查詢呢。有一個人說，他在保加利亞邊境上見到過他，可另一個人說是在西伯利亞。誰也說不清他究竟在哪裡，這老頭幹得也真夠絕的！

旅客丙　（一個年輕大學生）你們在說什麼呀？——托爾斯泰從家裡走了。請把報紙給我看看。（剛看了一眼報紙）哦，好——好——他終於下了決心。

旅客甲　你怎麼會說好呢？

旅客丙　因為像他過的那種生活是違背他自己的言論的，這當然是一種恥辱。他們逼著他扮演這伯爵的角色，時間夠長的了，他們用阿諛奉承扼殺了他的聲音。現在，托爾斯泰終於能夠自由地向人們說自己的心裡話了。通過他，全世界就會知道在俄國的人民中間發生了什麼——可以說，這是上帝的恩賜。是呀，這位聖賢終於拯救了自己，這可是件好事，是俄國

的幸運和福音。

　　旅客乙　說不定報上說的根本不是真的，盡是一些胡扯。
也許——（他背轉身去，看看是不是沒有人在注意聽他的話，
然後低聲耳語地）也許他們只是故意在報紙上這麼說，目的是
為了混淆視聽，而實際上是已經把他幹掉……

　　旅客甲　誰會有興趣把托爾斯泰幹掉……

　　旅客乙　他們……那些覺得他礙事的人，俄羅斯東正教會
最高當局、警察、軍隊，他們都怕他。早就有一些人就是這樣
失蹤的——然後說他們到外國去了。不過，我們知道他們指的
外國是意味著什麼……

　　旅客甲　（同樣壓低了聲音）那麼說，托爾斯泰也可能已
經被幹掉……

　　旅客丙　不，他們不敢。像他這樣一個人，光是用言論，
也要比他們所有的人都有力量。不，他們不敢，因為他們知道
我們會用自己的拳頭把他救出來。

　　旅客甲　（慌張地）小心……留神……基里爾‧格里戈羅
維奇來了……趕快把報紙藏起來……

　　（警長基里爾‧格里戈羅維奇穿著全身制服，從通往站台
的那扇玻璃門走進來，隨即向站長的房間走去，敲他的門。）

（站長伊凡‧伊凡諾維奇‧奧索林從自己的房間出來，頭上戴著一頂表示值勤的帽子。）

站長　啊，是您，基里爾‧格里戈羅維奇……

警長　我得馬上和您談一談，您老婆在您房間裡嗎？

站長　在。

警長　那還是在這裡吧！（用嚴厲的發號施令的腔調衝著旅客們）丹洛夫來的快車很快就要進站了，請你們馬上離開候車室，到站台上去。（旅客們全都站起身來，急急忙忙擁出去。這當兒警長對站長說）剛才傳來重要的密碼電報，現在已可以肯定，托爾斯泰在出走以後，前天到過沙馬爾京諾修道院他妹妹那裡，從某些跡象推測，他打算從那裡繼續往前走，所以，從前天開始，由沙馬爾京諾向各個方向開出的列車上都配備了警探。

站長　不過，請您向我解釋一下，基里爾‧格里戈羅維奇老爺，這究竟是為了什麼？托爾斯泰不是什麼搗亂分子，他是我們的光榮，是我們國家的真正瑰寶，是一個偉大的人物。

警長　但是他比那一群革命黨更能帶來不安和危險。再說——這關我什麼事，我的差使是監視每一趟列車。不過，莫斯科方面要求我們在監視的時候完全不讓人察覺。所以我請您——伊凡‧伊凡諾維奇代替我到站台上去，我穿著警察制

服，誰都能認出來。列車一到，就立刻會有一個祕密警察下來，他會告訴您他在前面一段觀察到的情況。然後我馬上將報告向前方傳達。

站長　考慮得眞周到。

（從進站口傳來報告列車進站而敲打的鐘聲。）

警長　您要悄悄地像一個老熟人似的同那個密探說話，知道嗎？千萬不能讓旅客們發現有人在監視；如果我們幹得都很出色，對我們兩人只會有好處，因爲每一個報告都是送到彼得堡的最高層，說不定我們兩人中還會有一個得到喬治十字勳章呢。

（列車在舞台後面發出隆隆的聲響進站。站長迅速從玻璃門出去。幾分鐘以後，第一批旅客——提著沉甸甸籃子的農夫和農婦嘈雜地大聲喧嘩著從玻璃門進來。其中有幾個在候車室裡坐下，想歇歇腳或者沏一壺茶。）

站長　（又突然從玻璃門進來，急躁地衝著坐在候車站裡的幾個旅客直嚷）快離開這裡！都走！快……

衆旅客　（驚奇地，嘟噥著）幹嘛這樣……我們不是沒有花錢，我們都買了票……爲什麼不能在候車室待一會兒……我們只是等下一趟慢車。

站長　（高聲喊叫）快走，聽見沒有，都快出去！（急急

忙忙地撞他們走，然後又迅速走到玻璃門邊，把它敞開）請從這邊走，請你們把伯爵老爺引進來！

（托爾斯泰右邊由杜山、左邊由自己的女兒薩莎攙扶著，行動困難地走進來。他穿的皮外套的領子高豎著，脖子上圍著一條圍巾，但仍然可以看出他裹著的整個身體在冷得直打顫。有五六個人跟在他後面想擠進來。）

站長 （對後面擠進來的人）站到外面去！

眾人的聲音 就讓我們留在這裡吧……我們只是想幫助列夫‧尼古拉耶維奇……也許我們能給他一點康雅克烈酒或者茶什麼的……

站長 （非常著急地）誰也不許進來！（他硬是把那幾個人推了出去，隨即把通往站台的玻璃門的插銷插上；在以後整段時間裡人們依然能夠看到玻璃門後面的那幾張好奇的面孔在晃來晃去，往裡窺視。站長迅速搬來一張扶手軟椅，放到桌子邊）殿下，請您坐下來休息！

托爾斯泰 不要再叫什麼殿下……蒼天保佑，不要再叫……永遠不要再叫，這個已經結束了。（激動地舉目張望四周，發現玻璃門後面的人）讓那些人走開……走開……我要一個人待一會兒……總是那麼多人……我希望一個人……

（薩莎快步向玻璃門走去，趕緊用大衣把玻璃擋住。）

（這時杜山正在輕聲地同站長談話。）

杜山　我們必須立刻把他扶到床上去。他在火車上突然得了感冒，發燒四十多度。我認為，他的情況很不好。這裡附近有旅館嗎？有幾間像樣一點房間的旅館有嗎？

站長　沒有，一家也沒有！整個阿斯塔波沃沒有一家旅館。

杜山　可是，他得立刻躺到床上去。您看，他一直發著高燒，情況可能會變得很危險。

站長　那只好把我自己的那間房間讓出來，就在這旁邊，先讓托爾斯泰住下，當然，我將為此感到非常榮幸……不過，請原諒……房間是非常破舊的，十分簡陋，這是一間我的公務用房，一間狹小的破平房……我怎麼敢讓托爾斯泰留宿在這樣的房間裡呢……

杜山　這沒有關係，我們無論如何得先讓他躺到床上去。（轉向正坐在桌子旁打著寒顫的托爾斯泰）站長先生一片好心，把他自己的房間讓給我們。您現在得馬上休息，明天您就又有精神了，我們可以繼續旅行。

托爾斯泰　繼續旅行？不，不，我知道，我是不能再繼續旅行了……這是我最後的旅程，我已經到達終點。

杜山　（鼓勵地）別擔心，您只是暫時發點燒，沒有什麼

大不了。您只是有點兒感冒——明天您就全好了。

托爾斯泰 現在我就已覺得全好了……完全好了……只是昨天晚上，那才可怕呢。我做了一個噩夢，我恍恍惚惚覺得，他們都從家裡跑了出來，拚命地追趕我，要把我追回去，拽回到那地獄裡去……突然我驚醒過來，我起身把你們叫醒……一路上我又是害怕又是發燒，牙齒磕得直響。但是現在，到了這地方……我一點也不怕了……我說，我現在究竟在哪裡呀？……我怎麼從來沒有見過這地方……現在好了……我一點也不怕了……他們再也追不上我了。

杜山 肯定追不上了，肯定追不上。您可以安安心心躺在床上睡覺，您在這裡，誰也找不到。

（杜山和薩莎幫助托爾斯泰站起來。）

站長 （向托爾斯泰迎來）請原諒……我只能讓出這樣一間非常簡陋的房間……我自己的房間……床也不太好……是一張鐵床……但是我會把一切都安排好的，我將立刻發出電報，讓下一趟列車運一張床來……

托爾斯泰 不，不，不需要別的什麼床……我睡的床一直比別人的好，這樣的好床我已經睡夠了！現在床愈是不好，我愈是感到舒服！農夫們死的時候又是怎樣的呢？……他們不是也安息得很好嗎？……

薩莎 （繼續攙扶著他）走吧，父親，去床上躺下，您累了。

托爾斯泰 （又站住）我不知道……噢，妳說得對，我累了，四肢都在往下墜，我已經疲倦極了，但是我好像還在期待什麼……就好像一個人已經睏極了，但還不能睡著，因為他正在想著那些即將來臨的好事；他不願意讓自己睡著了，因為一睡著，他心裡想的那些好事也就消失了……奇怪的是，我從未有過這種感覺……也許這正是臨死前的一種感覺……多少年來我一直怕死，我怕我不能躺在自己的床上死去，會像一頭野獸似的嗥叫著爬進自己的窩裡——這你們是知道的。但是現在，或許死神正在這房間裡等著我，我卻毫無畏懼地向它走去。

（薩莎和杜山扶著他一直走到房門邊。）

托爾斯泰 （在房門邊站住，向裡張望）這裡好，這地方很好，低矮、狹窄、破舊……我好像在夢裡都見到過似的，一間陌生的屋子裡放著這樣一張陌生的床，上面躺著……一個疲憊不堪的老頭……等一下，他叫什麼名字來著，這是我幾年前才寫的，他叫什麼名字來著？那個老頭？……他曾經很有錢，然後又變得非常窮……誰也不認識他了……他自己爬到火爐旁的床上……哎——我的腦袋，我的腦袋怎麼不靈了！……他叫什麼名字來著，那個老頭？……他以前很有錢，可現在身上只穿著一件襯衫……還有他的妻子，那個在精神上折磨他的

妻子，在他死的時候也不在他的身邊……哦，我記起來了，他叫柯爾涅依·瓦西里耶夫[6]，我在當時寫的那篇短篇小說裡就是這樣稱呼這個老頭的。就在他死去的那天夜裡，上帝喚醒了他妻子的心，他妻子瑪爾法趕來，想再見他一面……可是她來得太晚了，老頭已經雙眼緊閉，躺在一張陌生的床上，他已經完全僵硬了。他的妻子已無法知道，她丈夫究竟還在怨恨她呢，還是已經寬恕了她。她是再也不會知道了，索尼婭·安德列耶夫娜……（好像夢醒似的）噢，不，她叫瑪爾法……我已經全糊塗了……是呀，我要躺下了。（薩莎和站長領著他往前走，托爾斯泰面對站長）謝謝你，陌生人，你在你自己家裡給了我棲身之處，你給我的，正是野獸在樹林裡想要找的……是蒼天把我──這個柯爾涅依·瓦西里耶夫送到這裡來的……（突然十分驚恐地）不過，請你們把門關上，別讓其他人進來，我不願意再見到人……只願意和上帝單獨在一起，這樣我就會睡眠得更深、更好，比我一生中任何時候都要好……

（薩莎和杜山扶著他走進臥室，站長在他們身後輕輕地把門關上，惘然若失地站著。）

（玻璃門外急速的敲門聲，站長拉開玻璃門，警長匆匆進來。）

警長　他對您說了些什麼？我必須立刻將全部情況向上面

報告，全部情況！他打算在這裡待多久？

　　站長　他自己也不知道，誰也不知道，只有上帝知道。

　　警長　那麼您怎麼能夠在這間國家的房子裡給他提供住處呢？這是您的公務用房，您不能把您自己的公務用房讓給一個陌生人！

　　站長　托爾斯泰在我的心裡可不是什麼陌生人。他比我的兄弟還親。

　　警長　但您有責任事先請示。

　　站長　我請示了我的良心。

　　警長　好吧，您要對此事負責。我要立刻向上面報告……這樣責任重大的事突然落到一個人身上，太可怕了！要是知道最高的主人對托爾斯泰的態度就好了……

　　站長　（十分平靜地）我相信，真正的最高主人 [7] 對托爾斯泰始終充滿善意……

　　（警長驚愕地望著站長。）

　　（杜山和薩莎從房間裡出來，輕輕地關上房門。）

　　（警長迅速躲開。）

　　站長　你們怎麼離開了伯爵老爺？

杜山　他非常安靜地躺著——我從未見過他的面容有這麼安詳。他終於在這裡找到了人們未曾惠予他的東西：安寧。他第一次單獨地和他的上帝在一起。

　　站長　請原諒，我是一個頭腦簡單的人，但是我心裡總在嘀咕，我不能理解，上帝怎麼會把這麼多的苦難降臨到托爾斯泰的身上，使得他不得不從自己的家裡出走，說不定還要死在我的這張和他身分極不相稱的破床上……那些人——俄羅斯人怎麼能去攪擾這樣一顆高尚的心靈呢？難道他們不能幹點別的嗎？如果他們真的愛他，敬重他……

　　杜山　是呀，經常是這樣，妨礙一個偉人和他使命的人恰恰是那些愛他的人，他就是因為自己的親人而不得不走得遠遠的。不過走得也正及時，因為只有這樣死去，才算完成了他的一生，使他的一生更加高尚

　　站長　是呀，不過……我心裡無法明白，也不願意明白，這樣一個人，這樣一個我們俄羅斯大地上的國寶，為了我們這樣一些人歷盡了苦難，而我們自己卻在無憂無慮之中蹉跎歲月……我們這些活著的人真應該慚愧……

　　杜山　請您——善良的好心人，不必為他難過。這種沒有光彩的、卑微的最後命運無損於他的偉大。如果他不為我們這些人去受苦受難，那麼托爾斯泰也就永遠不可能像今天這樣屬

於全人類。

註釋：

〔1〕一九一○年十月二十八日清晨五點鐘，托爾斯泰瞞著妻子悄然離家，
從此永遠離開了亞斯納亞‧波利亞納。第二天他到柯澤爾尼克附近的
沙馬爾京諾修道院看他所惆愛的當修女的妹妹瑪利亞‧尼古拉耶夫
娜，為了向她告別──也許是永別，在那裡逗留了兩天。

〔2〕杜山‧彼德羅維奇‧馬柯維茨基（Душан Петрович Маковнпкнн），
斯洛伐克人，醫生，在一九○四至一九一○年間是托爾斯泰的密
友，在托爾斯泰去世後仍留在亞斯納亞‧波利亞納至一九二○年，
幫助當地農民治病，著有《亞斯納亞日記》，參閱托爾斯泰的長
女蘇霍京娜‧托爾斯塔婭著《回憶錄》（Т. Л. Сухотина-Толстая,
Воспоминання），莫斯科文藝出版社一九八一年俄文版第三百九十九
頁。

〔3〕亞斯納亞‧波利亞納，托爾斯泰在俄國圖拉省克拉皮文縣（今屬俄羅
斯圖拉省曉金區）的莊園，這是他母親（尼‧謝‧沃爾康斯基公爵的
女兒）的陪嫁產業，在兄弟析產時歸他所有，托爾斯泰在此出生，他
漫長一生的絕大部分時間在此度過。

〔4〕杜霍包爾教徒（Духоóорп），十八世紀中葉產生於沙皇俄國和加拿大
的一個宗教派別，又可意譯為「反對東正教儀式派教徒」。托爾斯泰
生前曾努力維護受官方教會迫害的杜霍包爾教徒，並在一八九八年決
定將《復活》的全部稿費資助杜霍包爾教徒移居加拿大。

〔5〕塞瓦斯托波爾，烏克蘭黑海之濱的海港城市。一七八三年此處建為要
塞。一八五四至一八五五年在此發生克里木戰爭。二十六歲的青年托
爾斯泰參加了這一次戰爭並擔任最危險的第四號棱堡的一個炮兵連連
長，還參加了該城的最後防禦戰，在各次戰役中親眼目睹平民出身的
青年軍官和士兵的英勇精神和優秀品質，加強了他對普通人民的同情
和對農奴制的批判態度，後來著有小說《塞瓦斯托波爾的故事》。

〔6〕托爾斯泰在一九○五年革命前夕著有短篇小說《柯爾涅依‧瓦西里耶
夫》，該小說宣揚寬容、饒恕、仁愛，反映了托爾斯泰晚年的思想。
小說中的男主人公瓦西里耶夫和女主人公──他的妻子瑪爾法的最後

結局同托爾斯泰本人和他的妻子索尼婭的結局頗相似。

[7] 此處，**警長**所謂的「最高的主人」是指沙皇，**站長**所謂的「眞正的最高主人」是指上帝。

第十二章

奪取南極的鬥爭

斯科特

斯科特隊長　南緯九十度
1912年1月16日

Robert Falcon Scott

今天，設立在南極南緯九十度的科學實驗站取名爲阿蒙森－斯科特站，這是爲紀念最早到達南極的兩名探險家：挪威人阿蒙森和英國人斯科特。當年，他們各自率領一支探險隊，爲使自己成爲世界上第一批到達南極的人而進行激烈的競爭。結果是阿蒙森隊捷足先登，於一九一一年十二月十四日到達南極，斯科特隊則於一九一二年一月十八日才到達，比阿蒙森隊晚了將近五個星期。最後，阿蒙森隊凱旋班師，而斯科特等五名最後衝擊南極的人卻永眠在茫茫的冰雪之中。研究南極探險史的科學家們指出：阿蒙森的勝利和斯科特的慘劇，並不在於他們兩人的計畫周密與否，而是在於前者依據豐富的實踐經驗制訂計畫，後者憑推理的設想制訂計畫。阿蒙森斷定，人的體力和西伯利亞矮種馬都無法抗禦南極的嚴寒，唯有北極的愛斯基摩狗才能在極圈拉著雪橇前進，於是他用二十條膘肥強壯的狗勝利完成了到南極去的往返路程。而斯科特則認爲，狗的胃口太大，南極沒有可獵的動物來補充狗的口糧（事實並非如此，狗可以和人吃同類的食物），於是決定用人力拉著雪橇長途跋涉，終於使自己和四名夥伴在從南極返程時因極圈寒季的突然提前到來，在飢寒交迫之中死於體力不支。

發人深省的是，褚威格沒有爲勝利者阿蒙森作傳，卻用他生動的語言，記述了斯科特的悲壯一幕。這是因爲正如褚威

格在本篇結束時所說:「只有雄心壯志才會點燃起火熱的心,去做那些獲得成就和輕易成功是極爲偶然的事。一個人雖然在同不可戰勝的占絕對優勢的厄運的搏鬥中毀滅了自己,但他的心靈卻因此變得無比高尚。」

—— 譯者題記

征服地球

二十世紀眼簾底下的世界似乎已無祕密可言。所有的陸地都已勘察過了,最遙遠的海洋上都已有船隻在乘風破浪。那些在一代人以前還不爲世人所知、猶如仙境般的迷迷濛濛的地區,如今都已服服帖帖地在爲歐洲的需要服務;輪船正向長期尋找的尼羅河的不同源頭駛去。半個世紀以前才被第一個歐洲人看見的維多利亞瀑布 [1] 如今已順從地推動著轉盤發出電力;亞馬遜河兩岸的最後原始森林已被人砍伐得日益稀疏;唯一的處女地 —— 西藏也已經被人揭開羞澀的面紗,舊的地圖和地球儀上那個「人跡未到的地區」(terra incognita) [2] 是被專家們誇大了的,如今二十世紀的人已認識自己生存的星球。探索的意志已在尋找新的道路,向下要去探索深海中奇妙的動物界,向上要去探索無盡的天穹,因爲自從地球對人類的好奇心暫時變得無祕密可言以來,足跡未至的路線只有在天空中還能找

到，所以飛機的鋼鐵翅膀已競相衝上天空，要去達到新的高度和新的遠方。

　　但是，直到我們這個世紀，赤裸的地球還隱藏著她的最後一個謎，不讓人看見。這就是她的被分割得支離破碎的軀體上兩塊極小的地方，是她從自己創造的人類的貪慾中拯救出來的兩塊地方：南極和北極——她軀體的脊梁。千萬年來，地球正是以這兩個幾乎沒有生命、抽象的極點為軸線旋轉著，並守護著這兩塊純潔的地方不致被褻瀆。她用層層疊疊的冰障隱藏著這最後的祕密，面臨貪婪的人，她派去永恆的冬天作守護神，用嚴寒和暴風雪築起最雄偉的壁壘，擋住進去的通道。死的恐懼和危險使勇士們望而卻步。只有太陽自己可以匆匆地看一眼這閉鎖著的區域，而人的目光卻還從未見過它的真貌。

　　近幾十年來探險隊一個接著一個前往，但沒有一個達到目的。勇士中的佼佼者——安德拉[3]的屍體在巨冰的玻璃棺材裡靜臥了三十三年，現在才被發現。他曾駕著飛艇想飛越北極圈，但卻永遠沒有回來。每一次衝擊都碰到由嚴寒鑄成的晶亮的堡壘而粉碎。自亙古至今日，地球的這一部分還始終蒙住自己的容貌，成為她對自己創造的人類的慾望的最後一次勝利。她像處女似的對世界的好奇心保持著自己的純潔。

　　但是，年輕的二十世紀急不可待地伸出了他的雙手。他在

實驗室裡鍛造了新的武器，為防禦危險找到了新的甲胄，而一切艱難險阻只能增加他的熱望。二十世紀要知道一切真相。二十世紀想要在他的第一個十年裡就能占有以往千萬年裡未能達到的一切。個人的勇氣中又結合著國家間的競爭。他們不再是僅僅為了奪取極地而鬥爭，而且也是為了爭奪那面第一次飄揚在這塊新地上的國旗。於是，為了爭奪這塊由於熱望而變得神聖的地方，由各民族、各國家組成的十字軍開始出征了。從世界各大洲發起一次又一次的衝擊。人類等待得已經不耐煩了，因為它知道這是我們生存空間的最後祕密。從美國向北極進發的有皮爾里 [4] 和庫克 [5]，駛向南極的有兩艘船：一艘由挪威人阿蒙森 [6] 指揮，另一艘由一名英國人 —— 斯科特海軍上校 [7] 率領。

斯科特

斯科特，一名英國皇家海軍的上校，一名普普通通的海軍上校。他的履歷表簡直就同軍銜表一樣。他在海軍的服役深得上級的滿意，以後又同沙克爾頓 [8] 一起組織過探險隊。沒有任何特殊的跡象能暗示出他是一位英雄。從照片上看，他的臉同成千上萬的英國人一樣，冷峻、剛毅，臉部沒有表情，彷彿肌肉被內在的力量凝住了似的。青灰色的眼睛，閉得緊緊

的嘴巴。面容上沒有任何浪漫主義的線條和一絲輕鬆愉快的色彩，只看到他的意志和考慮世界實際的思想。他書寫的字是英文的某一種字體，清楚而沒有曲線的花飾，寫得快而又工整。他的文風清晰和準確，像一份報告似的以眞實性動人而不摻雜任何的臆想。斯科特寫的英文就像塔西佗〔9〕寫的拉丁文一樣質樸而剛勁。人們會覺得他是一個講究實際而完全沒有夢想的人。在英國，即便是具有特殊才能的天才也都像水晶石般的刻板，把一切都提升到盡責的高度。斯科特就是這樣一個地地道道的英國人。他和英國的歷史已經發生過上百次的聯繫。他出征到過印度，征服過許多星羅棋布的島嶼，他隨同殖民者到過非洲，參加過無數次世界性的戰役。但不論到哪裡，他都是一副同樣冷冰冰的、矜持的面孔，帶著同樣剛強的毅力和集體意識。

不過，他的那種鋼鐵般的意志，人們早已在事實面前感覺到了。斯科特要去完成沙克爾頓已經開始的事業。他要組織一支探險隊，然而資金缺乏。但這也難不倒他。他獻出了自己的財產，還借了債，因爲他自信有成功的把握。他年輕的妻子替他生了一個兒子，可是他毫不猶豫，像又一個赫克托耳〔10〕似的離開了自己的安德洛瑪刻〔11〕。不久，朋友和夥伴們也找到了，世間再也沒有什麼能動搖他的意志。一艘名叫「新地」號

的奇特的船把他們送到冰海的邊緣。之所以說這艘船奇特，是因爲它有著雙重的裝備：一半像諾亞方舟那樣載滿活的動物，[12] 一半是一個備有成千件儀器和大量圖書的現代化實驗室。因爲人爲了維持生命所必需的一切和精神食糧也都必須隨身帶到那空寂無人的世界去，令人奇怪的是，在新時代最精良的技術複雜的裝備中卻結合著原始人的最簡陋的防禦工具——獸皮、皮毛、活的動物。而整個探險行動也像這艘船一樣，具有雙重的面貌、奇異的色彩：這是一次冒險的行動，但它又是一次像一樁買賣似的盤算得非常仔細的行動；這是一次大膽的行動，但又是一次最小心謹慎的行動——每一個細節都要算得十分準確，但發生意外的可能性仍然防不勝防。

他們於一九一〇年六月一日離開英國。那正是這個盎格魯·撒克遜的島嶼王國陽光燦爛的日子。綠草如茵，鮮花盛開，和煦的太陽高懸在沒有雲霧的上空，光芒四射。當海岸線漸漸消失時，他們無比激動，因爲人人都知道，這一別溫暖的太陽就是好幾年，有些人也許是永別了。但船首飄揚著英國國旗，當他們想到，這面象徵著世界的旗幟將隨同他們去占領地球上迄今還沒有主人的唯一地方時，他們也就心滿意足了。

南極世界

　　經過短暫的休息之後，他們於一九一一年一月在麥克默多海灣新西蘭的埃文斯角登陸，這裡是長年結冰的極地邊緣。他們在這裡建起一座準備過冬的木板屋。十二月和一月在這裡算是夏季〔13〕，因為一年之中只有這段時間白天的太陽會在白色的金屬般的天空中懸掛幾個小時。房屋的四壁是用木板製成的，完全像以往探險隊使用過的基地營房一樣，但是在這座木板屋裡，人們卻能感覺到時代的進步。他們的先驅當年用的還是氣味難聞的像豆火似的鯨油燈，坐在黑洞洞的斗室中對自己的視野所見十分厭煩。一連串沒有太陽的單調日子使他們感到非常疲倦。而現在，這些二十世紀的人卻能在四面板壁之間看到整個世界和全部科學的縮影。一盞乙炔電石燈發出白亮的光。電影放映機把遠方的圖像、從溫帶捎來的熱帶場面的鏡頭，像變魔術似地呈現在他們面前。一架自動發聲鋼琴演奏著音樂。留聲機播放著歌唱聲。各種圖書傳播著時代的知識。打字機在一間房間裡噼噼啪啪地直響。另一間房間是小暗室，這裡洗印著影片和彩色膠卷。一名地質學家在用放射性儀器檢驗岩石。一名動物學家在捕獲到的企鵝身上尋找新的寄生物。氣象觀測和物理實驗互相交換著結果。在昏暗的沒有陽光的幾個月裡，每個人都有自己份內的工作，彼此巧妙地聯繫起來，把

孤立的研究變成共同的知識。這三十個人每天晚上都各自做出專門的報告，在這巨冰的層巒疊嶂和極地的嚴寒之中上著大學的課程。每個人都想盡量把自己的知識傳授給別人，在互相熱烈的交談中完善他們對世界的認識。由於研究的專門化，誰也談不上驕傲，他們只是希望能在集體中相得益彰。這三十個人就在這樣一個處於自然狀態的史前世界中，在沒有時間概念的一片孤寂之中，互相交換著二十世紀的最新成果，而正是在這些成果之中，他們不僅能感覺到世界時鐘的每一小時，而且能感覺到每一秒鐘。這些嚴肅的人還在那裡興高采烈地歡度了自己的聖誕節，還出版了一份風趣的小報，詼諧地把它叫作《南極時報》，在小報上愉快地開著玩笑。在那裡，一件小事 —— 比如一條鯨魚浮出水面，一匹西伯利亞矮種馬跌了一跤 —— 都變成了頭條新聞；而另一方面，那些非同尋常的事 —— 比如，發亮的極光、可怕的寒冷、極度的孤獨寂寞 —— 反而變得司空見慣和習以為常。

在這期間，他們只敢進行小型的外出活動，試驗機動雪橇〔14〕、練習滑雪和馴狗，同時，為以後的遠征建造倉庫。可是在暖季（十二月）到來以前的日曆卻撕去的很慢很慢。而只有到了暖季才能使那艘帶家信的船穿過巨冰漂浮的大海駛到這裡來。他們現在也敢分小組出去活動了。在凜冽的寒季中鍛鍊

白天行軍，試驗各種帳篷，掌握一切經驗。當然，他們所做的事並不件件成功，但正是無數的困難給他們增添了新的勇氣。當他們外出活動歸來時，全身凍僵，筋疲力盡，而迎接他們的則是一片歡呼和熱烘烘的火爐。在經過了幾天的飢寒交迫之後，他們便覺得這座建立在南緯七十七度線上的舒適的小木板屋是世界上最安樂的場所。

但是，有一次一個探險小組從西面方向回來，他們帶回來的消息使整個屋子變得寂靜無聲。回來的人說，他們在途中發現了阿蒙森的冬季營地。斯科特立刻明白：現在，除了嚴寒和危險以外，還有另一個人在向他挑戰，要奪去他作為第一個發現地球最後祕密的人的榮譽。這個人就是挪威的阿蒙森。斯科特在地圖上反覆測量。當他發現阿蒙森的冬季營地駐紮在比他自己的冬季營地離南極近一百一十公里時，他完全驚呆了，但卻沒有因此而氣餒。「為了我的國家的榮譽，振作起來！」──他在日記中驕傲地寫道。

阿蒙森這個名字在他的日記中僅僅出現過這唯一的一次，以後再也沒有出現過。但是人們可以感覺到：從那天以後，在這座孤寂的四周是冰天雪地的小屋上籠罩著憂慮的陰影，阿蒙森的名字每時每刻都使他坐臥不安。

向南極點進發

　　離木板屋一里遠的觀察高地上不停地輪換著守望人。架在斜坡上的一台孤零零的儀器，恰似一門對準著看不見的敵人的大炮。這是一台測試正在臨近的太陽最初光線的儀器。他們從早到晚等候著太陽的出現。在像黎明時的濛濛天空中已變幻著彩色繽紛的反光，但圓面似的太陽還始終沒有浮出地平線。不過，這四周輝耀著奇妙彩光的天空，這太陽反射的先兆，已經使這些急不可耐的人歡欣鼓舞。電話鈴終於響了，從觀察高地的頂端向這些高高興興的人傳來這樣的消息：太陽出來過了，幾個月來太陽第一次在這寒季的黑夜裡露了一小時臉。太陽的光線非常微弱、非常慘淡，幾乎不能使冰冷的空氣活動起來，太陽的光波幾乎沒有在儀器上產生擺動的信號，不過，僅僅看到了太陽這一點，就足以使人發出歡笑。為了充分利用這一段有光線的短暫時間 —— 儘管這段時間按照我們通常的生活概念它還是冷得可怕的冬天，可在那裡卻意味著春天、夏天、秋天的一齊到來 —— 探險隊緊張地進行準備工作。機動雪橇在前面嘎嘎地開動，後面跟著西伯利亞矮種馬和愛斯基摩狗拉的雪橇。整個路程被預先周密地區分為幾段。每隔兩天路程設置一個貯藏點，為以後返程的人儲備好新的服裝、食物以及最最重要的煤油 —— 無限的寒冷中液化了的熱量。因為出發的時候將

是全部人馬，然後逐漸分批回來，所以要給最後一個小組——
挑選出來去征服極點的人——留下最充分的裝備、最強壯的牽
引牲畜和最好的雪橇。

　　儘管計畫制訂得非常周密，甚至連可能發生的種種意外不
幸的細節都考慮到了，但還是沒有奏效。經過兩天的行程，機
動雪橇全都出了毛病，癱在地上，變成一堆無用的累贅；西伯
利亞矮種馬的狀況也不像預期的那麼好。不過，這種有機物工
具在這裡要比機械工具略勝一籌，因為即使這些病馬不得不在
中途被殺死，它們也還可以給狗留下幾頓熱的美餐，增加狗的
體力。

　　一九一一年十一月一日，他們分成幾組出發。從電影的畫
面上看，這支奇特的探險隊開始有三十人，然後是二十人、十
人，最後只剩下五個人在那沒有生命的史前世界的白色荒原上
孤獨地行走著。走在隊伍最前面的一個人始終用毛皮和布塊把
自己裹得嚴嚴實實，只露出鬍鬚和一雙眼睛，看上去像個野
人。一隻包著毛皮的手牽著一匹西伯利亞矮種馬的籠頭，馬拖
著他的載得滿滿的雪橇。在他後面是一個同樣裝束、同樣姿態
的人，在這個人後面又是這樣一個人，……二十個黑點在一望
無際的耀眼的白色冰雪上形成一條線。他們夜裡鑽進帳篷，為
保護西伯利亞矮種馬，朝著迎風的方向築起了雪牆。第二天一

早他們又重新登程，懷著單調、荒涼的心情穿過這千萬年來第一次被人呼吸的冰冷的空氣。

　　但是令人憂慮的事愈來愈多。天氣始終十分惡劣，他們有時候只能走三十公里而不是四十公里，而每一天的時間對他們來說愈來愈寶貴，因為他們知道在這一片寂寞之中還有另一個看不見的人正在從另一側面向同一目標挺進。在這裡，每一件小事都可以釀成危險。一條愛斯基摩狗跑掉了；一匹西伯利亞矮種馬不願進食——所有這些都能使人惴惴不安，因為在這荒無人煙的雪原上一切有用的東西都變得極其珍貴，尤其是活的東西更成了無價之寶，因為它們是無法補償的。說不定那永垂史冊的功名就繫在一匹矮種馬的四隻蹄上；而風雪瀰漫的天空則很可能妨礙一項不朽事業的完成。與此同時全隊的健康狀況也出了問題。一些人得了雪盲症，另一些人四肢凍傷。西伯利亞矮種馬愈來愈筋疲力竭，因為它們的飼料愈來愈少。最後，這些矮種馬剛剛走到比爾茲莫爾冰川腳下就全部死去。這些馬在這裡的孤獨寂寞之中和探險隊員共同生活了兩年，已成為他們的朋友。每個人都叫得出馬的名字。他們曾溫柔地撫摸過它們無數次，可現在卻不得不去做一件傷心的事——在這裡把這些忠實的牲口殺掉。他們把這傷心的地方叫作「屠宰場營地」。就在這鮮血淋漓的地方一部分探險隊員離開隊伍，向回

走去，而另一部分隊員現在就要去做最後的努力，越過那段比爾茲莫爾冰川的險惡路程。這是南極用以保護自己而築起的險峻的冰的堡壘，只有人的熱烈意志的火焰能衝破它。

他們每天走的路愈來愈少，因爲這裡的雪都結成了堅硬的冰碴。他們不能再滑著雪橇前進，而必須拖著雪橇走。堅硬的冰凌劃破了雪橇板，走在像沙粒般硬的雪地上，腳都磨破了，但他們沒有屈服。十二月三十日，他們到達了南緯八十七度，即沙克爾頓到達的最遠點。最後一部分支援人員也必須在這裡返回了；只有五個選拔出來的人可以一直走到極點。斯科特將他認爲不合適的人挑出來。這些人不敢違拗，但心情是沉重的。目標近在咫尺，他們卻不得不回去，而把作爲第一批看到極點的人的榮譽讓給其他的夥伴。然而，挑選人員的事已經決定下來。他們互相又握了一次手，用男性的堅強隱蔽起自己感情的激動。這一小隊人終於又分成了更小的兩組，一組朝南，走向一切未知的南極點，一組向北，返回自己的營地。他們不時從兩個方向轉過身來，爲了最後看一眼自己活著的朋友。不久，最後一個人影消失了。他們——五名挑選出來的人：斯科特，鮑爾斯、奧茨、威爾遜和埃文斯〔15〕寂寞地繼續向一切未知的南極點走去。

南極點

　　那最後幾天的日記顯示出他們愈來愈感到不安。他們開始顫抖，就像南極附近羅盤的藍色指針。「身影從我們右邊向前移動，然後又從左邊繞過去，圍著我們的身子慢慢地轉一圈，而這段時間卻是無休止的長！」[16] 不過，希冀的火花也在日誌的字裡行間越閃越明亮。斯科特愈來愈起勁地記錄著走過的路程：「只要再走一百五十公里就到極點了，可是如果這樣走下去，我們真堅持不了。」──日記中又這樣記載著他們疲憊不堪的情況。兩天以後的日記是：「還有一百三十七公里就到極點了，但是這段路程對我們來說將變得非常非常困難。」可是在這以後又突然出現了一種新的、充滿勝利信心的聲音：「只要再走九十四公里就到極點了！即便我們不能到達那裡，我們也已走得非常非常近了。」一月十四日，希望變成了確有把握的事：「只要再走七十公里，我們的目的就達到了！」而從第二天的日誌裡已經可以看出他們那種喜悅和幾乎是輕鬆愉快的心情：「離極點只剩下五十公里了，不管怎麼樣，我們就要達到目的了！」從這歡欣鼓舞的幾行字裡使人深切地感覺到他們心中的希望之弦是繃得多麼緊，好像他們的全部神經都在期待和焦急面前顫抖。勝利就在眼前；他們已把雙手伸到地球的這個最後祕密之處，只要再使一把勁，目的就達到了。

一月十六日

「情緒振奮」──日記上這樣記載著。一月十六日這一天，他們清晨啓程，出發得比平時更早，爲的是能早一點看到無比美麗的祕密。焦急的心情把他們早早地從自己的睡袋中拽了出來。到中午，這五個堅持不懈的人已走了十四公里。他們熱情高漲地行走在荒無人跡的白色雪原上，因爲現在再也不可能達不到目的了，爲人類所做的決定性的業績幾乎已經完成。可是突然之間，夥伴之一的鮑爾斯變得不安起來。他的眼睛緊緊盯著無垠雪地上的一個小小的黑點。他不敢把自己的猜想說出來：可能已經有人在這裡樹立了一個路標。但現在其他的人也都可怕地想到了這一點。他們的心在戰慄，只不過還想盡量安慰自己罷了──就像魯賓遜在荒島上剛發現陌生人的腳印時竭力想把它看作是自己的腳印一樣，當然這是徒勞的──他們對自己說，這一定是冰的一條裂縫，或者說不定是某件東西投下的影子。他們神經緊張地愈走愈近，一邊還不斷自欺欺人，其實他們心中早已明白：以阿蒙森爲首的挪威人已在他們之先到過這裡了。

沒有多久，他們發現雪地上插著一根滑雪柱，上面綁著一面黑旗，周圍是他人紮過營地的殘跡──滑雪屐的痕跡和許多狗的足跡。在這嚴酷的事實面前也就不必再懷疑：阿蒙森在這

裡紮過營地了。千萬年來人跡未至、或者說自太古以來從未被世人瞧見過的地球的南極點竟在一個分子量的時間之內——即十五天內兩次被人發現，這在人類歷史上是聞所未聞、不可思議的事。而他們恰恰是第二批到達的人，他們僅僅遲到了一個月。雖然昔日逝去的光陰數以幾百萬個月計，但現在遲到的這一個月，卻顯得太晚太晚了——對人類來說，第一個到達者擁有一切，第二個到達者什麼也不是。而他們正是人類到達極點的第二批人。一切努力成了白費勁，歷盡千辛萬苦顯得十分可笑，幾星期、幾個月、幾年的希望簡直可以說是癲狂。「歷盡千辛萬苦、風餐露宿、無窮的痛苦煩惱——這一切究竟為了什麼？還不是為了這些夢想，可現在這些夢想全完了。」——斯科特在他的日記中這樣寫道。淚水從他們的眼睛裡奪眶而出。儘管筋疲力竭，這天晚上他們還是夜不成眠。他們像被宣判了似的失去希望，悶悶不樂地繼續走著那一段到極點去的最後路程，而他們原先想的是歡呼著衝向那裡。他們誰也不想安慰別人，只是默默地拖著自己的腳步往前走。一月十八日，斯科特海軍上校和他的四名夥伴到達極點。由於他已不再是第一個到達這裡的人，所以這裡的一切並沒有使他覺得十分耀眼。他只用冷漠的眼睛看了看這塊傷心的地方。「這裡看不到任何東西，和前幾天令人毛骨悚然的單調沒有任何區別」——這就是

羅伯特‧福爾肯‧斯科特關於極點的全部描寫。他們在那裡發現的唯一不尋常的東西，不是由自然界造成的，而是由角逐的對手造成的，那就是飄揚著挪威國旗的阿蒙森的帳篷。挪威國旗耀武揚威地、洋洋得意地在這被人類衝破的堡壘上獵獵作響。它的占領者還在這裡留下一封信等待這個不相識的第二名的到來，他相信這第二名一定會隨他之後到達這裡，所以阿蒙森請他把那封信帶給挪威的厚康國王。[17] 斯科特接受了這項任務，他要忠實地去完成這一最冷酷無情的職責：在世界面前為另一個人完成的業績作證，而這一事業卻正是他自己所熱烈追求的。

他們快快不樂地在阿蒙森的勝利旗幟旁邊插上英國國旗──這面姍姍來遲的「聯合王國的國旗」，然後就離開了這塊「辜負了他們雄心壯志」的地方。在他們身後颳來凜冽的寒風。斯科特懷著不祥的預感在自己的日記中寫道：「回去的路使我感到非常可怕。」

罹難

回來的路程危險增加了十倍。在前住極點的途中有羅盤指引他們，而現在除了羅盤外，他們還必須順著自己原來的足跡走去，在幾個星期的行程中必須小心翼翼地絕不離開自己原來

的腳印，以免錯過事先設置的貯藏點，在那裡儲存著他們的食物、衣服和凝聚著熱量的幾加侖煤油。但是漫天大雪封住了他們的眼睛，使他們每走一步都憂心忡忡，因為一旦偏離方向，錯過了貯藏點，無異於直接走向死亡。況且他們體內已缺乏那種初來時的充沛精力，因為那時候豐富的營養所含有的化學能和南極之家的溫暖營房都給他們帶來了熱力。

不僅如此，他們心中鋼鐵般的意志現在也已鬆懈。來的時候他們滿懷無限的希望，這希望體現了全人類的好奇和渴求，這希望給他們增添了無窮的力量。當他們一想到自己所進行的是人類的不朽事業時，也就有了超人的力量。而現在他們僅僅是為了使自己的皮膚不受損傷、為了自己終將死去的肉體的生存、為了沒有任何光彩的回家而鬥爭。說不定在他們的內心深處，與其說盼望著回家，毋寧說更害怕回家哩。

閱讀那幾天的日記是可怕的。天氣變得愈來愈惡劣，寒季比平常來得更早。他們鞋底下的白雪由軟變硬了，結成厚厚的冰凌，踩上去就像踩在三角釘上一樣，每走一步都要黏住鞋。刺骨的寒冷吞噬著他們已經疲憊不堪的軀體。所以每當他們經過幾天的畏縮不前和走錯路以後重新到達一個貯藏點時，他們就稍稍高興一陣，從日記的字裡行間重新閃現出信心的火焰。在陰森森的一片寂寞之中始終只有這麼幾個人在行走，他們的

英雄氣概不能不令人欽佩，最能證明這一點的莫過於負責科學研究的威爾遜博士，他在離死只有寸步之遙的時候，還在繼續進行著自己的科學觀察，在自己的雪橇上除了一切必需的載重外還拖著十六公斤的珍貴岩石樣品。

然而，人的勇氣終於漸漸地被自然的巨大威力所消蝕。這裡的自然界是冷酷無情的，千萬年來積聚的力量能使它像精靈似的召喚來寒冷、冰凍、飛雪、風暴——用這一切毀滅人的法術來對付這五個鹵莽大膽的勇敢者。他們的腳早已凍爛，食物的定量愈來愈少，一天只能吃一頓熱餐，由於熱量不夠，他們的身體已變得非常虛弱。一天，夥伴們可怕地發覺，他們中間最體強力壯的埃文斯突然精神失常。他站在一邊不走了，嘴上念念有詞，不停地抱怨著他們所受的種種苦難——有的是真的，有的是他的幻覺。從他語無倫次的話裡，他們終於明白，這個苦命的人由於摔了一跤或者由於巨大的痛苦已經瘋了。對他怎麼辦？把他拋棄在這沒有生命的冰原上？不。可是另一方面，他們又必須毫不遲疑地迅速趕到下一個貯藏點，要不然……從日記裡看不出斯科特究竟打算怎麼辦。二月十七日夜裡一點鐘，這位不幸的英國海軍軍士死去了。那一天他們剛剛走到「屠宰場營地」，重新找到了上個月屠宰的矮種馬，第一次吃了較豐盛的一餐。

現在只有四個人繼續走路了，但災難又臨到頭上。下一個貯藏點帶來的是新的痛苦的失望。儲存在這裡的煤油太少了，也就是說，他們必須精打細算地使用這最必需的用品——燃料，他們必須節省熱能，而熱能恰恰是他們對付嚴寒的唯一防禦武器。冰冷的黑夜，周圍是呼嘯不停的暴風雪。他們膽怯地睜著眼睛不能入睡，他們幾乎再也沒有力氣把氈鞋的底翻過來。但他們繼續拖著自己往前走，他們中間的奧茨已經在用凍掉了腳趾的腳行走。風颳得比任何時候都厲害，三月二日，他們到了下一個貯藏點，但再次使他們感到可怕的絕望：那裡儲存的燃料又是非常之少。

　　現在他們真是驚慌到了極點。從日記中人們可以覺察到斯科特如何盡量掩飾著自己的恐懼，但從他那強制的鎮靜中還是一再迸發出絕望的厲叫。「再這樣下去，是不行了！」或者「上帝保佑呀！我們再也忍受不住這種勞累了。」或者「我們的戲將要悲慘地結束。」最後終於出現了可怕的自白：「唯願上帝保佑我們吧！我們現在已很難期望人的幫助了。」不過，他們還是拖著疲憊的身子，咬緊著牙關，絕望地繼續向前走呀，走呀。奧茨愈來愈走不動了，愈來愈成為朋友們的負擔，而不再是什麼幫手。一天中午，氣溫達到零下四十度，他們不得不放慢走路的速度。不幸的奧茨不僅感覺到，而且心裡也

明白，這樣下去，他會給朋友們帶來厄運，於是做好最後的準備。他向負責科學研究的威爾遜要了十片嗎啡，以便在必要時加快結束自己。他們陪著這個病人又艱難地走了一天路程。然後這個不幸的人自己要求他們將他留在睡袋裡，把自己的命運和他們的命運分開來。但他們堅決拒絕了這個主意，儘管他們都清楚，這樣做無疑會減輕大家的負擔。於是病人只好用凍傷了的雙腳跟跟蹌蹌地又走了若干公里，一直走到宿夜的營地。他和他們一起睡到第二天早晨。清早起來，他們朝外一看，外面是狂吼怒號的暴風雪。

奧茨突然站起身來，對朋友們說：「我要到外邊去走走，可能要多待一些時候。」其餘的人不禁戰慄起來。誰都知道，在這種天氣下到外面去走一圈意味著什麼。但是誰也不敢說一句阻攔他的話，也沒有一個人敢伸出手去向他握別。他們大家只是懷著敬畏的心情感覺到：勞倫斯‧奧茨──這個英國皇家禁衛軍的騎兵上尉正像一個英雄似的向死神走去。

現在只有三個疲憊、羸弱的人吃力地拖著自己的腳步，穿過那茫茫無際、像鐵一般堅硬的冰雪荒原。他們疲倦已極，已不再抱任何希望，只是靠著迷迷糊糊的直覺支撐著身體，邁著蹣跚的步履。天氣變得愈來愈可怕，每到一個貯藏點，迎接他們的是新的絕望，好像故意捉弄他們似的，只留下極少的煤

油，即熱能。三月二十一日，他們離下一個貯藏點只有二十公里了，但暴風雪颳得異常凶猛，好像要人的性命似的，使得他們無法離開帳篷。每天晚上他們都希望第二天能到達目的地，可是到了第二天，除了吃掉一天的口糧外，只能把希望寄託在第二個明天。他們的燃料已經告罄，而溫度計卻指在零下四十度。任何希望都破滅了。他們現在只能在兩種死法中間進行選擇：是餓死還是凍死。四周是白茫茫的原始世界，三個人在小小的帳篷裡同注定的死亡進行了八天的鬥爭。三月二十九日，他們知道再也不會有任何奇蹟能拯救他們了，於是決定不再邁步向厄運走去，而是驕傲地在帳篷裡等待死神的來臨，不管還要忍受怎樣的痛苦。他們爬進各自的睡袋，卻始終沒有向世界哀嘆過一聲自己最後遭遇到的種種苦難。

斯科特臨死時的書信

　　凶猛的暴風雪像狂人似的襲擊著薄薄的帳篷，死神正在悄悄地走來，就在這樣的時刻，斯科特海軍上校回想起了與自己有關的一切。因為只有在這種從未被人聲衝破過的極度寂靜之中他才會悲壯地意識到自己對祖國、對全人類的親密情誼。但是在這白雪皚皚的荒漠上只有內心中的海市蜃樓，它召來那些由於愛情、忠誠和友誼曾經同他有過聯繫的各種人的形象，他

給所有這些人留下了話。斯科特海軍上校在他行將死去的時刻用凍僵的手指給他所愛的一切活著的人寫了書信。

那些書信寫得非常感人。死在眉睫，信中卻絲毫沒有纏綿悱惻的情意，彷彿信中也滲透著晶亮的天空中清澈的空氣。那些信是寫給他認識的人的，然而是說給全人類聽的，那些信是寫給那個時代的，但說的話卻千古永垂。

他給自己的妻子寫信。他提醒她要照看好他的最寶貴的遺產——兒子，他關照她最主要的是不要讓兒子懶散。他在完成世界歷史上最崇高的業績之一的最後竟做了這樣的自白：「妳是知道的，我不得不強迫自己有所追求——因為我總是喜歡懶散。」在他行將死去的時刻，他仍然為自己的這次決定感到光榮而不是感到遺憾。「關於這次遠征的一切，我能告訴妳什麼呢。它比舒舒服服地坐在家裡不知要好多少！」

他懷著最誠摯的友情給那幾個同他自己一起罹難的夥伴們的妻子和母親寫信，為他們的英勇精神作證。儘管他自己即將死去，他卻以堅強的、超人的感情——因為他覺得這樣死去是值得紀念的，這樣的時刻是偉大的——去安慰那幾個夥伴的遺屬。

他給他的朋友們寫信。他談到自己時非常謙遜，但談到整個民族時卻充滿無比的自豪。他說，在這樣的時刻，他為自己

是這個民族的兒子——一個稱得上兒子的人而感到歡欣鼓舞。他寫道。「我不知道，我算不算是一個偉大的發現者。但是我們的結局將證明，我們民族還沒有喪失那種勇敢精神和忍耐力量。」他在臨死時還對朋友做了友好的表白，這是他在一生中由於男性的倔犟、靈魂的貞操而沒有說出口的話。他在寫給他的最好的朋友的信中寫道：「在我一生中，我還從未遇到過一個像您這樣令我欽佩和愛戴的人，可是我卻從未向您表示過，您的友誼對我來說意味著什麼，因為您有許多可以給我，而我卻沒有什麼可以給您。」

　　他的最後一封信，也是最精采的一封信是寫給他的祖國的。他認為有必要說明，在這場爭取英國榮譽的搏鬥中他雖然失敗了，但卻無個人的過錯。他一一列舉了使他遭到失敗的種種意外事件，同時用那種死者特有的無比悲愴的聲音懇切地呼籲所有的英國人不要拋棄他的遺屬。他最後想到的仍然不是自己的命運。他寫的最後一句話講的不是關於自己的死，而是關於活著的他人：「看在上帝面上，務請照顧我們的家人！」以下便是幾頁空白信紙。

　　斯科特海軍上校的日記一直記到他生命的最後一息，記到他的手指完全凍住，筆從僵硬的手中滑下來為止。他希望以後會有人在他的屍體旁發現這些能證明他和英國民族勇氣的日

記，正是這種希望使他能用超人的毅力把日記寫到最後一刻。最後一篇日記是他用已經凍傷的手指哆哆嗦嗦寫下的願望：「請把這本日記送到我的妻子手中！」但他隨後又悲傷地、堅決地劃去了「我的妻子」這幾個字，在它們上面補寫了可怕的：「我的遺孀。」

回音

住在基地木板屋裡的夥伴們等待了好幾個星期，起初充滿信心，接著有點憂慮，最後終於愈來愈不安。他們曾兩次派出營救隊去接應，但是惡劣的天氣又把他們擋了回來。這些失去了隊長的人在木板屋裡白白地待了整個漫長的寒季，他們的心中都已蒙上災難的黑影。在這幾個月裡，有關斯科特海軍上校的命運和事蹟一直被封鎖在白雪和靜默之中，想必白冰已把他們封在晶亮的玻璃棺材裡。一直到南極的春天到來之際，十月二十九日，一支探險隊才出發，至少要去找到那幾位英雄的屍體和他們的消息。十一月十二日他們到達那個帳篷，發現英雄們的屍體已凍僵在睡袋裡，死去的斯科特還像親兄弟似的摟著威爾遜。他們找到了那些書信和文件，並且為那幾個悲慘死去的英雄們壘了一個石墓。在堆滿白雪的墓頂上豎著一個簡陋的黑色十字架。它至今還孤獨地矗立在銀白色的世界上，好像這

銀白色的世界將要永遠藏匿起這件人類歷史上那次英雄業績的物證。

可是沒有！他們的事蹟出乎意料地、奇妙地復活了。這是我們新時代的科技世界創造的精采奇蹟。朋友們把那些底片和電影膠卷帶回家來，在化學溶液裡顯出了圖像，人們再次看到了行軍途中的斯科特和他的伙伴們，並且發現：看到南極風光的除了他以外，只有另一個人——阿蒙森。斯科特的遺言和書信通過電線迅速傳到讚歎而又驚異的世界。在英國國家主教堂裡，國王跪下來悼念這幾位英雄。所以說，看來徒勞的事情會再次結出果實，一件耽誤了的事情會變成對人類的大聲疾呼，要求人類把自己的力量集中到尚未達到的目標；壯麗的毀滅，雖死猶生，失敗中會產生攀登無限高峰的意志。因為只有雄心壯志才會點燃起火熱的心，去做那些獲得成就和輕易成功是極為偶然的事。一個人雖然在同不可戰勝的占絕對優勢的厄運的搏鬥中毀滅了自己，但他的心靈卻因此變得無比高尚。所有這些在一切時代都是最最偉大的悲劇，一個作家只是有時候去創作它們，而生活創作的悲劇卻要多至一千倍。

註釋：

〔1〕維多利亞瀑布，世界上最寬大的瀑布，地處非洲贊比西河上中游交界

處。它從石床上直瀉而下，飛霧和聲響可遠及十五公里，一八五五年十一月英國傳教士、殖民者戴維‧利文斯通來此發現後，以英國女王之名命為維多利亞瀑布，贊比亞獨立後，恢復原名，稱莫西奧圖尼亞瀑布（the Falls 'Mosi-Oa-Toeja'），在洛茲語或通加語中意為聲若雷鳴的雨霧。

〔2〕具有邏輯頭腦的古希臘人設想世界是個球體，因而認為必然要有一個陸塊由極南方來平衡歐洲及亞洲——不然的話，世界就會翻轉而成南、北對調的狀態。公元二世紀的地理學家托勒密在他的地圖上就畫出了這樣一個地區，在已知世界的下面畫出一個跨越底部的大陸，取名為 terra incognita（人跡未到的地區或未知的地區）。文藝復興期間，地圖繪製者堅特在地圖上畫出這個傳統性的大陸，但畫出的位置比托勒密所畫的還更向南，重新取名為 terra australis（南方的陸地），又由於它仍是個未知的大陸，通常還附上 incognita（人跡未到的）一詞。

〔3〕安德拉（Salomon August Andree，一八五四～一八九七），瑞典飛艇駕駛員，一八九七年駕飛艇橫越北極時遇難，距褚威格著〈奪取南極的鬥爭〉時有三十三年；拒斯科特遇難二十五年。

〔4〕羅伯特‧皮爾里（Robert Edwin Peary，一八五六～一九二〇）美國探險家，據以往的探險史記載，他於一九〇九年四月六日到達北緯九十度並勝利歸來，從而成為世界上第一個到達北極的人。

〔5〕弗雷德里克‧庫克（Frederick Albert Cook，一八六五～一九四〇），美國醫生和極地探臉家，聲稱自己曾於一九〇八年到達北極，比皮爾里還早一年，但很快受到非難，皮爾里說庫克「欺騙群眾」，調查結果幾乎沒有支持庫克的證據，從而使他名譽掃地，死時仍悲憤莫明。然而自二十世紀七〇年代以來，極地研究專家們對庫克踏上極地一事日趨表示肯定，因為庫克在一九〇八年提出的極地探險報告中首次描述的許多現象，業已被現代冰地研究的成果以及飛機、人造衛星拍攝的照片所證實。相反，一九七三年物理學家兼天文學家在詳細研究了羅伯特‧皮爾里公布的全部資料後，得出結論：皮爾里上將根本沒有到達北極。參閱〔蘇〕《在國外》一九八三年第十期文章：〈誰第一個踏上北極〉，中譯文請見《讀者文摘》一九八四年第三期。

〔6〕羅阿勒德‧阿蒙森（Roald Amundsen，一八七二～一九二八），挪威探險家，於一九一一年十二月十四日到達南極，是世界上第一支到達

南緯九十度並勝利歸來的探險隊的領隊，以後又聲稱到過北極，從而成爲世界上唯一到過南、北兩極的著名探險家。

〔7〕羅伯特·福爾肯·斯科特（Robert Falcon Scott，一八六八～一九一二），英國皇家海軍上校，著名南極探險家。一九一二年一月十八日與四夥伴到達南極，返程時罹難。

〔8〕歐內斯特·亨利·沙克爾頓（Sir Ernest Henry Shackleton，一八七四～一九二二），英國人，南極探險家，一九〇九年一月到達南緯八十八度二十三分，因嚴重凍傷未能到達九十度而返回基地，但他在南極順利通過的二千七百四十公里路程被譽爲當時南極探險中最偉大的業績，從而在歐洲各國被封爲爵士，以後又帶領探險隊橫跨整個南極洲。

〔9〕塔西佗（Cornelius Tacitus，約五五～約一二〇），古羅馬著名歷史學家，其文體獨具風格。

〔10〕赫克托耳，希臘神話特洛亞故事中的英雄。

〔11〕安德洛瑪刻，希臘神話中赫克托耳的妻子，以鍾愛丈夫著稱。

〔12〕活的動物，是指帶到南極用來牽引雪橇的西伯利亞矮種馬和愛斯基摩狗。

〔13〕南級圈內全年分寒暖兩季，十一月至三月爲暖季，四月至十月爲寒季，暖季有連續的白晝，寒季則有連續的極夜，並有絢麗的孤形極光出現，稱南極光。

〔14〕斯科特爲征服南極準備了三輛機動雪橇，但實踐證明它們在南極的嚴寒之中完全無效，這三輛機動雪橇至今還廢棄在麥克默多海灣埃文斯角的主基地上，成爲紀念館的遺物。

〔15〕隨同斯科特一起到達南極的其他四名探險隊員是：亨利·鮑爾斯（H. R. Bowers，一八八三～一九一二），英國海軍上尉；勞倫斯·奧茨（Lawrence Edward Grace Oates，一八八〇～一九一二），探險隊船長，在回程時因雙腿凍傷行走困難，爲不連累伙伴而自殺；愛德華·威爾遜博士（Edwark Adrian Wilson，一八七二～一九一二），英國醫生和南極探險家，負責斯科特探險隊的科學研究；埃德加·埃文斯（Edgar Evans，一八七四～一九一二），英國海軍軍士，在回程時因摔了一跤受傷，痛苦不堪而發瘋，最後死於體力不支。

〔16〕這是指南極太陽照射的一天。

〔17〕厚康七世（Håkon VII，一八七二～一九五七），丹麥王子，一九〇五年挪威從瑞典分離出來後，任挪威國王。

第十三章

封閉的列車

列寧

1917年4月9日

Vladimir Llyich Lenin

自一九〇七年起，列寧第二次流亡國外，僑居日內瓦、巴黎、伯爾尼等地。一九一六年初列寧從伯爾尼遷到蘇黎世，和克魯普斯卡婭一起寄居在修鞋匠卡墨列爾家裡。一九一七年三月中旬，列寧獲悉彼得格勒工人、士兵武裝起義勝利的消息，但政權落到資產階級的臨時政府手裡，出現了雙重政權並存的局面。正當俄國革命面臨這樣緊急關頭的時刻，身在瑞士的列寧急不可耐地渴望著盡快返回祖國，列寧返回俄國的路線只有兩條；一是通過德國，經瑞典、芬蘭歸來，但德國當時是俄國的交戰國；二是取道法國，然後渡海到英國，再返回俄國，但英法當時是俄國的協約國。列寧深知，英國是無論如何不會借道給他這樣一個堅決反對帝國主義戰爭的人的。最後，他利用帝國主義國家之間的矛盾，以交換拘留在俄國的德國戰俘為條件，乘坐一節鉛封的車廂，取道德國而歸。列寧此舉勢必會招來無產階級革命的一切敵人的誹謗和誣衊，但他以革命利益為重，把自己的榮辱毀譽置之度外。一九一七年四月十六日晚上十一點十分，列寧轉從芬蘭乘火車抵達當時俄國的首都彼得格勒，以後不到七個月的時間，偉大的十月社會主義革命就爆發了。

　　在諸威格看來，這趟風馳電掣的封閉列車猶如一發炮彈，乘坐在裡面的人物猶如威力強大的炸藥；這一炮，摧毀了

一個帝國、一個舊世界。

——譯者題記

一個住在修鞋匠家的人

　　瑞士，這一片小小的和平綠洲，在它周圍卻是世界大戰的風雲所激起的瀰漫硝煙，因而在一九一五、一九一六、一九一七和一九一八連著的幾個年頭裡，瑞士也顯出一派偵探小說裡那種驚險的場面。在豪華的旅館裡，敵對的列強國的使節們擦肩而過，好像互相不認識似的，而一年以前他們還友好地在一起打橋牌和彼此邀請對方到自己家中作客。從這些旅館的房間裡不時溜出一些一閃而過、諱莫如深的人物。國會議員、秘書、外交人員、商人、戴面紗或不戴面紗的夫人們，每個人都負有祕密的使命。插著外國國旗的高級轎車駛到這些旅館門前，從車上下來的是工業家、新聞記者、文藝界的名流，以及那些似乎只是偶爾出來旅遊的人，但是他們每一個人幾乎都負有同樣的使命：要探聽到一些消息，刺探一些情報。甚至連引他們走進房間的門房和打掃房間的女僕，也都被逼著去幹偷看和監視的勾當。敵對的組織在旅館、公寓、郵局、咖啡館到處進行活動。所謂宣傳鼓動，一半是間諜活動；貌似友愛，實際是出賣，所有這些匆匆而來的人辦理的每一件公開的事，

背後都隱藏著第二件和第三件事。一切都有人彙報，一切都有人監視。不管何種身分的德國人，剛一到達蘇黎世，設在伯爾尼的敵方大使館就立刻知道，一小時後巴黎也知道了。大大小小的情報人員每天都將眞實的和杜撰的成冊報告交給那些外交人員，再由他們轉送出去。所有的牆壁都是透風的；電話被竊聽；從字紙簍的廢紙裡和吸墨紙的痕跡上重新發現每一條消息；在這樣群魔亂舞的混亂之中，許多人到最後連自己都弄不清楚，自己究竟是獵手還是被獵者，是間諜還是反間諜，是出賣者還是被出賣者。

不過，在這樣的日子裡，只有關於一個人的報告卻極少，也許是因爲他太不受人注目吧。他既不在高級的旅館下榻，也不在咖啡館裡閒坐，更不去觀看宣傳演出，而是和自己的妻子徹底隱居在一個修鞋匠家裡，住在利馬特河 [1] 後面那條古老、狹窄而又高低不平的斯比格爾小巷裡的一幢房子的三層樓上，這幢房子就像舊城裡的其他房子一樣，有高高聳立的屋頂，構造結實，但一半由於天長日久，一半由於樓下院子裡那家熏香腸的小作坊的緣故，房屋已熏得相當黑。他的鄰居有：一個女麵包師、一個義大利人和一個奧地利男演員。由於他不太愛說話，鄰居們除了知道他是俄國人和名字難念之外，別的也就不知道什麼了。女房東是從他的一日三餐的簡單伙食和夫

婦兩人的舊衣裳上看出他已離別家鄉流亡多年了，而且也沒有大筆的財產和做什麼賺大錢的買賣。這對夫婦倆剛搬來住的時候，全部家當還裝不滿一個小籃呢。

這一個身材矮小的人是那麼的不顯眼和生活得盡可能不引人注意。他避免交際，鄰居們很少能和他眯縫的雙眼裡銳利而又深沉的目光相遇；也很少有客人來找他。但是他每天的生活卻極有規律，上午九點鐘去圖書館，在那裡一直坐到十二點鐘圖書館關門，十二點十分準時回到家中，十二點五十分又離開寓所，成為下午到圖書館去的第一個人，然後在那裡一直坐到傍晚六點鐘。況且，情報人員只注意那些喋喋不休的人，殊不知沉默寡言、埋頭書堆、好學不倦的人倒往往是使世界革命化最危險的人物，所以他們從來沒有為這一個住在修鞋匠家裡、不引人注目的人寫過報告。與此相反，在社會主義者的圈子裡，大家都認識他，知道他曾是倫敦的一家俄國流亡者辦的激進小刊物的編輯，是彼得堡的某個發音彆扭的特殊黨派的領袖；不過，由於他在談論社會主義政黨裡的那些最有名望的人物時，態度生硬和輕蔑，並說他們的方法是錯誤的，又由於他自己顯得不好接近和完全不會通融，所以大家也就不太關心他。有時候，他利用晚上在一家無產者出沒的小咖啡館召集會議，來參加的人至多不過十五到二十名，而且大多是年

輕人。因此，人們對待這位怪僻的人，就像對待所有那些沒完沒了地喝著茶和爭論不休、從而使自己頭腦發熱的俄國流亡者一樣，採取容忍的態度，但也沒有人去重視這個面容嚴肅、身材矮小的人。在蘇黎世，認為記住這個住在修鞋匠家裡的人的名字 —— 弗拉基米爾·伊里奇·烏里揚諾夫是重要的，不足三四十人，所以，假如在當時那些以飛快的速度穿梭於各個使館之間的高級轎車中有一輛車，偶然在大街上撞死了這個人，那麼世界上的人都不會知道他是誰，既不會知道他是烏里揚諾夫，也不會知道他是列寧。

實現……

有一天，那是一九一七年三月十五日，蘇黎世圖書館的管理員感到奇怪。時針已指到九點，而那個最準時的借書人每天坐的座位卻還空著。快九點半了，快十點了，那個孜孜不倦的讀者還沒有來。他是不會再來了。因為正當他來圖書館的路上，一位俄國朋友同他的談話，把他留住了，或者更確切地說，俄國爆發革命的消息打亂了他的全部計畫。

起初，列寧還不敢相信。他完全被這消息驚呆了。可是隨後他邁開短促迅速的步履，趕往蘇黎世湖濱的報亭，以後他幾乎每個小時、每天都在那裡和在報館門前等候。事情是真的，

消息是確鑿的，而且他覺得一天更比一天眞實得令人鼓舞。開始只傳來不確實的消息，說發生了一次宮廷革命；好像只更換了內閣；然後才傳來：沙皇被廢黜了，成立了臨時政府，接著又傳來杜馬⑵開會那天的情況；俄國自由了；政治犯得到了大赦——所有這一切都是他多年來夢寐以求的，二十年來，他在祕密組織裡、在監獄、在西伯利亞、在流亡中都曾爲之奮鬥的這一切，現在實現了。他頓時覺得，這一次世界大戰造成的數百萬人的死亡，血沒有白流。他覺得，這些死者並不是無謂的犧牲品，而是爲了一個自由、平等和持久和平的新王國而獻身的殉道者，現在這樣一個新王國已經誕生。這個平時是那麼清醒和沉靜的夢想家此刻卻像迷醉了似的。可以回到俄國老家去了！這一鼓舞人心的消息也振奮著在日內瓦、洛桑、伯爾尼的其他幾百名蟄居在小小斗室裡的流亡者。他們歡呼、雀躍，因爲他們現在不是用假護照，隱姓匿名，冒著被判處死刑的危險，回到沙皇的帝國去，而是作爲自由的公民回到自由的土地上去。他們所有的人都已經在準備自己少得可憐的行裝，因爲報紙上登載了高爾基的言簡意賅的電報：「大家都回家吧！」於是他們向四面八方發出信件和電報：回家，回家吧！集合起來！團結起來！爲了他們自覺悟以來畢生奮鬥的事業：俄國革命而再一次獻身！

……和失望

然而幾天以後他們驚愕地認識到：俄國革命的消息雖然使他們欣喜若狂，但是這一次革命並不是他們所夢想的那種革命，而且也談不上是俄國的一次革命，它無非是一次由英國和法國的外交官們策動的反對沙皇的宮廷政變，目的是阻止沙皇與德國媾和。它不是由要求和平與權利的人民所進行的革命。它不是他們曾畢生努力並且準備為之犧牲的那種革命，而是好戰的黨派、帝國主義分子和將軍們為了不願被別人打亂自己的計畫而策動的一次陰謀。而且，列寧和他的同志們不久還認識到：讓大家都回去的許諾並不適用於那些要進行激烈的、卡爾·馬克思式的真正革命的人。米留可夫〔3〕和其他的自由派人物已經指示要阻止他們回去。他們一方面把那些對於繼續進行戰爭有利的屬於溫和派的社會主義者迎接回國，例如普列漢諾夫〔4〕就是在護送人員的陪同下十分體面地乘著魚雷艇從英國回到彼得堡；另一方面，他們卻把托洛茨基〔5〕截留在哈利法克斯〔6〕，把其他的激進派分子拒之於國境線外。在所有協約國〔7〕的邊境線上的關卡哨所，都有一份記錄著參加過第三國際齊美爾瓦爾得會議〔8〕的全體人員的黑名單。列寧抱著最後的希望，向彼得堡拍去一封又一封的電報，但是這些電報不是中途被扣留就是放在那裡置之不理。在蘇黎世人們不知道，

在歐洲也幾乎沒有人知道，然而在俄國，人們卻知道得很清楚：列寧，在反對他的人看來，是多麼堅強有力，多麼矢志不移，又是多麼致命的危險。

　　這些被拒之於國門之外的人，眞是一籌莫展，無限絕望。多少年來他們在倫敦、巴黎、維也納的總部舉行過無數次會議，制訂了自己的俄國革命的戰略。他們權衡、嘗試、徹底討論過組織工作中的每一個細節。十多年來，他們在自己的刊物中互相探討過俄國革命在理論與實踐上的各種困難、危險和可能性。而他——列寧，他一生所思考的，就是關於俄國革命的總體構想，經過不斷修改，這個總體構想最後終於形成。可是現在，因爲他被阻留在瑞士，他所構想的革命將被另一些人篡改和搞糟，他覺得那一些人假借解放人民的崇高名義，實際上卻是爲外國人效勞，爲外國人謀利益。興登堡〔9〕在他四十年的戎馬生涯中，幾乎是調遣和操縱著俄國軍隊的行動，但當第一次世界大戰爆發時，他卻不得不穿著平民服裝待在家裡，只是用小旗幟在地圖上標出現役將軍們的進展和錯誤。列寧在這些日子裡的命運和興登堡的遭遇，何其相似乃爾。這位平時最徹底的現實主義者——列寧，在這絕望的日子裡也竟做起最不著邊際的迷夢來：能否租一架飛機，飛越過德國和奧地利？——然而，第一個找上門來表示願意幫助的人，卻是一個

間諜；於是他心中不斷產生潛逃的想法，他寫信到瑞典，請人設法給他弄一張瑞典護照，他甚至想假裝成啞巴，這樣就可以不受盤問。不過，在夜裡可以有各種豐富的幻想，但早晨一起來，列寧自己也知道這些美夢是根本無法實現的，只是到了大白天，他仍然知道：必須回到俄國去。他必須自己去從事自己的革命，而不是讓別人代理。他必須去進行真正的、名副其實的革命，而不是那種政治上的更迭。他必須回去，必須立刻回到俄國去，不惜一切代價！

取道德國：行不行？

瑞士是處於義大利、法國、德國和奧地利的環抱之中。作為革命者的列寧要取道協約國是行不通的，而作為俄國的子民，即作為一個敵國的公民，要取道德國也是不行的。然而令人感到荒唐的是：威廉〔10〕皇帝的德國卻要比米留可夫的俄國和普安卡雷〔11〕的法國對列寧顯得更為友好熱情。因為德國需要在美國宣布參戰之前不惜一切代價同俄國媾和，所以，一個能在那裡給英國和法國的使節們製造麻煩的革命者，對德國人來說無疑是一個備受歡迎的幫手。

但是，列寧以前曾在自己的著作中對威廉皇帝的德國進行過無數次譴責和抨擊，現在卻突然要同這個國家進行談判，邁

出這一步，顯然要承擔不同尋常的責任。因爲按照迄今爲止的道德觀念，在戰爭期間得到敵國軍事參謀部的允許，進入並通過敵國的領土，這無疑是一種叛國行爲。而且列寧也清楚地知道，這一行動從一開始就會使自己的黨和自己的事業遭到詆毀。他本人將要受到嫌疑，以爲他是作爲一個受德國政府收買和雇用的間諜被派到俄國去的；而且，一旦他實現了自己的立即媾和的綱領，那麼他將會永遠成爲歷史的罪人，指責他妨礙了俄國取得眞正的勝利的和平。所以當他宣布說，在萬不得已的情況下，他將走這條最危險、最足以毀壞名譽的道路時，不僅那些溫和的革命者，而且連大多數與列寧觀點一致的同志，也都爲之瞠目。他們急得不知所措地說：瑞士的社會民主黨人早已在著手談判，爭取通過交換戰俘這種合法而又不刺眼的辦法，把俄國革命者送回去。但是列寧知道，這將是一條多麼漫長的路，俄國政府將會爲他們的返回蓄意製造各種人爲的障礙，一直拖到遙遙無期。而現在的每一天、每一小時都事關重大，於是他只得鋌而走險，決心去幹這種按照現有的法律和觀念被視爲是屬於背叛的事。這樣的事，那些稍具魄力和膽識的人都是不敢幹的。但是列寧卻已暗下決心，並且由他個人承擔全部責任，同德國政府進行談判。

協定

　　正因爲列寧知道自己的這一步會引起轟動和攻擊，所以他要盡可能公開行事。瑞士工會書記弗里茨‧普拉廷〔12〕受他的委託前去和德國公使磋商，向他轉達列寧提出的條件，這位公使在此之前就已和俄國流亡者進行過一般性的談判。現在這個身材矮小、名不見經傳的流亡者好像已經預見到自己不久必能具有權威似的，根本沒有向德國政府提出什麼請求，而是向德國政府提出條件，說只有在這樣的條件下俄國旅客才準備接受德國政府提供的方便，即承認車廂的治外法權；上下車時不得檢查護照和個人；俄國旅客按正常票價自己支付旅費；不允許以任何方式讓旅客離開車廂。羅姆貝爾格大臣把這些條件向上報告，一直呈送到魯登道夫〔13〕，無疑得到了他的首肯，雖然在他的回憶錄中對這一次具有世界歷史意義的、或許是他一生中最重要的決定隻字未提。德國公使曾想在某些細節上做些修改，因爲列寧故意把協議寫得模稜兩可，爲的是不僅使俄國人，而且也讓同車的奧地利人拉狄克〔14〕免受檢查。不過，德國政府也像列寧一樣著急，因爲美利堅合眾國在四月五日這一天就向德國宣戰了，所以德國公使沒有如願。

　　四月六日中午，弗里茨‧普拉廷得到這樣一個値得紀念的通知：「一切按所表示的願望進行安排。」一九一七年四月九

日下午兩點半鐘，一小群提著箱子、穿戴寒酸的人從蔡林格霍夫餐館向蘇黎世的火車站走去。一共是三十二人，其中有婦女和兒童，在男人中只有列寧、季諾維也夫〔15〕、拉狄克的名字日後爲世人所知。他們先一起在那家餐館吃了一頓簡便的午飯，並且一起簽署了一份文件，他們都知道《小巴黎人》報上的這樣一條報導：俄國臨時政府將把這些經過德國領土的旅客視作叛國分子，所以他們用粗壯的直來直去的字體簽名，以示他們對這次旅行自己承擔全部責任和同意所有的條件。現在，他們默默地、堅決地踏上這次具有世界歷史意義的行程。

他們到達火車站時，沒有引起任何注意。沒有新聞記者，也沒有攝影記者。因爲在瑞士誰認識這位烏里揚諾夫先生呢？他藏著一頂壓皺了的帽子，穿著舊上衣和一雙笨重得可笑的礦工鞋（這雙鞋一直穿到瑞典），夾雜在一群提箱挎籃的男男女女中間。他默默地、不引人注意地在車廂裡找了一個座位。這些人看上去和那些從南斯拉夫、魯塞尼亞〔16〕、羅馬尼亞來的無數移民並無兩樣，那些移民在前往法國海岸並在那裡遠渡重洋以前，常常在蘇黎世坐在自己的木箱上休息幾個鐘頭。瑞士的工人政黨不贊成這次旅程，所以沒有派代表來，只有幾個俄國人來送行，爲的是給故鄉的人捎去一點食物和他們的問候。還有幾個人來，他們是想在最後一分鐘勸列寧放棄這次「無謂

的、違法的旅行」。可是大局已定。三點十分，列車員發出信號，列車滾滾地向德國邊境的哥特馬定根車站〔17〕駛去。三點十分，從這個時刻起，世界時鐘的走法變了樣。

封閉的列車

在這次世界大戰中已經發射了幾百萬發毀滅性的炮彈，這些衝擊力極大、摧毀力極強、射程極遠的炮彈是由工程師們設計出來的。但是，在近代史上還沒有一發炮彈能像這輛列車似的射得那麼遙遠，那麼命運攸關。此刻，這輛列車載著本世紀最危險、最堅決的革命者從瑞士邊境出發，越過整個德國，飛向彼得堡，要到那裡去摧毀時代的秩序。

現在，這一枚不同尋常的炮彈就停在哥特馬定根的火車站的鐵軌上。這是一節分二等席位和三等席位的車廂，婦女和孩子坐在二等席位，男人們坐在三等席位。車廂的地板上劃了一道粉筆線，這就是俄國人的領地和那兩個德國軍官的包廂之間的分界線，那兩個軍官是來護送這批活的烈性炸藥的。列車平安地行駛了一夜。只是在法蘭克福，突然有幾個德國士兵跑來——他們事先聽到了俄國革命者要從這裡經過的消息，而且還有幾個德國社會民主黨人企圖和這批旅行者攀談，但都被拒絕上車。列寧知道得很清楚，在德國的領土上哪怕只和一個德

國人說一句話，也會替自己招來嫌疑。到了瑞典，他們受到熱烈的歡迎，並在那裡進了早餐，這些餓壞了的人都向餐桌擁去，餐桌上的黃油麵包竟像奇蹟般地出現在他們面前。早餐後，列寧才不得不為了換下那雙沉重的礦工鞋去買一雙新鞋和幾件新衣服。現在終於到達俄國邊境了。

這一炮擊中了

列寧在俄國土地上的第一個舉動，充分顯示出他的性格特點：他沒有朝任何人看一眼，就一頭埋進報紙堆裡。雖然他已經有十四年沒有待在俄國，已經有十四年沒有見到自己的故土、國旗和士兵的軍服，但是這位意志堅強的思想家不像其他人似的淚水泫然，也不像同來的婦女們似的去擁抱那些被弄得莫名其妙的士兵們。他首先要看的是報紙，是《真理報》，要檢查一下這份報紙——他自己的報紙是否堅定地維護國際主義立場。不，它並未堅持足夠的國際主義立場，他氣憤地把《真理報》揉成一團。報紙中還始終是「祖國」呀、「愛國主義」呀，這樣一些字眼；而他思想中的那種純潔的革命卻談得很不夠。他覺得，自己回來得正是時候，他要扭轉舵輪，去實現自己的平生理想，不管是迎向勝利還是走向毀滅。但是，他能達到目的嗎？他感到有點不安，也感到有點擔憂，到了彼得格

勒——當時這座城市還這樣稱呼，不過爲時不會太長了〔18〕——米留可夫會不會立刻將他逮捕呢？對於這個問題，專程前來迎接他的兩位朋友——加米涅夫〔19〕和斯大林——在車廂裡沒有回答；或者說他們不願意回答。他們只是在昏暗的車廂裡露出明顯的、神祕的微笑，在朦朧的燈光中顯得有點隱隱約約。

不過，事實卻做了無聲的回答。當列車駛進彼得格勒的芬蘭火車站時，車站前的廣場上已經擠滿成千上萬的工人和來保護他的帶著各種武器的衛隊，他們正在等候這位流亡歸來的人。《國際歌》驟然而起，當弗拉基米爾·伊里奇·烏里揚諾夫走出車站時，這個昨天還住在修鞋匠家裡的人，已經被千百雙手抓住，並把他高舉到一輛裝甲車上，探照燈從樓房和要塞射來，光線集中在他身上。他就在這輛裝甲車上向人民發表了他的第一篇演說。大街小巷都在震動，不久之後，「震撼世界的十天」〔20〕開始了。這一炮，擊中和摧毀了一個帝國、一個世界。

註釋：

〔1〕利馬特河（Limmat），流經蘇黎世市區，入蘇黎世湖。

〔2〕杜馬，俄文的音譯，意即議會，一九〇五年後，沙皇政府先後召開過五屆國家杜馬。一九一七年二月十四日（俄歷）國家杜馬開會的當天，廣大群眾響應布爾什維克的號召，舉行了大規模的示威運動。

〔3〕巴維爾‧尼古拉耶維奇‧米留可夫（一八五九～一九四三），俄國自由君主派的立憲民主黨首領，一九一七年俄國二月革命後任第一屆資產階級臨時政府外交部長，推行把戰爭進行到「最後勝利」的帝國主義政策；十月社會主義革命後是外國武裝干涉蘇維埃俄國的組織者之一，後流亡國外，一九二一年起在巴黎出版《最近新聞報》。

〔4〕格奧爾基‧瓦連廷諾維奇‧普列漢諾夫（一八五六～一九一八），俄國第一個馬克思主義宣傳家，二十世紀初與列寧一起主編《火星報》和《曙光》雜誌，參加過俄國社會民主工黨第二次代表大會的籌備工作，但在大會以後對機會主義分子採取了調和立場，隨後加入孟什維克派。第一次世界大戰期間採取社會沙文主義立場，對十月社會主義革命持否定態度。他是一九一七年二月革命以後從瑞士取道英國回彼得格勒的。

〔5〕托洛茨基（一八七九～一九四〇）曾於一九一五年移居法國，一九一六年被法國驅逐出境，取道古巴於一九一七年一月到達紐約，一九一七年三月，俄國二月革命爆發後乘船回俄國，但在加拿大的哈利法克斯海港被英國當局逮捕下船，並在加拿大拘禁一月。

〔6〕哈利法克斯（Halifax），這是指加拿大新斯科省瀕大西洋的哈利法克斯海港。

〔7〕第一次世界大戰時協約國由英、法、俄、日、美、義等二十五國組成。

〔8〕齊美爾瓦爾得代表會議，即國際社會黨人第一次代表會議，於一九一五年九月五日至八日在瑞士齊美爾瓦爾得舉行。參加會議的有德、法、俄、義、荷等十一個國家的三十八名代表，列寧代表布爾什維克出席了這次會議。會議是在第二國際徹底破產的情況下召開的，會議承認第一次世界大戰的帝國主義性質，譴責了社會沙文主義及「保衛祖國」的口號。但嚴格說來，齊美爾瓦爾得派不屬於第三國際（共產國際），第三國際始於一九一九年三月在，莫斯科成立。

〔9〕保羅‧馮‧興登堡（Paul von Hindenburg，一八四七～一九三四），德國元帥，魏瑪共和國第二任總統。從一八七一至一九一一年的四十年間一直在軍隊中任職，軍階升至將軍。一九一一年因「冒犯了皇帝」而辭職回到漢諾威過清閒生活。一九一四年第一次世界大戰爆發時，尚在家中當寓公，但八月二十二日突然接到大本營電報，被任命為第八集團軍司令，復出後即率部與俄軍交鋒，屢建奇功，最後把俄軍全

部趕出東普魯士。一九一六年德皇威廉二世任命興登堡爲德軍總參謀長。興登堡諳熟歷史和地理，把看地圖視爲趣事。

〔10〕威廉二世（Wilhelm II，一八五九～一九四一），第一次世界大戰時的普魯士國王和德意志帝國皇帝。

〔11〕雷蒙・普安卡雷（Raymond Poincaré，一八六○～一九三四），法國政治家，一九一三年至一九二○年任法國總統。

〔12〕弗里德里希（弗里茨）・普拉廷（Friedrich〔Fritz〕Platten，一八八三～一九四二），瑞士共產黨人，職業革命家，一九一二至一九一八年任瑞士社會民主黨書記，是一九一七年四月安排列寧從瑞士返回俄國的主要組織者，後參加第三國際工作。

〔13〕埃里希・魯登道夫（Erich Ludendorff，一八六五～一九三七），第一次世界大戰時，德國最高統帥部軍需總監，同興登堡共享軍事指揮權，實爲戰時第二號實權人物。

〔14〕卡爾・別隆加爾道維奇・拉狄克（一八八五～一九三九），生於波蘭的加里西亞，二十世紀初先後在波蘭、萊比錫、不來梅等地擔任社會民主黨報紙的編輯，一九一五年屬齊美爾瓦爾得左派，一九一七年到俄國加入布爾什維克，後於一九三七年被蘇維埃政權判處十年徒刑，服刑兩年後死去。

〔15〕格里高利・葉夫謝耶維奇・季諾維也夫（一八八三～一九三六），一九○一年加入俄國社會民主工黨，一九○八年被捕，出獄後流亡國外至一九一七年四月。十月革命後任俄共（布）黨中央政治局委員，彼得格勒蘇維埃主席，第三國際（共產國際）執行委員會主席，一九三四年被開除出黨，同年被捕，一九三六年被處死。

〔16〕魯塞尼亞（Ruthenia），位於喀爾巴阡山脈之南、烏克蘭西部一地區，歷史上曾分別屬於奧匈帝國、波蘭、捷克和俄國版圖，有魯塞尼亞人和魯塞尼亞語，今已和烏克蘭融爲一體。

〔17〕哥特馬定根（Gottmadingen）。

〔18〕聖彼得堡在一九一四至一九二四年稱彼得格勒，後改稱列寧格勒，蘇聯解體後又恢復原名聖彼得堡。

〔19〕列夫・波利索維奇・加米涅夫（一八八三～一九三六），一九○一年加入俄國社會民主工黨，十月革命後任全俄中央執行委員會主席，莫

斯科蘇維埃主席，人民委員會副主席和中央政治局委員，一九三二年被開除出黨，一九三四年被捕，一九三六年被處死。

〔20〕指十月革命開始的十天，美國新聞記者約翰・里德（John Reed，一八八七～一九二〇）為報導這次革命，著有《震撼世界的十天》。

第十四章

威爾遜的
夢想與失敗

威爾遜
華盛頓—巴黎
1918—1919年

Thomas Woodrow
Wilson

美國最優秀的總統是誰？一九六二年，美國一家全國性雜誌通過投票評選，爲美國歷屆總統做出一個排行榜，結果是：第一名林肯、第二名華盛頓、第三名富蘭克林‧羅斯福、第四名威爾遜[1]。前三位美國總統可謂婦孺皆知；而名列第四的威爾遜總統卻不是人人都知道他在歷史上扮演的重要角色，因爲威爾遜的政治生命是在失敗的氛圍中結束。然而美國人民並沒有將他忘卻，因爲是他領導美國經歷了第一次世界大戰的始末。在美國，人們評價威爾遜，主要不是著眼於他是一位傑出的教育家，也不著眼於他在國內推行「新自由」政策，而是看重他在國際政治舞台上爲謀求美國領導地位所做的努力。威爾遜事業的頂峰是他親自率領美國代表團遠渡重洋，參加一九一九年的巴黎和會。這在當時的交通條件和美國政治傳統下，實屬罕見。威爾遜提出「十四點原則」作爲締結《巴黎和約》的基礎，並提出建立國際聯盟的設想，以保障人類的永久和平。他的這些政治理想舉世矚目。在飽經戰爭苦難的歐洲人眼中，威爾遜不啻是一位「救世主」。可是，威爾遜的夢想並未實現。領導美國經歷了第二次世界大戰的羅斯福總統「十分欽佩威爾遜的夢想，但是他把威爾遜的失敗歸因於威爾遜把夢想當成了現實」[2]。同樣，也有不少人把威爾遜稱爲「唐‧吉訶德」[3]。西班牙小說中的唐‧吉訶德，耽於幻想，不切實

際，最終碰得頭破血流，但他畢竟初衷善良。在諸威格看來，威爾遜也是如此。

——譯者題記

一九一八年十二月十三日，巨大的「喬治·華盛頓」號軍艦正向歐洲海岸駛去。軍艦上乘坐著美國總統伍德羅·威爾遜[4]。自從開天闢地以來，從未有過這麼多的億萬民眾懷著如此巨大的希望和信任，期盼著一艘船、期盼著一個人[5]。歐洲各國互相怒氣沖沖地已打了四年仗[6]，互相用機槍和大炮、用火焰噴射器和毒氣殺戮了千百萬自己國家最優秀、最朝氣蓬勃的青年。在四年時間裡，這些歐洲國家用語言和文字所表達的，無非是相互的仇恨和詆毀。然而，所有這些煽動起來的激昂情緒並未能夠讓人們聽不見隱藏在自己內心深處的聲音：自己的國家所做和所說的全都違背天理，玷辱了我們這個世紀。所有這些億萬民眾有意識或無意識地都有這樣一種隱祕的感覺：人類重又倒退到野蠻的未開化和以為早已遠去的世紀之中。

這時候，有一個人把自己的聲音[7]從另一個大洲——美洲越過仍然硝煙瀰漫的戰場傳到歐洲，這聲音清楚地要求：永遠不要再有戰爭。永遠不要再有爭執，永遠不要再有那種罪惡

的舊的祕密外交 [8] ── 這種外交把各國人民在自己不明眞相和不願意的情況下驅趕著去當炮灰；而是要求：建立一種新的更好的世界秩序 ──「建立一種在臣民們同意的基礎上並得到人類有組織的輿論支持的法治」。令人驚異的是：在所有的國家，說各種不同語言的人都立刻聽明白了他的聲音。第一次世界大戰 ── 昨天還是一場爲了爭奪接壤的土地，爲了邊疆的劃分，爲了爭奪原料、礦山和油田而進行的無休止的無謂爭吵 ── 突然獲得了一種崇高的、近乎宗教似的意義：這場戰爭之後將是永久的和平，將是公正和人道的救世主 [9] 之國。這麼一說，千百萬人的鮮血似乎沒有白流；這一代人如此受苦受難，好像就是爲了換來這樣的苦難永遠不會再降臨人間。千百萬民眾懷著絕對的信任，熱烈響應威爾遜的呼聲；人們都說，他 ── 威爾遜將會使戰勝國和戰敗國達成和解，從而締造公正的和平。人們都說，他 ── 威爾遜是另一個摩西 [10]，他會使迷途中的世界各國一起同坐在新的國際聯盟 [11] 的會議桌旁。伍德羅·威爾遜的名字在幾個星期之內成了一種猶如宗教一般的力量 ── 猶如救世主一般的力量。人們用他的名字給街道、建築物和子女起名。每一個覺得自己處在苦難之中或者感到自己吃了虧和受到歧視的民族，都派代表到他這裡來；成千上萬寫著各種建議、祈求、懇請的信函和電報從五大洲湧來，堆積

如山。裝滿信函和電報的好幾個箱子還被送到這艘正在駛向歐洲的軍艦上來呢。整個歐洲、整個世界，都一致要求威爾遜作爲他們這次最後爭執的仲裁者，使夢寐以求的最終和解得以實現。

威爾遜無法抗拒這樣的呼聲。他在美國的朋友們勸他不要親自出席巴黎和平會議〔12〕。他們說，作爲美利堅合眾國總統的他，有責任不離開自己的國家，而寧可從遠處領導談判。但是威爾遜沒有被說服。他覺得，即使是美利堅合眾國總統這樣一個最爲顯貴的職位，如果和要求他去完成的使命相比，可以說是微不足道。他說，他不願意只爲一個國家效勞，只爲一個大洲——美洲效勞，而要爲全人類效勞；他並不僅僅只爲這樣一個特定的時刻效勞，而要爲更美好的未來效勞；他不願意心胸狹隘地只代表美國的利益，因爲「利害關係不會在人與人之間產生凝聚力，而只會產生離心力」，而他願意代表所有人的利益。他覺得，他必須自己小心翼翼地守望著：不讓軍事家們和外交家們再次煽起狂熱的民族情緒——因爲人類的和解意味著爲軍事家們和外交家們的險惡職業敲響了喪鐘。他必須親自充當擔保人，保證是人民的意志而不是他們領袖的意志迫使與會代表說什麼樣的話，而且在這一次媾和會議——人類的最後一次和最終決定一切的和會上所說的每一句話都應該在全世界

面前開誠布公地說。

　　威爾遜正是抱著這樣的願望站在「喬治・華盛頓」號軍艦的甲板上，凝望著在霧靄中出現的歐洲海岸──它顯得模模糊糊和遊移不定，恰似威爾遜自己關於未來各國人民和睦友愛的夢想一般。他挺直地站立著，身材魁梧，面容堅毅，戴著眼鏡的雙眼散射出銳利而又清澈的目光，微微突出的英美人[13]的下巴，但豐滿的雙唇卻緊緊地閉著。他是基督教長老會牧師的兒子和孫子[14]，因而在他身上就有長老會教士的那種嚴肅和狹隘。在長老會的教士們看來，世間唯有一種真理，而且他們肯定：就是他們所知道的那一種真理。他在自己的血液中既有虔誠的蘇格蘭和愛爾蘭祖先們的無比熱忱，也有加爾文教徒信仰的奮鬥精神──是這種信仰把一種要拯救罪孽深重的人類的使命賦予給了威爾遜這樣一位領袖和導師[15]。基督教的殉道者和被視為異端而遇難的基督徒[16]寧願為自己的信仰而受火刑也絲毫不離開聖經──這樣的執著一直在他身上起作用。在他──一個民主主義者和學者看來，「人性」、「人類」、「自由」、「和平」、「人權」這樣一些概念並不是冷漠的字眼；這些字眼對他的父輩來說是《福音》書中的訓道，對他來說也不是空洞抽象的思想概念，而是他決心要逐一去捍衛的宗教信條，就像他的祖先捍衛基督教《福音書》的教義一樣。他已進

行過許多鬥爭，但是這一次鬥爭將是一次決定性的鬥爭——當他凝望著的歐洲陸地在自己的視線中顯得愈來愈明朗時，他油然產生了這樣的感覺。但當他想到，「如果我們能夠意見一致，我們就可以共同為建立世界新秩序而鬥爭；如果我們意見相左，我們就不得不互相爭執。」這時候他不知不覺地繃緊了臉。

　　不過，從他眺望遠處的目光中流露出來的這種嚴肅神情很快也就漸漸消失了。布雷斯特〔17〕海港的禮炮和旗幟正在歡迎他呢！不過這僅僅是按照國際慣例向這位盟國的總統表示敬意而已，而此後從岸上向他迎來的暴風雨般的歡呼聲，他覺得，那絕不是事先安排好的有組織的迎接，不是預先約好的歡呼，而是全體民眾火一般熱情的流露。威爾遜乘坐的列車所經之處——從每一個鄉村、每一個小村落、每一幢房子，都會有人向他揮舞旗幟——宛如希望的火焰。千萬隻手向他伸來，在他周圍人聲鼎沸。而當他乘車穿過香榭麗舍大街〔18〕駛入巴黎時，夾道歡迎的人群更是湧動如潮。巴黎人民、法國人民是遠在歐洲的各國人民的象徵。他們叫喊，他們歡呼，他們把自己的期望全都寄託在他身上。威爾遜的面容顯得愈來愈輕鬆，一種感到欣喜、幾乎是陶醉一般的、無拘無束的微笑顯露出他的牙齒。他向左右兩邊揮動著禮帽，好像他要向所有的人致意、

向全世界致意。是呀，他做得對，他親自來了，因為只有靈活的意志能夠戰勝死板的規則。難道人們就不能夠、就不應該為了千秋萬代和為了所有的人創造一座如此欣喜若狂的城市、創造一個如此充滿希望的人類世界嗎？還有一夜的休息[19]，然後在明天就要立刻開始給世界以和平——世界夢想了千百年的和平，從而完成最偉大的業績——這是每一個世上的人完成的業績呀！

在法國政府為威爾遜安排下榻的宮殿前，在法國外交部的走廊裡，在美國代表團的總部——克里榮大飯店[20]前，擁擠著急不可待的新聞記者——光是這一群人就是一支浩浩盪盪的隊伍。光從北美就來了一百五十名記者；每一個國家，每一座城市，都派出自己的記者。而這些記者都要求得到參加所有會議的許可。參加所有的會議！因為和會已信誓旦旦地向世界承諾「完全公開」。記者們聽說，這一次不會有任何祕密會議或者秘密協議。「十四點原則」的第一點就清清楚楚地寫著：「公開的和平條約，必須公開締結，締結後不得有任何種類的祕密的國際諒解，而外交也必須始終在眾目睽睽之下坦率進行。」[21]聽說，祕密條約的瘟疫——它比所有其他的瘟疫吞噬了更多的生命——將要被威爾遜「公開外交」的新的免疫血清徹底消滅呢。

然而，使這些滿腔熱情的記者們感到非常失望的是，他們遇到的是令人難堪的搪塞。他們被告知：所有的記者肯定都會被准許參加大的會議，並且被准許將這些公開的會議的記錄——實際上是把各種緊張交鋒已做了消毒處理的——會議記錄全文向世界報導。但是，會議開始之初還不能向記者們提供任何消息，因為首先必須把談判的程序確定下來[22]。失望的記者們不由得感覺到，一定有什麼事情沒有取得完全一致。其實，發布消息的官員們並沒有完全說假話。關於談判程序，威爾遜在「四巨頭」[23]的第一次磋商中就立刻感覺到協約國中其他國家的抵制：他們不願意把一切談判都公開，而且有一個很好的理由，那就是在所有參戰國的文件櫃和公文包裡都放著祕密條約呢。——這些祕密條約均在事先做出保證：每個國家應該得到的自己那一部分利益和自己的戰利品。既然是骯髒的私下交易，他們當然只想遮遮掩掩地幹嘛！為了不至於使巴黎和會從一開始就穢聞遠揚，有些事情就不得不先閉門磋商解決。不過，不僅有會議程序方面的分歧，而且還有更深層的分歧哩！其實，陣勢一清二楚，以美國為一方，以歐洲國家為另一方，美國清楚地代表左派立場，歐洲國家清楚地代表右派立場。原來，在這次巴黎和會上要締造的不是一種和平，而是兩種和平——締結兩種完全不同的和平條約。一種和平是一時的

和平、眼前的和平——將是與已經放下武器的戰敗國德國結束戰爭的和平；同時還有另一種和平，即永久的和平——將是使任何未來的戰爭永遠成為不可能的和平。一方面是根據舊的強硬方式的和平，另一方面是新的和平——威爾遜提出的通過建立國際聯盟所締造的和平。這兩種和平，究竟哪一種應該首先談判呢？

在這個問題上，兩種看法針鋒相對。威爾遜對一時的和平不太感興趣。他認為，確定邊界、償還戰爭賠款，應該由專家們和專門委員會在「十四點原則」的基礎上做出決定。這是一項小的工作、次要的工作、專家們的工作。與此相反，各國政府首腦的任務應該是，而且也有可能是：把各國聯合起來，締造永久的和平。——這可是一種新事物、新變化呵！〔24〕但是雙方都認為自己的意見首先需要討論。協約國的歐洲成員國理直氣壯地警告說，人們不可以在四年戰爭之後還讓一個滿目瘡痍、百廢待興的世界去等待和平數月之久；不然的話，歐洲將會出現不堪收拾的混亂局面。首先應該做的事是，確定邊界、確定戰爭賠款、把一直還是全副武裝的官兵們送回到他們的妻子和兒女們身邊、穩定貨幣、恢復貿易和交通；然後才讓海市蜃樓般的威爾遜計畫在秩序已經鞏固的大地上散發光輝。正如威爾遜在內心對一時的和平不感興趣一樣，克里孟梭、勞合‧

喬治、索尼諾〔25〕——這些老練的談判對手和足智多謀的策略家們——在內心深處對威爾遜的要求也相當不以為然。他們是出於政治上的考慮，部分也是出於對威爾遜的敬重和好感，才對他的富有人道精神的要求和創意表示讚賞，因為他們有意識或無意識地感覺到，一種不謀私利的原則會在他們國家的民眾那裡獲得不可抗拒的誘人魅力；因此他們願意通過附加條款的限制和刪減某些內容的辦法來討論威爾遜的計畫。但是首先應該做的事是和德國締結和約，從而宣告戰爭的結束，然後再討論《國際聯盟盟約》。

不過，威爾遜自己也是一位十分老練的談判對手，他知道，對方會怎樣通過稽延時日讓一種生機勃勃的構想漸漸枯萎。他也知道，他自己該如何去排除那些耽擱時間的種種詰難；他還知道，僅僅通過為某種理想而獻身的精神是不會使他成為美國總統的。因此他頑強地堅持自己的立場：必須首先制定出盟約。他甚至要求，將盟約逐字逐句地寫進和德國簽訂的和約之中。他的這種要求勢必會產生第二個矛盾。因為在協約國的歐洲成員國看來，將《國際聯盟盟約》的諸原則寫進對德和約之中，這無異於以德報怨——把未來的人道主義原則作為不該得的報答預先給了德國，而德國是第一次世界大戰的元凶呀！當年德國由於入侵比利時〔26〕而粗暴地踐踏了國際法，還

有霍夫曼將軍[27]在布列斯特-立托夫斯克[28]用拳頭肆無忌憚地猛搥桌子的舉動，爲強迫簽訂條件苛刻的和約提供了最惡劣的先例。所以他們要求，先用舊的硬通貨算清戰爭賠款，然後才討論世界新格局。他們說，田野依然一片荒蕪；整座整座城市已被戰火摧毀成殘垣斷壁。爲了給威爾遜留下這方面的深刻印象，他們一再請他親自去看一看那些城市和田野[29]。可是威爾遜——一個不切實際的人卻有意識地不去正視廢墟，而只把目光對準未來。在他看來，只有一件事是他的使命：廢除舊秩序和建立新秩序。儘管他自己的顧問藍辛[30]和豪斯[31]反對，但他仍然毫不動搖和固執地堅持自己的要求：首先訂立國際聯盟盟約。就是說，先討論全人類的事情，然後才討論各國的利益。

鬥爭十分激烈。它所造成的嚴重後果是：浪費了許多時間。威爾遜的另一個疏忽是，他沒有把自己的夢想事先用文字表述得清楚明白，因而在討論中經常節外生枝。他隨身帶來的盟約計畫完全不是最終的定稿文本，而僅僅是第一稿草案，它不得不先在無數次的會議上討論、修改、增刪。除此以外，外交禮節還要求威爾遜在抵達巴黎之後去訪問其他結盟國家的首都。也就是說，威爾遜要訪問倫敦[32]，要在曼徹斯特發表演講[33]，然後又前往羅馬。由於他不在場，其他舉足輕重的政

治家也就沒有真正的興趣和熱情推進他的計畫。在巴黎和會全體會議舉行以前的一個多月時間就這樣白白失去了。而在這一個多月的時間裡，在匈牙利〔34〕、在羅馬尼亞〔35〕、在波蘭〔36〕、在巴爾幹半島〔37〕、在達爾馬提亞〔38〕的邊界上，都接二連三發生了佔領地盤的鬥爭，既有正規軍，也有志願軍；在這一個多月的時間裡，在維也納的飢饉日趨嚴重〔39〕；俄國的形勢變得愈來愈緊張，令人十分憂慮〔40〕。

但是，即便在一九一九年一月十八日舉行的巴黎和會第一次全體會議上已確定：《國際聯盟盟約》將是總和約的一個重要組成部分──當然還僅僅是在理論上。而盟約文件卻始終尚未定稿，文件還始終處在無休止的討論之中，從這個人的手轉到另一個人的手，從這個國家的政府轉到另一個國家的政府。這樣，又過去了一個月的時間。對歐洲而言，這是非常動盪不安的一個月，歐洲愈來愈急切地願意得到自己真正的和平──事實上的和平。一九一九年二月十四日──第一次世界大戰停戰以後過了三個月，威爾遜才提出盟約的最後文本，也是被大會一致通過的文本。

世界再次歡呼。威爾遜的主張贏得了勝利：從今以後的和平將不再通過武力和威脅而得到保障，而是通過達成共識和相信至高無上的公正而得到保障。當他離開凡爾賽宮時，一片暴

風雨般的鼓掌歡呼。他又一次——但也是最後一次——帶著自豪、感激的幸福微笑環視擁擠在他周圍的民眾。他感覺到，在這個國家的民眾背後是其他許多國家的民眾；在苦難深重的這一代人背後是未來世世代代的人——他們將由於和平得到最終的保障而永遠不再知道戰爭的災難，永遠不再知道強迫簽訂霸王條款的和約給戰敗國帶來的屈辱，永遠不再知道戰勝國的專橫霸道。這是他最偉大的一天，但同時也是他幸運的最後一天，因為他第二天——一九一九年二月十五日就回美國去了 [41]，以便他在返回巴黎簽署另一份最後的戰爭和約以前，先在美國向自己的選民和同胞說明這份永久和平的「大憲章」[42]，可是恰恰由於威爾遜過早地離開了他取得勝利的戰場而最終斷送了自己的勝利。

　　當「喬治·華盛頓」號軍艦駛離布雷斯特海港時，禮炮再次鳴響，不過歡送的人群已稀疏不少，他們的神情也顯得相當無所謂。在威爾遜離開歐洲時，歐洲各國的民眾對這位「救世主」所懷的巨大希望和激情已漸漸消退。在紐約，等候他的也是冷淡的接待。沒有飛機在軍艦上空盤旋，振翅飛翔，沒有暴風雨般的歡呼聲；而在他自己的白宮辦公室裡，在參議院，在國會，在自己的黨內，在自己國家的民眾那裡，所遇到的更

是一種深懷疑慮的詢問。歐洲不滿意，是因爲威爾遜走得不夠遠；美國不滿意，是因爲他走得太遠。歐洲覺得，威爾遜還遠遠沒有把各種互相牴觸的利益結合成爲一種偉大的、普遍的人類利益；而在美國，他的那些已經在自己心中想到下一屆總統選舉的政治對手們則宣傳說：威爾遜毫無道理地在政治上把美洲新大陸與難以揣度和不安定的歐洲大陸結合得太緊，從而違背了美國國策的基本原則——門羅主義〔43〕。在美國，人們十分急切地提醒威爾遜：他不應該只想成爲未來夢想之國的奠基人，不應該只想到外國，而應該首先想到美國人，是美國人把他選作他們自己意志的代表而成爲美國總統的。於是，威爾遜不僅要爲在歐洲的談判殫精竭慮，而且還不得不既要與自己黨內的人士又要與自己在政治上的反對派開始新的協商。他不得不在這座令人自豪的國際聯盟的大廈後門補堵上一道牆——他自以爲他已無可指摘地建造了這座難以攻克的大廈呢！這是一座危險的後門——美國在任何時候都可能從這座後門撤離大廈，也就是說，要預防美國撤出國際聯盟〔44〕。如果美國不參加國際聯盟，那麼也就意味著，威爾遜設計的永久性大廈——國際聯盟的第一塊基石會被挖走；大廈的牆基會被打開第一個缺口，而這個缺口則是災難性的，它會釀成大廈的最終倒塌。

不過，縱使威爾遜通過修改條款和加上各種限制會在歐

洲，現在也會在美國實現他的「新的人類大憲章」[45]，但也僅僅是一半勝利。當威爾遜爲了完成自己使命的第二部分[46]而重返歐洲時，他的心情已不再像上一次似的輕鬆和自信了[47]。「喬治‧華盛頓」號軍艦再次向布雷斯特海港駛去。但他眺望海岸的目光已不再像上一次似的神采奕奕、躊躇滿志。他顯得更加蒼老和更加疲倦，因爲這短短的幾個星期使他感到更加失望，他的臉繃得更緊，顯得更嚴肅，緊閉的嘴巴流露出憤懣和頑強的神情，左面頰上間或的抽搐猶如暴風雨前的閃電——這是積聚在他身上的疾病的預先警告。隨身醫生[48]不敢耽誤片刻，趕緊提醒他務必愛惜身體。然而他面臨的是一場新的、也許是更爲激烈的鬥爭。他知道，貫徹他的原則要比他擬訂這些原則更加困難，但他決心不犧牲自己綱領中的任何一點。要麼全有，要麼全無；要麼是永久的和平，要麼沒有和平。

他這次登上歐洲海岸時，已經不再有歡呼。巴黎的街道上已經不再有歡呼。報紙抱著冷淡和觀望的態度。民眾變得多疑和謹慎。歌德的那句話再次應驗：「熱情不是一種可以掩藏許多年的東西。」威爾遜不去充分利用對他有利的時刻，不去按照自己的意志趁熱打鐵，而是讓他的關於戰後歐洲格局的理想方案僵在那裡。他不在巴黎的那一個月改變了一切。在他短暫

回國的同時，勞合‧喬治也向大會告了假，克里孟梭由於被一個刺客的手槍擊中而兩個星期不能工作。各種私利集團的代表人物就充分利用這段無人看守的短暫時間，紛紛擠進巴黎和會各專門委員會的會議大廳。所有的高級軍官——元帥和將軍們在四年戰爭期間曾經爲追逐各自的利益以最充沛的精力從事過最危險的工作，曾經用他們的訓詞、決定和專橫使千百萬人俯首帖耳，他們豈能在此時此刻心甘情願地悄然退出歷史舞台呢？《國際聯盟盟約》的條款要求「廢除強制徵兵以及其他各種形式的普遍強制徵兵」〔49〕，這豈不是要奪取他們手中的權柄——軍隊嗎？也就是說，《國際聯盟盟約》已危及到他們的生存。永久的和平意味著他們的職業將失去意義。因此他們必定要扼殺侈談永久和平的廢話——《國際聯盟盟約》，或者把《國際聯盟盟約》引進死胡同。他們用威脅的態度要求擴充軍備，而不是像威爾遜似的要求裁減軍備；他們要求得到新的邊界和各國的保證，而不是像威爾遜似的要求以集體安全爲基礎的解決辦法。他們說，用這「十四點原則」的空中樓閣無法保障一個國家富強，而只能用武裝自己的軍隊和解除敵人的軍隊的手段來保障一個國家富強。擁擠在這些軍國主義者背後的是那些要保持自己軍火工廠繼續運轉的工業界各集團的代表以及打算在戰敗國賠款方面賺錢的中間商。背後受到反對黨威脅的

外交官們愈來愈左右為難。他們全都要為自己的國家多增加一大片土地。他們巧妙地用公眾輿論做了一些試探，所有歐洲的報紙配合美國的報紙，用各種語言異口同聲地重複著一個相同的話題：說威爾遜由於他的荒唐的妄想而拖延了和平。威爾遜的烏托邦固然值得稱讚並且肯定充滿理想主義精神，但他的烏托邦卻妨礙了歐洲的穩定。現在已不再可以為了高尚的道德和道義上的顧慮而喪失時間呀！如果不立即締結和約，歐洲就會出現一片混亂。

不幸的是，這樣一些指責並不是完全沒有道理。把自己的計畫瞄準今後世世代代的威爾遜是用不同於歐洲各國人民的尺度去衡量時間的。他覺得，四五個月的時間對要實現一個千年古夢的使命來說並不算多。然而就在這段時間之內，由各種不知底細的勢力所組織的志願軍團在東歐四處征戰，他們占據領土；整片整片接壤的狹長地帶還不知道屬於誰和應該屬於誰呢！德國代表團、奧匈帝國代表團在停戰四個月之後還沒有被接待。在那些尚未劃清的邊界後面，各國人民變得焦躁不安起來。政治形勢驟變的徵兆清楚表明：明天匈牙利〔50〕，後天德國〔51〕，都會出於絕望而把自己託付給布爾什維克〔52〕。所以外交官們迫切要求迅速有個結果──迅速締結和約，管它公正不公正，並且要先清除掉擋在簽訂和約道路上的一切障礙：首

先要除掉滋生麻煩的《國際聯盟盟約》。

　　威爾遜回到巴黎的第一時間就足以向他表明，他在此前三個月內所創建的一切基礎在他短暫回國的一個月內受到暗中破壞而面臨坍塌。福煦元帥〔53〕幾乎就要實現他堅持的一貫主張：把《國際聯盟盟約》從和約中刪除。不過，威爾遜的鋼鐵般決心在這關鍵時刻起到了決定性的作用。他堅決不後退一步。在他回到巴黎的第二天──一九一九年三月十五日，他通過新聞界正式宣布：一九一九年一月二十五日巴黎和會通過的決議──「《國際聯盟盟約》將是和約的重要組成部分」依然有效。這項聲明是對那種企圖的第一次反擊。──企圖不是在新的《國際聯盟盟約》的基礎上，而是在協約國之間簽訂的舊的倫敦密約的基礎上締結對德和約。威爾遜總統現在可清楚地知道了，那些恰恰在昨天還鄭重其事地發誓要尊重民族自決權的幾個大國〔54〕，它們一心想要得到的是什麼：法國要求得到德國的萊茵地區和薩爾地區；義大利要求得到阜姆港和達爾馬提亞地區〔55〕；羅馬尼亞〔56〕波蘭〔57〕和捷克斯洛伐克〔58〕也想得到它們各自的一份戰利品。如果威爾遜不進行反擊，那麼《巴黎和約》將是又一次按照拿破崙〔59〕、塔列朗〔60〕、梅特涅〔61〕簽訂掠奪性和約的臭名昭著的方法而締結的和約，而不是按照威爾遜提出的、並被巴黎和會鄭重通過的原則而締結的和約。

那是鬥爭十分激烈的十四天〔62〕。威爾遜本人不願意讓法國兼併薩爾地區，因為他把這種兼併視為是對其他各種破壞「民族自決權」的第一個先例，而且事實上義大利已經在用要離開巴黎和會〔63〕進行威脅呢——義大利覺得自己的一切要求和法國的要求並無二致。法國的報紙大肆煽風點火，說布爾什維克主義已從匈牙利向四處蔓延，協約國的歐洲各盟國也煞有介事地說，布爾什維克主義不久將殃及全世界。即使在自己最親密的顧問——國務卿羅伯特・藍辛和私人顧問豪斯上校身上，威爾遜也愈來愈感覺到他們的反對。甚至連他以前的朋友們都勸他，面對眼前世界上一片混亂的局面，現在必須趕緊締結和約，而寧可犧牲一些理想主義的要求。威爾遜面臨著一條異口同聲的陣線。而從美國敲擊他後背的是，由他的政敵和競爭對手所煽起的公眾輿論。有些時刻，威爾遜真覺得自己已筋疲力竭。他向一個朋友坦誠地說，他已無法再堅持這種一人對眾人的鬥爭，並已下定決心，如果他無法實現自己的意願，那麼他就離開巴黎和會。

在這場一人對眾人的鬥爭中，到末了還有最後一個敵人突然向他襲擊，那就是來自內部的敵人——來自他自己身體的敵人。一九一九年四月三日，正當殘酷的現實與尚未完成的理想之間的鬥爭處於決定性的關鍵時刻，威爾遜突然不再能夠坐

立。突發的流行性感冒迫使這位六十三歲的老人不得不躺在床上。不過，時間比他滾燙的血液更令人感到刻不容緩；時間不讓這位即便已生病的老人稍微歇一歇；各種報告政治性災難的消息，猶如烏雲密布的天空中的閃電。一九一九年四月五日，共產主義在巴伐利亞取得政權〔64〕，巴伐利亞蘇維埃共和國在慕尼黑宣布成立。處於半飢餓狀態並夾在布爾什維克的巴伐利亞和布爾什維克的匈牙利之間的奧地利隨時都有可能加入蘇維埃共和國的行列。隨著眾人反對的聲音愈來愈強，獨自一人要爲一切承擔的責任也就愈來愈重。所有的人把這位已經筋疲力竭的人一直糾纏和催逼到了床邊。克里孟梭、勞合・喬治、豪斯上校就在隔壁的房間裡商談著呢！他們都已下定決心，必須不惜一切代價讓巴黎和會趕緊有個結果，而這個代價就是威爾遜應該放棄他的要求和他的理想；現在所有的人都一致要求：必須把威爾遜提出的「持久和平」擱在一邊，因爲這種「持久和平」阻擋了現實的和平、軍事上的和平、能獲得物質利益的和平。

不過，儘管威爾遜感到十分睏倦、疲憊不堪；儘管他的健康已暗暗受到損害；儘管他在報紙上受到攻擊——報紙指責他拖延了和平；儘管他由於自己的顧問們的離棄而感到惱怒；儘

管他被其他國家的政府代表們糾纏不休，威爾遜還是始終頑強地堅持自己的主張。他覺得，他不能自食其言；他覺得，只有當他把他想要的和平與非軍事上的和平、持久的和平、未來的和平一致起來，只有當他爲唯一能夠拯救歐洲的「國際聯盟」竭盡全力，他才能眞正獲得他想要的和平。於是，當他剛剛能夠從床上起來時，他就採取了一個決定性的舉動：一九一九年四月七日，他給在華盛頓的美國海軍部發去一份電報，電文中寫道：「『喬治·華盛頓』號能夠啓航向法國的布雷斯特海港駛來的最早日期可能是哪一天；抵達布雷斯特海港的日期，最早可能是哪一天。總統期盼著該艦趕緊啓航。」當天全世界都得到消息：威爾遜總統已命令他乘坐的軍艦向歐洲駛來〔65〕。

這條消息猶如晴天霹靂，而且大家都立刻明白它的意思。全世界都知道：威爾遜總統將拒絕任何違反《國際聯盟盟約》原則的和平——縱然是僅僅違反其中一點，並且已下定決心，寧可離開巴黎和會，也絕不退讓。決定今後幾十年乃至幾百年歐洲命運乃至世界命運的歷史性時刻來到了。如果威爾遜此刻從會議桌旁站起身來，拂袖而去，那麼原有的世界秩序就會崩潰，一片混亂就會開始，不過，也有可能從此扭轉乾坤，吉星高照。歐洲驚詫莫明，焦急地問：其他的巴黎和會參加者會承擔這種責任嗎？威爾遜本人會承擔這種責任嗎？——這是決定

性的瞬間。

　　千鈞一髮的瞬間。在這緊急關頭，威爾遜仍然抱著鋼鐵般的決心。絕不妥協，絕不遷就，不要「欺壓性」的和平，而要公正的和平。不讓法國人兼併薩爾地區，不讓義大利人兼並阜姆港，不讓肢解土耳其，不拿各民族的利益做交易。公正應該戰勝強權，理想應該戰勝現實，未來應該戰勝現在！公正必須勇往直前，縱使世界因此而毀滅。這個短暫時刻將成為威爾遜的偉大時刻，成為他的最偉大的時刻，成為他的最富人性的時刻，成為他的最英勇的時刻：假如他有力量經受得住這個時刻的話，那麼他的名字將會永遠留在為數不多、真正的人類朋友們的心間，而且他也做出了無與倫比的業績。可是，緊跟在這短暫的關鍵時刻後面的卻是這樣的一個星期：他遭到四面八方的攻擊。法國的報紙、英國的報紙、義大利的報紙都指責他——這位要創造和平的人卻由於他在理論上和神學上的頑固思想而破壞了和平；指責他為了他自己的烏托邦而犧牲了現實的和平，甚至希望從威爾遜那裡得到所有一切好處的德國現在也轉過身來反對他——德國由於布爾什維克主義在巴伐利亞爆發而陷入一片驚慌。還有他自己的同胞豪斯上校和藍辛也同樣懇請威爾遜拋棄他所下的決心。威爾遜在白宮的政治秘書圖馬爾蒂〔66〕幾天前還從華盛頓發來令人鼓舞的電報：「唯有

總統採取一種無畏的舉動，歐洲才會得救——或許世界才會得救。」可是，當總統採取了這樣一種無畏舉動之後，就是這同一個圖馬爾蒂現在卻驚慌失措地從同一座城市通過海底電纜發來電報說：「⋯⋯撤離巴黎和會非常不明智，而且可能會在美國和在國外帶來各種各樣的危險⋯⋯總統應該把中止巴黎和會的責任讓應當承擔的人去承擔⋯⋯在現在這個時候撤離巴黎和會很可能會被看作是一種叛逃。」

　　威爾遜看到周圍發生的一切，惘然若失，絕望惆悵，他百思不得其解：自己竟成了眾矢之的。沒有一個人站在他這一邊，會議大廳裡的人全都反對他，他自己參謀部裡的人也全都反對他。而無法看清的千百萬人從遠方懇請他要頂住和堅持到底的聲音此刻並未出現在他身邊。威爾遜不知道，倘若他果真站起身來，拂袖而去，使他的威脅成為現實，他的名字就有可能千秋萬代留傳下去嗎？威爾遜不知道，是否只有當他堅持到底，他對未來的理念才有可能作為一種可以一再更新的基本原理而毫無瑕疵地留給後世呢？威爾遜不知道，從他對企圖得隴望蜀、充滿舊仇宿怨和毫無理智的這幾個大國 [67] 所說的「不」字中會出現哪種轉機呢？他只感到自己孤獨一人，他只感到自己的力量太弱，無法承擔巴黎和會夭折的最後責任。

於是，威爾遜漸漸地讓步了——而讓步的後果卻是災難性的。他鬆動了自己的強硬態度。豪斯上校搭橋牽線。雙方都做了妥協。關於邊界的磋商來來去去進行了八天，終於在一九一九年四月十五日——歷史上黯淡的一天，威爾遜懷著矛盾的心情勉強同意了克里孟梭的顯然壓低了的具有軍事意義的要求：德國的薩爾地區交給法國，但不是永遠，而僅僅是十五年〔68〕。這是這位迄今毫不妥協的人做出的第一次妥協，它好像魔棒似的這麼一點，第二天早晨巴黎的報紙都變了調門。昨天還在罵他是和平的干擾者、世界的破壞者的各種報紙，現在都把他讚譽爲世界上最有智慧的政治家。可是，這種頌揚在他心中卻是一種責備，使他深感內疚。威爾遜知道，他事實上也許已經拯救了這種一時的和平，但用和解精神締造的持久和平——唯一能拯救世界的和平卻被錯過了，或者說已付之東流。荒謬絕倫的事戰勝了天經地義的事。衝動的感情壓倒了冷靜的理智〔69〕。超越時代的理想被群起而攻之後，世界又倒退回去了。而他——身爲領袖和旗手的威爾遜卻在這次針對他本人的決定性戰役中遭到徹底失敗。

在這命運攸關的時刻，威爾遜的作爲是對還是錯？誰人能予評說？不管怎麼說，在那無法挽回的歷史性的一天，一個影響遠遠超過幾十年乃至幾百年的決定被做出，而爲了這個決定

的過錯，我們要再次用我們的鮮血、用我們的絕望、用我們無奈的困惑付出代價。從那一天起，威爾遜的影響力已漸漸消失──他的影響力在他那個時代曾是無與倫比的道義力量。而現在他的威望已經遠去，他的力量也隨之東流。誰做出一次讓步，那麼他就一發而不可收。一次妥協勢必會導致一連串新的妥協。

有名無實必然成為虛有其表[70]。暴力必然會製造出暴力[71]。在凡爾賽達成的和平曾被威爾遜夢想為是整體的和平與持久的和平，其實不然，它是不完全的和平，是一種非常不完滿的產物，因為這種和平並不著眼於未來，而且不是出於人道精神而是出於對純粹物質利益的理性考慮而產生。歷史上絕無僅有、也許是與人類命運最休戚相關的一次機會竟令人惋惜地白白錯過了。沮喪的世界、不再有救世主的世界重又覺得抑鬱和悵惘。曾經被當作會給世界帶來福祉的人而受到歡迎的威爾遜回國了，但已不再有人覺得他是救世主；他只不過是一個滿面倦容、受到致命打擊的病人罷了。不再有歡呼伴隨他。在他身後不再有旗幟揮舞。當他乘坐的軍艦駛離歐洲海岸時[72]，這位失敗者背轉身去。他不願意回過頭來，朝我們這片命運多舛的歐洲大地再看一眼──歐洲幾千年來渴望和平與統一，可是從未實現。一個人性化世界的永生夢境又一次在大海的遠方霧靄

中漸漸消散。

註釋：

〔1〕鄧蜀生著《伍德羅‧威爾遜》第二百二十四頁，上海人民出版社，一九八二年九月第一版。

〔2〕鄧蜀生著《伍德羅‧威爾遜》第二百二十三頁。

〔3〕曾經把威爾遜當作「偶像崇拜」的英國經濟學家約翰‧凱恩斯在一九一九年十一月寫畢的《和約的經濟後果》一書中，把威爾遜比作「又聾又瞎的唐‧吉訶德」。參閱鄧蜀生著《伍德羅‧威爾遜》第一百七十九頁。

〔4〕伍德羅‧威爾遜（Thomas Woodrow Wilson，一八五六～一九二四），連任兩屆的美國第二十八任總統。一八五六年十二月二十八日出生於美國維吉尼亞州的斯湯頓縣，一八七九年畢業於普林斯頓大學。一九一二年七月被民主黨提名競選一九一三年總統，以「新自由」政綱競選獲勝，一九一六年以「他使我們免於戰爭」的口號，再次連任。一九一九年九月四日開始在全國巡迴演說，爭取美國人民支持國際聯盟計畫，九月二十五日病倒在火車上，十月二日回白宮後中風。一九二〇年十二月。威爾遜接受一九一九年度諾貝爾和平獎金。一九二四年二月三日在華盛頓病逝。

〔5〕第一次世界大戰結束後不久，威爾遜親自率領美國代表團參加巴黎和會，一九一八年十二月四日啓程，一九一八年十二月十四日抵達巴黎，由於威爾遜一貫以維護和平的中立姿態，以仲裁人的身分調停歐洲局勢，尤其是他提出作爲議和基礎的「十四點原則」後，歐洲輿論一度把威爾遜視爲「救世主」，他抵達巴黎時，受到民眾熱烈的歡迎。

〔6〕第一次世界大戰從一九一四年七月二十八日奧匈帝國向塞爾維亞宣戰算起，至一九一八年十一月十一日大戰結束，歷時四年多，捲入戰爭的有三十三個國家，人口在十五億以上，共有兩千餘萬人死亡，另有兩千餘萬人傷殘。

〔7〕一九一八年一月八日，威爾遜在向國會致辭中提出被他自己稱爲「世

界和平綱領」的「十四點原則」，其中最重要的是第十四點，即最後一點：「為了大小國家都能相互保證政治獨立和領土完整，必須成立一個具有特定盟約的普遍性的國際聯盟。」

[8] 在第一次世界大戰中，無論是以德、奧匈、保加利亞為首的同盟國，還是以英、法、俄為核心的協約國，都是通過祕密談判和締結祕密協定來保證各方希望爭得的利益。一九一七年十一月爆發了列寧領導的十月革命。蘇維埃政府向全世界宣布了不割地（即不侵占別國領土、不合併別的民族）、不賠款的和平綱領，廢除祕密外交，並宣布廢除俄國臨時政府締結和批準的全部密約，而且將這些密約公諸於眾。密約的主要內容集中歸納在一九一五年四月二十六日的《倫敦密約》中。這個密約規定了英、法、義、俄、日等協約國戰後劃分勢力範圍的具體辦法，包括瓜分德國屬地，肢解土耳其，給予法國確定其與德國接壤的西部邊界的自由，給予俄國以確定其東部邊界的自由。俄國蘇維埃政府公布密約的行動，在歐美引起強烈震動，輿論譁然。飽經戰禍之苦的各國民眾，熱烈響應蘇維埃政府的呼籲，積極展開反戰運動，要把世界大戰轉變為國內革命，這無疑是對西方社會的嚴重挑戰。面對這種局面，為了抵銷布爾什維克的巨大影響和贏得民心，威爾遜提出「十四點原則」，其中第一點就是主張公開外交，不得有任何祕密的國際諒解。

[9] 救世主（Messias，音譯：彌賽亞），源出聖經故事。《聖經・舊約》稱，公元前十二世紀至公元一世紀，猶太國處於危亡時期以來，猶太人中流行一種說法，稱上帝終將重新派遣一位「君王」（彌賽亞）來復興猶太國；《聖經・新約》借用此說，聲稱耶穌就是彌賽亞，但不是「復國救主」，而是「救世主」，凡信他的人，靈魂得到拯救，升入天堂。

[10] 摩西（Moses），聖經故事中古代猶太人的領袖。《聖經・出埃及記》載，摩西帶領在埃及為奴的猶太人穿越沙漠、歷盡艱險，迂回到迦南，並在西奈山上接受上帝寫在兩塊石板上的十誡。猶太教將《聖經》首五卷稱作「律法書」，並稱出自摩西之手，故有《摩西五經》之稱。

[11] 建立國際聯盟是威爾遜對外政策中的主要構想。國際聯盟（簡稱國聯）於一九二〇年一月成立，總部設在日內瓦，先後加入的有六十三個國家。美國是最初的發起國，但國際聯盟盟約在一九一九年十一月十九日被美國參議院否決；一九二〇年三月十九日，美國參議院第二

次否決了包括《國際聯盟盟約》在內的《凡爾賽和約》；因此美國始終沒有參加國聯，威爾遜的政治理想也終於成為泡影。爾後，日本和德國於一九三三年退出國聯；義大利於一九三七年退出。蘇聯在一九三四年加入，一九三九年被開除。第二次世界大戰爆發後，標榜「促進國際合作，維持國際和平與安全」的國聯名存實亡。第二次世界大戰結束後，一九四六年四月宣告解散，所有財產和檔案均移交聯合國。

〔12〕「巴黎和會」：第一次世界大戰結束後，於一九一九年一月十八日至六月二十八日在巴黎舉行的國際和平會議，有美、英、法、日、義等二十七國參加，戰敗國均不參加，中國作為戰勝國亦參加了和會，蘇維埃俄國未被邀請參加，和會實際上由美、英、法三國領導，最後簽訂了《協約和參戰各國對德和約》，史稱《凡爾賽和約》。由於和約無理地將戰前德國在山東的特權移交給日本，引起中國人民極大憤慨，導致中國「五四」運動的爆發，迫使中國代表團拒絕在和約上簽字。

〔13〕威爾遜的祖父是北愛爾蘭的移民，一八○七年遷居美國，外祖父是蘇格蘭的移民。

〔14〕威爾遜的父親約瑟夫是維吉尼亞州斯湯頓縣長老會教堂的牧師，祖父也曾任長老會牧師。

〔15〕威爾遜是美國第一個有博士學位、當過大學教授和大學校長的總統。他善於用福音式的語言講話，他的政治思想和奉行的政策固然是一個保守派，卻博得自由派的歡呼喝采，把他奉為偶像，一度還擁有「救世主」的名聲。威爾遜和列寧生活在同一時代，列寧是無產階級革命的導師；威爾遜則是二十世紀初美國尋求「領導世界」的思想導師。

〔16〕基督教興起時，曾在羅馬帝國被視為異端而受到迫害。最後一次大迫害發生在戴克里先統治末期；迫害基督教徒最凶惡的敵人是伽勒里烏斯。羅馬帝國承認基督教始於君士坦丁大帝。公元三八○年，狄奧多西大帝頒布敕令，把基督教定為羅馬帝國的國教。

〔17〕布雷斯特（Brest），法國西部港口城市，重要海軍基地。

〔18〕香榭麗舍大街（Champs Élysées），或譯田園大街，或愛麗舍大街，法國巴黎標誌性大街，以美麗和時尚著稱。

〔19〕一九一八年十二月十四日，威爾遜在巴黎受到空前的歡迎之後，當天

晚些時候就啓程前往英國，然後到歐洲各國首都和著名城市進行訪問，爲巴黎和會做準備和遊說他的國際聯盟計畫，所到之處，受到像恭迎「救世主」般的接待。一九一九年一月七日結束爲時三週的訪問，回到巴黎。一九一九年一月八日，巴黎和會第一次全體會議舉行。

〔20〕克里榮大飯店（Hotel de Crillon），二十世紀初巴黎最豪華的飯店之一。

〔21〕此段譯文引自韓莉著《新外交・舊世界——伍德羅・威爾遜與國際聯盟》第二百八十二頁，同心出版社，北京，二〇〇二年三月第一版。「十四點原則」又譯「十四點」。

〔22〕威爾遜在巴黎和會上主張先把國際聯盟建立起來，然後再討論和約，他要使國際聯盟成爲和會議題的中心，但法、英主張先討論領土、賠償等問題，把國際聯盟放在最後一項，實際上就是要使國際聯盟計畫淹沒在關於領土、賠償等問題的談判之中。最後達成妥協：國際聯盟計畫與其他問題併行進行商討。威爾遜又堅持《國際聯盟盟約》必須成爲和約的一部分，批准和約就是批准盟約；英、法主張分成兩個文件，分別批准。威爾遜反對。最後達成一致：《國際聯盟盟約》包括在一九一九年分別與德、奧、匈、保簽訂的和約之內，作爲與該國簽訂的和約的第一部分。一九一九年六月二十八日正式簽字的《凡爾賽和約》於一九二〇年一月十日生效，從而使該和約一部分的《國際聯盟盟約》也於同一天生效。

〔23〕「四巨頭」是美國總統威爾遜、法國總理克里孟梭（Georges Benjamin Clemenceau，一八四一～一九二九）、英國首相勞合・喬治（Lloyd George，一八六三～一九四五）、義大利首相奧蘭多（Vittorio Emanuele Orlando，一八六〇～一九五二）。

〔24〕所謂「新事物、新變化」，是指用威爾遜倡導的「以集體安全爲基礎的新的世界格局」取代「以實力均衡爲基礎的舊的國際秩序」。威爾遜提出這種政治構想的出發點是，希望通過國際聯盟，美國既能控制世界事務，又不捲入歐洲事務，雖然他用的詞彙是「正義」、「公正」、「道德」、「人性」、「良知」、「人類的永久和平」等；威爾遜認爲，「只要美國在國際聯盟中保持在道義上和金融上領導世界的地位，維持一種經濟上穩定和非革命的自由主義國際秩序，美國將來的商業擴張就可以確保無虞。」因此，威爾遜在巴黎和會上遵循的

一條原則就是：只要把《國際聯盟盟約》作爲《凡爾賽和約》不可分割的一部分，只要讓美國在國際聯盟中居於領導地位，其他一切都可以讓步。

〔25〕西德尼・索尼諾（Sidney Sonnino），巴黎和會時任義大利外相。

〔26〕一九一四年八月四日上午六時，德國駐比利時公使華羅把一份最後通牒交給比利時外相，其內容是說，由於比利時政府拒絕德國政府的「善意建議」，德國爲了其自身安全不得不在「如有必要」時採取使用武力的措施。上午八時過二分，德軍就在吉美利赫越過了比利時國界，那裡距列日城僅二十公里。比利時的國界守衛隊射槍狙擊，八月四日正午，比利時國王呼籲各擔保國採取一致的軍事行動對付德國。第一次世界大戰正式開始。

〔27〕〔28〕列寧領導的十月革命奪取政權後幾個星期，蘇俄就向德國及其盟國提出了停戰媾和的建議。談判於一九一八年一月四日在德國占領的波蘭城市布列斯特-立托夫斯克（Brestlitowsk）開始；德國最高司令部的代表馬克斯・馮・霍夫曼（Max von Hoffmann）將軍顯然左右著德國方面的談判立場，他曾以強硬的語言對蘇俄的談判代表托洛茨基說，蘇俄是戰敗者，必須接受一種強制性的和平。據說，霍夫曼說話時用拳頭猛捶桌子。當托洛茨基於二月十日退出談判並宣布戰爭將不經簽訂和約而結束時，霍夫曼就下令恢復敵對狀態，並命令德軍更深入地向俄國境內推進。由於列寧不顧布爾什維克中央委員會多數人的反對而頑強堅持，蘇俄終於在一九一八年三月三日與德國簽訂強加的布列斯特-立托夫斯克和約（簡稱布列斯特和約），一九一八年十一月十三日，蘇俄在德國向協約國投降後廢除了該和約。

〔29〕克里孟梭曾邀請威爾遜到法國北部去視察德軍破壞的慘狀，他認爲最好讓威爾遜親眼看到德國人如何慘無人道，這樣可以增強其同仇敵愾的心理。但威爾遜卻一再用種種藉口加以拒絕。據說，威爾遜不願看到這種慘狀，以免影響其作爲仲裁者的公正態度。

〔30〕藍辛（Robert Lansing），威爾遜任總統時的第二位國務卿。

〔31〕豪斯（Edward House）上校，威爾遜的私人顧問。

〔32〕一九一八年十二月十四日，威爾遜抵達巴黎之後不久隨即前往倫敦；十二月二十二日，會見德比伯爵（Edward George Villiers Stanley，第十七代德比伯爵 Earl of Derby，一八六五～一九四八，在第一次世界

大戰期間的一九一六～一九一八年以及一九二二～一九二四年任英國
國防大臣）。

〔33〕 一九一八年十二月三十日，威爾遜在曼徹斯特發表演說，解釋他的集
體安全概念如何與美國不捲人歐洲事務的傳統相結合。

〔34〕 一九一八年十月三十日夜，匈牙利的工人和士兵武裝起義。一九一八
年十一月十六日，哈布斯堡皇朝在匈牙利的政權被推翻，匈牙利正式
宣布爲共和國。一九一九年二月二十日，協約國駐軍事代表、法國
的威克斯向匈牙利政府遞交一份照會，要求匈牙利東界駐軍在十天內
後撤一百公里，空出的地方由協約國軍隊占領。共和國新成立的卡羅
利政府既不敢接受又不能拒絕這一通牒，決定辭職下台，將政權交給
社會民主黨人。一九一九年三月二十一日，匈牙利社會民主黨和共產
黨達成協議合併，正式宣告匈牙利蘇維埃共和國成立。

〔35〕 一九一八年十一月，德軍撤離羅馬尼亞。羅馬尼亞軍隊開進奧匈帝國
的特蘭西瓦尼亞地區，十二月一日，宣布該地區併入羅馬尼亞。

〔36〕 一九一八年十一月十八日，畢蘇茨基在華沙組成聯合政府。他本人成
爲波蘭共和國的國家元首。這個共和國史稱「波蘭第二共和國」，以
表示它是一七九五年被俄普奧三國瓜分滅亡的波蘭共和國的繼續，但
波蘭第二共和國在一九一八年底僅擁有原波蘭王國和加里西亞西部的
領土。它的四周邊界均未確定，原普魯士占領的波蘭土地仍處在德軍
佔領之下。畢蘇茨基提出恢復一七七二年第一次瓜分波蘭前的「歷史
邊界」的口號，主張使立陶宛、白俄羅斯、烏克蘭同波蘭組成聯邦制
的國家。一九一八年底到一九一九年初，隨著德奧軍隊的撤退，烏克
蘭民族主義者在利沃夫建立了西烏克蘭人民共和國。但在利沃夫市，
波蘭人占全市居民的百分之六十二，猶太人占百分之二十，烏克蘭人
只占百分之十五，於是波蘭居民在「波蘭軍事組織」的幫助下，同烏
克蘭民族主義者展開了爭奪利沃夫的鬥爭。

〔37〕 一九一八年秋，奧匈帝國已瀕於崩潰，帝國內各民族反戰和反君主政
體的人民群眾運動日益高漲，軍隊反戈，在南斯拉夫，許多士兵從
前線逃回家鄉。他們自稱「綠軍」，手持武器同奧匈帝國官方對抗。
一九一八年十月底，駐紮在里耶卡和普拉兩地的軍隊舉行起義，成立
了革命委員會。在群眾運動興起的情況下，克羅地亞和斯洛文尼亞的
幾個政黨在薩格勒布召開國民議會，宣布南斯拉夫地區脫離奧匈帝
國。一九一八年十二月四日，塞爾維亞—克羅地亞—斯洛文尼亞王國

宣告成立。

〔38〕達爾馬提亞（Dalmatia）是巴爾幹半島瀕臨亞德里亞海的一條狹長的沿海地帶，它的北部地區當時是義大利人和南斯拉夫人爭執的領土。

〔39〕一九一六年以後，奧地利境內糧食明顯缺乏，飢饉現象日趨嚴重。

〔40〕一九一八年十一月，前沙皇俄國海軍上將高爾察克在鄂木斯克發動軍事政變，自稱是「俄國的最高執政者」。他得到協約國的大力支持，用外國槍炮裝備了自己的二十五萬軍隊；與此同時，高加索的鄧尼金和波羅的海沿岸的尤登尼奇也都率領軍隊向蘇維埃政權進攻。在蘇俄境內開始了生死存亡的國內戰爭。

〔41〕一九一九年二月十五日威爾遜啓程回美國，一九一九年二月二十四日抵達波士頓。他急於趕回美國，是想在美國國會休會之前爭取得到共和黨參議員們的支持。

〔42〕大憲章（Magna Charta），此處是指《國際聯盟盟約》，「大憲章」一詞本是英國歷史術語，源自一二一五年英國大封建領主迫使英王約翰（John）簽署的一份文件，該文件保障了臣民的部分公民權和政治權。後來「大憲章」被引申爲基本章程、基本綱領等詞義。

〔43〕門羅主義（Monroe Doctrine），是美國第五位總統詹姆斯・門羅（James Monroe，一七五八～一八三一，在一八一七～一八二五年間連任兩屆總統）提出的美國外交政策原則，口號是「美洲是美洲人的美洲」，目的是反對當時歐洲的一些封建專制帝國援助西班牙重新獲得其在美洲殖民地的企圖。門羅爲美國和南北美洲各國制定的基本外交政策是：南北美洲不允許由外來者開發。

〔44〕一九一九年六月二十八日，協約國與德國在法國凡爾賽宮的明鏡大廳簽訂對德和約，宣告德意志帝國是第一次世界大戰的罪魁禍首。對德和約經英、法、義、日、德批准後，自一九二〇年一月十日起生效。《國際聯盟盟約》是《凡爾賽和約》的組成部分。美國國會由於不希望美國參加英、法勢力占優勢的國際聯盟而拒絕批准《凡爾賽和約》。一九二一年八月，美國同德國簽訂了一項與《凡爾賽和約》相同的單獨條約，但不包含有關國際聯盟的條款。這表明美國決定不參加國際聯盟。

〔45〕指《國際聯盟盟約》。

〔46〕巴黎和會通過了威爾遜提出的《國際聯盟盟約》，是他完成自己使命的第一部分；重返巴黎，代表美國簽署協約國與德國締結的包含國聯盟約條款在內的和平條約，是他要完成的使命的第二部分。

〔47〕威爾遜於一九一九年三月四日從紐約啓程再去法國，三月十四日抵達巴黎。他在國內時，共和黨控制的國會對威爾遜的「國聯盟約」提出了嚴厲批評。以參議院外交委員會主席、共和黨參議員洛奇（Henry Cabot Lodge）爲首的反對派議員於一九一九年三月三日向威爾遜遞交了由超過參議院人數三分之一的參議員的「圓形簽名」信（Round Robin），表示了他們的實力與堅決態度。威爾遜返回巴黎時，知道自己會受到美國和歐洲兩方面對盟約的批評，但是他既不準備向參議院妥協，也不想接受歐洲的條件，因而在他面前困難重重，步履維艱。威爾遜在三月四日從紐約啓程時曾發表言論：「等到巴黎和約送回美國時，美國人將發現『國聯盟約』已包括在內，而且和約與盟約已不可分開。如果他們想把盟約剔除，那麼就會破壞全部結構。」他萬萬沒有想到，美國參議院會連整個和約都不批准。

〔48〕威爾遜的隨身私人醫生是卡里・格雷森（Dr. Cary Grayson）。

〔49〕在一九一九年六月二十八日巴黎和會通過的《國際聯盟盟約》中無此條款。此內容可能在第一稿草案中有，後被刪除。《國際聯盟盟約》全文載《國際公法參考文件選輯》（中文），世界知識出版社，北京，一九五九年版，第四百一十八～四百二十四頁。

〔50〕一九一九年三月二十一日，匈牙利蘇維埃共和國成立。

〔51〕一九一九年三月三日，德國共產黨總部和柏林黨組織聯合向柏林工人發出總罷工號召，提出「一切權力歸工人蘇維埃！」的口號。柏林有五天時間處於無政府狀態。政府軍駐柏林司令官諾斯克宣布戒嚴並實行軍事管制。三月八日，罷工領導人宣布停止罷工，但軍事管制直到三月十七日才解除。在這次激進的斯巴達克派和政府軍的戰鬥中，約有一千二百人喪生。

〔52〕布爾什維克（俄文 Большевик 的音譯），意即多數派。一九〇三年俄國社會民主工黨第二次代表大會制定黨綱、黨章時，以列寧爲首的多數派同馬爾托夫爲首的少數派展開激烈鬥爭，在選舉中央領導機構成員時列寧派獲多數，故名。一九一二年在該黨第六次代表大會上，孟什維克（少數派）被清除。以後，布爾什維克成爲共產黨的代名詞。

〔53〕福煦（Ferdinand Foch，一八五一～一九二九），一九一八年五月就任協約國軍總司令，八月升爲法國元帥。十一月一日接受德軍投降，他被認爲是第一次世界大戰中協約國軍勝利的主要領導人。戰後被選爲法蘭西科學院院士、最高軍事委員會委員。著有《兵法原理》等。

〔54〕指當時參加巴黎和會的英、法、義、日等國。

〔55〕阜姆港（Fiume）是亞得里亞海的樞紐，戰前是匈牙利貨物的重要出海口，南斯拉夫人認爲它屬於斯洛文尼亞或克羅地亞，一九一五年的倫敦密約把它劃歸克羅地亞。義大利首相奧蘭多在和會上提出要求兌現倫敦密約的同時又要求得到阜姆港和達爾馬提亞地區（Dalmatien），英、法、美爲了擴大自己在巴爾幹國家的影響，對義大利的上述要求不予支持，不僅如此，「三巨頭」還提出了一條所謂「威爾遜線」，將倫敦密約許諾給義大利的土地加以縮減。奧蘭多一氣之下離開巴黎回國，想以此要挾，可是他的做法幾乎無人理睬。一九一九年五月七日，奧蘭多又重返巴黎和會。最後達成的《凡爾賽和約》規定：阜姆港被宣布爲自由港；達爾馬提亞海岸外的若干海上島嶼割讓給義大利；達爾馬提亞沿岸地區割讓給南斯拉夫。

〔56〕羅馬尼亞在第一次世界大戰結束後獲得大量財產和人口。它從匈牙利獲得整個外希伐尼亞，從奧地利獲得布科維納，從俄國獲得薩拉比亞，其領土和人口增加了一倍多。

〔57〕波蘭本是歐洲古國之一，自從被普魯士、俄羅斯、奧匈帝國瓜分滅亡之後，波蘭人民無時不以復國爲念。第一次世界大戰的爆發給他們帶來了一個新的有利時機，因爲德俄雙方都想爭取波蘭人的支持。一九一六年十一月五日，中歐國家已承認波蘭王國的獨立。一九一八年十月德國崩潰之後，波蘭軍總司令皮爾蘇德斯基將軍宣布波蘭已是一個獨立國家，他本人是波蘭獨立政府的首腦，並提出巨大的領土要求──恢復一七七二年的波蘭舊有東疆，即大致在杜味拿河和第聶伯河一線。波蘭是第一次世界大戰後重建的第一個大國，其面積幾乎和德國差不多大，儘管人口尚不足三千萬。

〔58〕捷克斯洛伐克是第一次世界大戰後新成立的國家，完全是巴黎和會的產物，其領土主要割自德國和奧匈帝國，包括波希米亞、摩拉維亞、西里西亞，當時有六百多萬捷克人，將近二百萬斯洛伐克人，三百五十萬日耳曼人和不足一百萬的匈牙利人。

〔59〕拿破崙一世（Napoléon I，一七六九～一八二一），即拿破崙·波

拿巴（Napoléon Bonaparte），法蘭西第一帝國皇帝（一八〇四～一八一四，一八一五）。一七九六年春任義大利方面軍司令，一七九六～一七九七年間法國爲擊退第一次反法同盟的強敵奧地利，拿破崙進軍義大利，威逼維也納。一七九七年十月十七日，拿破崙代表法蘭西共和國在康波福米奧村（Campo-Formio，在今義大利東北部）和奧地利帝國的代表科本茨伯爵（J. L. J. Cobenzl，一七五三～一八〇九）正式簽署《康波福米奧和約》。和約分公開和祕密兩部分，規定：奧地利承認萊茵河爲法國的邊界，承認法國在北義大利新建立的西沙爾平共和國；奧地利放棄對原奧屬尼德蘭（今比利時）和北義大利上述地區的主權；瓜分原威尼斯共和國，愛奧尼亞群島歸法國；等等。

〔60〕塔列朗（Charles Maurice de Talleyrand-Périgord，一七五四～一八三八），法國著名外交家。一七九七年起歷任法國督政府、執政府外交部長（一七九七～一八〇七），後任拿破崙第一帝國和復辟王朝初期的外交大臣（一八一四～一八一五）。在其任執政府外交部長期間，拿破崙利用俄國與奧國、英國的矛盾，集中打擊第二次反法同阻的主力奧軍，一八〇〇年六月十四日，拿破崙在馬倫哥（Marengo，位於義大利北部）擊潰奧軍。奧地利被迫求和。一八〇一年二月九日，法國和奧地利在法國的呂內維爾簽訂由塔列朗參與的《呂內維爾和約》，該和約確認一七九七年簽訂的《康波福米奧和約》，重申比利時和萊茵河左岸爲法國領土，承認法國的諸附屬國西沙爾平（Cisalpine）、利古里亞（Liguria）、黑爾維謝（Helvetic）、巴達維亞（Batavia）等共和國的「獨立」。

〔61〕梅特涅（Klemens Wenzel Nepomuk Lothar von Metternich，一七七三～一八五九），奧地利外交大臣（一八〇九～一八四八）和首相（一八二一～一八四八），公爵。拿破崙帝國瓦解後，歐洲各國於一八一四年十月～一八一五年六月在維也納召開會議，領導會議的是奧、普、英、俄四國。一八一五年六月九日，維也納會議簽署了總協議，總協議規定：比利時和荷蘭組成尼德蘭王國；重申奧地利在義大利東北部的統治地位，使奧地利控制許多小公國；俄國得到波蘭王國；普魯士占有薩克森北部和波茲南；馬耳他島歸英國所有；等等。

〔62〕威爾遜在巴黎和會上的主要目標是通過《國際聯盟盟約》和建立國際聯盟。威爾遜說，這是「一個有著共同的目標和意願的聯盟」，但他同時指出，國聯不是一個同盟。因爲如果是同盟的話，這就違背了

美國奉行的門羅主義。為了使「國聯盟約」能在美國獲得通過，威爾遜力爭要在「國聯盟約」中寫入有關門羅主義的條款。其實，門羅主義既不是國際條約也不是地區諒解，而是美國為維護自己在美洲的利益的一項外交政策。經過威爾遜向英、法等國做出重大讓步，終於將有關門羅主義的條款寫進了「國聯盟約」。盟約第二十一條稱：「本盟約中的任何內容都不被認為會影響到為確保維護和平的國際協定，如仲裁條約或是地區諒解，如門羅主義的合法性。」但是，威爾遜為此做出的讓步，既違背他提出的「十四點原則」，也違背《國際聯盟盟約》的原來宗旨。勞合‧喬治對威爾遜說：「關於海上自由這一條，我們是有保留的，現在要我們支持國際聯盟，又要我支持把門羅主義的保留列入盟約，那你看這個海上自由……」於是，威爾遜在一九一八年十二月二十一日對《泰晤士報》記者的談話中只好承認，「基於英國的地理位置的事實和由於它的歷史傳統，在一切海軍問題上，必須承認它享有特殊利益」。克里孟梭對威爾遜說：「你不是要國際聯盟嗎？那先要滿足我的合理的領土要求。」於是，威爾遜表示同意。日本代表牧野對威爾遜說：「如果不滿足日本接管在山東的一切利益，日本絕不在合約上簽字。」既然不在合約上簽字，當然就是不參加國際聯盟。於是，威爾遜慨然滿足了日本的要求。參閱鄧蜀生著《伍德羅‧威爾遜》，第一百七十七頁。

[63] 一九一九年四月三日，正當修改後的《國際聯盟盟約》準備在巴黎和會上批准時，義大利首相奧蘭多藉機在「四巨頭」會議上再次提出義大利對阜姆港的領土要求，並暗示：如果不同意義大利的要求，他將退出和會。由於謠傳奧蘭多將自行宣布義大利擁有對阜姆港的主權，一九一九年四月二十三日，威爾遜先發制人，他聲言小國的權利必須得到保障；義大利不得占有卓姆港及達爾馬提亞的土地，這片土地應屬於南斯拉夫。威爾遜的表態激起義大利反對威爾遜的風潮。奧蘭多退出「四巨頭」會議。不過，一九一九年五月七日，奧蘭多又重返巴黎和會。

[64] 獨立社會黨人恩斯特‧托萊爾、古斯塔夫‧蘭道爾等人於一九一九年四月五日在慕尼黑奪取政權，並於一九一九年四月七日宣布成立巴伐利亞蘇維埃共和國；兩天以後，一九一九年四月九日，巴伐利亞共產黨斯巴達克派的馬克斯‧萊維恩、厄岡‧勒納亞等人也宣布成立自己的蘇維埃政府。於是，在慕尼黑出現三個並存的政府。由巴伐利亞邦議會選舉組閣的邦政府總理約翰內斯‧霍夫曼不得不向巴伐利亞邦內外的民族主義軍官發出呼籲，要求他們支持自己的政府。不久，以里

特‧馮‧埃普為首的志願軍團和聯邦軍隊開進慕尼黑恢復秩序。巴伐利亞蘇維埃共和國僅存在兩個星期，但殘酷的戰鬥進行了好幾天。據官方數字，自一九一九年四月三十日至五月八日，共有五百五十七人被殺害。最後政府軍控制了慕尼黑市。巴伐利亞蘇維埃共和國領導人恩斯特托萊爾等被判處無期徒刑。共產黨斯巴達克派領導的蘇維埃政府領導人馬克斯‧萊維恩和厄岡‧勒納亞被判處死刑。

〔65〕法國在巴黎和會上取得阿爾薩斯─洛林地區以後，又提出兼並德國薩爾地區的要求。薩爾地區是產煤區。如果法國能得到薩爾地區盛產的煤，再加上阿爾薩斯─洛林地區盛產的鐵，它就可以建成一個強大的冶金工業基地，這將為法國稱霸歐洲打下堅實的經濟基礎。法國的這一計畫，遭到英美的強烈反對，它們不願過分削弱德國和讓法國過於強大。但克里孟梭在此問題上態度強硬，他聲稱，如果法國得不到薩爾地區就不在任何和約上簽字。威爾遜惱羞成怒，以退出會議進行威脅。一九一九年四月六日，威爾遜在巴黎表示，如果英、法不在幾天之內接受「十四點原則」作為和約的基礎，他就中斷參與會議回國，並將真相公諸於眾。一九一九年四月七日，他果真給美國海軍部發去電報，命令「喬治‧華盛頓」號前來接他。但是事後威爾遜並未提前離開巴黎。

〔66〕圖馬爾蒂（Tumulty），時任威爾遜總統的白宮政治秘書。

〔67〕指參加巴黎和會的英、法、義、日等國。

〔68〕法國為了控制萊茵河地區（Rheinland）要求將薩爾地區（Saar）劃併給法國。薩爾地區不但具有重要的戰略地位，而且是一個重要工業區，如果由法國併吞，勢必愈益加強法國的地位，英、美等國反對法國的這一要求，不願讓薩爾地區同德國分離；不能讓法國在薩爾地區享有行政統治權，只許法國享有薩爾煤礦的開採權。《凡爾賽和約》規定，薩爾區由國聯直接管理，為期十五年，期滿後通過公民投票最後確定薩爾區的歸屬。今薩爾區是德意志聯邦共和國的一個聯邦州──薩爾州（Saarland）。

〔69〕雖說美、英、法三巨頭左右著巴黎和會，但他們之間的合作絕非融洽，對許多問題不斷發生爭執。有一次克里孟梭說勞合‧喬治一再撒謊，這位英國首相跳起來，抓住法國總理的硬領要求他道歉。克里孟梭則向勞合‧喬治提出決鬥的挑戰，說「用手槍或劍都可以」，威爾遜把他們兩人拉開。參閱李巖、高明主編《第一次世界大戰史畫》第

四百六十七頁，藍天出版社，北京，二○○五年二月第一版。

〔70〕威爾遜在他的「十四點原則」中提出要實現「公開外交」、「民族自決」、「公正的和平」等等，並要求以「十四點」作為《凡爾賽和約》的基礎，但最後簽署的《凡爾賽和約》完全違背這些原則，它實際上是嚴厲制裁德國的掠奪性和約。羅馬人有一句名言：「脅迫之下所成立的契約可以不必遵守。」德國人在「封鎖」的威脅之下才在《凡爾賽和約》上簽字，從道義的立場而言，和約本應視為無效。尤其是協約國的態度極為惡劣。正如在巴黎和會後期接替奧蘭多的義大利首相尼提（Francesco Saverio Nitti）所說：和約「違反所有的諾言、所有的前例、所有的傳統，使德國代表不能發一言，實為在近代史上留下了可怕的一頁」。果然，巴黎和會剛一結束，德國復仇主義者就提出「打倒《凡爾賽和約》」的口號。

〔71〕德國外長布羅克多夫前來巴黎簽署和約，當他看到和約條文後當即決定暫不簽約而返回德國。一九一九年六月中旬，克里孟梭照會德國說，如德國不接受和約條件，協約國將宣布停戰條件無效。德國懾於協約國的武力威脅，才決定立即簽署和約。但和約對德國的苛刻要求使德國人在心理上受到極大震撼。三巨頭中頭腦比較清醒的勞合喬治說過這樣的話：「諸位先生，你們可以奪取德國的殖民地，限制其陸軍只供警察之用，使其降為第五等的海軍國家。但不管怎樣，一旦德國人感到一九一九年的和約是不公平的，必然會盡可能尋求復仇的途徑。」歷史證明勞合・喬治的話不幸言中。巴黎和約簽訂後不久，復仇主義情緒在德國迅速滋長。德國軍國主義分子大肆煽動對戰勝國（特別是法國）的仇恨，策劃反對履行和約的暴力行動，如一九二三年的魯爾事件。

〔72〕巴黎和會結束後，威爾遜於一九一九年六月二十八日離開巴黎，六月二十九日乘「喬治・華盛頓」號回美國。一九一九年七月八日抵達紐約。

譯者後記

褚威格於一八八一年十一月二十八日出生在維也納一個猶太富商家庭。但優裕的物質生活並沒有妨礙他對自由的追求；美麗的維也納表面上的寧靜也掩蓋不住他生活的那個世紀的動盪不安。他一生經歷了兩次世界大戰，目睹醜惡的現實，洞察社會的矛盾。在第一次世界大戰時，他曾和羅曼·羅蘭、維爾哈倫等進步作家一起，爲和平而奔波，呼喊出「用我的軀體反對戰爭，用我的生命維護和平」這樣錚錚的聲音。一九三三年希特勒上台，褚威格的祖國——奧地利被併吞，猶太人遭到血腥屠殺，他不得不遠離故鄉，流落異邦，一九三八年移居英國，並取得英國國籍，一九四一年到達巴西。身在異鄉的褚威格日夜思念被蹂躪的祖國和滿目瘡痍的歐洲，面對法西斯的殘酷暴行，深感自己的軟弱無力。他固然相信曙光必將到來，自己卻不堪忍受黎明前的黑暗，終於由悲觀而絕望，走上了自盡的道路。然而綜觀他的一生，褚威格仍然不失爲一個偉大的人道主義作家。

　　褚威格作爲一個翻譯家和詩人開始他的文學生涯。他早年翻譯過被譽爲歐洲惠特曼的比利時著名法語詩人艾米爾·維爾哈倫（Émile Verhaeren）以及法國詩人保爾·魏爾蘭（Paul Verlaine）和夏爾·波特萊爾（Charles Baudelaire）等人的詩作。一九〇一年，二十歲的褚威格發表他自己的第一部詩集

《銀弦集》，一九〇六年又出版詩集《早年的花環》。然而，使他蜚聲世界文壇的則是他的小說和傳記文學。

褚威格不僅擅長撰寫長篇的人物傳記，同時還著有不少膾炙人口的短篇歷史特寫。《人類的群星閃耀時》[1]便是他的歷史特寫（historische Miniaturen）的結集。這些短篇歷史特寫和他的長篇傳記一樣，寫的都是真人真事，正如褚威格在本書的《序言》裡所說：「我絲毫不想通過自己的虛構來增加或者沖淡所發生的一切的內外真實性，因為歷史本身在那些非常時刻已表現得十分完全，無須任何後來的幫手。歷史是真正的詩人和戲劇家，任何一個作家都別想超過它。」所以他把這十四篇作品稱作歷史特寫，而不是歷史故事（historische Erzählungen）或歷史傳奇（Legenden）。

德國菲舍爾出版社一九九七年德語新版《人類的群星閃耀時》的編者克努特・貝克在其〈編者後記〉中詳細說明了十四篇歷史特寫的創作過程。據他介紹，〈人類的群星閃耀時 ── 五篇歷史特寫〉德語第一版於一九二七年問世。

當年由萊比錫的島嶼出版社所出版的德語第一版，除〈序言〉外，包括〈滑鐵盧的一分鐘〉、〈馬倫巴悲歌〉、〈黃金國的發現〉、〈英雄的瞬間〉和〈奪取南極的鬥爭〉共五篇歷史特寫。其中寫得最早的一篇誠然也是德語第一版中的第一篇：

〈滑鐵盧的一分鐘〉，於一九一二年九月十三日發表在維也納的《新自由報》上[2]。褚威格當時對這篇作品並不是信心十足。他在日記中寫道：「我的小品文〈滑鐵盧的一分鐘〉已經發表。不知怎麼，我覺得內容有些空洞，節奏也可以更輕快一些。我覺得，我至今仍未把握住我自己的風格，而是風格始終隨著題材而變（正如我在和別人交談時過多地遷就別人一樣，不知怎麼我彷彿是事先商量好的『應聲蟲』）。」

第二篇歷史特寫〈馬倫巴悲歌〉寫於一九二三年，剛好是歌德寫下這首詩的一百週年。這是一個值得紀念的日子，也是褚威格寫下這篇歷史特寫的最好理由。此篇歷史特寫於一九二三年九月二日刊載在維也納的《新自由報》。一九二三年秋季，島嶼出版社曾將這篇歷史特寫用同樣的標題登在該社內部刊物《島嶼船》[3]第四年度第四期（一九二三年秋季號）上。爾後，褚威格為〈人類的群星閃耀時〉第一版選用了這個一直沿用至今的標題：〈馬倫巴悲歌 —— 從卡爾斯巴德到魏瑪途中的歌德。一八二三年九月五日〉。

第一版中的第三篇歷史特寫〈黃金國的發現 —— 約翰・奧古斯特・薩特。加利福尼亞。一八四八年一月〉可能是專門為這第一版而作，因為沒有史料能證明此前還有這篇歷史特寫的其他版本。

作爲島嶼叢書之一的《人類的群星閃耀時》第一版中的第四篇歷史特寫〈英雄的瞬間〉於一九一二年寫成。這篇歷史特寫首次發表在一九一二年於萊比錫出版的《一九一三年島嶼出版社新書年鑑》[4] 之中，標題是〈殉難者——杜思妥也夫斯基。一八四九年十二月二十二日〉，爾後收錄在一九二七年《人類的群星閃耀時》第一版中，但標題和內容均有改動，標題改爲〈英雄的瞬間——杜思妥也夫斯基。聖彼得堡。謝苗諾夫斯基校場。一八四九年十二月二十二日〉。與此同時，設立在萊比錫的國立版畫藝術和出版研究院 [5] 於一九二七年出版了由作者簽名、並有編號和限量爲二十五冊的單行本《英雄的瞬間》。我們現在這本書中的這一篇歷史特寫是以島嶼出版社一九二七年第一版爲藍本。

第一版中第五篇亦即最後一篇「戲劇性的敘事體裁」作品首次以〈斯科特隊長的最後旅程〉爲題發表在一九一四年一月二十八日維也納的《新自由報》。在《人類的群星閃耀時》第一版中，此篇題名被擬訂爲〈奪取南極的鬥爭。斯科特隊長。南緯九十度。一九一二年一月十六日〉，這個題名一直沿用至今。

一九二七年八月十三日，正當褚威格穿越瑞士從上恩加

丁河谷的祖奧茨小鎮 [6] 前往萊比錫的途中，他致信島嶼出版社，信中寫道：「我剛從家中獲悉，《人類的群星閃耀時》已印刷成書，我期盼著在我回到家中時就能看到這本小書。由於此書是輯錄迄今尚未以書的形式發表的作品，我請你們把經過校訂的這本書就像其他新書一樣發行。我知道，島嶼出版社平時發行圖書是不會這樣做的。」島嶼出版社是否滿足了褚威格的這個請求，一年以後得到了證實。一九二八年十月二日，褚威格在致島嶼出版社的一封信中寫道：「我同樣感到高興的是，你們告知我：《人類的群星閃耀時》取得了意想不到的成功，而且我認為，你們在報刊上特別披露了此書在一年之內創紀錄的發行量和精美紀念版本的發行量是完全正確的。」時至一九二八年歲末，《人類的群星閃耀時》共計重印七次，印行十三萬冊，而且從此以後成功繼續不斷：時至一九八六年，《人類的群星閃耀時》共計重印四十次，銷售六十九萬四千冊。

一九三三年秋，由於島嶼出版社的一次洩密行為，褚威格中止了和島嶼出版社的合作。那是島嶼出版社社長安東・基彭貝格 [7] 不在出版社的時候，褚威格寫給他的一封個人信函被該出版社轉到《德國書業行情報》 [8]，並在該報發表。由於這次糾紛，褚威格的作品自一九三三年秋至一九三八年由赫伯

特・賴希納出版社 [9] 出版。其間，褚威格自一九三六年三月已定居倫敦。一九三六年，赫伯特・賴希納出版社出版了一本書名爲《萬花筒》[10] 的合集。該書包含三組作品：短篇小說、傳奇故事和歷史特寫。在歷史特寫這一組中輯錄了《人類的群星閃耀時》第一版中的所有五篇歷史特寫——排列順序未變，但「前言」被刪除。此外，又增加了其他兩篇歷史特寫：一篇是〈攻克拜占庭。一四五三年五月二十九日〉，這篇歷史特寫很可能是專門爲這本《萬花筒》合集而寫，因爲沒有史料證明此前有更早的版本；另一篇是〈喬治・弗里德里克・韓德爾的復活。一七四一年八月二十一日〉，這篇歷史特寫已在一年前發表於一九三五年四月二十一日的《新自由報》。

一九三七年六月二十一日，褚威格在給他的朋友費利克斯・布勞恩 [11] 的信中寫道：「……我把三十年來失散的文稿——如對維爾哈倫 [12] 的回憶、關於里爾克 [13] 的演講、我的人物傳記《馬塞琳娜・德博爾德－瓦爾莫》[14] 等編成文選送到賴希納出版社。除此以外，我還爲《人類的群星閃耀時》寫了幾篇新的歷史特寫。我的情況原本就是這樣：在我心情抑鬱的時候，我的創作總是最多。」一九四一年八月，褚威格遷居巴西首都里約熱內盧附近的彼得羅波利斯小鎮，一九四二年二月二十三日，褚威格和他的第二位妻子夏綠蒂・阿爾特曼一

起自盡後，人們在他的遺稿中找到了在上述這封信中提到的幾篇新的歷史特寫。

在一九三九年以後的歲月中，褚威格著作的出品人是戈特弗里德・貝爾曼・菲舍爾[15]，他的遺稿保管人是理查德・弗里登塔爾[16]，他和弗里登塔爾已有二十年友情。一九四二年，流亡在斯德哥爾摩的菲舍爾出版社率先出版了他的遺著《昨日的世界──一個歐洲人的回憶》，次年（一九四三年）出版了擴充的新版《人類的群星閃耀時》，副標題是《十二篇歷史特寫》。從一九四三年至一九四七年，斯德哥爾摩的菲舍爾出版社共重印了三次一九四三年版的《人類的群星閃耀時》，總計印行一萬六千冊。自從菲舍爾出版社於一九四九年從流亡海外遷回到德國後至今，該出版社又印行了共計一百二十萬冊《人類的群星閃耀時》──包括袖珍版在內。

斯德哥爾摩的菲舍爾出版社於一九四三年出版的新版《人類的群星閃耀時》，在原來五篇歷史特寫的基礎上作了擴充，篇目排列的順序也和以前的德語版本不同。從此以後，《人類的群星閃耀時》的各種版本的篇目順序均沿用一九四三年新版的編排。

一九四三年新版《人類的群星閃耀時》中共有十二篇歷史特寫，新增加了〈逃向蒼天〉、〈到不朽的事業中尋求庇護〉、

〈一夜之間的天才〉、〈越過大洋的第一次通話〉、〈封閉的列車〉。其中〈逃向蒼天〉可能寫作於一九二五年，因為褚威格在那一年正在為《描述自己人生的三文豪》[17]一書撰寫那篇歷史散文《托爾斯泰》。其他幾篇新作均無寫作日期，也無法查考它們最初刊印的時間。但從我們上面引用的褚威格於一九三七年六月二十一日致費利克斯·布勞恩的信中，我們可以揣測：上述四篇新的歷史特寫很可能就是在一九三七年接連寫成的。

其實，褚威格在一九三七年以後還創作了另外兩篇歷史特寫〈西塞羅〉和〈威爾遜的夢想與失敗〉，但是菲舍爾出版社卻沒有將這兩篇歷史特寫輯錄於一九四三年新版《人類的群星閃耀時》之中。

一九三九年七月，褚威格從倫敦遷居到巴斯[18]，並在那裡買了一幢住宅。一九三九年九月一日，第二次世界大戰爆發[19]。一九三九年九月二十三日，深受褚威格尊敬的西格蒙特·佛洛伊德在倫敦逝世。九月二十六日，褚威格在佛洛伊德的墓前致辭。由於發生了這些事件，他情緒低落，在日記中有這樣的記載：「什麼也沒有寫！只是稍微寫了一點〈西塞羅〉，但是也沒有認真的願望要寫這篇〈西塞羅〉，因為我不知道，它該在哪裡發表，儘管我今天是世界上最知名的作家之一。」

一九三九年十月十一日，他在致羅曼‧羅蘭的一封信中寫道：「我還無法寫作。我只寫了一篇歷史特寫〈西塞羅之死〉——和我的其他歷史特寫一樣；這篇歷史特寫記述了這位首屈一指的人文主義者如何被專制獨裁踐踏而喪生。以前，人們為了讓凱撒顯得更偉大而愈來愈縮小西塞羅的偉大之處。然而，當我閱讀他的《論共和國》和《論義務》時，我驚訝地發現，他原來是和你我一樣的人。他在和我們的時代同樣殘酷的時代為了我們共同的思想而死去。」

在這封信之後又過了幾天，褚威格在一九三九年十月二十一日致羅曼‧羅蘭的信中談到了他的另一篇歷史特寫〈威爾遜的夢想與失敗〉。他寫道：「可憐的威爾遜，這位可憐而又睿智的夢想家！他千方百計要做的正如我一樣……使我感到心情沉重的，是我們舊歐洲的道德氛圍，或者更確切地說，是那種不講道德的氛圍。這種道德的墮落以及缺乏一種創造性的思想——或者說，缺乏一種獨立形成而不是人云亦云的思想——使我感到心情沉重……那些在一九一八年以後自己上了當受了騙的人——我自己當時也懷著青年人的理想主義——原都以為：威爾遜已充分發揮了外交手段的作用呢。[20] 總有一天，我要描述這位有著各種錯誤的悲情人物，但儘管如此，我描述的是一位有著自己美好信念的人物——威爾遜。」

這兩篇分別以〈掛在演講壇上的頭顱——西塞羅之死〉[21]和〈威爾遜的失敗，一九一九年三月十五日〉[22]為標題的歷史特寫首次於一九四〇年發表在由伊登和塞達‧保羅翻譯、書名為《命運攸關的時刻——十二篇歷史特寫》的英譯本合集中。[23] 這卷英譯本合集為了這兩篇新的歷史特寫而刪去了另外兩篇歷史特寫：〈英雄的瞬間〉和〈逃向蒼天〉，目的是為了湊成一個整數「十二篇」（一打）。三年以後，即一九四三年，斯德哥爾摩的菲舍爾出版社出版了褚威格的遺作《人類的群星閃耀時》的德語新版時，在這個新版本中也輯錄了十二篇歷史特寫，但刪去的卻是〈西塞羅〉和〈威爾遜〉，究其原因：可能是出版社不願意超出「十二篇」（一打）這個整數，也可能是沒有及時找到這兩篇歷史特寫的德語原文，又不願意從英譯本逐字譯回到德文。

時過五十多年後，菲舍爾出版社在一九九七年出版德語新版《人類的群星閃耀時》，才終於加回了〈西塞羅〉和〈威爾遜〉這兩篇，讓這本書完整地呈現了十四篇歷史特寫。

綜上所述，我們能為褚威格的十四篇歷史特寫排列這樣一個創作年表：

一九一二　〈滑鐵盧的一分鐘〉

　　　　　〈英雄的瞬間〉

一九一四　〈奪取南極的鬥爭〉

一九二三　〈馬倫巴悲歌〉

一九二五　〈逃向蒼天〉

一九二七　〈黃金國的發現〉

一九三五　〈韓德爾的復活〉

一九三六　〈攻克拜佔庭〉

一九三七　〈到不朽的事業中尋求庇護〉

　　　　　〈一夜之間的天才〉

　　　　　〈越過大洋的第一次通話〉

　　　　　〈封閉的列車〉

一九四〇　〈西塞羅〉

　　　　　〈威爾遜的夢想與失敗〉

　　讀者不難發現，《人類的群星閃耀時》書中的篇目次序並非按照寫作的時間。

　　褚威格曾在一九二五年一月讀過丹麥時事評論家和文學史家格奧爾格‧勃蘭兌斯撰寫的傳記《尤利烏斯‧凱撒》。

一九二五年一月二十六日，褚威格在致羅曼·羅蘭的信中寫道：「這位了不起的勃蘭兌斯老人〔24〕把握行文的節奏恰到好處，他在這方面的能力實屬難得。他描寫細節從不冗長拖沓，而只選擇最確切的細節。他在其傳記《尤利烏斯·凱撒》中所描述的西塞羅令人難以忘懷，書中的西塞羅是第一個這樣的文人：在弱者面前盛氣凌人，在強者面前畏首畏尾，風度高雅而又伶牙俐齒，他本該諸事順遂；然而，當他看到對方（卡提利納〔25〕、凱撒）已經輸了，他的高昂情緒也就隨之消失。想必勃蘭兌斯在一九一四年就是一位撰寫名人傳記〔26〕的高手。描述這類名人，勃蘭兌斯的書可謂出類拔萃，因為他不像歷史學家那樣僅僅從歷史上去認識人物；為了描寫好歷史人物，人們必須先去認識活著的人。……僅僅當一名歷史學家是永遠不夠的，他必須同時又是一個瞭解時勢的心理學家。這正是勃蘭兌斯了不起的能力：他常把歷史人物和現實生活相比。正是這一點使他所寫的歷史如此栩栩如生。」

褚威格在撰寫人物傳記——尤其是在撰寫《人類的群星閃耀時》中的歷史特寫時，始終不忘借鑑格奧爾格·勃蘭兌斯描述歷史人物和歷史事件的各種技巧。誠然，褚威格是一位博採眾長的文學家，他不會只師法勃蘭兌斯一人。褚威格是詩人，深受唯美主義和象徵派詩歌的影響；他又是小說家，諳熟小說

家的基本技巧：善於把握戲劇性的高潮——即與命運攸關的關鍵時刻，因而在褚威格的傳記作品中既有詩情劃意的氛圍渲染，又有扣人心弦的戲劇性高潮和雋永的心理刻畫……褚威格的歷史特寫可謂另闢蹊徑，獨樹一幟，就其藝術特色而言，大致可概括為如下四方面：

第一，遵循真實的原則。

凡紀實文學，無論是歷史人物的長篇傳記，還是描寫英雄豪傑的短篇特寫，都是描述真人真事，屬於「非虛構文學」（nonfiction）。褚威格深知，紀實文學絕不能任意虛構，傳記或人物特寫一旦在人物或情節上摻假，便失去了歷史的真實，也就失去了紀實文學本身賴以生存的價值和生命力。褚威格的歷史特寫始終恪守真實的原則。褚威格刻意追求的是，讓讀者從他創作的歷史特寫中既能欣賞到文學的美，又能獲得歷史知識。為此，他調動文學的一切藝術形式，使真實的歷史成為感人的藝術。譬如，人物特寫一般都用散文，但褚威格有時會不拘一格，大膽採用敘事詩和戲劇的形式。〈英雄的瞬間〉採用了敘事詩的形式；〈逃向蒼天〉採用了戲劇的形式。顯而易見，這裡的敘事詩不同於一般藝術創作的敘事詩，這裡的戲劇也不同於一般的戲劇，而是紀實文學在藝術形式上的一種新探索。

第二，嫻熟的旁襯筆法。

把真實的歷史寫得栩栩如生，使之魅力無窮、百讀不厭，這無疑是傳記作家所追求的藝術境界。然而在「歷史的真實」和「藝術的魅力」之間無疑會存在矛盾。有些作者往往為了追求「感人的魅力」而不惜虛構情節和摻入主人公並未說過或者無法考證的話，從而失去了「真實」；也有人囿於「真實」，而對「展開藝術想像的翅膀」一籌莫展。如何使兩者和諧統一，使紀實文學既不失真實又具有魅力，這方能顯露出文學家的卓越才華。歌德有詩云：「在限制中才會顯露出能手，只有法則能夠給我們自由。」讀罷褚威格的歷史特寫，覺得他真不愧為是一個寫真人真事的文學巨匠，因為他深深懂得哪些是紀實文學的雷區——紀實文學的致命弱點是加入虛構的情節和杜撰主人公說的話。所以，在褚威格的歷史特寫中情節相當簡單，而且都有史實依據；很少有主人公自己說的話；褚威格慣於用嫻熟的旁襯筆法使人物形象顯得生動感人。

旁襯筆法之一，是對歷史形勢和社會環境繪聲繪色的描寫以及氛圍的渲染。這種筆法的藝術效果是：既展示了一幅絢麗多彩的畫面，又無損於主人公的真實。如他在〈封閉的列車〉第一段中，把第一次世界大戰期間敵對雙方那種虎視眈眈的緊張氛圍寫得惟妙惟肖，列寧就是在這樣的氛圍中離開瑞士，取

道敵國——德國返回祖國。這樣的描寫，文字雖長，但由於敘述生動，語言流暢，讀起來並不枯燥乏味，反而能引人入勝。乍一看，大段的時代背景的描寫好像與主人公無關，其實，它們的關係恰似紅花與綠葉，時代氛圍渲染得愈濃重，主人公也就被襯映得愈發鮮明突出。

旁襯筆法之二，是通過第三者的口或者側面描寫，這也是褚威格創作歷史特寫的慣用技巧。這樣一種旁襯古已有之。荷馬史詩《伊利亞特》中表現希臘的絕代佳人海倫，就不是從正面去描繪她的容貌如何如何美，而是通過幾位長老口中的比喻，把她的美貌暗示出來。我國詩人白居易在《長恨歌》裡寫楊貴妃之美用的也是旁襯筆法，如「回眸一笑百媚生，六宮粉黛無顏色」這樣的句子，雖然沒有直接去形容一個女子的美貌，但是通過描寫她的容貌所引起的反應和影響，調動讀者的想像，同樣是一個美女的形象。這樣避實就虛的筆法，如果在傳記或歷史特寫中巧妙運用，常常可以收到一箭雙雕的效果——既賦予了藝術魅力，又無損於真實。如〈一夜之間的天才〉中，褚威格並沒有像一個音樂評論家似的從音樂的角度去直接分析《馬賽曲》的旋律如何雄壯，歌詞怎樣鼓舞鬥志，而只是從側面去描寫《馬賽曲》所引起的反應和影響：

於是，這歌聲像雪崩似的擴散開去，勢不可擋。在宴會上、在劇院和俱樂部裡都在唱著這首聖歌，後來甚至在教堂裡當唱完感恩讚美詩後也唱起這首歌來，不久它竟取代了感恩讚美詩。一兩個月以後，《馬賽曲》已成為全民之歌、全軍之歌。……這位當時還不知名的作者所創作的歌曲就這樣在兩三夜之間發行得比莫里哀、拉辛、伏爾泰的所有作品還要多。沒有一個節日不是用《馬賽曲》來結束，沒有一次戰鬥不是先由團隊的樂隊來演奏這首自由的戰歌。……敵軍將領們則驚奇地發現，當這些成千上萬的士兵同時高唱著這首軍歌，像咆哮的海浪向他們自己統率的隊形衝擊時，簡直無法阻擋這首「可怕」的聖歌所產生的爆炸力量。眼下，《馬賽曲》就像長著雙翅的勝利女神尼刻，在法國的所有戰場上翱翔，給無數的人帶來熱情和死亡。

　　讀了這樣的文字，讀者縱然沒有聆聽過《馬賽曲》，也會覺得它具有無與倫比的感人力量。

　　第三，雋永的心理刻劃。

　　擅長心理描寫，是褚威格創作中一致公認的顯著特色。正如他自己所說：「我在寫作上的主要志趣，一直是想從心理學的角度再現人物的性格和他們的生活遭遇。這就是我為許多名

人撰寫評論和傳記的緣故。」試看在〈馬倫巴悲歌〉中這樣一段披露歌德內心世界的描繪：

此刻，年邁的老人坐在滾滾向前的馬車裡沉思默想，為心中一連串問題得不到確切的答覆而煩悶。清晨，烏爾麗克還和妹妹一起匆匆向他迎來，在「喧鬧的告別聲」中為他送行，那充滿青春氣息的可愛的嘴唇還親吻過他，難道這是一個柔情的吻？還是一個像女兒似的吻？她可能愛他嗎？她不會將他忘記嗎？正在焦急地盼等著他的那筆豐富遺產的兒子、兒媳婦會容忍這樁婚姻嗎？難道世人不會嘲笑他嗎？明年，他在她眼裡不會顯得更老態龍鍾嗎？縱使他能再見到她，又能指望什麼呢？

不言而喻，寫真人真事作品中的心理描寫不同於小說中的心理描寫。褚威格在寫他的名人傳記或歷史特寫之前，總是先研究原始材料，做出符合當時客觀實際的心理分析。他既不美化歷史人物，也不做自然主義的臨摹，而只是加以「昇華、冷凝、提煉」。

第四，歷史與現實的隨意聯想。

寫真人真事的文學作品，絕不是單純地敘述客觀事實。歷

史特寫不僅是寫歷史，而是通過對歷史人物和歷史事件的剖析來傾聽歷史的回聲和教訓，字裡行間總是流露著作者的愛與憎。作品的思想內涵正是在作者的感慨和議論中得到反映。在褚威格的歷史特寫中，隨處可見意味深長的議論，有的充滿詩情畫意，有的發人深省，對每篇作品起著畫龍點睛的作用。〈封閉的列車〉就是這樣的結尾：

《國際歌》驟然而起，當弗拉基米爾・伊里奇・烏里揚諾夫走出車站時，這個昨天還住在修鞋匠家裡的人，已經被千百雙手抓住，並把他高舉到一輛裝甲車上，探照燈從樓房和要塞射來，光線集中在他身上。他就在這輛裝甲車上向人民發表了他的第一篇演說。大街小巷都在震動，不久之後，「震撼世界的十天」開始了。這一炮，擊中和摧毀了一個帝國、一個世界。

〈威爾遜的夢想與失敗〉中的結尾同樣發人深省：

當他乘坐的軍艦駛離歐洲海岸時，這位失敗者背轉身去。他不願意回過頭來，朝我們這片命運多舛的歐洲大地再看一眼──歐洲幾千年來渴望和平與統一，可是從未實現。

從威爾遜一九一九年六月離開歐洲海岸到褚威格一九四〇年在流亡中創作這篇歷史特寫，歐洲曾有過和平嗎？或許，真正的持久和平永遠是人類努力奮鬥的目標吧。

　　文學是語言的藝術。如果把語言的優美列為文學作品的特點，未免有失空泛和不得要領。但是，《人類的群星閃耀時》之所以至今仍能吸引大量讀者，首先應該歸功於褚威格的語言魅力。倘若說，小說尚能以曲折離奇的故事扣人心弦，那麼傳記或歷史特寫更要借助行雲流水般的語言，使讀者入迷。褚威格自己說得好──「有時我在沉思默想中不得不反躬自問：我的書中究竟有什麼特點，能給我帶來如此意想不到的成功？我最終認為，這是來自我個人的一種癖好，那就是在小說、傳記文學、思想論爭文章中，任何拖沓、空泛、朦朧、含混，任何畫蛇添足都會使我十分不快。只有每一頁都保持著高潮，能夠讓人一口氣讀到最後一頁的書，才能引人入勝，給人以完美的享受。」

　　據菲舍爾出版社統計，《人類的群星閃耀時》在褚威格的所有作品中最受讀者歡迎，其銷售量一直居於其他作品之上。從它的第一版於一九二七年問世以來，已經歷了風風雨雨的八十二年，讀者仍然有增無減。究其原因，除了以上所述的

獨具藝術魅力之外，還因為書中的各篇歷史特寫都短小精悍，每篇約兩萬字左右。如今是信息大爆炸的時代，不僅世界範圍內每天出版的圖書數以萬計，而且其他各種媒體——電影、電視、網路文化進入千家萬戶，五光十色的信息目不暇接；加之人們的生活節奏愈來愈快，茫茫人海，來去匆匆；如今的歲月，能有充裕的時間細細品讀洋洋數十萬言的鴻篇巨帙的讀者群體已日趨減少，唯有短小精悍的短篇尚能受廣大讀者青睞。但是，《人類的群星閃耀時》之所以經久不衰，主要應歸功於它的思想內涵，歸功於它能引起讀者心靈的震撼和良知的共鳴。儘管十四篇歷史特寫描述的是不同歷史時代、不同國家中不同人物的瞬間，人們卻能從不同視角感受到褚威格撰寫人物傳記的主旋律。

主旋律之一：謳歌人性。

褚威格曾說：「我從來不願意去為那些所謂的『英雄人物』歌功頌德，而始終只著眼於失敗者們的悲情……在我的傳記文學中，我不寫在現實生活中取得成功的人物，而只寫那些保持著崇高道德精神的人物。比如說，我不寫馬丁·路德，而寫伊拉斯謨；不寫伊麗莎白一世，而寫瑪利亞·斯圖亞特；不寫加爾文，而寫卡斯特里奧。」[27]

《人類的群星閃耀時》中的主人公幾乎都是這樣一些悲劇

人物，如托爾斯泰、斯科特隊長、西塞羅、威爾遜，但人性在他們身上熠熠發光。且聽〈逃向蒼天〉中的最後一句台詞：

如果他不為我們這些人去受苦受難，那麼托爾斯泰也就永遠不可能像今天這樣屬於全人類。

再看〈奪取南極的鬥爭〉中那一段對斯科特隊長面臨死亡時的描寫：

斯科特海軍上校在他行將死去的時刻用凍僵的手指給他所愛的一切活著的人寫了書信。……那些書信寫得非常感人。死在眉睫，信中卻絲毫沒有纏綿悱惻的情意……那些信是寫給他認識的人的，然而是說給全人類聽的；那些信是寫給那個時代的，但說的話卻千古永垂。他給自己的妻子寫信。他提醒她要照看好他的最寶貴的遺產 —— 兒子……他懷著最誠摯的友情給那幾個同他自己一起罹難的同伴們的妻子和母親寫信，為他們的英勇精神作證。儘管他自己即將死去，他卻以堅強的、崇高的感情去安慰那幾個同伴的遺屬。

這樣一種對人性的刻劃，如歌如泣，讀後無不為之動容。

主旋律之二：以良知對抗暴力。

在褚威格看來，歷史、社會、宗教、政治以至大大小小的統治者都可能有非理性的一面——喪失良知而使用暴力；但是，人的良知不會泯滅，總會有人以良知對抗暴力，這樣的鬥爭此起彼伏、前仆後繼，縱然有人在暴力面前遭到失敗乃至失去生命，但他們雖死猶榮。褚威格的兩部人物傳記——《鹿特丹的伊拉斯謨——榮耀與悲情》和《良知對抗暴力——卡斯特里奧對抗加爾文》[28] 尤其突出和鮮明地彰顯了這個主題。伊拉斯謨（Erasmus von Rotterdam，一四六九～一五三六）是文藝復興時期尼德蘭的神學家，因出生於荷蘭的鹿特丹，故被人們習稱為鹿特丹的伊拉斯謨。他是歐洲最傑出的人文主義者之一，一生勤奮著述，揭露教會的黑暗，嘲諷教士的偽善，反對宗教狂熱，控訴教會使用暴力殘酷迫害異端。然而，他的思想固然充滿人文精神，但終究敵不過當時占統治地位的教會強權和習慣勢力，因而一生顛沛流離，最後在孤寂中死去。卡斯特里奧（Sebastian Castellio，一五一五～一五六三）是在法國出生的瑞士人文主義者和宗教改革家，原來是加爾文的朋友，一五四一年隨加爾文到日內瓦。是年，加爾文在日內瓦創立加爾文教派獲得成功，日內瓦成為在他領導下的一個政教合一的神權共和國。可是加爾文掌權之後立刻改變了自己以往反對宗

教壓迫的立場，儼如日內瓦的教皇，實行獨裁統治，排斥其他各種信念，敵視其他一切教派。一五五四年，西班牙神學家兼科學家塞爾維特因宗教信仰不同前來日內瓦尋求庇護，加爾文不但不給予救援，反而以異端罪名將其用火刑處死。此事引起卡斯特里奧的強烈憤慨，於是他用假名發表了有關文獻，斥責加爾文的暴力行爲。卡斯特里奧深知，自己和加爾文的對抗是一場力量懸殊的對抗，因此將它比喻爲「蚊子對抗大象」。卡斯特里奧最後面臨的是一場巴塞爾法院的審判，他很可能作爲異端而被判處死刑，所幸在法院開庭前，他因心力交瘁而猝死，終年四十八歲。人們從伊拉斯謨和卡斯特里奧的坎坷經歷中不禁感到以良知對抗暴力何其艱難，同時也會聯想到《人類的群星閃耀時》中托爾斯泰的命運、西塞羅的命運、威爾遜的命運，他們無一不是以良知對抗暴力的悲情人物！

主旋律之三：讚美堅韌不拔。

在褚威格的心目中，人最可貴的品質是堅韌不拔，無論他是成功還是失敗。毫無疑問，褚威格刻劃這種性格最爲成功的是他的人物傳記《麥哲倫》，但在《人類的群星閃耀時》中的描寫也絲毫不遜色。且看〈奪取南極的鬥爭〉中的這樣一段：

全隊的健康狀況也出了問題。一些人得了雪盲症，另一

些人四肢凍傷……他們每天走的路愈來愈少，因為這裡的雪都結成了堅硬的冰礆。他們不能再滑著雪橇前進，而必須拖著雪橇行走。堅硬的冰凌劃破了雪橇板，走在像沙粒般硬的雪地上，腳都磨破了，但他們沒有屈服。

〈黃金國的發現〉中的主人公薩特並非英雄人物，但他身上也有那種鍥而不捨、堅韌不拔的執著精神：

其實，薩特自己並不想要錢……他只是想要得到自己的權利。他像一個偏狂症患者似的，懷著憤憤不平的激怒，為捍衛自己的權利而鬥爭。他到參議院去申訴，到國會去申訴……從這個官署走到那個官署，從這個國會議員走到那個國會議員，一直奔波了二十年……他日復一日地圍繞著國會大廈躑躅，所有的官吏都嘲笑他，所有的街頭少年都拿他開心……一八八〇年七月十七日下午，他終於因心臟病猝發倒在國會大廈的階梯上，從而萬事皆休……這是一個死了的乞丐，但在他的衣袋裡卻藏著一份申辯書，它要求按照世間的一切法律保證給他和他的繼承人一筆世界歷史上最大的財產。

堅韌不拔的意志可以改變命運，可以創造奇蹟，這是〈韓

德爾的復活〉給予人們的啓示：

「中風。右半身癱瘓。」

……

「創作是再也不可能了。」他說得很輕，「也許我們能保住他的命。但我們保不住他這個音樂家，這次中風一直影響到他的大腦活動。」

……

韓德爾有氣無力地生活了四個月，而力量就是他的生命。他的右半身就像死掉了似的。他不能走路，不能寫字，不能用右手彈一下琴鍵。他也不能說話，由於右半身從頭到腳癱瘓，嘴唇可怕地歪向一邊，只能從嘴裡含含糊糊地吐露出幾個字……但是，爲了活，爲了自己這最最不能抑制的慾望——恢復健康，意志就敢去冒死的危險。韓德爾每天在滾燙的溫泉裡待上九個小時。這使醫生們大爲驚訝，而他的耐力卻隨著意志一起增加。一星期後，他已經能重新拖著自己吃力地行走。兩星期後，他的右臂開始活動。意志和信心終於取得了巨大勝利。他又一次從死神的圈套中掙脫了出來，重新獲得了生命。

主旋律之四：反思歷史。

拿破崙因在關鍵時刻重用了謹小慎微、唯命是從的格魯希而兵敗滑鐵盧，從而結束了自己的政治生命。

　　在西羅馬帝國滅亡之後繼續存在了將近一千年的東羅馬帝國，由於一座被忘卻的城門——凱爾卡門沒有重兵把守，而被奧斯曼土耳其人從這裡突破而攻占了首都君士坦丁堡，東羅馬帝國一舉滅亡，歐洲歷史從此揭開新的一頁。

　　一九一七年三月，列寧獲悉彼得格勒工人、士兵武裝起義取得勝利，但政權卻落到臨時政府手裡。正當俄國革命面臨緊急關頭的時刻，列寧把自己的榮辱毀譽置之度外，毅然決然乘坐一節封閉的車廂，取道敵國——德國返回祖國。七個月後，列寧領導的十月革命爆發。這趟風馳電掣的封閉列車猶如一發炮彈，摧毀了一個帝國、一個舊世界。

　　以上這些看似關鍵時刻的偶然因素卻決定了世界歷史的發展。人們不禁要問：歷史究竟是由無數的「偶然性」決定還是由唯一的「必然性」決定？——這是史學界、哲學界爭論了千百年的「形而上」問題，可能永遠不會有公允的結果。

　　或許人們有時還會問：假如拿破崙當年不重用格魯希，滑鐵盧戰役的結果又將會如何？假如那座被忘卻的城門——凱爾卡門沒有被奧斯曼土耳其人發現，東羅馬帝國是不是就不會那麼快滅亡？假如列寧當年不乘坐封閉的列車返回俄國，俄國的

十月革命是不是就不會爆發？

不言而喻，在已經過去的歷史中不可能還會有什麼「假如」，但在以後的歷史中倒可以根據歷史經驗防患於未然。這或許是讀罷《人類的群星閃耀時》之後的一種感悟吧。

筆者不揣淺陋，爲褚威格的歷史特寫概括了這樣一些藝術特點和思想內涵，目的是爲了便於欣賞與借鑑。

《人類的群星閃耀時》以中文版和讀者見面，最早是筆者在一九八五年所翻譯的版本，當時根據的是一九四三年菲舍爾出版社的版本，內含十二篇歷史特寫。

二〇〇九年，筆者以菲舍爾出版社一九九七年德語新版《人類的群星閃耀時 —— 十四篇歷史特寫》[29] 作爲藍本，重新出了新的增訂版。增訂版中，除了補充兩篇歷史特寫 ——〈西塞羅〉和〈威爾遜的夢想與失敗〉之外，還對筆者一九八五年的譯本做了大量修訂。這個增訂版本先由三聯書店出版了簡體字版，然後筆者又在這個基礎上做了一些新的校訂，這就是讀者現在看到的這個中文繁體字版。

中文繁體字版承蒙台灣 NET AND BOOKS CO. LTD. 出版公司郝明義董事長慨允出版，筆者不勝欣喜。

欣喜之一，拙譯《人類的群星閃耀時》從此以後將會擁有

更多的讀者——他們分別生活在台灣、香港、澳門以及僑居新加坡、加拿大、美國、法國、德國等地。

欣喜之二，此書今後將會被更多的愛好書法的讀者收藏。作爲語言載體的文字固然需要規範。但漢字又是一種圖形藝術。從書法藝術的角度看，簡體字和繁體字各有千秋。簡體字線條簡潔、明快、疏朗，字形清麗，書寫省時；繁體字渾厚、豐滿，字形結構勻稱，不少書法藝術家爲了表現氣勢和神韻，多採用繁體字。如今能有機會收藏一本繁體字版《人類的群星閃耀時》，讀者和譯者都應感謝台灣網路與書出版公司。

詩聖杜甫有言：「文章千古事，得失寸心知。」文章如此，翻譯亦如此。本書中的疏誤之處在所難免，祈望海內外方家和廣大讀者多多賜教。

舒昌善

二○○九年六月六日

識於北京師範大學文學院

註釋：

〔1〕此書德語原名是 *STERNSTUNDEN DER MENSCHHEIT*，它的中譯名卻不盡相同：諸如《人類命運的轉捩點》、《命運的關鍵性時刻》、《人類命運的瞬間》等，都是常見的中譯名。它們大多是從

當今流行的德語詞典中對Sternstunde一詞的釋義引申而來。如《新德漢詞典》（上海譯文出版社，二〇〇〇年）對Sternstunde的釋義是①［天］恆星小時；②［雅］歷史性時刻，轉捩時刻。德語原版詞典，如 *GERHARD WAHRIG：DEUTSCHES WÖRTERBUCH*（Mosaik Verlag, München, 1986）的釋義是：Sternstunde, besonders günstige Stunde, in der sich eine Schicksalswende vollzieht oder vollziehen könnte; *DUDEN Deutsches Universalwörterbuch*（Dudenverlag, Mannheim, 1989）的釋義是：Sternstunde,（gehoben）: Zeitpunkt, kürzerer Zeitabschnitt, der in jmds Leben in bezug auf die Entwicklung von etw. einen Höhepunkt oder gluckhaften Wendepunkt bildet; glückliche, schicksahafte Stunde: eine Sternstunde der/ für die Wissenschaft. 而本書的中譯名《人類的群星閃耀時》主要是依據褚威格本人採用Sternstunde一詞的初衷，或者說根據他自己對此詞的獨特演繹。他在本書的〈序言〉裡寫道：Einige solcher Sternstunden-ich habe sie so genannt, weil sie leuchtend und unwandelbar wie Sterne die Nacht der Vergänglichkeit überglänzen-versuche ich hier aus den verschiedensten Zeiten und Zonen zu erinnern. 這段話的中譯文是：我想在這裡從極其不同的時代和地區回顧這樣一些群星閃耀的時刻——我之所以如此稱呼它們，是因為它們宛若星辰一般永遠散射著光輝，普照著終將消逝的黑夜。再則，一部文藝作品的書名往往是作者所要展示的意境，如巴金的《春》與《秋》並非是指一年四季中的春天和秋天，巴金只用了一個耐人尋味的「春」字，而不書以「春天」，可見，一個詞在詞典中的釋義和它在文學語言——尤其是詩歌語言中的意蘊有所不同。顯然，《人類的群星閃耀時》是一種意境。

〔2〕《新自由報》（*Neue Freie Presse*）。

〔3〕《島嶼船》，Hauszeitschrift >*Dàs Inselschiff* <，4.Jg.，H.4（Herbst 1923）。

〔4〕>*Insel-Almanach auf das Jahr 1913* <（Leipzig 1912）。

〔5〕國立版畫藝術和出版研究院（Staatliche Akadedemie für graphische Künste und Buchgewerbe）。

〔6〕祖奧茨（Zuoz）是瑞士上恩加丁河谷（Ober Engadin）一小鎮。

〔7〕安東‧基彭貝格（Anton Kippenberg，一八七四～一九五〇）。

〔8〕《德國書業行情報》（*Börsenblatt für den deutschen Buchhandel*）。

〔9〕赫伯特‧賴希納出版社（Herbert Reichner Verlag，維也納，萊比錫，蘇

黎世）。

〔10〕《萬花筒》（*Kaleidoskop*）。

〔11〕費利克斯·布勞恩（Felix Braun），藝術史家，褚威格的好友。

〔12〕維爾哈倫（Émile Verhaeren，一八五五～一九一六），比利時著名法語詩人，最初是象徵派詩人，後逐漸注意廣泛的社會問題。

〔13〕里爾克（Rainer Maria Rilke，一八七五～一九二六），奧地利著名詩人，詩風深受法國象徵詩派的影響，詠物詩〈豹〉膾炙人口，千古傳頌。

〔14〕《馬塞琳娜·德博爾德－瓦爾莫》（*Marceline Desbordes-Valmore*），副標題《一個女詩人的生活寫照》（*das Lebensbild einer Dichterin*），褚威格的人物傳記，一九二〇年由島嶼出版社出版。馬塞琳娜·德博爾德－瓦爾莫（Marceline Desbordes-Valmore，一七八六～一八五九），法國女詩人，代表作有《哀歌與小唱》、《淚》、《可憐的花朵》等詩集。她一生坎坷，詩歌多為愁苦之音，因而受到浪漫派的高度重視，也為象徵派所喜愛。

〔15〕戈特弗里德·貝爾曼·菲舍爾（Gottfried Bermann Fischer）。

〔16〕理查德·弗里登塔爾（Richard Friedenthal）。

〔17〕《描述自己人生的三文豪》（*Drei Dichter ihres Lebens*）（卡薩諾瓦、斯丹達爾、托爾斯泰）是褚威格的傳記系列《建造世界的大師們》（*Baumeister der Welt*）的第二部，寫作於一九二五年，一九二八年在萊比錫出版。

〔18〕巴斯（Bath），英格蘭埃文郡一小鎮，有溫泉，療養勝地，距倫敦不遠。一九三九年褚威格從倫敦遷到巴斯，住在林庫姆山上（Lyncombe Hill）自己買下的宅邸。

〔19〕一九三九年九月一日，德軍向波蘭發動進攻。九月三日，英法對德宣戰，第二次世界大戰全面爆發。

〔20〕一九二五年三月十五日，巴黎的一家刊物《歐洲》（*Europe*）（第二年度第十五期）登載了褚威格的文章〈威爾遜令人迷惑的面孔〉（*Le Visage énigmatique de Wilson*）的法譯文，德語原稿出處不詳。

〔21〕〈掛在演講壇上的頭顱——西塞羅之死〉（*The Head upon Rostrum. Cicero's Death*）是褚威格的歷史特寫〈西塞羅〉（*Cicero*）的英譯名。

〔22〕〈威爾遜的失敗，一九一九年三月十五日〉（*Wilson's Failure, March 15, 1919*），是褚威格的歷史特寫〈威爾遜的失敗〉（*Wilson Versagt*）的英譯名。

〔23〕《命運攸關的時刻》（*The Tide of Fortune*）是一九四〇年由美國紐約的瓦伊金出版社（Viking Press）出版的《人類的群星閃耀時》的英譯本書名，此英譯本的英譯者是伊登（Eden）和塞達·保羅（Cedar Paul）。以後的英譯本書名普遍譯為《人類的閃耀群星》（*Sparkling Stars of Mankind*）。
由於〈西塞羅〉和〈威爾遜〉首次在一九四〇年的英譯本合集中發表，故而在本書中，德語原版書編者把這兩篇歷史特寫的寫作年代記載為一九四〇年。

〔24〕格奧爾格·勃蘭兌斯（Georg Brandes，一八四二～一九二七），丹麥著名文學史家、政論家，以其六卷本《十九世紀文學主流》享譽世界。他同時也是一位傑出的傳記作家，主要傳記作品有：《索倫·克爾凱郭爾》（一八七七）、《莎士比亞傳》（一八九五～一八九六）、《歌德傳》（一九一五）、《伏爾泰傳》（一九一六～一九一七）、《尤利烏斯·凱撒傳》（一九一八）、《米開朗基羅傳》（一九二一）。勃蘭兌斯撰寫傳記《尤利烏斯·凱撒》時，已七十六歲。

〔25〕卡提利納（Lucius Sergius Catilina，公元前一〇八～前六二年，舊譯名：喀提林，在中國史學界長期沿用），公元前六七年～前六六年任古羅馬阿非利加行省總督，在任時大肆貪贓枉法，後受到西塞羅控告，詳見本書〈西塞羅〉篇。

〔26〕此處是指勃蘭兌斯在一九一四年完成的《歌德傳》，該書於一九一五年出版。

〔27〕參閱 [奧] 褚威格著，舒昌善等譯《昨日的世界》，廣西師範大學出版社，二〇〇四年五月第一版，第一百三十五至一百三十六頁。

〔28〕褚威格著《良知對抗暴力——卡斯特里奧對抗加爾文》（*Ein Gewissen gegen die Gewalt oder Castellio gegen Calvin*），赫伯特·賴希納出版社一九三六年出版。

〔29〕STEFAN ZWEIG: >*STERNSTUNDEN DER MENSCHHEIT-Vierzehn historische Miniaturen* <, S. Fischer Verlag GmbH, Frankfurt am Main 1997.

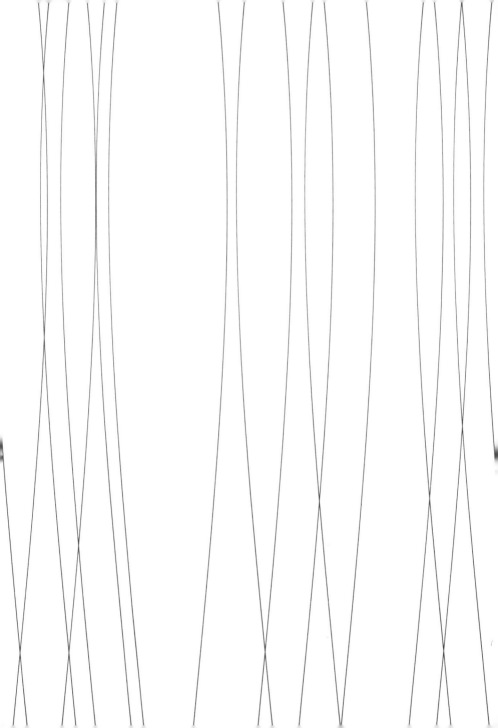

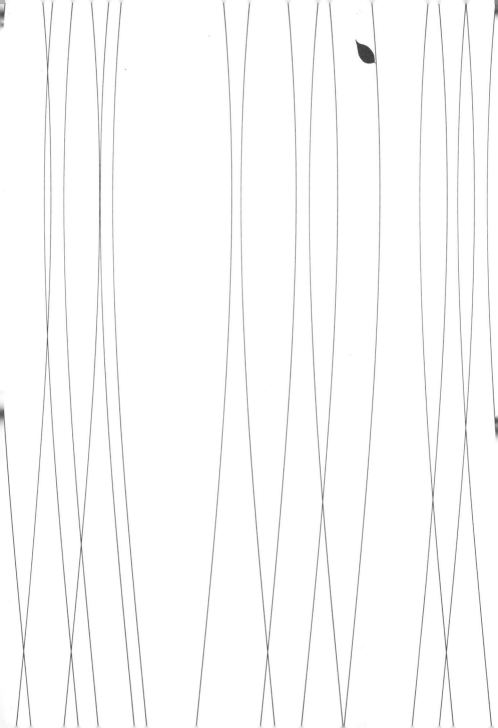